《典当》系列第二部

网络原名《重生之极品收藏家》

收藏

首云树◎著

台海出版社

图书在版编目（CIP）数据

收藏／首云树著. –北京：台海出版社,2013.7

ISBN 978－7－5168－0218－2

Ⅰ.①收… Ⅱ.①首… Ⅲ.①长篇小说—中国—当代

Ⅳ.①I247.5

中国版本图书馆 CIP 数据核字（2013）第 149019 号

收藏

著　　者：首云树

责任编辑：戴　晨　　　　　装帧设计：青华视觉

版式设计：刘　栓　　　　　责任印制：蔡　旭

出版发行：台海出版社

地　　址：北京市朝阳区劲松南路 1 号　　邮政编码：100021

电　　话：010－64041652（发行，邮购）

传　　真：010－84045799（总编室）

网　　址：www. taimeng. org. cn/thcbs/default. htm

E－mail：thcbs@ 126. com

经　　销：全国各地新华书店

印　　刷：北京柯蓝博泰印务有限公司

本书如有破损、缺页、装订错误，请与本社联系调换

开　　本：787×1092　　　1/16

字　　数：400 千字　　　　　印　　张：24

版　　次：2013 年 8 月第 1 版　　印　　次：2013 年 8 月第 1 次印刷

书　　号：ISBN 978－7－5168－0218－2

定　　价：39.80 元

目　录

第一章

遇矿难起死回生，祖传翡翠观音神秘失踪／1

　　宋毅再次醒过来，愕然发现自己竟然回到了十五年前。十七岁的记忆如此清晰，往后十五年时光倒像是南柯一梦。身边的一切一如从前，唯独不见了那块祖传的翡翠观音。在另一个时空，那块祖传翡翠观音从小就陪伴着他，直到他考察翡翠矿遭遇矿洞塌方，那块翡翠观音跟他一起被埋在地下。

第二章

从地狱到天堂走了一遭，腾冲赌石一刀暴富／32

　　切石机的声音停下来之后，苏眉看到掉下来的白花花的石头，心情立刻跌到了谷底，三十万就这样赌垮了。却不料有人惊呼：切涨了。原来宋毅这精准的一刀，将整块毛料切成了两半。他先看到的那一小半白花花的石头一点翡翠都没有，可另外的大半却是满满的苹果绿。这一刀下去切成两半，一半是地狱，另一半则是天堂，宋毅的心情也仿佛从地狱到天堂走了一遭。

第三章

遭陷害博物馆文物大流失，挽狂澜幕后黑手揪出来／64

　　东海博物馆大批文物离奇失踪，幕后黑手却把污水泼在了不肯同流合污的副馆长宋世博身上。好在宋毅不仅事先给了爷爷和父亲一个暗示，并且推波助澜地诱发事件提前发生，令博物馆馆长措手不及，使得东海博物馆文物流失的黑幕一夕之间全部曝光。宋世博不仅保住了自己的名声，而且得到了荣升，不久便荣任东海市博物馆馆长。

第四章

讨茶淘得建窑兔毫金丝盏，原来珍宝藏民间 / 93

宋毅仔细打量着黑色的茶盏，茶盏的胎质比较厚，黑色的釉质非常漂亮，黑釉里夹着均匀的黄褐色丝缕，如丝如毫，纤细得就像秋天的兔子毛一样，视线一转，仿佛可以飘动起来，而且从不同的角度观察，还能从茶盏上看到不同的色彩：月白色、银灰色、彩蓝色……这是建州兔毫盏的最大特征。这种茶盏在日本则被誉为曜变天目盏，是国宝级的物件。

第五章

捡漏上品沉香，优雅鉴香焚香品香，香具收藏大有可为 / 128

这串手链的珠子颗粒大小并不完全一致，颜色也不太整齐，黄白相间偶见黑色，但珠子的质地比较细腻，毛孔也不大，摸起来感觉很舒爽。集中精神感受时，宋毅闻到一阵温醇香甜的味道，像有丝丝香气飘进鼻腔似的，不像用化学香精浸泡过的假沉香，发散出持续而猛烈的香味。宋毅断定，这是上好的沉香！

第六章

秘色釉莲花碗鬼市显身，唐朝珍品秘色釉险些失之交臂 / 157

宋毅在黑灯瞎火的鬼市逛了半天，看中了一件秘色釉的莲花碗。他拿起这款莲花碗在灯下细看，觉得品相实在不怎么样，并且这碗看起来还很新。然而，宋毅还是决定买下它，因为这碗的花色和端午时艾草的颜色十分接近。据说"秘"是一种香草，宋毅认为这种香草指的也许就是艾草，艾草自然清新，青翠碧绿，惹人怜爱。如此说来，这件秘色釉莲花碗便极有可能是珍品。

第七章

为巨型翡翠故地重游，去摩西砂开矿采翠 / 193

宋毅怀着激动的心情再次来到摩西砂，这里最出名的便是摩西砂的无色玻璃地，价值过亿足有一吨多的两块玻璃种满绿翡翠也出自摩西砂，宋毅正是来这里考察那块巨型翡翠出产地时遇险的，他对这一带的翡翠矿分布可谓了如指掌。宋毅这次来到这里，带着机械和大笔金钱来圈地开矿，他决心要把这里变成自己的翡翠矿。

第八章

宋毅千里迢迢赴农家高价收沉香，村民为卖黄花梨不惜拆房盖新房／222

见到院子里堆积如山的沉香木和黄花梨木，看到院子里络绎不绝排队等待过秤算钱的村民，林宝卿惊讶得瞪大了眼睛。村民们拿来的沉香中精品非常多，放老远就能闻到它们散发出来的芳香。宋毅不仅收来了村民们家里的黄花梨桌子、柜子、床，还收来了房子的大梁。真奇怪，村民们就为了那俩钱，难道把自己家里的房子也拆了不成？

第九章

千元捡漏双螭海棠犀角杯，摇身一变四千万天价亦难寻／252

宋毅将这件稀有的双螭海棠犀角杯拿到手里，立即被它浅浮雕的精湛技艺镇住了，虽然只在犀角上雕刻了一毫米左右的深度，但展现的层次却有七八个；比起深浮雕来，镂空雕更有难度。在宋毅的记忆中，几年后的拍卖会上，犀角杯的价格高得出奇，甚至拍出了四千多万的天价。而这时犀角杯价格还不算太高，仿品也少，正是出手购买的大好时机。

第十章

四爱图牙雕组件中西合璧，文物鉴定关键在确定年代／285

这四件牙雕组件是以传统文化里久负盛名的四爱图为题材。四爱，一曰晋陶潜爱菊，二曰宋周敦颐爱莲，三曰宋林和靖爱梅，四曰宋黄庭坚爱兰，合在一起，谓之四爱。这组牙雕的雕工结合了西方写实主义画派的思想，加上中国式的写实，追求外形逼真，雕工繁复。清康熙之后，意大利传教士进入中国，带来了西方雕刻技术。这件牙雕作品应该是清晚期的作品，宋毅心中基本有数。

第十一章

玉石街一对父子神奇现身，豪掷两千万扫走满街和田玉／315

宋明杰是海内闻名的和田玉专家，对和田玉情有独钟深有研究。听说儿子宋毅要趁和田玉价格不高进行大量收购，立刻奔赴和田。不久，人们就看到和田玉石街上来了一对神奇父子，他们不仅是一等一的鉴玉高手，一眼能辨出和田籽玉的真假与品质的高低，还在和田玉石街上演了一出"扫街"大戏，二十天不到，竟然豪掷两千万买空了和田玉石街的和田玉。

第十二章
机缘巧合偶遇执著收藏人，慷慨解囊资助民间博物馆／346

　　宋毅十分佩服段生旭的胆量，他竟敢去缅甸寻找抗战遗物，虽然因此被抓三次，被送进监狱两次，可段生旭依然没有放弃。这些年他靠着微薄的工资，收藏了上千件滇缅抗战遗物：钢盔、衣服、步枪、日本军刀、家书等等，竟然建立了第一个民间抗战博物馆。宋毅感动于他的执著，慷慨解囊帮助段生旭实现他的梦想，记录下中华民族那段浴血奋战的历史。

第一章 遇矿难起死回生，祖传翡翠观音神秘失踪

宋毅再次醒过来，愕然发现自己竟然回到了十五年前。十七岁的记忆如此清晰，往后十五年时光倒像是南柯一梦。身边的一切一如从前，唯独不见了那块祖传的翡翠观音。在另一个时空，那块祖传翡翠观音从小就陪伴着他，直到他考察翡翠矿遭遇矿洞塌方，那块翡翠观音跟他一起被埋在地下。

宋毅打来清水，将拳头大小布满灰尘的黑色翡翠毛料仔细擦洗干净，握在手心感觉粗糙而冰凉，仿佛又回到了那段熟悉的岁月。

仔细审视这块毛料，石头的表现非常不好，黑色外皮厚而粗糙，更别提松花、蟒带之类赌石行家经常作为赌石依据的外在表现了。

毕竟，这只是块一百元钱不到的毛料。

可宋毅却不以为意，都说"神仙难断寸玉"，一方面说明赌石的风险大；另一方面，也说明了万事皆有可能。除非将毛料切开，否则谁也不知道在翡翠毛料千变万化的外皮下，究竟有没有价值连城的玉石，即便是这块没有任何表现的毛料，也是有可能出好玉的。

当然，就一般情况而言，这样的石头赌出翡翠的几率非常小。

洗净擦干之后，宋毅拿起电动砂轮，小心翼翼地擦去石头的外皮，行话叫做"擦石"。在赌石界，擦石是一门高深的技术。同样一块毛料，擦得恰到好处可能价值千万；反之，多擦一点或者没擦到位置，价格就会大打折扣，甚至一文不值。

宋毅此刻想将石头解开，只需将外皮全部擦掉就行，要求远没有将赌石擦皮待售那么苛刻。

　　尽管心情急切，可他却有足够的意志控制情绪，保持足够的耐心，也没有托大冒进，而是一点点将黑色外皮擦掉。

　　这块石头不大，外皮却很厚，擦了近两厘米还是没有任何翡翠的痕迹，宋毅并没有放弃，而是继续用砂轮一点点磨着粗糙的黑色外皮，并时刻关注着手里石头的情况。

　　忽然，在电动砂轮磨过的一瞬间，他看到了一抹让人惊心动魄的绿色。

　　尽管这绿色只有一点，而且颜色远不如成品抛光后那般艳光照人，但对于有着丰富赌石经验的他来说，这一抹绿色就是赌石里面有玉石最有力的证据。尤其是这种他非常熟悉的颜色，正是翡翠中的极品艳绿色。

　　这情形对宋毅来说，恰似揭开了一个神秘面纱的一角，露出面纱主人赛雪欺霜的肌肤来。但对仰慕她的宋毅来说这还远远不够，他要将她的神秘面纱全部揭下来一窥究竟。

　　他十分享受这个美妙的发现之旅，一点点地将她神秘的黑纱揭开，体验那份交织着期盼和希冀的心情。

　　终于，黑纱褪尽，里面的"美人"完完全全展现在他眼前，确实是他翘首期盼的那种，高贵典雅，艳光照人。

　　晶莹剔透的玻璃种，色彩丰蕴的祖母绿，这样的翡翠，无论是种水还是色泽都是翡翠中的极品。

　　最让宋毅满意的是，这块翡翠的大小完全可以雕琢成一尊翡翠观音。以他的手艺，雕成一直挂在他身上最后却莫名失踪的家传翡翠一模一样的观音，并不是什么难事。

　　在另一个时空，那块家传翡翠观音从小就陪伴着他，也曾有朋友出价千万请他转让，宋毅想也不想便拒绝了。直到他考察翡翠矿时遭遇矿洞塌方，那块翡翠观音也跟着他一起埋葬在地下。

　　宋毅再次醒过来时，却回到了十五年前的1994年。

　　十七岁的记忆如此清晰，往后十五年时光倒像是南柯一梦。醒来后发现身边的一切一如从前，唯独不见了那块陪着他的翡翠观音。可此刻这块黑色毛料的优秀表现，却又印证了记忆中那十五年时光的真实性，宋毅就是因为这块黑色石头走上充满诱惑和艰险的赌石之路的。

"不管怎样，还是先把它雕琢出来再说吧。"宋毅没想太多，在心底对自己说道，要是被长辈发现丢失了家传的宝贝那还得了，光爷爷那关就很难过去。

用清水洗净之后，这块翡翠更显得鲜脆欲滴，现在就这样漂亮，宋毅能想象得出抛光之后它的美艳。那种美不是文字所能形容的，也不是照片所能表现出来的，唯有亲眼见过的人才能体会。

宋毅对原来那块经常佩带在身上的杨柳观音熟记于心，先前擦石时，也让他对这块翡翠有了足够的了解，该从什么地方下手也有了计较。

宋毅拿起笔，寥寥数笔就把观音的轮廓勾勒了出来。

他从小就表现出超常的艺术天赋，又有长辈对他近乎苛刻的严格训练，应对当前这点场面自是得心应手。

这块翡翠玉石不大，除了雕成观音外，剩下的材料已经不多，而且多为零碎的。可这样的好东西是不应该浪费的，宋毅已经有了初步的构想。

他前世经手的翡翠很多，知道像这样高色高种的翡翠，只要设计镶嵌做得好，就有可能成为不朽的经典，价格十分高。

画好之后，宋毅便开始动工了，开动机器，精心雕琢。

尽管身体年轻了许多，但在先前擦石的时候，他就很好地解决了手生的问题，现在进入状态之后，不管是速度还是质量都和没重生之前没什么区别。

翡翠的雕琢过程很繁琐，还劳心费力，可当全身心投入其中之后，他却忘记了时间，直到将整块翡翠观音雕琢成型，反复琢磨之后方才停下来。

仔细检查了一下拿在手里的杨柳观音，和家传的宝贝如出一辙，端庄慈祥的神态惟妙惟肖，近乎完美。

对自己的手艺，宋毅还是信心十足的，"相信即便是爷爷也看不出其中的差异，这也算不负他的期望吧。好了，接下来的工作就是抛光了。"

他正准备一鼓作气奋战到底时，耳边传来奶奶的声音，"小毅，别忙了，上来吃饭。"

"好的，马上就来。"宋毅应声答道。心说时间过得真快，一上午就这样过去了。好在前世辛苦练出来的手艺没退步，要不然还不知道得雕多久。

饭桌上的菜很丰盛，但都是清淡营养的，最让宋毅感动的是奶奶的贴心和关爱。看到年轻了十多岁的奶奶，一种沧海桑田般的错觉涌上心间，感觉很奇妙。

"小毅的病刚刚好，多补充点营养好应付明天的高考。"奶奶何玉芬语气略带责备，不停地往他碗里夹菜，"多吃点，你这孩子也真是的，一点都不懂得照顾自己。"

宋毅微笑着接受她的菜，并连声夸赞好吃。倒不是他故意拍马，奶奶的厨艺确实精湛，做出的菜肴异常精致。他也很享受奶奶的唠叨，因为前世自从他搬出家之后，就很少听到奶奶的唠叨了。

"小毅下午要去学校熟悉考场吧？"奶奶问道。

宋毅点了点头，他很清楚这些做长辈的心情，比他自己还在意他高考的事情。

"那下午我跟你一起去吧。"

"奶奶在家休息吧，外面太阳那么大，我自己去就行了。"宋毅连忙摇头，让年过花甲的奶奶大热天出门，他于心何忍。

他接着又补充道："何建他们说好了和我一起去的，他们可没家长陪，奶奶去的话我压力肯定会很大的。"

奶奶又责备他说："你们几个就知道疯。要是你高烧不退耽误了高考看你怎么办！"

宋毅少不得又说了不少好话，劝她不要去，这让他不由想起前世这时候的情景。

高考前几天学校放假，他和朋友顶着酷暑出去玩，结果回来之后就发起了高烧，一直不退，后来上考场整个人都是晕的，结果自然不用提，没能进入梦想中的东海大学。

也正是这时候，爷爷宋世博从东海市博物馆副馆长的位置上退了下来，把宋毅当做接班人培养，还把一身本领倾囊相授。

失意的宋毅无心去读那个三流大学，便跟着爷爷潜心学习，之后两人走南闯北寻访名家，考察名窑遗址，让他增长了见识，学到了知识，也发现了许多潜藏在民间的高手。

宋毅醒过来之后就一直在思考，要是爷爷退下来的话，还会不会把他当成钦点的接班人一样培养，难道前世走过的路要重新再走一遍？

他倒不在乎再将爷爷的一身本领学一次，对他来说，这样的知识再多他也不嫌多。可问题在于，爷爷为人刚直不阿，不仅对自己要求严格，对后辈要求也异常严格，甚至不允许他出去捡漏，想发点小财都不行。

直到他通过爷爷的全部考验，才得以大展拳脚，可那时候留给他的机会已经非常少了。拿他最热衷的赌石而言，到后来已经不是考眼力，而是变成了财力的比拼，同样一块赌石，谁出钱出得多就归谁。宋毅那时颇觉遗憾，现在有机会重新来过，又怎么甘心自缚手脚错过发展的黄金时间。

仔细想来，爷爷退休有些蹊跷，照理说以他六十二岁的年龄，完全可以晚几年再退休的，莫非这其中另有隐情？他从来没天真地认为爷爷退休是因为他高考失利，所以特地退休来安慰他，只是那时候他心情不好，对个中的缘由也不甚清楚，加上家里人不想让他担心也没告诉他真相。

至于是不是博物馆内部倾轧的原因，宋毅也说不清楚。

此时，他不禁想起了 2000 年东海市博物馆爆出的惊天丑闻，博物馆管理人员监守自盗，流失文物多达数千件，其中不乏国家一级文物。这件事一时引起轰动，但真相牵涉太广，最终找了个看仓库的做替罪羊，之后就不了了之了。

明白人都知道，文物的流失绝对不是一朝一夕的事，以爷爷刚直不阿的个性，让他以权谋私都不可能，更别提盗卖国家文物了。

宋毅看过这起丑闻的详细报道，流失的上千件文物涉及了博物馆的各个种类。

这起事件牵涉人员之多，以爷爷的个性和作风肯定不容他们，极有可能就是因此而被排挤出来的。

当然，宋毅也知道这只是他个人的猜测，实际情况还有待查证，不过现在可以先从奶奶这里探下口风。

稍微酝酿了一下，他故作无意地问道："奶奶，爷爷最近有没有提起要退休的事情？"

奶奶闻言微微皱起了眉头，"退休？你别听风就是雨的。"

宋毅哪会死心，接着又追问道："博物馆最近没出什么事情吧？"

"安心吃饭，好好准备考试，大人的事情你就别瞎操心了。"奶奶神情依旧慈祥，但却阻止他继续说下去。

宋毅一心想弄明白事情的真相，继续说道："说不定我可以帮上忙。"

"你高考考出好成绩就帮了我们最大的忙了。"奶奶却只当他小孩子说大话，他能帮上什么忙。

宋毅并不气馁，就知道他们会拿这个当借口，以前不告诉自己也是怕影响自己高考，可看奶奶那并不轻松的神情，事情似乎并不简单。

吃过饭之后，他还想帮忙收拾碗筷，却被奶奶挥手赶走了，他便去地下室继续奋战，争取尽快将翡翠观音抛光好。

前一世的宋毅最早师从父亲宋明杰，学习软玉的雕琢抛光一全套活儿，后来出去闯荡做翡翠生意，又向业界几个最著名的技艺精湛的老师傅请教过。他基础牢靠，又肯用心去学去练，技艺提升得非常快。后来，他赌石切开的高档翡翠基本都由他自己雕琢抛光，买他翡翠的人都对他的手艺赞不绝口。

玉器的抛光是一门技术活，也是个体力活，更有着异常复杂的过程。经过一个多小时的努力，宋毅才堪堪将整块翡翠观音的大体部分处理完毕，剩下的细微部分还需要很长一段时间来处理。

才缓了口气，他就听见奶奶的声音，"小毅，宝卿他们来叫你了。"

"来了。"

宋毅立刻回答，同时停下了手里的工作。

抛光之后并不算完，还要镶嵌，否则没法悬挂，当然也可以在上面钻孔，但那会大大影响翡翠的美观和价值。而且镶嵌做得好的话，更能将高档翡翠那种极致的美表现出来。

收拾了一下工作室，把翡翠收起来放好，确定没什么疏漏的地方之后，宋毅这才上去。

客厅里，何建还是记忆中的模样，结实健壮的身体，小麦色的肌肤，脸上也很清爽，让见惯了他留着络腮胡还自命有男人气概的宋毅一时间还有些不适应。

"你小子身体好了吧？"何建率先开口，声音沙哑中带着粗犷。

"生龙活虎着呢。"宋毅笑着回答，同时感觉到一双灿若星辰的双眸正朝自己望过来。

这目光仿佛穿越了十几年的时空，里面的关怀和温柔一下就触动了他的心扉，就像她在轻柔地呢喃一样。

尽管比现在的年龄多了十几年的阅历，可即便用最挑剔的目光，宋毅还是不得不承认，这是他见过的最美丽的眼睛，里面的灵性和朝气是任何人都无法比拟的。

他的目光落在这双剪水双瞳的主人身上，并回给她心底的谢意。

此刻的她虽少了那份熟悉的成熟妩媚，却有着与之不分秋色的清醇甜美，此时正是她人生中最美好的青春年华。

她秀美无瑕的脸庞带着关切，精致小巧的嘴唇微微蠕动，似乎想要对他说些什么，却什么都没说出来。

对她来说仅仅是几天不见，可对宋毅来说，却足足有十五年没有见到现在的她了，这是一种非常奇妙的体验，让他不忍将目光挪开。

但是，再这样看下去会被当色狼的，他当即笑笑说："你们先坐会儿，我去洗个澡换身衣服再下来。"

何建是个急性子，"别磨蹭了，快去吧，都快两点了。"

"别忘了把准考证、身份证、铅笔一并带下来。"林宝卿没受他目光的影响，声音依旧甜美，人也一如往常般落落大方。

何建笑着接茬道："我刚忘了带准考证，还特地跑回去拿的。"

何玉芬热情地拿饮料给他们喝，听何建这么一说也笑了起来，"看看，还是女孩子比较心细，你们男孩子老是粗心大意，这毛病得改，考试的时候尤其要注意！"

宋毅轻声笑了出来，奶奶还真是时刻不忘教训他们。

脱衣服洗澡的时候，宋毅才注意到自己的衣服很脏，雕刻抛光一系列活干下来，想不脏都难。

卫生间的大镜子里，宋毅再次看到自己青涩的脸庞，略显单薄的身躯，他再次确信自己真的回到了十七岁。

三个人顺利看完考场，看了看时间，下午四点，离博物馆闭馆还有一个小时，跟两人说了一声，宋毅便挥手招了辆的士去了博物馆。

1994 年的东海，路况还不错，十分钟不到就到了东海市博物馆门口。

宋毅的爷爷宋世博是副馆长，因此宋毅和博物馆的工作人员混得熟，和门口的保安打了声招呼就进去了。

想起前世报道里提到的流失的重要文物：商代青铜古鼎、名人书画等等，这些可都是货真价实的真迹，到最后却不知去向，实在让人痛心。

宋毅从一楼的青铜雕像馆开始逛，到博物馆参观的人并不多，员工也都很清闲，看见他来了就有人跟他打招呼："小毅不是要高考了吗，怎么还有心情逛博物馆？"

跟他说话的是林建新，是个老好人，话也有点多。林建新是东海博物馆的老员工，可到退休的时候也仅仅是个老员工而已。

像林建新这样的普通员工，肯定没份参加瓜分文物的盛宴，但这并不妨碍从他这里得到一些重要消息。

"这不放松一下心情嘛，明天好轻轻松松上考场。"宋毅笑着回答道，随后装作不经意地问道，"我记得以前一楼不是有商朝的青铜鼎吗？怎么没看见展出了？"

林建新立刻朝他做了个嘘声的手姿，小声对他说："那鼎去年展出之后就不见踪迹了，我去库房的时候特地留意过，但始终都没看见。"

林建新虽然没资格领取库房的文物，但去库房的机会多的是，他说的话可信度非常高。

宋毅追问："会不会换了地方保管？"

"不可能，仓库就那么大，能放到什么地方去。我看十有八九是流失了，我就是负责保管青铜器的，怎么会不清楚。"林建新说得非常肯定。

"不会吧，也没人管管？"宋毅故作惊讶地问道。

林建新无奈地说："天高皇帝远的，谁管得着。"

宋毅的声音轻了下来，一副很八卦的样子，"那赵老师知不知道，还有哪些文物已经流失了？严不严重啊。"

"多了去了，你可别乱说啊！"林建新潜藏心底的八卦之火熊熊燃烧起来。

宋毅连忙点点头，"我就好奇，问问而已。"

林建新不愧是博物馆的老员工，知道得多，对青铜器的流失情况非常清楚，算来光是青铜器的流失数量就已经达到了一个非常惊人的程度。而且据他讲，很多没登记入库的文物也毫无意外地消失无踪了。

"说来情况最好的要数瓷器馆和玉器馆，我倒是没听说有什么文物流失，可是以后就说不准了。"林建新的话意味深长。

宋毅听出了其中的味道，连忙追问道："是不是我爷爷遇上什么麻烦了，我怎么一点都不知情。"

"算不上吧，相信副馆长能应付，你自己慢慢逛吧。马上就要闭馆了，我得忙去了。"林建新走了几步，又转过身来嘱咐他，"记得千万不要跟别人讲是我说的啊！"

"我今天没见过赵老师。"宋毅立刻点头答应，心想博物馆文物流失肯定是事实，可爷爷退休到底是怎么回事？

有了林建新的消息，宋毅心里也有了计较，他记忆中报道的几件文物确实不在东海博物馆。

宋毅赶在闭馆之前，又去了二楼字画馆，故技重施，对博物馆几个颇有八卦精神的老员工进行旁敲侧击，试图打听些消息。

宋毅发现这些员工心底都明镜似的，他一问，就好像帮他们找到了宣泄的地方。博物馆中文物的流失情况确实属实，先前林建新所说的话在他们那里得到了印证。而且，他还得到一个确切的消息，就算现在展出的文物，也有很多真品被调换了。

以劣换精、以伪换真，很多博物馆、文物局都有这样的事情发生，大家已经见惯不惊了。只有不知情的人会把博物馆展出的东西都当成是真品。此时此刻，宋毅特别想找到确切的证据。

从目前了解的情况来看，博物馆文物流失问题非常严重，没有登记入库的几乎全军覆没，具体的文物和数目宋毅也都——记在心底。

下一步他们就该打瓷器和玉器的主意了吧。

在这样的背景下，宋毅更确信爷爷的退休绝对是有原因的，可他们会找什么理由逼迫爷爷退休呢？宋毅有些糊涂，爷爷的为人和品格是绝对没问题的，不但宋毅确信这点，博物馆的员工对此也深信不疑。

时间一到，博物馆闭馆，宋毅也悄悄溜走，没让爷爷瞧见他去过博物馆。

虽然不知道爷爷退休到底是基于什么原因，但宋毅已经找到了不让他提前退休的办法。

宋毅现在能想到的最好的办法，就是将博物馆管理人员监守自盗、导致国家重要文物大量流失的事情提前曝出来，在这种风口浪尖的时刻退下来还是需要十分的勇气。

宋毅很清楚，以爷爷重名重义的性格，要是有可能背上盗卖文物或者导致文物流失的嫌疑，那他是绝对不可能退下来的。即便他被人威逼，也会奋起抗争，相信没什么过不去的坎儿。

既然决定了，宋毅便准备行动，他记不清楚爷爷具体是哪天退休的，但他知道行动得越早，成功的可能性就越大。

宋毅想好之后，便开始写匿名举报信，他在信中详细列举了东海市博物馆国家一级文物流失的情况，准备分别寄给东海市检察机关，东海市文物局，东海电视台以及东海日报。

值得一提的是，宋毅的父亲宋明杰是东海市文物局的主任。这封举报信是孙子写的，目的是让儿子调查老子。

瞧这事情折腾的，宋毅在心底暗笑，要是被他们知道真相，不知道自己会不会挨揍。

宋毅第二封匿名举报信刚写了一半，就听见敲门声，他马上把信收了起来，顺手拖过旁边的复习资料。随后，熟悉而温柔的声音传进了他的耳朵，"小毅，身体怎么样了？"

宋毅回头，是他醒来后见到的第一个人，年轻了十多岁的母亲苏雅兰。她脸上并没有太多岁月的痕迹，人也一贯的温柔，这让他感到心暖，"谢谢妈妈关心，已经不碍事了。"

"你这孩子，怎么忽然变得这么客气起来了。"苏雅兰轻笑起来，依稀可见年轻时的妩媚风韵，"别看书了，下来吃晚饭吧。"

"好的!"

宋毅下楼后见到了爷爷宋世博，年过花甲的他面色沉毅，目光矍铄，精神状态却不如想象中那般好，也没怎么说话，宋毅猜测可能是博物馆的烦心事弄的。

至于父亲宋明杰，正值男人四十一朵花的大好年纪，东海市文物局的工作很清闲，让他原本很好的形体也变得臃肿起来，为此母亲苏雅兰没少抱怨。

宋毅和他们打了招呼，宋明杰就询问道："考试准备得怎么样了，下午去看过考场了吧?"

"没什么问题。下午去过考场，位置还不错。"宋毅回答得中规中矩。

宋明杰摆出一副严肃的样子，"你也不要掉以轻心，自己全力以赴好好考试，东海大学的竞争非常激烈，我们可没本事给你开后门。"

苏雅兰瞪了丈夫一眼，随后温柔地对宋毅说："小毅，今天晚上早点休息，明天好好考。我们大家都相信你能顺利考上东海大学的。"

"考上东海大学有什么奖励没有?"宋毅问。

苏雅兰笑道："你想要什么奖励?"

"还没想好，不过我有一个想法。"宋毅连忙将自己的计划抛了出来，"你们不是经常说要读万卷书行万里路吗，高考结束后，我想去云南旅游，体验一下生活。"

"云南? 想去玩多久啊?"苏雅兰立刻问道。

"十来天吧。"这还是宋毅最保守的估计。如果从东海市乘火车去云南，再坐汽车到腾冲的话，花在路上的时间最起码要六天。

赌石也是件非常耗费精力和时间的事，首先，找到可以赌涨的石头就不是件容易的事，很多有耐心的人会等几年才出手。其次，花钱买下来之后，还得擦石解石，还得找买家。不断重复这个过程，花费的时间根本不是一两天可以计算的。

想要做大事，就必须有足够的本钱，否则只能是空谈。做其他生意来钱太慢，宋毅也不怎么精通，赌石发财快，也比较刺激，最符合他的胃口。

但现在，还是不要说太长时间的好，只要出得了门，在那边待多久还不是他自己决定。

本以为这样的要求很容易满足，可宋毅抬眼看时，却看家人的表情似乎有些难色，这让他很迷惑，"不行吗？"

苏雅兰望了宋明杰一眼，他却不肯说话，她只好使出"拖"字诀，"等你高考完了再说吧。"

"这个要求不算过分吧？"宋毅不明白，究竟是哪里出了问题，按说他们家庭条件不算差，肯定不是放心不下舍不得自己出去，那就是经济方面的问题。家里应该不缺钱啊。可看他们的表现，的确像是这方面出了问题。

与其胡乱猜测，倒不如直接试探的好，宋毅便说道："没事，我自己过年的压岁钱还存着的，足够支付这次旅行的花费了。"

宋毅嘴上说得轻松，其实还是希望能从家里要点钱。因为他一直都在考虑上哪找更多的钱。要赌石，起始资金当然是越充裕越好，没有谁能保证一出手一个准，除非是神仙。

"小毅别乱想，也别生气，不是钱的原因，也不是我们不想让你去……"听他说话像在赌气，苏雅兰便着急解释。

宋毅看她找理由找得非常辛苦，便打断了她的话，直接追问道："是不是家里出什么事情了？我又不是不讲道理的人，只要家里需要，要我做什么都行。"

宋毅讲出这样的话来，一家人多少有些惊讶，苏雅兰和宋明杰相视无语，不知道该感动还是怎样。

"我这不是赌气，这几天我也想了很多，我长大了，该替家里分忧了。"宋毅抓住机会说道。

宋世博的目光在宋毅身上停留了好一阵，然后才开口说道："没什么事，想去就去好了，多出去走走，增加点见识总是好的。先不说这些，吃饭吧。"

以宋世博在家里说一不二的地位，这件事情就这样定了下来。

宋毅环顾其他几人，似乎都有种如释重负的感觉，更让他坚信了一点，肯定是爷爷发生了什么事。爷爷是家里的权威，大家都得照顾他的情绪，尤其在涉及他的面子时。

与此同时，宋毅也想到了另外一种可能，难道爷爷现在就打算把自己当成他的接班人严加栽培？对现在的他来说，这可不是什么好事，他可是体会过爷爷贴身教导的严苛，真要那样还有什么自由可言。大把的机会又会从身边溜走，绝对不行！

接下来的气氛有些沉闷，家里的规矩是吃饭的时候不许说话，这种时候，大家也都没心思说话。

好不容易吃完了一顿饭，连苏雅兰也受不了这种气氛，忙去收拾碗筷。

宋毅已经在心底酝酿了好一阵，正想多和他们说几句，试探一下虚实，却不料宋世博一眼看出了他心底的想法，立刻来了句："小毅，上楼休息去吧。"

"快去吧，考不好什么都别想！"看他还嘟着嘴，宋明杰直接威胁他。

上楼关了房门，宋毅又开始写他的举报信，直到敲门声再次响起。

这次是苏雅兰送水果上来，宋毅赶紧抓住机会，向她打听爷爷究竟出了什么事。

"这不是你该操心的，你现在的任务就是好好考试，别的什么都不要想。"不料苏雅兰口风咬得很紧，说辞虽然很老套，但却很有效。

宋毅最终也没从母亲那里套出什么话来，只好把几封信写完，上床睡觉了。

宋毅第一天高考十分顺利，毕竟是重生一次的人，这些高考题还是难不住他的。

宋毅现在最头痛的是赌石没有资金。思来想去，宋毅最终又把主意打到了那块雕琢观音的翡翠的剩余材料上，如果把它们加工出来，操作得好倒能卖得一笔数目不小的钱。

为了最大限度地利用这些翡翠，也为了把利益最大化，宋毅很是费了一番心思，最后拿定主意，做成两件饰品，耳钉和胸花。

他提笔在稿纸上画了起来，除了要考虑翡翠本身的形状色彩之外，他思考得更多的是用什么样的设计，能让饰品看上去更奢华更大气。毕竟，这两件饰品都是要拿出去换钱的，当然是越华丽越好。

宋毅的艺术天赋本就不低，又从小学画画，算上重生之前的时间，学了近二十年，再加上他有超前的眼光，见多了名家的设计，即便是信手拈来的作品放在现在都可算得上是一等一的上品。更何况，他还根据几块翡翠的具体情况，精心设计了最合适的搭配方案。

即便是最简单的耳钉，他也加入了精巧的设计，水滴型的翡翠，配上镶花的耳环，不管是造型还是创意，绝对是超水准的。

至于胸花，则设计成一朵漂亮的玫瑰花，几朵花还可以旋转拆卸开来，适用于不同的场合。

"再加上两个钻石作陪衬就更完美了。"宋毅看着自己画出来的设计图，不由得感叹道。对现在的他来说，加上几个克拉钻石只能是奢望。

吃晚饭时，宋毅还是没能从家人嘴里套出什么有用的消息，倒是爷爷奶奶和爸爸妈妈听他说考试考得不错，都很开心。

早早地上了床，把闹钟调到半夜，然后趁着家人都睡着的时候，宋毅将剩余那些零散的小翡翠全部加工出来。

一切准备妥当，就等把材料买回来镶嵌了。

第二天，宋毅照常去学校考试，考完之后顺便去买了些18K白金回来。

宋毅刚一进门，就碰上了出来迎他的奶奶。

"今天的考试不难吧？"奶奶略显紧张地看着宋毅。

宋毅自信满满地说："不难，现在只需等东海大学的通知书了。"

他的自信感染了奶奶，她的声音也大了，"那就好。小毅先去洗洗手擦把汗，一会儿就开饭，奶奶给你做好吃的。"

考试结束了，宋毅也彻底自由了，苏雅兰便问起他的打算，"小毅打算什么时候去云南？"

"我先了解一下那边的情况，过几天再去。"宋毅回答道。

真实原因是现在没搞到钱，爷爷的事情也还没处理好，当然不能就这样过去。

"那行。"苏雅兰似乎松了一口气。

"老爸好像去过那边。"宋毅说完之后就后悔了。

"就别提他了，那次去云南败光了几个月的工资。"苏雅兰一提这事就来气，望着宋明杰的目光也有了别样的味道。

"还好啦，老爸算败得少的了，其他人花光几年工资的都有。"宋毅笑道，他很清楚老爸去云南的事情。他刚解开的那块毛料就是宋明杰随团去云南考察的时候赌回来的，这样的黑色毛料宋明杰一共买了八个，其他几个砸开之后发现除了石头还是石头，剩下这个比较硬没砸烂，他就当做纪念品带了回来，提醒他即便做为专家也不能轻易去赌石。

值得一提的是，他们一行人都是研究玉器的专家，可到了云南，却都在赌石上栽了跟头，最多的一个买了一块十几万的赌石，结果切开一看，里面竟是白花花的石头，十几万块钱就这样打了水漂。

宋明杰本以为他也输得精光，却没想到他拿回来的这块黑色毛料里面竟然有高档翡翠，白白便宜了宋毅。

宋毅于是很认真地向宋明杰请教去云南的注意事项，不管怎样，样子总是要做的。他也打算从宋明杰那里多了解一些此时赌石的情况，毕竟，他真正意义上开始赌石是在 2003 年，那时的云南和缅甸早就不是当初的模样。

宋世博的情绪还是不怎么好，吃过晚饭就去了工作室。

宋毅照旧调好闹钟半夜起床，然后悄悄摸到地下室，准备完成那两件翡翠饰品的镶嵌。

当他打开地下室的灯，却看到了一件以前没有的瓷器。工作室里的东西宋毅都非常熟悉，多出一件东西他一眼就发现了。

最近宋毅的神经很敏感，自然就联想到爷爷的烦恼，再想到昨天晚上爷爷一直待在工作室，莫非事情的起因竟是因为这东西？

宋毅顿时忘记了自己下来的目的，一边在心底暗自猜测，一边仔细观察起这件瓷器来。

这是一件极似窖藏出土的元青花梅瓶，宋毅拿出放大镜，仔细观察起来。

宋毅前世曾仔细研究过元青花，上手把玩过的元青花数量也不少。他惊奇地发现这件瓷器不管是器型还是釉面、青料以及工艺都和元青花的特征吻合，整件瓷器很干净，没有明显的作旧的痕迹。

但宋毅没有被这些东西迷惑，他从小就表现出超人的绘画天赋，加上后天的努力，让他对各个时代瓷器上的不同画风都有研究。有了前世的经历，让他在鉴定的时候更加得心应手。

在他看来，这件瓷器的工艺虽好，绘画水平也很高超，一般人可能感觉不出来，但他却能明显看出这上面的画风虽然和元青花接近，但却有明显的斧凿痕迹，和元青花的韵味相比有一段距离。不得不说，绘画还是要看天分的，高仿品也不是那么容易做的，精雕细琢也不见得就能瞒得过别人。

他前世继承了爷爷的衣钵，两人还一起出去游历，见识了各式各样的高仿瓷器，以及各种稀奇古怪的作假方法，说起他的鉴定水平，还要超出现在的宋世博一大截。

宋毅知道爷爷现在的鉴定水平很高，但也有他的局限性，毕竟他以学术研究为目标，研究古瓷器也是为了修复受损的瓷器，但市场上充斥着以盈利为目的的无良商人，他们充分发挥了人类的主观能动性，把造假事业搞得轰轰烈烈，各种方法层出不穷，造假技术也达到了空前的水平。

最让宋毅怀疑的是，这件瓷器有着爷爷平时判断真假的全部特征，难怪他会看走眼。

宋毅不由得想起前世和爷爷一起出去寻访名窑高手，就曾多次见识这些完全按照古法造假的，烧出来的瓷器真可以假乱真。当时两人还看到了元青花的烧制，当时爷爷就有过异样的感叹，那时他还觉得奇怪，现在想来，一定是因为这个原因。

一般来说即便鉴定错了瓷器，也不至于闹到退休的地步，但如果有人刻意陷害的话，事情就复杂了。

宋毅知道博物馆收藏的文物来源无非几条，一是和其他博物馆以及文物单位交换，二是新出土的文物，还有来自私人或者其他机构的捐献，博物馆有时候也会出钱收购值得珍藏的文物。

宋世博是东海博物馆的副馆长，自然有权力替博物馆出资收购他鉴定为真品的文物，这件元青花极可能就是他替博物馆收购的。

一旦发现这是赝品，对一生重名的爷爷打击可想而知，虽然他可以像其他专家一样，一经鉴定后就死死咬定这是真品，但内心难免有不安和愧疚。

更何况，事情并没有这么简单，在宋毅看来，这一切都是精心设计的陷阱，目的就是为了将爷爷从现在的位置上逼下来。只要有人将这件事情捅出来，足以让爷爷声名扫地。幕后的策划者应该有了完全的考虑，也看中了爷爷重名如命这点，他们只需轻轻一点，爷爷就完全没办法逃避，想来前世爷爷退休多是因为这个原因。

虽说在古玩这行买到赝品、打了眼一般都承认自己学艺不精自认倒霉，把教训记在心底，根本没脸面去追究。可宋毅却不像爷爷那么迂腐，在他看来，这就是一场精心布下的骗局。虽然不能报警解决问题，但在规则范围内，自有一套以牙还牙的办法，最起码，要把损失的几十万找回来。

但这都是以后的事了，目前最紧急的还是爷爷的职位岌岌可危，再拖下去的话，估计他就只能含恨离职了。

把前因后果想清楚之后，宋毅有种解脱的感觉，这也算解开了一直萦绕在他心间的谜团。未知的东西才是最可怕的，知道了事情的真相后，他就可以找到最合适的办法来应对。

宋毅在工作室里四下看了看，里面的高仿瓷器很多。

宋世博是著名的瓷器鉴定和修复专家，少不了自己烧制一些瓷器，很多作为试验品的瓷器就堆放在工作室内。看到这些新仿的瓷器，他便在心底琢磨着这些瓷器可不可以利用一下，来个以彼之道还施彼身。

宋毅心念之间仔细查看起来，他现在的眼界高了很多，可还是选出了一件和真品差距最小的瓷器。那是件高仿哥窑碗，真品家里就有，不过被宋世博锁在保险柜里。

宋家旧时很显赫，宋世博年轻时就爱摆弄瓷器古玩，一身本领也是从那时练成的，家里自然少不了高古瓷器。

宋代几大名窑的瓷器，宋世博都曾成功仿制出来过，虽然没有达到以假乱真的地步，可普通人还是没办法鉴定出真假的。

宋毅想，设计陷害宋世博的明显是个行内高手，这种程度的仿品估计还是能被他看出猫腻。

可是宋毅有办法，他前世跟爷爷学到的仿古技术一直没怎么派上用场，这时候露一手，相信天下也没几个人能辨出真假。只是这样一来需要耗费一两天时间，而且不能在工作室进行，这里没条件，得去买点原料，然后去外公家的窑里做才行。

还有最重要的一点，他还不能完全确定，隐藏在背后的高手究竟是谁。

熟悉宋世博鉴定风格的人不多，知道他对细微处的鉴定手法的人更少，这一来就排除了很多人，剩下的已经屈指可数。

宋毅猛然想起，爷爷退休之后，他曾经的得意门生赵建华，第二年升职成了主管东海博物馆瓷器馆的主任，正是在他就任期间，博物馆的精品瓷器大量流失。

如今想来，嫌疑最大的就是赵建华了。从宋世博退休之后，赵建华来家里拜访的次数日益减少，后来几乎没见过他的踪影。

真正让宋毅觉得他嫌疑最大的原因，还是他在瓷器方面的高深造诣，很有青出于蓝而胜于蓝的意味。

当初宋毅的父亲宋明杰对瓷器的兴致不高，水平也一般，唯独喜欢玉器，后来进了文物局，主要研究方向也是玉器。宋世博有些失望，便把很大一部分精力花在了教导徒弟赵建华身上，赵建华天赋不低，勤奋好学又有自己的想法，加上他为人处事进退得当，颇得宋世博的喜欢，把一身本领尽数相授。

可惜那时的宋毅还只是个懵懂少年，加上家里长辈刻意隐瞒，根本没意识到赵建华和善面目下的另一张狰狞面孔。

"不知道爷爷现在有没有发现是谁在背后搞鬼？"宋毅心想，从赵建华事发后第二年才升职这件事情来看，素有心计的他确实不可能这么快露出马脚，要不然他立刻就得名誉扫地。虽然爷爷现在不愿声张，但他背叛师傅，造假陷害师傅毕竟是事实，需要承担的风险还是很大的。

既然赵建华不会这么快暴露，那么只要他将这件哥窑瓷器做得天衣无缝，追回损失的几十万块钱还是非常有可能的。

以后，宋毅相信爷爷总会想明白到底是谁制作的赝品，自己再稍微提醒一下，他还能不暴露？这可不需要讲什么证据，只要爷爷继续在博物馆当他的副馆长，那么赵建华就别想和前世一样风光。

第二天，宋毅一大早就出了门，为了做旧哥窑碗，他整整在姥姥家忙活了两天，终于大功告成。

下午，宋毅再次来到博物馆，他是来给赵建华下套的。

赵建华正在瓷器馆巡视，四十来岁的他卖相不错，国字脸，人也高高大大的，看见宋毅热情地招呼道："小毅，来找你爷爷吗？"

宋毅打量着他，心想，他还不是一般的虚伪，"不是，赵叔叔，能不能借一步说话？"

赵建华虽然有点疑惑，可还是跟着他去了博物馆后边的工作人员专用房间。

看宋毅关了门，赵建华心底越发疑惑，"小毅，找我有什么事情吗？"

"我知道赵叔叔人际关系广，所以想请赵叔叔帮个忙。"

赵建华笑道："小毅太客气了，有什么我能办到的尽管说就是了。"

宋毅前世见多了像他这样笑里藏刀的人，这时候也不介意和他虚情假意一番。他手上动作没停，把背包拿下来，将里面那件包好的哥窑碗拿了出来，递了过去。

见他拿出一个大盒子来，赵建华起初有些疑惑，可还是伸手接了过去。当他打开厚厚的包装盒时，眼里闪过一阵狂喜，随即又换了一副惊讶的表情，"这不是你们家的哥窑碗吗，你拿出来干什么？"

"家里出了点事急需周转资金，这东西虽然珍贵可出手还真没那么容易。何况我对现在的市场价格也不太熟悉。我想着赵叔叔交游广阔，就想请赵叔叔帮个忙，赵叔叔不会拒绝吧。"宋毅一直密切关注着他，将他的一举一动尽收眼底，这会儿看了他的表情，心想倒不会冤枉了他。

宋毅很清楚，赵建华肯定见过宋家珍藏的那几件宋代名窑瓷器，要不然也不会一口就叫了出来，宋毅要的就是这个效果。

赵建华目光紧盯着他，"你不是偷偷拿出来的吧？"

久经世故的宋毅哪会被他这种小伎俩难倒，眼神表情都极其逼真，"你也知道，爷爷的性格实在太倔强，哎……我爸也不跟我说太多，我现在信得过的也就赵叔叔一个人，就看赵叔叔愿不愿意帮我们了。"

"要不要再考虑一下？卖出去之后想收回来可就难了。我手头还算宽裕，你们急需钱的话可以先拿去应急一下。"赵建华摆出一副真诚恳切的样子，他心底也很清楚老头子那死爱面子的性格，让他出面求自己肯定是不可能的，因此，对宋毅的话深信不疑。

"不敢麻烦赵叔叔，要是赵叔叔肯帮我这个忙我就非常感谢了。"宋毅心底冷笑，从他言语间推断，他应该早就知道宋毅家里出现了困境，还真以为自己不知情，明明是个大尾巴狼，还装什么好人！

赵建华望了宋毅几眼，看他不愿改口，也就不再提。可生性谨慎的他还是仔细观察了一阵手里的哥窑碗，直到确定这确实是宋家的收藏后，这才答应了下来，"那我试试看吧。"

"那就麻烦赵叔叔了，越快越好！"宋毅当然希望他马上把钱给自己，赵建华做人可不像爷爷宋世博那样古板，平时捞的钱就不少，先前又把那件赝品元青花卖给了博物馆，怎么也能捞一笔，拿出个二三十万来还是不成问题的。

赵建华目光这才从碗上挪开，沉声问道："真这么急？"

"十万火急！我恨不得马上就能拿到现金。"宋毅焦急地点点头。

"可这东西出手并不容易。"赵建华想了想说道，"要不这样吧，等下你跟我去银行取钱，就当我买下来好了。这瓷器我就先收着，要是哪天你们手头宽裕了再拿回去好了，小毅你看如何？"

赵建华说的倒是实情，玩收藏最大的问题就是变现不易，很多藏家遇到周转不灵的时候，便把藏品以低价转出去。如果两人关系好的话，碍于情面，到时候还可以以高一点的价格把喜爱的藏品收回来。

宋毅没想到事情进展得如此顺利，可他不想有什么隐患，当即便说道，"我们家的人向来说一不二，赵叔叔的好意我心领了，可这瓷器，赵叔叔想怎么处理就怎么处理好了。"

"那怎么好。"赵建华推说道。

"赵叔叔已经帮了我们大忙了。"宋毅坚定地说道，心想他大概也在担心自己会反悔。

赵建华看他打定主意，便不再多劝，"我存折上大概有十八万，你看够不够？"

"够了，那我就先谢过赵叔叔了。"宋毅高兴地点了点头。赵建华在价格上面倒没耍什么花招，高古瓷器的价格卖不过明清彩瓷元青花也是不争的事实。

赵建华便把哥窑碗收了起来，之后和宋毅一起去银行，从他自己的账户里取出十八万现金给宋毅。

宋毅把现金装进背包，和赵建华客套一番之后，没有多做停留，打的直接回了家。

一路上，宋毅压抑着激动的心情，一切按计划进行，事情出乎预料地顺利。

这天是周一，一家人聚在一起吃过早餐后，就各自忙去了，在他们眼里宋毅倒是最悠闲的。

"前几天忙得昏天暗地的，连周末的鬼市都错过了，那可是捡漏的最佳时机。"虽然有些遗憾，可宋毅也没办法，光是家里的事情就够让他焦头烂额了。

他今天的任务倒是比较简单，把两件翡翠饰品拿去典当行典当。

东海市的古玩瓷器和珠宝玉器市场基本集中在城隍庙附近，东海典当行的总店也开设在城隍庙。

宋毅信步走入东海典当行，发现典当行里客人并不多，除他之外，就只有一个拿着金品典当的中年妇女。

"你好，我想典当两件玻璃种翡翠饰品。"宋毅客气地跟典当行的业务员说。

"先生先坐会儿，我马上请我们鉴定翡翠的刘师傅过来。"

宋毅并没有坐下干等，而是来到典当行的绝当区，说起来典当行也是淘宝的好地方，价格也比一般市场价低。

一只天青釉的三足香炉吸引了宋毅的目光，宋毅隔着玻璃仔细打量起这件香炉来，这瓷香炉呈直筒造型，下有三足。

他最喜欢的是它的釉色，是那种纯纯的雨过天晴的色彩，以他的经验判断，这是件典型的宋代汝窑瓷器。

宋毅见过的汝窑瓷器不少，家里就有一件汝窑笔洗，东海博物馆里珍藏的几件汝瓷他也都上手过，这样香炉造型的汝瓷倒是不多见。

汝瓷是我国宋代"汝、官、哥、钧、定"五大名瓷之一，五大名瓷之中，汝窑为魁。更有"纵有家财万贯，不抵汝瓷一件"的说法。

这件汝瓷，正是汝窑的工匠以名贵的玛瑙入釉的典型，"青如天，面如玉，蝉翼纹，晨星稀，芝麻支钉釉满"。

"能不能把这个香炉拿出来看看？"宋毅心想遇到汝瓷的机会可不多，得抓住机会丰富自己的收藏。

是的，收藏！在这里买可算不得捡漏，典当行的鉴定师傅眼光都很准，一旦鉴定出错损失可得由他们自己承担。

宋毅虽然不明白这样的精品汝瓷怎么会出现在典当行里，可东海收藏界有丰富的藏品他是知道的，或许原本的主人跟他一样急需用钱，才拿到了典当行。

宋毅现在是真心想收藏这件精品瓷器，谁知道错过这样一件精品何时才能再有机会遇到，也许会是在多年后的拍卖会上，只是那时候，应该会拍出七八百万的高价了。

三十多岁的典当师稍稍犹豫了一下，还是打开展柜将那件香炉小心翼翼地捧了出来，还不忘嘱咐他轻拿轻放。

刚一上手，宋毅就感觉到这香炉的手感极佳，再看香炉内外施釉，胎薄釉厚，釉质凝厚，均匀而且自然，是件难得的佳品。再仔细观察，他发现天青釉表面布满细腻的开片，尤为难得的是开片疏密得当，型如蟹爪。

宋毅伸指轻叩，胎质较薄的地方发出短如磬的声音，而胎质稍厚的地方，比如香炉底部，则是类似叩击木头的声音。

宋毅心想这里不愧是东海市数一数二的典当行，连这件堪称国宝的汝瓷都有人拿来典当。

打心底认定这是件真品汝瓷，宋毅心想就看它要价如何了。

宋毅清楚地认识到这是在 1994 年，即便在 2009 年，元以前的高古瓷器在国内市场的价格也不高，一方面在于国家对这类高古瓷器的态度，无论是真是假，藏家都难免提心吊胆；另一方面，藏家对景德镇瓷器的了解更深，也更喜欢追捧色彩绚丽的明清彩瓷，不怎么懂得欣赏简约美的高古瓷器。

墙内不香墙外香，在国外的瓷器拍卖场上，高古瓷器却是被追捧的热点。

而这时，人们对代表香文化的瓷香炉研究还不深，随着全民收藏时代的来临，各类以前不被看好的种类渐渐被发掘出来后，瓷香炉的行情才日渐看涨。

宋毅清楚地知道宋代熏香文化盛行，那时候的香炉是用来熏香的，看到眼前这个精美绝伦的香炉，他不由得想起"红袖添香夜读书"的隽永画面来。

"这瓷香炉什么价格？"既然决定收藏它，宋毅自然得问问价格。

"二十一万。"那典当师回答他的时候，也很好奇这位年轻的客人到底是来典当东西的还是来买东西的，可看他鉴定瓷器那老道的样子，完全是个行家，因此不敢轻慢他。

宋毅当即说道："价格还算公道，这香炉我要了。"

那典当师老老实实地问道："请问你是付现金还是银行转账？"

宋毅笑道："付现金吧，不过得稍微等会儿。刘师傅还没到吗？"

说话间，刘师傅就到了，他五十来岁，人很精神也很健谈，脸上一直带着微笑，"宋先生这边请。"

"刘师傅认得我？"宋毅以前很少来典当行，可看见他，总感觉似曾相识。

刘师傅笑道："文物局宋主任的公子，我怎会不认识。"

真说起来，东海市的古玩圈子也就这么大，宋毅以前跟着爷爷宋世博以及父亲宋明杰四处观摩学习经验，他可能没记住其他人，可见过他的人怎会不记得他。

"刘师傅别折煞我了，叫我小毅就行。"宋毅接着又对刚刚的典当师说，"帮我把那香炉看一下，马上就过来取。"

两人说话间就到了里面的贵宾接待室，宋毅也不啰唆，直接从包里拿出他设计的两件翡翠饰品，"今天来找刘师傅是想当两件翡翠，刘师傅给看看吧。"

刘师傅打开盒子后眼睛就挪不开了，对喜爱翡翠的人来说，见到这种极品的翡翠就是一场视觉盛宴，这种顶级的玻璃种艳绿翡翠可不多见，平时都被深锁在保险箱里，这时候拿出来，足以让人目眩神迷。

尤其是两件翡翠饰品的精巧设计，以及完美的镶嵌，更让他顿时觉得眼前一亮。

"真漂亮啊！"刘师傅不由得赞叹了出来，随即又问道，"这是你设计的吗?"

"让刘师傅见笑了。"宋毅谦虚地回答。

"还是你们年轻人厉害,我不服老都不行了。"刘师傅笑着说道。他听说过宋毅在绘画设计上的天赋。

"刘师傅过奖了。"宋毅接着问道,"那刘师傅你看能当多少?"

鉴定翡翠可是刘师傅的拿手好戏,抛开华丽大气的镶嵌不提,单是这几颗玻璃种艳绿翡翠的价值就上百万。这年头翡翠热方兴未艾,翡翠出手还是挺容易的,但刘师傅知道来典当行的人普遍心理跟宋毅一样,他可舍不得将这样的极品翡翠出手。

"你想当多少?"双方都是行家,刘师傅也就不跟他玩虚的。

"当然是越多越好,当期就两个月好了。"宋毅现在急需资金,需要用钱的地方太多,典当的综合费以及利息就显得微不足道了。

这是1994年,对宋毅来说,只要有足够的资本,那就是一切皆有可能的时代。

刘师傅虽然站在典当行的立场,可他清楚地知道宋毅这种大客户的价值,也很清楚这样的翡翠出手其实不难,他就在典当行的规则范围内给了他一个最高价。

"你看八十万如何?"

"成!"宋毅爽快地答应下来。有了这笔钱,他就可以大展拳脚了。

宋毅随后又问道:"你们典当行要替客户保密的对吧?"

刘师傅明白他的意思,当即笑道:"这是当然。"

随后宋毅把身份证拿出来,刘师傅帮他办理手续,同时还不忘提醒他记得赎当或者续当。

宋毅笑道:"这个我知道,事实上,我还要买下你们这里的一件绝当品。"

"你是说那件汝瓷?你运气还真好,这件汝瓷今天刚到绝当期。"刘师傅不无羡慕地说道。

一般来说,物美价廉的东西,典当行内部就消化了。可这时候的二十多万不比通货膨胀后的二十一世纪,对典当行的典当师来说,也是个非常大的数目。

"今天是周一，大家都要上班。"宋毅脸上的笑容更灿烂了，平时大家捡漏都是在周末，那时候卖的人多买的人也多。

虽说当了八十万，可除去典当行先行收取的综合费用将近七万，购买那件汝瓷香炉又花了二十一万，宋毅实际能拿到手的不过五十二万。

宋毅便拿着汝窑香炉去聚宝斋。聚宝斋是林宝卿家开的古玩店，林家和宋家也算是世交，林宝卿又是和宋毅从小玩到大的发小，自然是宋毅最信得过的人之一。宋毅这次去就是想把这件汝窑香炉放在聚宝斋。如果放在家里，一旦被发现了很不好解释。

林宝卿正在家里看店，宋毅一见面就直入正题："宝卿，我寄放件东西在你这。"

"什么东西?"林宝卿问道。

宋毅小心地将那件汝瓷香炉拿了出来，轻轻地放在柜台上，看他谨慎的样子，林宝卿不由说道："千万不要告诉我这是件真品。"

宋毅笑了，"你自己看看不就知道了。"

林宝卿跟着父亲也学了不少古玩鉴定的知识，当下便接过仔细看起来，她越看越激动，"真是汝瓷，你从哪里搞来的? 现在还有这样的漏可以捡?"

"典当行淘的，先寄放在你这里，千万别卖掉，我还准备把它当传家宝留给后代呢。"

林宝卿知道典当行可不好捡漏，买下这样的极品汝瓷，价格肯定不低。她也很疑惑，宋毅哪来的那么多钱，他去典当行干什么。

"你不是把翡翠观音当了吧?"

"怎么可能!"宋毅当即掀开衬衫，给她看挂在胸前的翡翠观音。

"这件瓷器记得帮我收好，我还有事要忙，回头再找你。"

宋毅老早就把关于东海博物馆流失文物的匿名举报信发了出去，后来看效果不好，甚至还向检查院和报社以及电视台打了匿名举报电话，这次反响非常大。宋毅看事情差不多了，钱也到手了，便开始准备他的云南之旅了。

这时，知道宋毅要自己去云南旅游的姥姥来了电话，说隔壁的姐姐苏眉刚刚辞职，心情不好，正好也准备出去旅游，正好两人做个伴，家里人也放心些。

宋毅小时候经常往外婆家跑，也常和苏眉一起玩。苏眉比他大好几岁，经常照顾他。

　　听说苏眉一起去，宋毅自然求之不得。要知道，苏眉可是远近闻名的大美女，不过也正是因为她的外貌太妖娆了，致使她在每家公司都干不了多久，就会因为这样那样的骚扰而辞职。所以，天生丽质有时也不是什么好事。

　　尽管家里经济紧张，苏雅兰还是给了宋毅一千块钱作为此次旅行的花销，还嘱咐他男人要大气一点，不要什么都让苏眉掏钱。

　　宋毅觉得心底有愧，可现在又不好说他手头有钱，嘴里自是满口答应下来。

　　这天上午，宋毅收拾妥当后，就背上背包出门去找苏眉了。

　　苏眉素面朝天，一身素雅清凉的打扮，拖着一个黑色的旅行箱。她虽然面上无波无澜的，可宋毅知道，她心底对屡次被迫辞职很在意。

　　所以，一路上宋毅一直都口若悬河地说个不停，告诉苏眉他们要去的地方有火山、地热、温泉，还有最大的乡村图书馆。

　　苏眉还是第一次和小男生出这么远的门，看当年的邻家小男孩使出浑身解数逗自己开心，心里顿时觉得很温暖。

　　苏眉是个聪明的女人，在和宋毅的谈话中，听出了宋毅此行的目的并不是旅游那么简单，当下直接问了出来。

　　宋毅也没再隐瞒，说出他要去赌石。

　　苏眉虽然不太明白什么是赌石，可在她看来，一旦牵涉到"赌"字，所冒的风险就不是一般的大。只是看着宋毅兴致勃勃的劲头，知道自己肯定是劝阻不了他的。好在自己就是出来换换心情，也没有特定的目的地，就随他一起去吧。

　　两人到腾冲时刚好天亮，在车上睡了一觉的宋毅精神抖擞，拖着箱子出了车站，挥手招了个的士，让司机带他们去玉器街附近的宾馆。

　　司机也是个能侃的，一听宋毅要去的地方，立刻说："你们是来腾冲做玉石生意的吗？"

　　宋毅笑问："你怎么知道？"

　　司机好心提醒："来腾冲的外地人绝大部分是做玉石生意的，可是这行水深，很多人都栽了进去。年轻人还是要沉得住气才行。"

司机接着就开始侃起他的见闻来："赌石风险大啊，我认识的一个朋友先前靠赌石发了一笔，风光了好一阵子，还在城里买了房子娶了老婆，惹得大家羡慕不已。可后来为了一块赌石，他把全部身家都赌了进去，结果赌垮了，房子没了，老婆也跟人家跑了。现在看得多了也就知道了，还是老老实实地赚钱好。"

宋毅笑而不语，任他胡侃乱吹。

两人在宾馆休息了一晚，第二天一早就去了热闹的玉器街，广东、香港、台湾的玉石商人云集于此处。这时，腾冲还是全国最大的赌石基地。

在没搞清楚情况之前，宋毅是不会贸然出手的，多看少买一直是赌石的原则。他的赌石经验是在二十一世纪练就的，那时候流行公盘竞标，基本都是切开的翡翠玉石，里面的风险非常大，一不小心就会赌垮。

而现在，像那种切开卖的赌石非常少，一般切出绿来就算是赌涨，值得放鞭炮庆祝。切出绿后的玉石就有商人争着买回去，当然，后面的风险就由这些商人承担了。

这时大家赌的基本都是全赌料和半赌料，这些半赌料有的擦出绿来，有的开了窗口露出盈盈的绿来。

苏眉跟在宋毅身后，走进一家卖毛料的店铺，店铺老板正和别人谈生意，让他们自己先看看。

宋毅乐得如此，拉着苏眉看那些堆在地上的毛料。苏眉还是第一次看到这种翡翠毛料，尤其是那些窗口开得特别好，露出一团一团的绿来的毛料，她显得很兴奋，"我怎么看这些石头好像里面都有翡翠。"

蹲在她身边的宋毅却道："真正赌涨的石头也就那么点，换句话说，绝大部分的石头里是没有翡翠的，即便它外表被擦出一股股的绿来。"

"想来也是，真有的话别人早就切了，也轮不到我们了。"

"眉姐很聪明嘛。"宋毅呵呵笑了起来，"可惜很多人都意识不到这点，还自作聪明地认为自己捡了大便宜。"

说到这，宋毅不由得想起曾经在赌石展或者珠宝展上看到的那些作假的低劣赌石来，一些人的摊位上，一块赌石上露出大半的绿来，简直假得不能再假，试想真有那么多绿的话，货主还不把它切开。偏偏有的人就是鬼迷心窍，相信自己运气不错，占了大便宜，殊不知你上当受骗别人还在背地里赠你一句：傻瓜！

"还有这颜色，比你那块翡翠颜色差太远了。"苏眉仔细看了看面前开窗的赌石，这绿色很淡，和宋毅的翡翠观音有天壤之别。

宋毅笑道："我那可是顶级的翡翠，怎么可能随便一块石头都有那么好的种水和色彩。还有，抛光后的翡翠可比你现在看到的绿色要亮丽得多，你慢慢就会了解的。"

虽然知道这些石头里可能就有顶级的翡翠，可对没有任何赌石经验的苏眉来说，面对这些石头的时候完全抓瞎。

跟着宋毅逛了一会儿，苏眉就发现她的兴致不在这上面。

"完全看不懂，我还是喜欢加工出来的翡翠，亮晶晶绿莹莹的，多赏心悦目。"

"是很枯燥，所以赌石基本都是男人的游戏。"宋毅笑道，"眉姐心细，帮我留意一下玉器街这些店铺情况好了。"

"留意什么？"苏眉问道。

"你就按市场调查的步骤做好了。比如这些玉石商家主要销售的产品是什么，最需要什么，不同时段不同地段的客流量如何，店铺装潢对销售的影响等等，这可是个累人的活，就是不知道眉姐有兴趣做不？"

"当然，这可比对着石头有趣多了。"苏眉欣然接受了这个任务。她在社会上已经工作很多年了，这些事情做起来倒是轻车熟路。

"那是因为你还没有领略到赌石的魅力。"宋毅笑着说道，"我更喜欢赌石，可如果按照有钱人那种赌石的方式的话，我的本钱可不够折腾，更别说和那些玉石大鳄对抗了。这次能和眉姐一起来，还希望眉姐能帮我把赌石的利润最大化。"

"行！"苏眉当即答应下来。

"赌石的事情我不懂也不管，不过我可以做些我自己擅长的事情。"苏眉一直觉得凭本事也能打出自己的一片天地，无奈总是被人当花瓶。宋毅现在请她帮忙，倒是正中了她的下怀。

"那就这么说定了。"宋毅喜欢和聪明人打交道。

苏眉说干就干，仔细打量周围的环境，专心做起市场调研来。

她的第一感觉就是这些店铺的装修太差劲了，简直可以说没有装修。

宋毅则专心看翡翠毛料，他知道好东西不是被人抢先，就是被货主深藏起来，这些摆出来的毛料价格一般都不太高，可赌性自然也不高。

可对他来说，多看多上手才能迅速积累经验，这些石头里虽然出翡翠的几率不高，但即便是行家也会有看走眼的时候。

卖相稍微好点的毛料他都会留心，用强光手电照看，拿放大镜仔细观察。

可惜这些毛料里并没有什么值得赌的，在没看到中意的石头前，他不会轻举妄动。

宋毅有的是耐心，因为即便在翡翠开采的高峰期，想买到合适的毛料也不是那么容易的事情。

四十多岁的店铺老板送另外一位客人出门后，过来招呼他们，"两位第一次来店里吧，刚刚没顾得上招呼你们，实在不好意思。"

"老板太客气了，只要老板不把好货藏起来就好。"苏眉一直留意他们，照她看到的情景推测，两人之间应该没谈拢。

"哪能，我们开店就是希望能做成生意的。"那老板瘦瘦的，脸上的笑容也很和善。

苏眉社交能力很强，很快就和他聊了起来，并了解到他姓黄，黄老板很健谈，"你们想要什么样的毛料?"

"老板有什么好货都拿出来看看吧。"宋毅这时候也站起身来，笑着说道。

他现在没什么名气，还得问人家拿好毛料来看。要是有了名气就不一样了，很多人会主动把毛料送上门给你看的。

"那你看这大谷地的石头对不对你的桩?"黄老板从柜台下搬出一块黄砂皮毛料。

宋毅蹲下去仔细打量起来，这块半赌毛料并不大，呈方形，约有十来公分厚，两指宽的蟒带处开了一个小口，露出一点苹果绿来。

一般而言，毛料表面的蟒带和松花就是翡翠玉肉在外面的表现，它们也往往作为赌石最重要的依据。要判断一块毛料里面是否有翡翠，唯一可行的方法就是通过它的外在表现，如果不擦不切的话，用任何仪器都看不到毛料里的表现，赌石的风险因此被无限放大。

这样的开窗也是有讲究的，为了降低风险，货主往往会在表现最好的地方开出一个窗口来，然后将开窗的毛料出手，将剩余的风险留给后面的人，只有二愣子才会放弃在表现最好的地方开窗，而去其他地方开窗。

换句话说，开窗等于是把整块毛料表现最好的一面展示出来。

但这块毛料表现最好的地方只擦出一点苹果绿，这样的情形可不容乐观，宋毅猜想这也是大部分人放弃赌这块石头的原因。绝大部分人，包括给这毛料开窗的师傅看到那么宽的蟒带只开出一小点绿来，都不看好这块毛料。

不管怎样，对宋毅而言，任何一块毛料都是难得的经历，他便仔细打量起整块毛料来。

真如黄老板所说，这块毛料是老场大谷地的东西，老场口的毛料品质有保证，像这样的黄盐砂很有可能赌出好翡翠来。

除了这条蟒带外，毛料表面还遍布稀松的点状松花。宋毅细心观察时，心底也在思考，按照这些松花的分布情况来看，如果背面松花密集处的绿色连成一片的话，还是有希望赌涨的，但这几率并不高。

宋毅翻看毛料时，也伸指使劲压了压那松花，感觉很硬，可这不足以作为凭据。他又打上强光手电，从开窗的地方往里照了照，从开窗处看到的质地以及透光程度来看，可以达到冰种，是仅次于极品玻璃种的存在。而且从反光的情况来看，里面似乎有绿色翡翠。

赌还是不赌，过去他有一点绿都敢赌，想要迅速积累财富，就得冒更大的风险，绝对不能拖拖拉拉。

赌石的魅力，不就在一个赌字上面吗？

宋毅暗自下定决心，富贵险中求，赌了！

既然决定要赌，宋毅便开始问价，"黄老板，这毛料什么价？"

"五万！"黄老板回答道。

"三万！"

"四万五，不能再低了！"

宋毅却道："我最多给到三万六！"

"小毅，真要赌吗？要不要多看看再说？"苏眉插嘴道，她倒是没想到宋毅这么快就开始叫价了。她可是听他讲过这一行的规矩，如果对方接受了你的报价，即便你事后觉得再亏，也不能反悔。

苏眉的话让黄老板下定了决心，"成交！"

这时宋毅想后悔也来不及了，苏眉有些担心，赌垮了怎么办？

宋毅却很兴奋，比起前世的激烈竞争，动辄百万来说，这时候的赌石成本要低很多。

宋毅从背包里数了现金付给黄老板，这块黄盐砂皮的毛料就归宋毅了。对于这些钱的来源，宋毅偷偷地告诉了苏眉，毕竟在腾冲这段时间，两个人会一直在一起，宋毅也瞒不住苏眉。苏眉虽然有些惊讶，但也没说什么。

第二章 从地狱到天堂走了一遭,腾冲赌石一刀暴富

切石机的声音停下来之后,苏眉看到掉下来的白花花的石头,心情立刻跌到了谷底,三十万就这样赌垮了。却不料有人惊呼:切涨了。原来宋毅这精准的一刀,将整块毛料切成了两半。他先看到的那一小半白花花的石头一点翡翠都没有,可另外的大半却是满满的苹果绿。这一刀下去切成两半,一半是地狱,另一半则是天堂,宋毅的心情也仿佛从地狱到天堂走了一遭。

买下这块毛料之后,不止是宋毅,连苏眉都迫不及待地想知道这块毛料究竟能开出什么样的翡翠来,如果他真的赌涨了,那可就是以小搏大的经典案例。

宋毅这次过来就是准备快速积累资金的,他可不想捧着几公斤的石头到处跑,就地解决当然是最好的办法。

"黄老板这里有工具吗?可以借来用下不?"

黄老板连忙回答道:"我这工具都是齐全的,就算你们不说,我还想请你们在我这里解石呢。"

"还是先擦擦看吧。"宋毅却说道,"借黄老板的电砂轮用用。"

"好,你介不介意我的几个朋友过来看看?当初他们看过这块毛料,让我通知他们一声。"

宋毅点头说:"这有什么好介意的,黄老板通知他们过来就是了,不过得快点儿。"

"你只管擦石就好。"黄老板笑道，"如果真的擦涨了，他们也许就当场出钱买了。"

这个宋毅自然知道，他还清楚自己不管是赌涨还是赌垮，都有助于增加黄老板店铺的人气。

苏眉插不上话，只静静地看他们说话，黄老板去后面拿电砂轮的时候，她才小声地问宋毅，"真的在这里擦？"

宋毅微微笑道："眉姐不要有什么心理压力，这可是提升我们形象的大好时机，把你最光彩耀眼的一面展现出来吧。"

"才不要呢。小毅你就不紧张？"苏眉此刻的心情比他还紧张，这块毛料的价格相当于她三年工资了。

"我只感觉很刺激。"宋毅笑着回答。

几万块钱就这么砸下去了，说不紧张是假话，可他现在绝对是兴奋多于紧张，上天堂还是下地狱，很快就会见分晓。

黄老板很快拿来电砂轮，交给宋毅后，他去门口对外面的人交代了几句，就马上回来看宋毅擦石。

可宋毅并没有马上动手，而是仔细观察起来，他要确认该怎么擦。

过了一阵，他才把电砂轮接上电，非常小心地在他认为最有可能出绿的最大块的松花上擦了起来。上面那条蟒带他已经不指望了，尽管到了2009年，就那么一点绿就值他花的三万多块钱。

宋毅心底很清楚，这块毛料赌的风险非常大，可要不这样，也轮不到他出手，别人早买去赌了。

苏眉和黄老板都没说话，店铺就只剩下电砂轮擦在毛料上发出的嗤嗤声，那声音仿佛响在几人的心底。

宋毅全神贯注地擦石，看看差不多了，关掉了电砂轮，用早准备好的清水清洗他刚刚擦的地方。

松花消失了，取而代之的是一点盈盈的绿色，和先前开窗处的绿色完全一致。

一直提心吊胆的苏眉看见他脸上的喜色，忙问道："怎么样，擦涨了吗？"

"这还不算。"宋毅却道，"再多擦一点看看。"

黄老板在一旁静静地观看，心想这些年轻人就是有干劲，擦得可真快，要换个老师傅来擦石，那不得擦个一两天。鉴于宋毅没有直接切石而是选择擦石，黄老板对他的评价还算可以，如此看来他可不是什么新手。

　　宋毅又埋头擦了起来，期间陆续有人赶过来，可大家很有默契地没说话，静静地看他擦石。

　　看到绿点的宋毅已经有了底气，明显加快了擦石的速度，尤其是在电砂轮擦掉毛料外皮的时候，从他的角度，可以清晰地看到绿色越来越浓。

　　等电砂轮再停下来时，众人已经伸长了脖子瞪大了眼睛等着看他擦石的结果。

　　清水洗过之后，刚刚擦出来的大约一公分宽的绿像是要流出来一样。

　　现场气氛顿时变得热烈起来，"擦涨了！"

　　"真的擦涨了！"

　　围观的玉石商人都是见过并仔细研究过这块毛料的，自然非常清楚宋毅擦了之后这块毛料的价值，当即就有个瘦瘦的香港商人报价："小伙子，别擦了，我出十万！"

　　也有人劝宋毅，"已经赚两倍了，不差了。要是其他地方擦不出绿的话，可就亏大了。"

　　苏眉听了情绪异常激动，她完全没想到，这么短的时间内，这块石头的价格就翻了两倍。她也搞不清楚宋毅到底要不要继续擦下去，她不懂也不想干预他的决定，在她看来，只需站在他身后默默支持他就行。

　　宋毅不为所动，继续擦石，周围的情况完全在他的预料之中，这时候保持冷静非常重要。

　　不光宋毅明白，周围观看的行家也都清楚，要是他再擦出一块绿来，那么这块毛料的价格又会嗖嗖地往上蹿。但这时候，却不由他们说了算，他们只能眼睁睁地看着那个幸运的小子卖力地擦石，看他那起劲的样子，似乎笃定能擦出绿，赚得盆满钵满一样。

　　宋毅再次停下手，众人的目光也又落在他手上的毛料上，只见毛料又被他推出一条宽约两三公分的绿来，绿得让人看了心头痒痒的。

　　"又擦涨了！"

"二十万!"

对于诸如此类的呼声,宋毅笑而不语,将毛料清洗之后继续擦石。

不过这回他换了一个地方,结果却出乎众人预料,继续出绿,这次周围的呼声更高了。

"小伙子不要再擦了,我出三十万!"

"我出四十万!"

苏眉看得心肝乱颤,场上的主角宋毅却把心一横,换了个地方,继续擦石,结果却并不好,他擦出来的地方白花花的一片。

苏眉感觉有些不妙,听身边的人轻声嘀咕:"擦垮了吗?"

"难说,这块毛料出满绿是不可能的,但擦口没有擦出绿来,肯定卖不了刚刚那么多。"

"都怪这小伙子太贪心了。"

"换你是他这样的年纪,能抵挡住这样的诱惑吗?"

"难。"

苏眉心说他才不是贪心,这回他可算是出了风头,牵动多少行家的心,也让场下的她揪心不已。对初来乍到没有丝毫名气的两人来说,名气才是最重要的。

宋毅却不以为意,继续鼓足勇气擦石,这回他也没在刚刚的地方擦,而是换个面。

让人舒了一口气的是,他这次又擦出绿来了,还是清澈的苹果绿。

不知道满足的宋毅再次动手,结果接连两次都是白花花的一片。

苏眉紧锁眉头,周围的行家同样被他的大胆吓得不轻,先前喊得最厉害的两个玉石商人也不再报价了。

场上的宋毅已经大致了解了石头的情况,抬头问黄老板:"黄老板这里有切石机吧?"

"你想切石?"黄老板环顾四周,其他人和他一样,同样感觉非常震撼。

宋毅点头道:"对。"

"你可要慎重考虑哦。"黄老板很期待看到切石的情况,但作为过来人,他还是觉得有必要提醒他一下。

宋毅却说道："我想好了，来这里赌石，不就是一个赌字！"

"这小伙子胆色不小啊！"

"是啊，可不是谁都有勇气切石的。"

"别切了，三十万我要了！"忽然有人高声喊道，这次出价的还是那个瘦瘦的香港商人。

众人的目光齐刷刷地从他身上挪到宋毅身上，料想擦垮了毛料的宋毅很有可能会接受他的报价。

不料脸上挂着淡淡笑容的宋毅却对他说："谢谢，可我还是决定切石。如果切涨了，我会首先考虑卖给你的。"

"那行。"那瘦瘦的香港商人高兴地点了点头，这比他买下来切风险可要小得多。宋毅切垮了与他无关，切涨了的话，他买下来也有赚头。

宋毅自己将风险承担过去也好，当然这风险和收益是成正比的，风险越大收益就越大。

经历过一系列起伏之后，精神备受刺激的苏眉也很好奇，他能切涨吗？换了自己是他，会作何选择，也许在二十万的时候就卖掉了吧。

宋毅决定切石，大家都等着看好戏，这可是增加经验的好机会。很多行家切石的时候，除非你和他关系很熟，否则他切石你根本不知道，更别说让你看了，他的毛料究竟是切涨还是切垮，也无从知晓。

玉石街的商家基本都是前面店铺后面住宅，说后面是厂或者作坊也行，因为加工翡翠玉石也都在后面的住宅内完成。

黄老板家也不例外，前面是店铺，他领着宋毅等人去了后面，切石机就放在后面的院子里。

宋毅先前擦石的时候，对整块毛料的情况已经有了足够的了解，可为了慎重起见，他还是先在毛料上画好线，然后才把它弄上切石机。

身为主人的黄老板可以上前帮忙，其他人只能待在一边看着。

尽管宋毅已经把石头搬上了切石机，可黄老板最后还不忘提醒他，"小宋，你考虑好了没有？现在能卖三十万啊。"

宋毅却异常坚定地说道："切吧！"

黄老板开了机器，切石的时候，水花四溅。

四周很安静，唯一听到的只有轮盘磨在毛料上发出"吱吱"的声音。

　　那些切石切得多的行家一听就知道，这表明毛料里面的翡翠种很老，不愧是老场区的料。

　　等切石机的声音停下来之后，本来就紧张的苏眉此刻觉得心脏都快提到嗓子眼儿上来了。

　　可她先看到的却是一小块白花花的石头，赌垮了吗？她实在不忍看下去了，同时也在心底问自己，刚刚切之前还值三十万的，这中间的落差也太大了吧。

　　落在酷爱翡翠的众人眼里，这石头的白色比俏生生站在大家面前的苏眉那雪白水灵的肌肤还要晃眼。

　　可等他们看到毛料的另外一半时，却不由惊呼起来，"切涨了！"

　　苏眉喜出望外，怎么又切涨了，难道刚刚眼花了。

　　她定睛一看，原来宋毅那精准的一刀，将整块毛料切成了两半。

　　她最先看到的那一小半白花花的石头没有玉石，可另外的大半却是满满的苹果绿，这绿色如此喜人，让她的情绪一下高涨到了极点。

　　这一刀分两半，一半是地狱，另一半则是天堂，苏眉的心情从地狱和天堂之间游走了一趟。

　　宋毅面色依旧沉稳，心底却说不出的激动，"看来运气还真不错。"

　　他赌的就是这一半是满绿的，从切石的情况看，里面的翡翠正如他预料的一样，这回才算真正地切涨了，他终于可以松一口气了。

　　那香港商人身形虽瘦，可速度却最快，抢在另外几个玉石商人前蹿了上去，将那半绿得似要流出来的翡翠仔细看了看之后，很快就给宋毅开出了八十万元港币的高价。

　　"成交！"宋毅思量了一下，很快做出决定，点头答应下来。

　　他心里很清楚，如果由他自己加工出手的话，获得的收益肯定不止八十万。可现在他急需资金，这时候处理掉最好。要知道，表现好一点，块头再大一点的毛料，价格都上百万，没充裕的资金是买不起的。

　　更何况赌石还有风险，手里资金当然是越充裕越好，要不然真落得跟别人一样，一旦赌输就翻不了身那就惨了。

那香港商人当即朝他竖起了大拇指，用他蹩脚的普通话大声赞道："小兄弟够爽快，你这朋友我交定了！"

"我这人最大的爱好就是广交天下朋友。"宋毅笑着说道。他清楚地知道在这行打好人际关系的重要性。他初来乍到，做好这点尤其重要。

宋毅接着又对在场的人说道："今天晚上我请客，以后大家手里有什么好货，只管来找我。"

众人自然点头应诺，按照行内惯例，赌石赌涨是要请客吃饭的，宋毅也不能破例，这可是和众人打好关系的第一步。

可宋毅初来乍到人生地不熟的，便拜托黄老板帮忙。

"小宋你不说我也会帮这个忙的。"黄老板笑着回答。他倒是好说话，加上宋毅的毛料又是在他手里买的，帮宋毅就等于帮他自己提高知名度，证明他手里有好毛料。

黄老板把他老婆王雨叫了出来，让她准备一下，晚上在家里请在场众人吃饭。

不用宋毅说，苏眉就知道去和王雨一起准备晚饭。她人长得漂亮不说，为人处世更有一套，很快就和朴实的王雨打成一片。

女人之间话题比较多，苏眉嘴甜，一口一个姐姐叫得王雨心花怒放，从她嘴里，苏眉了解到很多本地的信息。比如谁赌石赌涨了，买了房子，娶了漂亮的老婆，谁又赌垮了，把房子都抵押了出去，老婆也跑了。

两人结伴出去买东西的时候，苏眉抢在前面付了钱，她肯定不能让王雨破费，他们一家子肯出地方请客就很不错了。

宋毅则和香港商人陈亦鸿办理完后面的交易，这里基本都是现金交易，陈亦鸿很快拎来一个密码箱，里面装的都是千元一张的港币，八十万元港币重量可比同等数额的人民币轻多了。

陈亦鸿对那块翡翠爱不释手，宋毅拿了钱之后就去玉器街旁边的银行里租了个保险箱，将到手的八十万港币全部放了进去。因为紧邻玉器街，每天来来往往的都是交易数额非常大的玉石商人，业务做得多了，银行不管是在手续上还是在程序上，都人性化了很多，整个过程又方便又快捷。

这一折腾下来，一下午的时间就过去了，宋毅回到黄老板店铺的时候，苏眉和王雨已经回来了。

宋毅一回来，苏眉就把他拉到一边，兴奋地对他说："刚刚王大姐说玉石街有人把店铺抵押给了银行，贷款去赌石，结果却赌垮了，还不了贷款，银行就收了房子正打算出售。你先前不是说要买这附近的房子吗？我们要不要把它买下来，这时候价格不高，你做事也会方便一些。"

"有这样的好事，那眉姐去和银行的人谈吧，这方面的事情你比较熟悉，要多少钱直接跟我说就是。"

宋毅看她似乎习惯了赌石的大起大落，别人的不幸对他们来说却是一次机遇。他想得明白，既然来赌石，就得有觉悟，并做好充分的心理准备，愿赌服输。那种把全部身家押上孤注一掷的，也用不着太过同情。赌石，也得量力而行。

"好。"苏眉点头答应下来。

和苏眉聊了几句之后，宋毅便和她一起进屋去，里面的黄老板和几个玉石商人还在讨论刚刚被宋毅切开的那块毛料。

那块毛料大家都看过的，那半块翡翠的苹果绿颜色纯正，分布均匀，种水又好，陈亦鸿加工出来之后，想不赚钱都难。大家羡慕宋毅，也很佩服。

这桩交易完成后，茶余饭后又有了谈资，其中一个四十多岁叫王汉祥的广东商人朝宋毅竖起了大拇指，"小宋真是好手段啊，这鬼斧神工的一刀可不输给那些解石的老师傅。"

"我也就是壮足胆子赌赌运气罢了。我初来乍到，还得请各位多多关照，多多提携。"场面话宋毅还是要说的。

"好说，小宋以后切开了好石头，别忘了我们就成。"大家都是老手了，这样的客套话听听也就罢了，彼此面子上过得去就行。

"那行，不过得看黄大哥这边有没有好货了。"宋毅嘴上这么说，其实并不担心拿不到好货，因为赌涨的消息很快就会传出去，人们总是对一夜暴富的事情比较感兴趣，至于那些倒霉赌垮的，赌石不问年龄也不管你经验是否丰富，从来都是以成败论英雄。

宋毅笑着对黄老板说："黄大哥还有什么压箱底的好货，可别都锁在保险柜里，都拿出来看看吧。"

黄老板却笑着道："哪儿会，小宋你可是行家，就怕你看不对眼我的货。这一两天还会有新货过来，到时候还得请你多照顾我的生意呢。"

"那是肯定的。对了，黄大哥在缅甸那边有路子吧，这次是他们送过来吗？"宋毅好奇地问道。

黄老板倒不觉得他很冒昧，这年头没点路子可拿不到什么好货，"是的，矿场那边很多人都是我们腾冲的老乡，我已经和他们打过招呼了，有什么好货他们就会送过来。"

"那我就等着看黄大哥的新货了，不过这之前还是先看看黄大哥锁在保险柜的毛料吧。"宋毅笑道，心底明镜似的，这时候翡翠毛料大部分都是从缅甸北部过来的，腾冲这几年仍是中国最大的毛料交易市场。

黄老板是做生意的人，他从缅甸把毛料弄回来，只有转手卖掉才能赚钱，自然不会拒绝宋毅要看毛料的要求。当即便带着宋毅和苏眉去了地下室，真正的好货都放在下面。

去地下室的途中，苏眉好奇地问道："黄大哥不赌石吗？"

"赌石太刺激，那是你们年轻人玩的游戏，我年纪大了心脏受不了。"黄老板笑着回答道。

赌石的风险太大，一夜暴富见得少，为此倾家荡产的倒不在少数，他可见得多了。他现在做的是稳赚不赔的生意，赚的就是差价，在翡翠从源头到成品这条产业链上，黄老板清楚地知道自己的位置。

"遇到好的也可以自己赌啊。"苏眉有些不明白地说道。她就不相信他能那么理智，宋毅暗地里拉了她一把，不让她继续问下去。

黄老板依然笑着说道："开了口子以后就堵不上了。"

苏眉看了宋毅一眼，似乎是在想宋毅是不是也会堵不上了。

宋毅耸肩笑笑，接着把注意力集中在地下室的毛料上，这里最小都是几十公斤的大家伙，至于更大的几百公斤的，得几个人合力才能弄出去。

苏眉猜想这些毛料价格肯定不低，便问道："这些毛料基本都是什么价格啊？"

旁边有人替黄老板回答道："这里都是上百万的好东西。"

"倒不全是百万以上的。"黄老板笑道，几十万的毛料还是有，不过不多就是了。

苏眉听得直咂舌，宋毅先前用几万块赚了七十几万她就觉得，可以算得上是暴利了。

可现在面对这些基本都在一百万以上的毛料时，她又觉得刚刚的只能算是开胃菜，试想一下，要是赌涨了的话固然刺激，可要是赌垮了的话，可就不是几万块钱的事了。

这赌石，果真如传言那般，赌的就是心跳，要的就是刺激，当真惊心动魄！

这一来，苏眉倒是不难想象那些人是怎么赌得倾家荡产的了。

黄老板库房里收藏的好毛料不少，可库房的灯光很昏暗，都说灯下不观色，原因就是灯下看色偏差比较大，那些闪灰、闪蓝以及油青之类的色彩在灯光下会显得更好。

因此在灯下看毛料，对赌石的人的专业水平要求更高。尤其是像这样几十公斤甚至上百公斤的大家伙，货主是不会轻易把它弄到外面去的，来回折腾累不说，在这样封闭的环境下对货主也非常有利，他们自然不肯拿出去了。

宋毅心想这也算是这行的潜规则吧，别看黄老板待人大方礼貌，嘴上也称朋呼友，可生意毕竟是生意，宋毅不能要求太多，一切都凭自己的本事吃饭。

黄老板的仓库里有好几块全赌毛料，全赌的毛料风险最大，而且价格动辄几十万，宋毅手里没有充裕的资金，暂时也不准备去赌这样的毛料。

宋毅心想等手头再宽裕些，倒是可以考虑赌这样的全赌毛料，他粗粗地看了看，这里的几块全赌毛料表现都还可以。当然，风险还是比半赌的大得多，要不然人家早就做成半赌的了。

这几块半赌料中最吸引人眼球的莫过于那块黑乌砂，它的个头很大，有一百多公斤，横卧的表面被擦出绿莹莹一片来，翠色喜人，惹人无限遐想。

但宋毅一见到它，便想起了那句流传已久的格言，"宁买一条线，不买一大片。"

这句格言的意思是不要对表现出来的绿有太高的期待，顶级的擦石高手能将整块毛料表现最好的一面展现出来。要是真以为里面真的色多或者色满，可以大赚特赚，从而花大价钱买下来的话，赌输的可能性非常大。

　　这样的毛料会赌输是因为很多这样的毛料只有最外面的一层有绿，其他都是没用的废料，这样的毛料俗称"靠皮绿"。但它的外表诱人，卖相好，价格虽然不菲，但即便有一丝希望也有人去赌，为这样的毛料赌输的人数不胜数。

　　说起来，这格言可是前人血和泪的结晶。

　　不管怎样，看看总是无妨的，宋毅当即蹲了下来，拿着强光手电往里面照，这时候他最相信的还是自己的眼睛，最得力的助手便是手里的强光手电。

　　强光手电一打，毛料里面的情况就反映出来，看起来很通透，种水非常不错。但这不足以反映出毛料里的情况，尤其是里面的绿究竟有多少，还是个未知数，尽管隐隐能看到绿油油的一片。

　　赌这样一大片绿的石头，就是要赌它的绿到底进去有多深，赌的人当然喜欢越深越好，可事实上这些绿往往和纸差不多薄，悲剧就这样产生了。

　　宋毅仔细看了看，也不敢确定里面的绿到底有多深，值不值去得赌，相信其他人也是一样，包括当初给这块毛料擦皮的老师傅。

　　"黄大哥，这块毛料什么价格?"宋毅还是问了出来，毕竟这么多晶莹欲滴的绿确实诱人。他此次出来还有一个任务，就是打探行情，不管怎样，问问价格总是好的。

　　"这块毛料价格稍微高一点，一百二十万。"黄老板正在和几个玉石商人聊天，听宋毅问他，马上回答到。

　　"这样啊，那我再好好看看。"宋毅抬眼，看苏眉想说话，便抢在她前面说，"这里很枯燥，眉姐去外面吧，看看可以帮嫂子做些什么，也比站这里发呆好。"

　　"没事，看你赌石蛮有趣的。"苏眉赖着不肯走，心底想的是万一他头脑发热的话她还可以劝劝他。这可是一百二十万的东西，一旦赌垮，那就连本带利一起亏进去了。

　　"去吧去吧，怎么好意思让嫂子一个人忙，我们大家可都等着吃晚饭呢。"

宋毅干脆把她推着往外走，他知道她想说什么。

"那你自己可得考虑清楚了再买。"苏眉颇感无奈，可她也没办法，虽然有心劝劝这个邻家弟弟，可是看来自己也是心有余而力不足了。

"这个我知道，没胜算的事情我一般不会做。"

宋毅说这话纯粹是让她宽心，真那么有把握的话，就不叫赌石了，赌石也就失去它独特的魅力了。

不过宋毅还是要仔细看清楚再做决断，这个过程不会很快，而且决定做得会很艰难。

宋毅要来清水，一边仔细擦洗，一边用手感受这块毛料擦窗出绿的地方细腻程度如何，擦口表面是否如一。

将水擦干净之后，宋毅又打上强光手电，把放大镜也拿出来仔细观察。

对他来说，研究毛料是件非常有意思的事情，他可以尽情展开想象的翅膀猜测这神鬼莫测的外皮下的情况，然后满怀期待地等待最后切石时的最终结果。所以，几乎所有赌石的人都希望别人解石的时候能在现场，最不济看过的石头也要知道是赌垮还是赌涨。

在高倍放大镜下，宋毅发现被擦出绿的边缘有一些细小的黑点，他仔细辨别了一下，确实是赌石术语里的癣。

癣伴绿生，癣随绿走。

这里面既有风险也有机遇，所以，赌石里也有赌癣的说法。

如果是死癣，就会严重影响翡翠取料，宋毅就经历过因为是死癣的黑点太多最后整块翡翠都报废的情况。

可照他的推断，在这块毛料上的应该是活癣，如此一来，这块毛料还有得赌。

但一百二十万的价格对宋毅来说，还是太高了。

宋毅并不着急，几万块钱的石头随便玩玩可以，这样的大石头一定得讲究策略，人情归人情，生意归生意，该赚的黄老板也不会少赚。

仔细观察了整块毛料之后，宋毅又去看其他的半赌毛料，他在每块毛料上花的时间都和第一块差不多，也同样打来清水仔细洗干净细细观察。黄老板这里的毛料确实都不错，几块毛料都值得赌上一赌，宋毅同样问了黄老板这些毛料的价格。

如果价格再低上一些就完美了。宋毅心想，要是手里资金充裕的话他都想要。

宋毅毛料还没看完，苏眉又下来了，这回是叫他们上去吃饭的。她落在黄老板后面，揪住宋毅担心地问道："小毅又看中哪块毛料没？"

"还没看完呢，哪里那么快就决定的。"宋毅笑着回答道。

苏眉伸手抚胸道："还好，还好。"

宋毅却道："好什么好，诱惑很大不知道选哪块好，做抉择艰难呢。不说了，快去吃饭吧。"

晚上虽名为宋毅请客，可大部分准备工作都与他无关，好在大家都吃得很高兴，最后客人都尽兴而归。

晚上回宾馆，宋毅给家里打了个电话报平安，最后苏雅兰还要他叫苏眉过来听电话。苏眉早就得到宋毅叮嘱，无非说些这边风景很好，少数民族很热情，宋毅没给她添乱之类没营养的话。

苏眉挂了电话，就朝着宋毅瞪眼，"姑姑要是知道我骗她，不知道会怎样看我呢。都是你，害我做帮凶。"

"哪有眉姐说得那么严重。"宋毅却嘿嘿笑了起来，"眉姐也觉很得刺激吧？"

"是太刺激了，这游戏我可不敢玩。"听了他的话，苏眉一双丹凤眼瞪得更大了。

"那眉姐明天去银行问问，要是那房子在二十万以下的话就买下来吧。"

"小毅会不会怪我太多事，妨碍你赌石了？"

宋毅笑着宽慰她，"眉姐别想太多了，你不都是为了我好吗？我感动还来不及呢，怎么会责怪眉姐。晚上好好休息吧。"

第二天一觉醒来，天已大亮。宋毅洗漱之后和苏眉一起去外面吃了早点，然后便一起去玉器街。

这时候还早，玉器街的店铺都没开门，早上的鬼市却结束了。宋毅并不介意，他和苏眉是去看玉器街抵押给银行的那家店铺的。

整个玉器街约有一百来家店铺，被银行封条贴起来的店铺位于玉器街的中间稍微偏后面一点，从外面看，房子还比较大，风格和周围的店铺倒没什么区别。

"感觉还可以，现在房子也不好找，等下眉姐就去和银行的人谈谈吧。能拿下来就尽快拿下来，我把存折给你。"宋毅看了看说道。

他之前没想到还能在玉器街买个店铺，他本来只是打算在附近或买或租一套房子。

渐渐地，玉器街开门的店铺多了起来，看时间不早了，两人分开行动，苏眉去银行搞定房子的事情，宋毅则继续去玉器街看毛料。

宋毅并没有直接去黄老板家，而是随便找了几家店铺看了看他们摆在外面的毛料，却没发现有什么便宜可以捡。

宋毅只得摇头，看来卖家都精明啊。

到黄老板的店铺时，他正在算账，一见到宋毅立刻放下了手里的活，热情地说道："小宋起得真早啊。"

"我一直惦记着黄大哥家的毛料呢，昨天时间太仓促了，都没来得及看仔细，要是黄大哥不介意的话，今天我可得好好看看。"宋毅回答道。

"小宋说这话可就太见外了。跟我来就是，想待多久就待多久。"黄老板笑着招呼他，心说就怕你不看。

"那就麻烦黄大哥了。"嘴里说着客套话，宋毅跟着黄老板去了他的仓库。

"看中哪块毛料只管说就是，保证给你一个最优惠的价格。"黄老板大手一挥，豪气十足。

宋毅的目光落在昨天没看完的几块毛料上，"那我先谢过黄大哥，黄大哥先去忙吧，不用管我。"

"好的。"

黄老板时刻留意着宋毅的表情，他倒不怕宋毅做什么坏事，毕竟仓库里面没有工具，出路也只有一条。

黄老板一走，周围顿时安静下来，宋毅也可以专心看货。

过了好一阵子，黄老板才从上面下来，笑着问他看中哪块没。

"这块还不错。"宋毅指着跟前一块半赌料说道。

这块毛料开了窗，里面是白色的翡翠，种水达到了翡翠种类里最好的玻璃种。

　　黄老板笑道："这种白色的倒是便宜，小宋要真喜欢的话，送你几块也无妨。"

　　"黄大哥太客气了，这怎么好意思呢。"宋毅笑着说道，"我家老爷子酷爱翡翠，常对我们说给他一座翡翠城堡都不嫌多，我本以为他这辈子都没办法实现这个愿望了，不曾想还有满足他心愿的可能。"

　　"小宋倒是好孝心。"黄老板竖起拇指赞叹。

　　宋毅心里知道，这时候白色玻璃种翡翠一点都不值钱，在缅甸，人们甚至把它当成废料成堆成堆地扔掉。

　　可宋毅知道后来的形势会怎么发展，这样的白色玻璃种翡翠经过炒作之后，成了时尚的风向标，并为广大的年轻消费者所钟爱，价格自然也是水涨船高。

　　这时候白色玻璃种翡翠价格奇低，到黄老板这里就成了他送人情的搭送品。有这样的好事，宋毅自然不会拒绝，难得赌石也有捡漏的时候，不抓住机会，他就枉自重生一回了。

　　在宋毅的记忆里，凡是带色的翡翠到最后都能卖出好价钱，比如这时不被大家看好的豆青色和紫色等等。宋毅这时候对黄老板把话放出去，也是为了方便以后大肆便宜收购现阶段不起眼的翡翠。

　　宋毅清楚，做什么事情都是有代价的，天上不会无缘无故地掉馅饼，黄老板这么做无非是希望能多卖一些毛料。

　　宋毅口风咬得很紧，赌石就是这样，也不可能标价多少就给多少，只是这些毛料的价格都和他预期相差太远，生意场上，黄老板有他自己的立场，也不可能让步太多。

　　经过激烈的交锋，奈何双方价格差异太大，几块高价毛料都谈吹了，黄老板也不着急，指着那块大开窗的黑乌砂对宋毅说道："小宋看这块黑乌砂如何？瞧这开窗的绿又浓又均匀，这样的表现可谓万里无一，错过这回不知道得等多久了。"

　　宋毅却回答："表现是不错，可我实在看不到那么高的价格，差距太大了，不说也罢。"

"要是喜欢的话可以开个价，合适就成交。"黄老板就怕他不还价，做买卖讲究的就是漫天喊价坐地还钱。

宋毅这时才说："这石头我最多给八十万，再多就不是我能玩得转的了。"

他昨天刚赚七十多万，手里还有八十万现金，这是黄老板知道的。

赌石戒贪，老行家从不还超出自己预期的价格。即便他看到癣可能渗进去，绿的厚度可能会很深，但石头内部究竟是怎样情况仍旧说不清楚，赌涨还是赌垮都未可知。

好在他现在不着急，把手头资金全部搭进去套着可划不来，宋毅婉言谢绝了他的建议，笑着说道："期待黄大哥的新货。"

当然这时候也不能指望黄老板送白玻璃翡翠了，不过这东西现在便宜，十几万就可以拉一车回去，从缅甸把这样的翡翠运出来，人家都会嫌这样的毛料本身价值还没运费高。

生意没谈拢，宋毅就和黄老板道别，打算去其他店铺看看，人总不能吊死在一棵树上。

"八十万就八十万！我相信小宋的运气，肯定会赌涨的。"黄老板在最后一刻改变了主意，叫住了宋毅，同意八十万把那块黑乌砂卖给宋毅，毕竟这年头愣头青少了，站在宋毅的立场来看，这已经算是豪赌了。

当然，对黄老板来说，只要他有赚就行，赌涨赌垮都和他无关，他关心的是赚多赚少的问题，宋毅的出价已经算高的了，这年头敢出高价赌这样毛料的人还真不多。加上黄老板也有自己的烦恼，马上就有新货到，他得筹措资金，上次进了仓库的这批好货后，他手里资金已经不多了。

宋毅微微愣了愣，这才反应过来，脸上也没什么喜悦的神情，沉声说道："那我就狠心赌这一把。"

"小宋的眼光很准，应该错不了。"黄老板给他打气，他知道这对宋毅来说是个艰难的抉择，但既然要来赌石，就得有承担风险的觉悟。

敲定之后，宋毅便去银行拿钱，去银行免不了要和苏眉碰面。

苏眉一见宋毅，连忙把他拉到了一边，宋毅不待她开口就主动交代道："买了块八十万的毛料，过来取钱。"

苏眉伸出葱白的手指轻点了下他的额头，轻笑道："你倒是识趣，这次有把握没，这才刚过夜又花出去了。"

"还行，有七八成的把握赌涨。"宋毅说道，"眉姐这边的事情办得怎么样了？"

"还有些程序要走，不过明天就能拿到钥匙，到时候就不用在外面住了。"

"眉姐辛苦了。这一来，我们就可以躲在家里切石头，不用在外面丢人现眼了。"

"我看你是大出风头吧。"苏眉横了他一眼。

"风头不好出啊，切垮了就颜面无存了。"宋毅轻叹一声。

苏眉看他唉声叹气的样子，立刻好言安慰他，"别把自己弄得跟个小老头似的，就算赌输了也没什么大不了的。"

宋毅点头道："眉姐说得有道理，让我浑身上下又充满了干劲。"

苏眉笑道："少贫了，你忙去吧。"

宋毅去银行的保险库里提了钱之后就直接去了黄老板家，昨天晚上一起吃饭的几个玉石商人闻讯赶来，陈亦鸿已经回香港去了，昨天那块翡翠够他忙上半个月。这些玉石商人自己不赌石，常驻这里就等着别人切石后，买他们的成品料回去加工。

"小宋果然够胆色，这回有什么打算？"宋毅一露面，来自广东的玉石商人王汉祥就问道。

"休息会儿就动手。"宋毅笑着说，"到时候还得请王大哥你们多关照呢。"

"大家彼此照应嘛。"王汉祥也笑了起来。在他看来，宋毅并不是一个耐得住性子的人。

年轻人有这样急切的心情可以理解，王汉祥自己也有过这样的时候，心比天高偏偏眼高手低，运气用尽接连赌垮之后改行做玉石生意。可矛盾的是，他这时候倒是希望宋毅买的毛料能切出好翡翠来，那样他也可以跟着分上一杯羹，要是宋毅赌垮了，他也没生意做。王汉祥也在心底暗想，不知道这算不算所谓的"利益决定立场"。

宋毅懒得理会别人想什么，他要做的就是尽量细致耐心地把这块毛料解开来，买了不切对不起周围的观众，更对不起他自己。

黄老板收了钱之后，和宋毅等几个人一起下到库房，几人合力把那块黑乌砂毛料抬到后院。

自然光下，黑乌砂开窗的绿要比灯光下的颜色差一个等级，宋毅自然知道这些，当然，这块毛料的颜色也不是太差，是上好的阳绿，颜色纯正，分布也很均匀。

众人早已看过毛料，这时候就看宋毅是准备先擦还是怎样。

宋毅果然选择了先擦石，他敢赌并不代表他就会蛮干，只有先从外面的表现弄清楚里面的大致情况，然后才好找地方画线下刀，那些看都不看直接开切的绝对是外行。

当初看毛料的时候不能动手心里痒痒的，买下来之后宋毅反而不着急了，不过擦是肯定要擦的，切也是肯定要切的。宋毅不想自己加工再卖掉，因为一来一去太折腾时间，他急需迅速赚钱，用这些钱可以做很多事，拿金钱换时间，对宋毅来说是非常划算的。

宋毅先从开窗的附近擦起，结果擦掉黑色的外皮后却只发现白茫茫的一片，原来这些绿擦得恰到好处，基本将外皮能表现出来的绿全部擦了出来，他稍微再擦过去一点绿就断了。

虽然算不得坏消息，可心头不爽的宋毅还是轻声说："这些缅甸翡翠商，开窗的本领越来越高明了。"

他的话惹得周围的人轻声笑了出来，大家都有过这样的体会。

宋毅在其他地方擦起来，可惜其他地方的松花本来就不多，他刷刷几下擦下去，松花没了，绿也没看见，再使劲擦擦也无济于事。

这时候，整块黑乌砂像是被狗啃了一样，这卖相，即便宋毅想出手都没人肯接手了，唯一的办法就只有切了。

现在宋毅能期盼的就是，这部分有绿的地方能往里面深入一点，他仔细看那黑色的癣点，心想还是有希望赌涨的。

既然决定切石，宋毅也就不再含糊，拿过笔来，仔细画起线来。

旁边帮忙的黄老板看他都是挨着擦出绿的边缘画线，他见得多了，自然清楚宋毅下刀是想看看绿的厚度如何再做决断。

黄老板也不多废话，帮着他把毛料抬上切石机，固定好之后，宋毅点头之后，便开动机器开始切石。

宋毅目不转睛地盯着那黑色的石头，感觉心脏跟着切石机一起震动，他和在场的人一样，都非常想知道，究竟里面会是什么样子的。

没过一阵，答案揭晓了。

咣当掉下一块灰白色的石头，宋毅的心顿时像在滴血，八十万啊！

忍痛上前查看另外一大半毛料，现实让他很失望，最初擦出绿的地方只有浅浅的一层绿，下面都是灰白不能用的废料。

看他的情绪有些低落，黄老板连忙安慰他："不要着急，还是有机会赌涨的。"

宋毅摇头苦笑，都到这一步了，想后悔也不成了。

打起精神的他和黄老板一起，将大半毛料按石头上画的线重新固定了位置。

这次宋毅准备在他最初发现有癣地方来上一刀，切石头是刺激，可还是让心脏少受一些折磨比较好。

一切准备就绪之后，宋毅拉下了电闸开关，是死是活就看这一刀了！

苏眉到后院的时候，正赶上最紧张的时刻，看大家凝重的神情，再看地上躺着的半块白石头，她感觉气氛很不妙。

大家都保持安静，只有金刚砂轮切在翡翠毛料上的吱吱声和昨天差不多，苏眉听他讲过这是种老的表现，这让她稍微安心了一些。

没容她多想，就有一块石头掉了下来，苏眉视力不错，看上面有隐隐的绿色，她猜想应该还有希望赌涨吧。

她再看宋毅，发现他的表情更加凝重，面上没有应有的喜色，赌垮了？这可是八十万的毛料，他还说有七八成的把握。

苏眉有种奇怪的感觉，在赌石场上，钱仿佛不是钱，几十万上百万都只是符号。好像这些痴迷的男人看过石头后，更希望用切石去印证他们之前的推断，赌涨也好，赌垮也罢，钱倒成了次要的了。

宋毅神情凝重是因为这确实是神仙难断的翡翠毛料，他猜中了开始却没猜对结局。

这一刀切下去，石头内部的神秘面纱又揭开了一层，和宋毅此前猜测的一样，有癣的地方就有绿，厚度也有三四公分。可他没想到的是，表皮下面的癣并不像表面那么少，而是紧紧吃住绿，有这么多黑点，他现在看到的切面根本没办法取料，取出来也卖不了几个钱。

好在这大片的绿进去了约有三四公分，如果癣吃绿不是特别深的话，还是可以取料的。

宋毅也在暗自思考，是他看走眼了还是缅甸石师傅的手法太过高明，竟然把这凶险的癣都隐藏了起来，赌石果然步步凶险。

但现在就说赌涨还是赌垮还言之过早。

宋毅心理素质好，可苏眉受不了这压抑的气氛，便直接上前问他："小毅，怎么样？"

宋毅微笑着对她说，"还好，不像刚刚切的时候表现那样，要真是靠皮绿我现在就得直接拿脑袋撞墙了。现在还得再切几刀看看。"

"这样啊，那就切吧。"苏眉也不多说，照这情况看，情形真的不容乐观。真像昨天那样赌涨了的话，大家这时候就该举杯欢庆了。

王汉祥几个人玉石商人跟着苏眉围了过去，可他们看了之后也没什么话说，这样的情况，他们也没办法开价，因为他们也吃不准，这癣会吃进去多少绿，贸然开价可不是他们的作风。

但同时，大家的好奇心也更重了，谁都不知道再切一刀会是怎样的结果，是切掉几十万还是切出几十万来？

场上的宋毅倒是很沉稳，他和黄老板说了两句后，两人一起将毛料卧放并重新固定好，这时候宋毅也不画线了，该怎么切，他已经摆好了位置。

机器再次轰鸣起来，这次他将原来擦出绿的地方斜着切下来，相当于把整块毛料的盖子揭开来。

刀刀见血！

这一刀下来，宋毅也看清楚了石头内部的大部分情况，里面的绿真是斜着发展的，从最厚的三四公分到最开始切的地方只有一指薄。

尤其让他高兴的是，癣横向吃了两三公分的绿之后就没影了。

宋毅如释重负，抬眼看见苏眉关切的目光，便笑着对她说："应该不会亏了，老坑玻璃种的翡翠品质还是有保证的，这颜色纯正均匀，容易起货，应该可以卖出个好价格来。"

听他这么一说，苏眉顿时感觉宽心多了，可当她看到宋毅和黄老板还在忙碌着，准备再切一刀的时候，又忍不住担心起来，好在宋毅脸上的微笑让她重新拾起了希望。

宋毅这次一刀把不能取料的，绿和癣纠缠交织的部分切了下来，剩下的部分现在看得更清楚了。

阳绿色很纯很浓还带着隐隐的黄味，又是老场的玻璃种，绿最厚的地方有三公分左右，以宋毅的手段，完全可以取出几个戒面来。这一来，非但不会亏本，反而可以小赚一笔。

王汉祥凑上前去，仔细看过之后在心底估算了一番，很快就给宋毅开了个价，"小宋，六十万让给我如何？"

这时候这块料相当于明料，赚的就是加工和渠道的费用了。王汉祥是看宋毅现在孤身在外，没有能力加工出高品质的翡翠，所以才开了这个价。

别看两人之前关系还不错，但私人交情和生意要分开，在商言商，宋毅可不想白白亏个几十万，听了他的话，脸上没有什么表情，没说卖也不说不卖。

看宋毅没什么反应，王汉祥很快又加了五万块，宋毅这才说道："这次赌得实在太凶险了，我还是把它当纪念品留下好了。"

"这样啊。"王汉祥也听出了他言语中的婉拒之意，识趣的不再强求。可他很好奇，这块已经是明料的翡翠只有做戒面能赚钱，他看出来了，估计宋毅也看得出来，可他会找谁加工？

要知道，可不是每个人都有本事磨出好戒面的，戒面虽然看起来简单，但却最考验人的功底，也最受人们喜爱，容易卖出好价格。缅甸人的戒面就不说了，磨得跟狗啃似的，行家都不肯要，拿了也会重新再磨一次。腾冲本地的师傅磨戒面的功夫也不敢恭维，就算在广东和香港，也只有几个有名的老师傅以磨戒面出名。

王汉祥也很好奇，难道宋毅就不着急回笼资金？

他当然想不到，宋毅其实是讨厌赌输的感觉。如果六十五万给了王汉祥，他虽然可以少一些麻烦，可总是感觉赌输了，心底很不爽。

苏眉听了两人的对话，也猜到了宋毅的想法，六十五万不卖肯定有原因，而原因无非是可以赚更多的钱。既然如此，她就不用操太多心了。

"这些毛料要不要切一下看看？"苏眉看着宋毅切下来的这些毛料也不小，这块头比他昨天赌的毛料还大，就这样扔掉未免太可惜了，如果里面有绿的话，还可以小赚一笔。

宋毅笑着回答她，"眉姐来切好了，要是有翡翠就算眉姐的。"

苏眉也笑道："这可是你说的啊。"

"你见我什么时候说话不算话了。"

吃过午饭，苏眉就开始和那些切剩的大料较劲，可惜她兴奋地忙碌了半天，最后却一无所获，基本都是白石头，她非常失望地对宋毅说："小毅，你就赌那一层绿？"

"对啊，光这层绿就非常值得赌了，你想想看，要是多厚那么一公分的话，我们的收益估计会增加一倍。"

"要是薄一公分的话不是要亏到姥姥家？"

宋毅笑道："这才有赌的价值和乐趣啊！"

苏眉有些泄气，"可这也太凶险了，可不可以不赌了？"

"你有看到比这回报更高的投资吗？"

"好像没有。"苏眉仔细想想也是，就拿昨天来说，四万变八十万，整整二十倍，这年头还有什么投资能比赌石赚钱快。

"只是这一来这货要压在手里一段时间了，这期间只能选些小毛料来赌了。"

苏眉却显得很开心，"赌小的也好啊，心脏不用负荷太大。"

黄老板家暂时没什么值得赌的，苏眉折腾一番未果之后，宋毅瞧着天色还早，便打算去其他店铺看看，苏眉却叫住了他，让他等等再说。

"有事情吗？"宋毅问道。

"等下去看看房子。"

宋毅好奇地说道："不是说明天才能拿到钥匙吗？"

苏眉笑骂："你这笨的，哪有不看房子就买的，知道你上午忙，所以我就约的下午看房。"

宋毅嘿嘿笑了起来，对他来说，买了房子之后就可以在自己家里切石以及加工，老在别人家里搞这些也不好，尽管黄老板为人还不错。

两人在黄老板家等了一会儿，就有银行的人过来带两人去看房子。

让宋毅高兴的是里面的工具非常齐全，里面有电砂轮有切石机，也有加工翡翠玉石的一系列工具，这些东西虽然不值几个钱，但可以省下他去买的时间。宋毅的要求并不高，对他来说，再有几个房间可以住人就行。

第二天，宋毅终于在银行见到了房主，男人三十多岁，头发杂乱，穿得有些邋遢。

宋毅猜想他便是那个赌得倾家荡产的男人，面对他的时候，宋毅发现，他望着自己的眼神有些狂乱。

宋毅还没开口，对面的那人就开口了，"你就是那个刚刚赌涨的宋毅？"

"我就是。"宋毅随口回答道，心想这消息传得还真快。

苏眉低声附在他耳边说了几句，告诉宋毅他的名字叫程大军，这栋房子他坚持要价十四万，她最高只出到十二万。

程大军接着问道："听说你是在黄永军家赌涨的？你运气真不错。"

"侥幸，第二块只能说不亏而已，算不得赌涨。"宋毅还是一贯的平静。

程大军却哈哈笑了起来，"你太谦虚了，你不直接卖，加工一下再出手最起码能赚个三四十万。我可以帮你介绍一个磨戒面的老师傅，包管把你切下来的翡翠合理利用。"

宋毅就没打算把东西给人家加工，自然拒绝了他的建议，神情平静地说道："不用了，谢谢！"

"其实黄老板家最值得赌的还是那块三百万的黑乌砂，起码有七成把握大涨，你要是有兴趣的话，我们可以一起去赌。"程大军说起赌石，眼睛里炙热的光芒更盛。

这让苏眉很是鄙视他，程大军不看好的两块石头宋毅还不是都赌涨了，他一个输得精光的人还有什么值得相信的。

宋毅和苏眉的心思不一样，他不轻易小看任何一个人。程大军说得有道理，他不是没看过那石头，可那昂贵的价格让他望而却步，等赚多了钱再去赌还差不多。

"我的全部身家都压在昨天的石头上了，赌不起那么贵的石头了。"

"相信你也看过那块黑乌砂的表现吧，你看表面的蟒还有松花，那叫一个灿烂，只要里面有表现的一半好，那这辈子就不用奋斗了。"

宋毅却说道："就算把那块石头赌涨了，你还是会继续赌下去的。"

程大军愣了愣，之后哈哈笑了起来，"还是你最了解我，我也曾有几千万的身家，可还是忍不住要继续赌下去，我最喜欢的就是解石的感觉。"

宋毅问道："你以后有什么打算？"

"有机会就赌吧。"

苏眉在一旁实在忍不住，插嘴问道："你就没后悔过？你当初如果及时收手的话，现在可不会落到卖房的地步。"

程大军却说："愿赌服输，有什么好后悔的。我现在只要有几万块本钱，就可以把失去的一切都挣回来。"

"我相信你可以的。"宋毅表情倒是很诚恳。苏眉不由得横了他一眼，别人都已经走火入魔了，他非但不劝阻，还推波助澜。

"谢谢，要是我们一起赌的话，我相信这个过程会更快。"程大军像是抓住最后一根救命稻草，死命地想拉他下水。

"赌石这种事情还是量力而行得好。"宋毅看他的眼神越发狂热，连忙转移话题，"对了，你这房屋还卖不卖？"

"卖，怎么不卖？！十四万拿去。"程大军立刻回答道。

宋毅却道："这房子可不值十四万，我给你十三万，还了银行的贷款后要有合适的石头，还可以赌上几把，你意下如何？"

程大军没想太多，一口就答应了下来，"成交！"

宋毅正待说些什么，程大军又抢着说道："这次我在老杨家看中一块白盐砂皮的毛料，价格也不贵，要不要一起去看看？"

"不好意思，货压着也烫手，等我把这边的事情处理完再说吧。"

因为赌石这行的风险太大，许多熟识的人就凑份子赌石，赌涨了按股份分，赌垮了大家担着。这在赌上百万乃至上千万的石头时最为常见，大家都降低了风险，赌垮了也伤不了根本。

可宋毅不想和人合伙赌石，像程大军这样的人，更不在他的考虑范围之内。

程大军不再提合伙赌石的事情，可嘴巴依旧没停下来，双方签订合同的时候，他嘴里絮絮叨叨的还是哪家石头好，哪家价格更便宜之类的事情。看得出来，赌石已经融入他的骨髓，想让他不赌简直比登天还难。

终于把事情搞定了，程大军揣着还完贷款后剩余的两万多块钱兴冲冲地出了门，苏眉紧锁的眉头这才缓缓舒展开来，可她还是忍不住抱怨宋毅怎么一下就加了那么多钱上去。

宋毅笑道："就当做一回好事吧，兴许他下次赌石真能赌涨翻本呢。"

苏眉撇撇嘴说道："我看难，这人太好高骛远，现在摔得这么惨还不吸取教训，仍夸夸其谈。如果遇上十拿九稳的石头再出手的话可能还有希望，可看他现在不安分的样子，恐怕过不了一会儿又要去赌。他要是能够像你说的那样量力而为的话，也不会落到今天这样的地步。"

"不管怎样都是他的命，既然选择了这条路，就该由他自己承担后果。"宋毅似在为他开脱，更像是在为他自己辩解。

是的，赌石的风险大，可魅力也大，惹得无数人为之痴迷为之疯狂，程大军不是第一个也绝对不会是最后一个为赌石疯狂的人。

苏眉委婉的劝言没有收到应有的效果，她知道宋毅可比程大军要理智得多，可这些男人，骨子里都有冒险精神，让他们敢于面对最坏的结果。

苏眉拿了钥匙之后，便对宋毅说马上请人去打扫卫生，然后叫人搬些家具进去，这些事情宋毅都不管。他心里还念着昨天看过的那块毛料，可他到先前店铺的时候，却意外发现程大军居然也在那里。

"小宋来晚了，这块毛料他已经买下来了。"宋毅问起那块毛料的时候，店铺老板笑着对他说道。

这让宋毅很无语，这程大军果然很疯狂，花了六千块钱把他看中的那块毛料买了下来，看来他真是打算从小的毛料赌起了。

"这疯子，果然一有钱就赌石。"宋毅在心底暗自嘀咕道。

"英雄所见略同啊，要不要一起来，马上就切开了。"程大军热情地招呼宋毅，知道宋毅本钱雄厚，时刻不忘拉他入伙。

"让我来切吗？"宋毅笑着问道。

程大军犹豫了一下摇了摇头，他可不想把命运交到别人手里。

宋毅就说："那就算了，你切吧，我看看好了。"

宋毅更不想把自己的命运交到别人手上，自己切涨切垮他可以从容面对，但由别人来切感觉就变了味。合伙赌石就有这个问题，一块石头到底该怎么切，几个人意见不一的话，最后闹起来特别麻烦，最后反目成仇的也不少见。

宋毅和程大军不熟，双方又都比较强势，想要合伙赌石很难协调好。

别看程大军之前口口声声说要合伙赌石，真让他把切石的主动权交给宋毅，自己甘当配角，那是他这个赌石狂人绝对不能接受的。

宋毅看他这回比较小心，先擦起了石头来，他也就乐得在一旁看热闹。

这家店铺的老板张寒良却闲不住，扯着他小声聊天，"这程大军可是出了名的切石狂，手里解过的石头应该不下千件，看他谨慎的样子，这回应该是有把握的。要是他之前赌石的时候和现在一样，不拿赌石当游戏，就不会落到现在的地步了。"

"嗯嗯。"宋毅点头，心底却不以为然，赌石的时候太过谨慎也不是什么好事，尤其像程大军这种人，一反常态谁知道是福是祸。

赌石场上，很多时候赌的就是气魄，看你有没有那种胆识赌大的，最要不得的就是束手束脚。

不过宋毅不会傻到去提醒程大军，忠言逆耳，提醒了他不一定会听，他切涨了自己没什么好处，切垮了说不定还会被怨恨，这时候保持沉默是最好的办法。人都得为自己做的事情负责并付出相应的代价，尽管这代价往往都是血淋淋的。

"想必小宋你也知道，这种后江的石头色好可就是裂多，赌裂风险非常大，就看他能不能把握住这次机会。"张寒良继续唠叨。

他没见过宋毅切石的情况，在他和程大军看来，宋毅一个十八九岁的年轻人赌石能有什么经验，无非是运气好罢了。赌石这行可不是运气好就能混得风生水起的，像这样的小石头，考验的还是眼光和技术。

张寒良和宋毅说了一会儿话，见他反应不够热烈，很多时候只嗯嗯几句，目光却直盯着程大军手上的石头，也就识趣地不再说话。

这块石头并不大，程大军没用多长时间就把外皮擦光了。

但擦开了并不等于就能了解里面的情况，里面有没有裂，裂进去有多深，依然是个未知数，尽管程大军拿过强光手电，仔细地审视了一遍，可面对着神鬼莫测的翡翠毛料，人的眼睛还是无法看透里面的情形。

表面擦出来的那绿油油的翡翠只会让人心情更加迷乱。

程大军仔细观察了良久，问张寒良要来笔，郑重其事地在石头上面画好了线。他是在石头中间位置，垂直于几条大横裂的地方画的线。

宋毅可以猜到他的心思，说到底程大军还是底气不足，担心种不够老，裂会进去。他现在本钱少，有这样的想法也无可厚非。

但这种谨慎保守的办法也不见得就能收到效果，要是裂没有进去，照这样切可就亏大了。因为这块石头小，一旦切得不好，根本就没有回转的余地，取料就会很困难，最后出来的成品价格会相差甚远。

因此，对这样的小石头，说是一刀定生死也不为过。

程大军的矛盾就在这里，他要赌，可他又不敢赌得很彻底，想给自己留条后路。

要是换做宋毅来切的话，绝对不会这样切。这样的小石头对他来说，根本没必要再弄得这样麻烦，赌就赌大一点，直接赌种老裂不进去，就从横裂的地方切，要是裂进不去就赚大了。

这样切即便赌垮了，对宋毅来说也算不得什么，九牛一毛而已。

这些久经阵仗的程大军都知道，可他现在的艰难处境让他不能做出太过冒险的决定。

张寒良看程大军画好了线，便问他，"准备切了？"

"切！"程大军满怀豪情地回答道。

很多人喜欢在切石前焚香沐浴，更有人斋戒几天之后才开始切石，以求获得玉神的庇护，切出好翡翠来。但这些对程大军来说有些奢侈，可他还是闭上眼睛，在心底默默祈祷了几遍，这才开始切石。

宋毅冷眼旁观，他发现程大军上前切石的时候，身体竟有些微微的颤抖，对之前拿切石当游戏的他来说，这样的情绪可不多见。这些日子他肯定受了不少白眼，让他清晰地认识到了赌石的残酷和社会的残酷。

程大军放好石头后，一咬牙开动了机器。

几个人的目光都集中在那块不大的毛料上，渐渐的程大军脸色开始发青，因为他发现越切到里面，切石的声音听起来越像是种很老的样子，但这时候想要停下来已经来不及了。

程大军也只能眼睁睁地看着切石机将这块石头，连同他的发财梦想一起切成两半。

滚落下来的石头印证了他的猜测，非常幸运，又非常不幸的是，裂并没有进到最里面。

可让他痛心疾首的是，程大军这一刀却将整块翡翠绿最浓的地方切成了两半，原本可以取戒面的，现在只能做挂件，两者价格差距数百倍。

细细算下来，程大军其实不算赌垮，绿虽然被切散了，可做出成品出售的话，保本足够，还可以多赚个一两千块。

但明知道可以赚十万块的，现在却只能赚几千块，这种极大的落差，不是人人都能承受得了的。

程大军的目光死死地盯在那团被他切成两半的浓绿上，满脸痛苦，嘴里念念叨叨，五指并拢，将拳头握得紧紧的。

原本唾手可得的财富就这样擦肩而过。

张寒良看他又要犯病，忙出言安慰程大军，"不错，这次小赚一笔，慢慢来吧。"

"只要手里有钱就好，下次再赌。"宋毅也出言劝道。看他脸色凄苦，也没有放马后炮的心思。虽然程大军之前在银行的时候跟他说了那么多的好石头，就是没提这块他真正想赌的石头，这是人人都有的私心，宋毅也不会怪他。

"愿赌服输！"过了好一会儿，程大军这才轻吐了几个字出来，脸色也渐渐恢复平静，握紧的拳头也松开来。

宋毅和张寒良陪他说一会儿话，程大军情绪渐渐好转，却绝口不再提和宋毅合伙切石的事情。

宋毅暗自猜想这次切石给他的刺激应该不小，兴许他又会回到过去的狂人状态，可他手里的那点钱又能撑多久？有了两世的经历，宋毅比任何人都更明白财势在赌石这行的重要性，这也是他可以从容应对的原因之一。

程大军把两块翡翠带出了店铺，不知道又会到什么地方去买石头。这时店后切石的院子里就剩下张寒良和宋毅两人，程大军以前曾是众人瞩目的焦点，可经历过这些事情之后，他切石却变得低调起来。

宋毅望着店铺老板张寒良，轻声叹道："哎，一块极品翡翠就这样毁了。"

张寒良看他的目光有点耐人寻味，可他老奸巨猾，根本不会把账算在自己头上，反而说道："是啊，看来他不止是运气有问题。"

脸皮真厚，非但不知道愧疚，还把责任都推给程大军。宋毅打心底鄙视他，可仍旧面带微笑对他说："张老板这里的好东西可真不少，我再去看看有没有什么值得赌的。"

宋毅出去后，在他摆在外面的毛料里挑了两块出来，两块毛料都在三四十公斤左右，而且都切开了四五公分左右的窗口。

其中一块是豆青，在翡翠里，豆种实在算不得什么特别好的品种，颗粒粗，但对颜色异常敏感的宋毅仔细观察这豆青的颜色渐变之后，发现这块石头内部有变绿的趋势，从豆青到豆绿，可以算得上是质的飞跃，值得一赌。

另外一块毛料的窗口露出一点一点的绿来，细数之下竟然有十五个小绿点，应该是翠丝种，也有叫金丝种的。这东西价值虽然不高，但拿出来还是可以得瑟一下的，实在是又漂亮又少见。

最重要的是这两样东西和白色玻璃种一样，现在都不值什么钱，可宋毅清楚地知道，随着接受翡翠作为新潮珠宝饰品的人群越来越多，这些现在不起眼的品种升值潜力一点不比高档翡翠少，因为现在这些东西简直是白菜价。而且，有人就喜欢与众不同的东西，把故事编得合理一些就能卖出天价来。

张寒良在旁边看他挑这样的毛料也觉得奇怪，"小宋你也看得上这样的东西？要赌就赌大点啊。"

"张老板不把好东西拿出来，我怎么赌大的，只好捡些小毛料来打发时间了。"张寒良这家店铺宋毅才逛没多会儿就遇到接二连三的事情，根本没看到他压箱底的好东西。

张寒良笑道："小宋说笑了，这就带你去看，这些东西可不值得浪费时间。"

"我家老爷子就喜欢翡翠，这好歹也是翡翠，堆满一院子的话还是非常有震撼力的，要是能做成假山就更加美轮美奂了，最重要的是，也花不了几个钱。"宋毅呵呵笑道。

"这想法倒是不错，想来古时的皇宫也没这么奢华吧。"张寒良一边带路一边赔笑，嘴里没说出来的是，有钱也不是这么玩的。

"那时候可没现在这样发达的交通，要不然他们早干了。"宋毅跟在张寒良身后，去了他家的仓库，心底也在抱怨，这些家伙都喜欢把好毛料藏起来。一方面为了安全，另一方面也在无形之中增加了赌石的难度，真是无商不奸。而且，如果店主看你不顺眼，根本不带你去，连看这些毛料一眼的机会都没有。

"这可比公盘的时候好多了。"宋毅只能这样安慰自己，好在他适应能力超强，很快就习惯了这样安静不受人打扰的环境，拿出随身携带的放大镜和强光手电，仔细看张寒良收藏在库房里的好毛料。

宋毅现在的年纪正值记忆力最好的时期，每块石头的表现他都一一看在眼里记在心底，可惜他现在本钱少，还不能放开手脚去赌，那些几百万的毛料他现在只能望而兴叹。

但这些好毛料，宋毅全部都记在心底了，他有信心在一个月之内，将它们拿下来。

折腾了好几个小时，他把仓库的毛料都看了个遍，比起公盘时走马观花般看毛料，现在这样的环境让他更能发挥他的长处。

凡事量力而行，宋毅这时候不会去赌太大的，选了块十多万的毛料，先赌赌再说。

这是块黄盐砂皮的毛料，有十多公斤，已经在有松花的地方擦开了两三公分，不是满色，而是条状的黄加绿，其他点状松花都没擦。黄加绿一直是最受中国人喜欢的颜色，这块毛料种水不差，宋毅估计里面的东西能到玻璃

61

种。这次要赌里面的绿能有多少，这个开口同样是擦在松花最浓的地方，这些师傅擦石的功夫，简直登峰造极。

可这块不大的石头因为表现很好，张寒良开口要价二十万，宋毅还价十万，差距有点大。一番激烈交锋之后，张寒良做了让步，"十八万，不能再少了。"

"我就只看到这个价。"宋毅怎么会被他唬住，生意场就是战场，砍下来的价都可以算在纯利润里面。

"年轻人就是要有初生牛犊不怕虎的精神，要赌就赌大一些。"

宋毅却说："不是钱出得多就叫赌得大，现在对我来说，这个已经算赌得大的了。"

"这个价实在不能再少了。"

宋毅这两天赌石的事情传得沸沸扬扬，张寒良知道他压了八十万的货，现在手头可能不宽裕，可他还是想尽力多榨出一些油水来。

宋毅耐心好，和他慢慢砍，可张寒良降到十五万之后，怎么也压不下来了。

"看来也不能把他逼得太狠了。"宋毅暗自思量，他也不想一天的工夫就这样白白浪费，他的目光落在墙角一堆鸭蛋大小的毛料上。

张寒良是成精的人物，看他目光闪烁，便笑着说道："要是小宋喜欢的话，可以挑几个回去玩玩。"

"十五万也行，我在那堆小石头里再挑两块毛料。千把块钱大家说出来也惹人笑话，张老板说对吧。"宋毅一副很大气的样子，他和人打交道的准则之一就是，即便自己占了天大的便宜，也要努力让人家觉得是他们占了便宜。反正就是动动嘴皮子，说说场面话，练习一下演技而已，又死不了人。

张寒良先前把话说得太满，尤其在这些不怎么起眼的毛料上，这时候自然不能拿他们说事，可他的演技也丝毫不比宋毅逊色，一副亏了老本的样子，"这块石头十五万我就没赚什么钱，一回生二回熟，既然小宋这么说了，我也就不说什么了，小宋赌涨了可别忘记照顾我的生意。"

"没问题，张老板人好货又好，我又怎么会错过。"宋毅热情地和他握手，庆祝成交。他的心理价位和这差不多，现在还有这么多赠品，不管怎样都不亏了。

虚伪！尽管两人同时在心底鄙视着对方，但这样的交易双方都很满意，两人的表情都很开心，这倒是发自真心的。

既然说好了，宋毅自然不会客气，当着张寒良的面，很随意地捡了六个黑鸭蛋出来。其实他之前早就瞄好了这些小石头，并挑了几个出来，说挑其实有些言过其实，这东西外皮根本没啥表现，打上强光手电也照不出什么名堂来。宋毅能做的也就是敲几下，听听声音，然后选了几个声音与众不同的出来。

第三章　遭陷害博物馆文物大流失，
　　　挽狂澜幕后黑手揪出来

东海博物馆大批文物离奇失踪，幕后黑手却把污水泼在了不肯同流合污的副馆长宋世博身上。好在宋毅不仅事先给了爷爷和父亲一个暗示，并且推波助澜地诱发事件提前发生，令博物馆馆长措手不及，使得东海博物馆文物流失的黑幕一夕之间全部曝光。宋世博不仅保住了自己的名声，而且得到了荣升，不久便荣任东海市博物馆馆长。

宋毅好容易把这几块毛料折腾回家，已经晚上十一点多了，苏眉也忙了一天，先睡下了。宋毅倒是十分兴奋，继续折腾他的石头去了。

宋毅没有擦石或者切石，他的想法是先把几个戒面磨出来换点钱再说，虽说这样的戒面如果保留到以后会升值数十倍，但那只是最保守的做法；现在先拿来换钱，用这些钱赚的钱肯定不止十倍。

而且，手里有钱底气也足，赌石的时候更能放开手脚。

磨戒面是个细致而考验功底的技术活，要将翡翠的绿集中起来，并完美地展现出来，高档的翡翠戒面都是交给经验丰富，擅长磨戒面的老师傅来完成的。宋毅不敢托大，使出浑身解数来应对，他可不想把戒面磨得像狗啃过的，那是对美好事物的糟蹋。

苏眉半夜被响声惊醒，睡不安稳的她连忙披衣起床，还以为来了小偷，可她出去后才发现是宋毅在连夜赶工，她原本的惊慌顿时变成了关切，"这都几点了，还不去睡觉！"

"眉姐继续睡吧，有我在安全着呢。"宋毅拍着胸脯保证。

苏眉看着他轻笑了起来，"这么拼命干吗？"

宋毅笑着解释："夜深人静正好做这些事情，白天吵闹得很，又有事情要做，哪能静下心来弄这些，你看那些老师傅们切石头做东西都是在晚上。"

"你又不是他们，这样一来你的身体怎么吃得消。"苏眉担心地说。

"眉姐不用担心，我都习惯了。"宋毅不以为意地说道。

"我可是答应过姑姑，要好好照顾你的。"

宋毅无奈地妥协，"等我磨好这个戒面就去睡。

"你不睡我也不睡。"看宋毅仍然不动，苏眉秀眉微蹙，和他耗上了。

宋毅不肯轻易退让，夜晚，多么美妙的时间，牺牲一点睡眠时间又如何，他的大计可都得在晚上完成。

"要是眉姐不想睡觉的话，帮我切几块石头吧。"

干坐着实在无聊，苏眉最后还是忍不住了，柔声问道："我真的可以切石头吗？"

宋毅停下手里的工作，微笑着说道："当然可以，我今天不是带回来几个黑鸭蛋吗，眉姐想怎么切就怎么切。"

苏眉横了他一眼，对宋毅带回来的这些赠品，苏眉没什么心理压力，她先前在黄老板家切过宋毅不要的毛料，要怎么切她也知道，用不着宋毅帮忙就可以独立将几个黑鸭蛋切开。

若按行家的标准，这样的东西根本没资格上切石机，随便砸开就行，宋毅为了给苏眉打发时间，才让苏眉来切。

苏眉原本是不抱什么希望的，可当她看见最后一个石头里的表现时，却忍不住大声叫了出来，这样的结果实在让她喜出望外。

"眉姐果然是幸运星。"宋毅被她的声音吸引，放下手里的活，等他见到石头里的表现时，不由得十分激动。

看宋毅的表情，里面应该是好东西，可最开始却把她吓了一跳，她心有余悸地说道："我刚刚还以为切的真是个鸭蛋，要不然怎么会切出蛋黄来。"

宋毅没想到这些鸭蛋大小的石头里真能出翡翠，这也证明他的眼光确实不错，听力也没退步，这可都是他通过辨别声音选出来的老场毛料。

听了她的话之后，宋毅顿时哈哈笑了起来，"确实很像蛋黄，不过这不叫蛋黄，叫鸡油黄，是黄翡中的极品，所以我才说眉姐是我的幸运星，这样的好事都能被我们碰上。张老板要是知道的话，估计会被气死。"

"不告诉他就行了。"听说里面是极品黄翡，苏眉顿时开心起来，可她随后却又担心地问道，"那我刚刚那一刀有没有切错地方？会不会毁了这块好翡翠，我可没什么切石经验。"

"我看看啊。"宋毅这才把目光从苏眉身上挪到被切成两半的鸭蛋上，她这一刀是从中间切开的，里面的色彩很浓很均匀，倒不存在像今天白天程大军那样把最浓的翡翠切散的问题。

而且这块黑石头的外皮并不厚，这一来，切在正中倒是正好，宋毅估摸着，可以磨出两个大一点的戒面来。在翡翠的成品中，价值最高的就是戒面。戒面对翡翠的色彩种水工艺的要求都是最高的，因为即便有一丝瑕疵，戒面都可以清晰地反映出来，因此，像这样没有瑕疵，色彩浓正，又晶莹剔透的戒面是人人追捧的对象。

看他低头沉思不说话，苏眉便忍不住问道："你快说啊，是不是切错了地方。"

"哪有，眉姐这惊天地泣鬼神的一刀切得刚刚好……"

苏眉一听他的话，心底就开始打鼓，"你不用安慰我。"

宋毅忙说道："我说的都是实话，这块黄翡质地好，色彩均匀，从中切成两半刚好做戒面。切偏了的话倒是不好加工。"

"做成一个整体的会不会更好？"苏眉心底还是有些疑问。

"可能会更有视觉冲击力，可经济价值就差多了，戒面是目前最好出手价格也最高的翡翠成品。"宋毅呵呵笑了起来，"再说了，你有看别人把鸭蛋黄大的东西戴手上吗？"

苏眉咯咯娇笑道："也是哦，鸡尾酒戒指也没那么大。"

"不错啊，眉姐居然知道鸡尾酒戒指。"宋毅啧啧赞道。

苏眉当即横了他一眼，"谁不知道，鸡尾酒戒指就是以硕大闪亮，华丽奢华取胜。"

宋毅突然收起嘻哈的表情，说道："眉姐，有件事情要拜托你。"

"什么事?"

"为了保险起见,我一般都会在晚上切石,基本不会邀请别人过来观看,这一来就没人当场出价购买。可切出来的东西终归是要卖出去才能换到钱的,这段时间我都会比较忙,不可能一一找人去卖。这后面的事情就交给眉姐负责了,我会把每件翡翠的最低出售价格告诉你,到时候你酌情出手就是,多出来的眉姐就自己留着。这个任务重一点,越快回笼资金越好。"

苏眉一双妩媚的大眼睛死死盯着他,"什么叫多出来的我自己留着?"

"你把它当成工资啊奖金什么的都可以的。千里迢迢把眉姐从东海带过来,却没出去旅游,而是拖着眉姐帮我做事,实在过意不去。"

苏眉更不满了,撇嘴道:"那你找别人好了。"

宋毅连忙耍赖道:"现在能帮我的就只有眉姐你了,你可不能扔下我不管啊。"

好说歹说总算把苏眉劝去睡了,宋毅自己则继续努力,先前花八十万赌来的那半块石头里,宋毅首先取出了两个戒面来,剩下的还能再磨一个,其余的碎料他打算先放着。加上两个鸡油黄的翡翠戒面,他这些天接连要磨好几个戒面,忙得团团转,连切石都没多少时间,就更没时间去管这些细节上的东西。

一直弄到天大亮,宋毅才把两个阳绿的玻璃种戒面磨出来并抛光好,看着那绿得像要滴出水来的翡翠戒面闪亮无比,凝聚着翡翠的精魄,宋毅顿时觉得这一晚的工夫没有白费。

宋毅搞好这两个戒面后,才安心去睡觉。

第二天一大早,苏眉就找到了黄老板,将两个戒面拿了出来,黄老板看了后只有一个感觉,惊艳!

虽说腾冲历来便是翡翠的集散地,各种能工巧匠也不少,可他在腾冲待了这么久,还没见过谁有这样好的手艺,将翡翠的美全部展现出来。

黄老板越看越觉得惊讶,也许只有港台那边的老师傅能达到这样的水准。黄老板面带疑惑地问道:"这真是小宋磨的吗?"

苏眉点头道:"是的,他昨天忙了一整夜连觉都顾不得睡了。"

在苏眉那里得到印证后，黄老板惊讶得说不出话来，心底的震撼更是无与伦比。完全看不出来，那个年纪轻轻的宋毅，竟然还有如此灵巧的一双手。黄老板不由得想起了上次宋毅说的，他家老爷子酷爱翡翠。想必他是从小就开始训练的吧。可即便是从小开始训练，也得有非常高的艺术天赋才行，大部分人在这行做了一辈子都达不到这样的水准。

"你们打算以什么价格出手？"黄老板问。

谈到生意，苏眉的脑子飞速运转起来，她不知道该不该信任黄老板，但一开始就透露宋毅给她的底线这样的蠢事她肯定不会做。她留意了黄老板的表情，他看起来对这两个戒面很满意的样子，她又想起宋毅嘱咐过她可以自由浮价，她一狠心，就把价格往高处抬了几十万，同时不忘观察他的表情，"我们觉得六十五万应该比较合适。"

苏眉没想到的是，黄老板竟然点头认可了她的报价，"这样精湛的工艺，应该能值这个价。这翡翠的种水是到了，可颜色还不算最好，要是顶级的艳绿，价格上百万都不稀奇。"

有了黄老板这句话，苏眉更觉得底气十足，这些玉石商人都是长期驻扎在腾冲收购翡翠的，没有人切石的话他们的生意就没办法做。

黄老板把戒面还给她，接着又说道："要不你先回去忙，我让他们直接去你们家好了。"

第一个到的是广东的玉石商人赵易平，看过宋毅磨出来的戒面之后，赵易平对此赞不绝口，可谈到价格的时候他只出到五十五万。

苏眉心里有底也不着急，对他说道："我也做不了主，要不等宋毅他起来了，你们再商量商量。"

赵易平也是行中老手，知道自己出价不到位，可他心底还是抱有一丝希望，反正也没其他事情做，他也就安心坐下来，看看美女也是赏心悦目的事。

陆续有人过来看翡翠，苏眉的底气就更足了，她一个也不怠慢，全部招待，看得出来，大家都很认同这个戒面，可这价格，一开始就出到六十五万的还没有。

苏眉以她做不了主，宋毅累了还在睡觉作为借口把几个人都留了下来，大家都在等，心底也都清楚，就看谁忍不住先动。在场的各个玉石商人都很清楚，像戒面这样的翡翠成品不用赌，根本没什么风险，就看大家的渠道如何，最终能卖出什么样的价，有渠道的买下来肯定赚钱。

问题是这样的道理苏眉也懂，她就一个原则，价高者得。

局面正僵持着，一个香港商人名叫梁元锦的闻风赶来，财大气粗的他仔细看过这两个戒面之后，一开口就报出了一百三十万的高价来。

苏眉心头暗喜，面上却不动声色，以同样的说辞招呼他先坐下，然后就进去叫宋毅起来。

她推门进去的时候，宋毅已经从床上爬起来了。

苏眉立刻兴奋地告诉宋毅："那两颗戒面有个香港商人出到一百三十万，我琢磨着能不能再往上加一点，小毅你看如何？"

"也别太狠了，毕竟以后还要和他们长期合作的，大家都有钱赚生意才能长久。"宋毅正色说道。

"你说得也对，"苏眉点头道，"我刚拿你睡觉我做不了主当借口，现在他们都在外面等着，你出去的时候看着办吧。"

宋毅一听，立刻答道："就一百三十万了，我们出去吧，别让他们等太久了。"

宋毅一出面就把局面接了过来，先前出价最高的梁元锦这时候更是迫不及待地想要知道宋毅的想法，可宋毅却是连番的客套话，生怕冷落了谁，当然也没冷落了梁元锦。

梁元锦就是因为喜欢这对戒面的工所以才出这么高的价格，这时候也忍不住问了出来，"我瞧着这戒面磨得真叫鬼斧神工，不知道是出自哪位老师傅之手啊？"

苏眉立刻接了过去，笑着说："就是大家眼前这位宋老师傅咯，他昨晚忙了一个通宵才把这两个戒面弄出来的。"

众人立刻对他刮目相看，先前大家还在猜测他们到底请谁磨出这样高水准的戒面，没想到竟然是宋毅自己亲自动手的，还真是青出于蓝而胜于蓝，很多老师傅都没这样的水平和速度。

梁元锦顿时朝他竖起了大拇指，"没想到小宋竟然有这么精湛的手艺，现在的年轻人可是越来越厉害了！"

"梁老板过奖了，雕虫小技，不值一提。"宋毅谦虚地说道。

梁元锦笑着说道："年轻人敢打敢拼是好事，可太过谦虚却不是什么好事。我就喜欢这戒面的做工，将整颗翡翠的绿全部表现了出来。"

"梁老板真喜欢的话，开个价拿去就好。"宋毅面带微笑豪爽地说道。

苏眉一听顿时出了一身冷汗，心底也在责备宋毅太过鲁莽，万一他开个低价出来怎么办？

"就冲小宋这句话，一百四十万我要了！"梁元锦也异常豪爽地给了价，他可是人精，也好面子，他还想在这行混，丢份儿的事情他可做不来。

"梁老板出手果然大方。"宋毅笑着和他握手成交。

这边算是成交了，可其他的玉石商人却开始鼓噪起来，"小宋你可不能厚此薄彼，让我们空手而归吧？"

宋毅为难地说道："我昨天是买了几块毛料，可还没切开呢。"

"反正我们没事，就看你切石好了。"一人出头众人便跟着应声称好，在这里，大家对切石的热情都非常高，哪怕是看人家切石都觉得热血沸腾。

"那我就再献几次丑吧。"宋毅很无语，他本打算今天继续出去找毛料的，看着样子是不行了，得，先切了当场卖掉尽快回笼资金也好。

宋毅便让苏眉继续完成和梁元锦的交易，他自己则领着一帮子人去后面切石。

宋毅手里的石头不多，就一块黄加绿的石头，黄老板送的两块白色玻璃种，宋毅从张寒良那里搞的豆青毛料以及一块可能出翠丝绿的毛料。

看到他弄的这些毛料，就有人问他，"小宋，你买这些石头干什么啊？"

宋毅则笑着回答："这些石头便宜，拿来练手正合适，再说我家老爷子喜欢翡翠，这个也算翡翠吧，拿回去孝敬他老人家也不错。"

其他人也就不多说什么了，一堆人围着那块黄加绿的石头，发表着各自的意见。这块石头赌涨的可能性很大。

宋毅见他们讨论得起劲，就没先动那块毛料，而是把那块已经揭开顶的豆青色石头弄上了切石机，他连线都懒得画了，打算直接一刀切开。

见他打算直接切豆青的毛料，王汉祥便问道："小宋不切这块吗？"

"你们先看看，帮我参谋参谋该怎么切。我先拿这块石头来热热身，很快的，就是一刀的事。"宋毅打定主意，如果这块豆青色的石头切开不像他预料的那样会变种的话，那就直接扔一边好了，免得浪费力气搬它。

"这块石头赌涨的可能性不大，豆种颗粒粗，没多少人喜欢也卖不出什么好价钱。"王汉祥没说出来的是：还是不要浪费时间在这样的石头上好。

"切了看看吧，说不定会有意外的惊喜。"他旁边的另一个玉石商人道，他虽然这么说，可还是不相信这样的石头能有什么惊人的表现。

"小宋，这块石头多少钱？"

宋毅道："买那块黄加绿的时候捎带的，折算起来应该不到一千。"

"应该能保本。"

和他们说话的同时，宋毅开动了切石机，他倒是很期待这块豆青的石头能有所表现，切它，无非是为了证明他自己的眼光而已。

可在场绝大部分人的目光还在那块黄加绿的石头身上，带黄味的翡翠一直深受众人喜爱。

他们还在讨论里面能出几个黄加绿镯子的时候，宋毅这边的豆青种石头已经切成两半了。

正如宋毅所预料的那般，这块豆青种的翡翠变种了。

大家切翡翠毛料的时候变种还是很常见的，但变种也分为两类，像宋毅现在切这类就是看着不怎样的石头种水变好，这类基本算是赌涨了；另一类当然就是从外面看很好的种水，可切开之后变差了，基本就算垮了。

这次变种，原本豆青色逐渐变成了豆绿色，而且翡翠的颗粒结晶沿着宋毅切的这一刀一路变得晶莹细腻起来，尤其难得的是，这块石头里面都是满色。

切石机停止运转的时候，才有人把目光转向宋毅刚刚切的石头，看到那豆绿色不用多想就吆喝了出来，"赌涨了，小宋你还真是好眼力。"

"豆青变豆绿，还真有你的。"

"果然是英雄出少年，小宋这眼力绝对是一等一的高超。"

一时间，各种赞誉之声不绝于耳，但却没人说要买。

"赌石不就是想验证自己的眼光吗，它虽然不值什么钱，可它的存在价值已经得到充分的体现。"好话谁都爱听，宋毅一脸的笑容，把石头搬了下来。

赌涨是肯定的，可它真正的价值只有他自己一个人知道。

现在要问这块丝毫不起眼的石头涨了多少也很难说，因为这东西现在根本卖不出什么好价钱。宋毅现在也不打算卖，储备着吧。随便扔哪个角落里放个十来年，价值就会成百上千倍增加，那时候只要有色，都能卖出高价来。

像这样一块三十多公斤的大料，基本没什么裂，宋毅估计至少能取出三四十个手镯来，到时候按一个两三万的价格卖的话肯定有人抢着要，豆绿色最浓的地方，还能取出几个戒面来，剩下的料也可以充分利用起来，不管是做成珠链还是平安扣都有市场。

别看它现在是垃圾，多放几年之后，它的身价最低也能过百万。

传说中的点石成金也不过如此吧。

当然，这样的美事宋毅只会藏在心底，正是有了这样的先知，他才可以放开胆子去赌，即便做最坏的打算输得一无所有，他将来依旧可以比在场任何一人都过得好。

这样的石头大家都看不上眼，也没人过来和他砍价，宋毅也就偷着乐，也省了大把工夫跟他们解释。

他把这两块豆绿的翡翠搬到一边之后，便把全部的注意力集中在那块黄加绿的石头身上。

没什么好说的，这样的石头都是要先擦，然后再做进一步打算。这时候大家已经把这块石头的大致情况摸清楚了，有的说该擦背面的松花，有的说该把现在的口子继续扩大，还有更激进的说直接切开就成，但最后的决定还是要宋毅来做。

为了稳妥起见，宋毅还是选择擦石，这次他擦的是开口背面的松花，他想看看里面的颜色是否渗透到背面去了，要是延伸过去了，那可就赚大了。

可宋毅用电砂轮擦了一阵之后，却只把松花擦掉了，没擦出一丝一毫的绿来。

虽然知道这块毛料不可能出满绿，但如此一来，不止是宋毅，在场众人心底都不免觉得有些慌惜，这样一来，整块毛料的期待就少了许多。

宋毅继续往松花上擦，可接连擦了好几颗松花，都没发现有绿色或者黄色的痕迹，尽管这并不能说明什么，可众人的心底已经开始打鼓了。

擦了这么多想再转手已经很困难，换而言之，宋毅现在没有退路了，只能选择继续擦或者直接切开来。

宋毅还不死心，将整块石头擦洗干净后，选了一处松花最浓的地方使劲往里擦，可现实再度让他失望，尽管他已经擦得很深，可除了把原本的松花擦掉外，石头依旧没有什么表现。赌石的事情谁也说不准，说是神鬼莫测也不为过，要不然也不叫赌石了。

年轻的宋毅擦石擦得火起，照这样下去多擦也没什么意义，当即便扔了一句出来。

"切！"

众人有些沮丧的精神又重新振奋起来，别看擦石的情况不妙，可没有切开之前，一切都是未知数。

切石也是有讲究的，宋毅可不敢把十几万的石头玩一样的乱切，照旧先确定好该怎么切，然后画线之后再送上切石机。

周围众人看了宋毅在石头上画线，各自松了一口气。因为就一般而言，切石准备卖的人和买翡翠回去加工的人往往是相互矛盾的。

切石的人一般都是从表现最好的地方切开来，这样可以卖到最好的价格；但对买翡翠回去加工的人来说，这样切无疑让整块翡翠的价值大打折扣，因为绿最多的地方被切散了，打个比方，本来可以做成满绿手环的材料这样切出来以后可能连手环都做不了。

但是现在，宋毅并没有从表现最好的地方开始切，而是从擦口的旁边开始切，他想先看看石头内部的表现如何再做决定。

这并不是说宋毅不缺钱，事实上他现在最需要大量的资金，刚刚切出来的那石头虽然价值过百万可毕竟要等十多年才能兑现。他之所以选择这样切，是因为他想挖掘出它最大的潜力来。

宋毅的打算是切开来卖明料，全部风险由他自己一人承担，当然，收益也会更大，他现在还有这样的本钱，要赌就赌大些，赌输了也没什么大不了的，哪能次次都赌涨。

熟悉的声音响起，在场众人无不翘首以盼，大部分都希望宋毅能够赌涨，那样他们也好有机会分一杯羹。

一阵紧张忐忑之后，切石机关掉了，全场寂静无声。可当他们看到宋毅沉着的脸时，便知道事情不妙。再仔细看整块石头的表现，擦口处的绿是进去了，可是并没有进去多少，其他地方根本就没有绿。

和外表的满身松花相比，石头内部的表现差了太多，这也可以看出原来擦石人的高明之处。

虽然没有全部切开就说赌涨还是赌垮还言之过早，但这块石头不如想象那般好却是铁铮铮的事实，想大涨是肯定不可能的了。

大家都望着宋毅，不知道他下一步会选择怎么切，是竖着切一刀下去还是怎样。如果现有绿团往旁边发展的话，还是有可能赌涨的，可照目前的情况来看，这样的几率实在不大。大家都被它诱人的外表给骗了，宋毅也不例外。

"要不就这样卖掉吧，我出两万块。"王汉祥第一个上前，看了石头后开了个价给宋毅，在他看来，这是个很公道的价格。

这块石头宋毅买十五万，照这表现只能卖两万，中间的落差可想而知，赌石的风险大就在这里。

在赌明料的时候，宋毅赌过比这表现更差的，但这次，他打着强光手电仔细观察切面的时候，感觉自己的好运似乎已经用尽了，因为这块石头本来就是赌切面的黄和绿能进去多深，这个现在已经很明显了，进去不过四五公分。强光手电照的时候，他也没看到有多厚。

当然，还是那句老话，不完全切开你永远不知道里面有什么，所以宋毅并没有贸然答应王汉祥的出价，都赌到这份上了，虽然前途未卜可他并不想半途而废。

苏眉一进来就感觉到场中的气氛不妙，至于原因当然非常明显，就是躺在地上的石头，她一眼就瞧见上面没有多少绿。赌石有输有赢很正常，但这并不是她进来的目的，她展颜笑着说道："先别忙了，一起吃了饭再说吧。"

"大家别嫌饭菜差就好，将就着吃点，一会我们继续切。"宋毅放下手里的活计，笑着招呼他们吃饭，众人虽然推辞了一阵，可还是架不住苏眉和宋毅两人的热情，答应留下来吃午饭。

午饭是苏眉从附近餐馆叫过来的，摆了满满的一桌，足够他们七个人吃了。

"眉姐办事我放心。"吃饭的工夫，宋毅还没忘了拍马屁。

苏眉笑了起来，"我不管你的话，恐怕你还会继续切石，根本不知道有吃饭这回事。刚刚切得怎么样?"

"情况不怎么妙。"

苏眉连忙安慰他说："没事，反正我们今天已经赚得够多了。"

宋毅微微笑道："输赢我倒不在乎，只是判断失误多少有些遗憾罢了。"

"你能看开就好，反正现在的资金够你折腾好一阵的，不用束手束脚的，其他事情有我在你就不必担心了。"苏眉看他不像强作笑颜的样子，这才放心下来。其实按照宋毅平时表现出来的脸皮厚度，她就应该想象得到他的心理素质不是一般的强，这点小小的挫折哪能击倒他。

"那就辛苦眉姐了。这次多亏眉姐一起来，不然我自己肯定忙不过来。"宋毅最开始还对苏眉跟自己一起出来的事不高兴，怕她打扰自己赌石，没想到还多亏了苏眉帮衬，不然自己得忙死。

几个人正吃饭间，一个黑黑瘦瘦的，穿着灯笼裤，年约三十四五岁的男人走了进来，用他那不甚流利的普通话问道："请问宋老板在家吗?"

"我就是宋毅，找我有事?"宋毅连忙放下碗筷，他一眼就认出这是缅甸人，而且宋毅敢肯定，他是过来推销毛料的。宋毅正愁没石头切，这一来也用不着往外跑去找石头了。

正是瞌睡来了有人送枕头，这样的好事越多越好。

"我这里有块石头，不知道对不对宋老板的桩。"那人直截了当地说道。

"欢迎，我正说出去找石头呢，没想到你就第一个送石头上门来了。"

宋毅正要拔腿过去的时候，他身边的王汉祥拉住了他，轻声对他说："他来了快半个月了，这块石头还没出手，好像大家都不怎么看好这块石头，小宋你可得慎重一些。"

"多谢王大哥提醒，我会仔细考虑的。"宋毅忙对他表示感谢，可他还是要去看看，毕竟这是第一个送货上门的。

那人带来的石头并不大，也就五六公斤的样子，外皮样子比较怪，不像其他石头一样有细腻或者粗糙的颗粒，这整个就是一块疙瘩皮。整件石头没有擦过或者切过，除了那疙瘩外还算正常的黄盐砂皮上只有一两点稀松的松花，算是全赌料。

这可以算是宋毅来这里后接触过的真正意义上的全赌料，昨天晚上苏眉开的几个黑鸭蛋不算，他完全没当回事，苏眉也是一样，有那样的收获纯属意外。

这件石头对宋毅来说意义重大，光凭肉眼仔细看了看，还是看不出个所以然来，也难怪他来了半个月也没人买他的石头。

可宋毅并不打算就这样放弃这块石头，和他说了几句之后，宋毅便去后院拿他的强光手电和放大镜，准备仔细看个究竟，在路上的时候，宋毅猛然想起他曾经看到过的故事，这让他精神为之一振，这块石头的表现和传说中的不是差不多吗？

尽管内心激动无比，可拿了放大镜和强光手电后，宋毅却冷静下来，不急不缓地走出去，用放大镜和强光手电仔细观察起这块石头的表现。放大镜下怪皮和结晶体附近衔接比较正常，没有做假的迹象，再说要做假皮也不会做这样的假皮，这更让他坚定了心底的想法。

虽然心底很开心，可宋毅脸上表情依旧平静地对他说道："这石头我看不懂，但你是我住这里后第一个送石头上门来的，你开个价，要是合适的话我还是买下来，希望以后有越来越多的人拿货过来。"

那人一直在关注着宋毅的表情，听他这么说，立刻开价道："十万人民币！"

宋毅笑而不语，要是缅币的话，给他二十万都不嫌多。

见了宋毅的表情，那人连忙解释道："场里的师傅说这石头最起码值二十万的，我到这里来路费都花光了才会降价的，你要的话，八万给你不能再少了。"

宋毅却道："我知道你远途而来辛苦了，我也想开个张，给你个吉利的数字，六万六千块。这价格已经不少了，绝对超出你拿货的两倍价格，卖完你也可以早点回家，家里老婆孩子还等着的吧。"

那人皱眉想了想之后，这才说道："成交！"

宋毅便让苏眉去拿钱来给那人，他自己则很随意地把那块石头收了起来。

王汉祥悄悄拉过他问道："小宋你怎么会买这石头的？"

宋毅说道："人家大老远地跑一趟也不容易，我还没赌过全赌料，对这方面也不怎么了解，但我想大家都不看好的说不定会有惊喜呢。"

王汉祥也不说什么了，心里想的是，年轻人还真是好面子，非得撞到头破血流才肯罢休。

苏眉当着那人的面点好六万六千块人民币给他，他拿出随身携带的布袋子装好后道了声谢就出门去了，苏眉估计他真的是想回家看老婆孩子了。

可苏眉却看不懂宋毅的行为，他真的看好这块石头还是刚刚切垮了整个人变得糊涂了，或者说因为没石头切变得饥不择食了。可从外表看，宋毅的行为还算正常，那是为了收买人心让更多的人把石头送上门来？

苏眉猜不透他的想法，在场的其他人也不知道宋毅究竟想干什么，但大部分人心底共同的想法是，他还真不拿钱当回事。

吃过饭之后，王汉祥就问宋毅，"小宋，刚才那块石头还切不切？"

"切，为什么不切。"宋毅挥挥手，豪情万丈。

众人跟着他去后院切石，之前程大军住这里的时候，这里也是众人经常光顾的场所，大家对这里的环境再熟悉不过了，但这时候大家都识趣地没有提起那倒霉的程大军。可隐约中，大家感觉到这里又出了一个切石狂，只是这次，大家希望他能够坚持得久一些。

趁着宋毅继续去弄刚才那块切了一半的石头的时候，众人看了他刚刚买的毛料，看了之后的一致感觉就是，确实很怪。真不知道他看上这块毛料哪点了，难道就是因为这疙瘩一样的外皮？

回头再看忙着切石的宋毅，真不知道他是艺高人胆大还是初生牛犊不怕虎？

宋毅这次的一刀依旧没有从绿最浓的地方切下去，这对在场要购买翡翠原料的众人来说，无疑是个天大的好消息，因为不管他最后切涨还是切垮，至少看得到的那点黄绿可以完好地保持下来。每块翡翠都是天地灵气的结晶，切坏一块就少了一块，真正喜爱翡翠的人都懂得这个道理。

由此也看得出来，宋毅并不是那种利欲熏心的人，不会为了自己的一丁点利益而暴殄天物。

宋毅和程大军两人都喜欢切石头，可两人之间的区别还是非常大的。程大军以往切石的时候和那些缅甸人一样，都是从绿最浓的地方切开，这一来自然让很多的好翡翠失去了原有的价值，因为这个原因，他也经常被王汉祥这样的玉石商人抱怨。

现在宋毅横空杀出来，能不能为这个市场带来一阵凉爽的清风？

一切还得看他切石的结果，看他能否在这残酷激烈的赌石场中真正生存下来。

而想要在赌石场里生存下来，没有足够的眼力和财力，没人会相信他能走得了多远；与此同时，没有足够的胆量和人格魅力，也很快就被淘汰出局，机会往往只有一次，而且一去不回头。

尽管宋毅已经表现出了这些基本素质，可这仅仅是基本素质，赌石场上变幻莫测，面对神仙也难断的翡翠毛料，一个人的运气好坏至关重要，当然，你要有透视眼能够看穿翡翠的外皮另当别论。

这块黄加绿的毛料本来就不算太大，切到这份上，大家都看得出来情形不容乐观。

没容他们多想，宋毅这一刀落下去又将毛料切成了两半，望着切开来的石头，他唯有佩服这擦石的人的功夫实在高明。

因为整块石头里面的绿也就外面看到的那点，一般来说，这样的石头不容易赌垮，可现在确实赌垮了。

"愿赌服输！"

宋毅却不觉得后悔，再来一次的话，他还是会选择这样将它切开。

王汉祥几个人凑上前去，他刚才开两万块本来也是想赌里面还有绿，现在宋毅已经切开，他相当于减少了一部分损失，现在这团黄绿还是有价值的，王汉祥给宋毅开出了一万块。

"有绿的这块一万块拿去，其他的我留着做纪念。"宋毅笑着把那块有绿的部分指给他，这块石头的其他部分放个十几年还是有些价值的。

王汉祥当即点头答应下来，其他的就算给他，他也觉得麻烦。

这件石头亏了十四万，宋毅也不去多想，把后续交易的事情交给苏眉之后，就把注意力集中到刚买的这块石头上来。

宋毅整理好心情，把那块在众人眼里看来又贵表现又不好的石头拿到手里，没什么话好说，先擦。

他选择从那几点稀松的松花处开始擦，要是这地方能擦出绿来，那他睡觉也会乐醒的。

松花擦掉了，没有绿，却露出一片白色雾状的东西来。

白雾。

有过赌石经验的老手们都知道，有雾并不等于有绿，有绿也不一定有雾。

说来说去还是一个字，赌。

"继续擦！"宋毅下了狠心，这不同于在赌场和人赌博，在赌石场上，没有人出老千，石头就在那里，就看你有没有那份眼力和胆魄，敢不敢勇敢地揭开它本来的面目。

"小宋这人果然够胆色。"这已经成了众人的共识，当然，也有人担心这是不是他在遭受打击后有些失常。

宋毅使劲往里擦，一番折腾擦掉了白雾，再用清水一洗，顿时露出一片浓郁纯正的绿来。

望见这喜人的阳绿色，宋毅顿时有了喜色，整个人也长长地舒了一口气。

这艳丽的色彩也把周围众人的眼睛给照花了。

这惊喜实在太大，因为先前大家都不看好这块怪石。它就像一个全身蒙着面纱的女人，现在宋毅挑开她面纱的一角，露出水灵的肌肤来，隐隐有了绝世美女的风采。

可这时候并没有人出价，先前宋毅赌垮了一块石头对众人的情绪还是有影响的。那石头的表现比这块要好很多，至少那块石头满身的松花就不是这块石头能比的。

然而宋毅却知道，真正的好戏还没有开场。

他拿着强光手电和放大镜仔细观察了一会儿之后，并没有就着刚刚擦出来的地方向旁边推进，而是选了邻近的另一片松花，又是一阵猛擦，又擦出一片绿来，同样的鲜翠欲滴，诱惑着人的眼睛。

这下围观的众人开始坐不住了，低声交流着，"完全看不出来，这样一块石头里竟然有这样上佳的表现。"

"就是不知道其他地方表现怎样。"

"这样的石头，擦出绿来可算是烧高香了。"

宋毅同样无比期待这块石头其他地方的表现，从他刚刚观察的情况来看，他擦这两个点之间的绿应该是连成一片的。而且这块石头没裂没棉，结晶细腻完全可以到玻璃种。

当下再不犹豫，宋毅一阵猛擦，他自己倒还好，旁边的人却是一阵心悸，这小子还真是够猛。幸运的是他擦出的结果不坏，下面的绿全部连在了一起。

"这下大涨了，里面可能是满绿。"

"就看那疙瘩下面是不是有绿了。"无论大家看到的情况如何，那布满石头表面的古怪的外皮是必须跨过去的坎，这道坎如果跨不过去，这块翡翠也卖不出太高的价格。

宋毅继续擦石，这次他打算顺着整条绿带推掉外皮的疙瘩。

一路推进过去，宋毅甚至擦掉了一小块疙瘩，和先前的地方不同，这怪皮的地方没擦几下，诱人的绿就出来了。

这里出绿早就在他的预料之中，并不足以让他激动。真正让他觉得激动万分的是，那疙瘩似的外皮下的绿色更浓更诱人。

打上强光手电，再从不同角度观察，宋毅惊奇地发现，这竟是极其罕见的帝王绿，这样的颜色既不偏蓝也不偏黄，绝对是纯粹浓郁的绿色。物以稀为贵，这样的颜色之珍贵自然无需多言。

众人虽然没宋毅看得那样真切，可就这匆匆一瞥也让他们看得目瞪口呆，太神奇了，刚刚不过随口说说而已，里面难道还真是满绿。

随着宋毅手里的动作，他沿着刚刚推出来的绿色轨迹，像个悍不畏死的卒子一样继续向前推进，一路擦过来，怪皮下的绿色越发耀眼。用水洗过之后尤其如此，并和最初擦出来的绿有了明显的区别，这里的绿更浓更正。

激动，开心，兴奋这些情绪宋毅一一体会过，他已经忙碌了好一阵子，擦石已经擦得手软，打算稍事歇息一会儿再说。

王汉祥刚把现金拿过来和苏眉交易完，他闯进来的时候，一眼就看见了宋毅手里那闪耀着诱人光泽的石头，当即就兴奋地喊了出来，"大涨！太不可思议了！"

这石头之前很多人都看过，王汉祥也不例外，所以才会表现得这么惊讶，谁也没想到那不起眼的怪皮下，竟然会有如此惊心动魄的绿。

"真不知道那怪皮是什么？下面竟然出了这样艳丽的绿。"

"要是大家都看得出来，这东西也不会到这里了。"

趁着宋毅休息的工夫，王汉祥仔细看了看那块石头，然后发表了他自己的意见，"依我看下面十有八九是满绿，小宋你这回可赚大了。"

宋毅笑道："我买的时候也没想到，我当时就想着这第一笔上门生意无论如何还是要做成的，有现在这样的结果实在出乎我的预料。可能是上天看我刚赌垮了一块石头特意补偿我的吧。"

"那是小宋眼光独到，你们说这怪皮像什么？"赵易平在旁边说。宋毅这样的话可骗不了他。

"蟒？难道这大部分外皮都是蟒？"王汉祥无比惊讶，在他的提醒下再度审视这块石头的时候，他发现怪皮的地方皮特别薄，再看这疙瘩的形状色彩，除了蟒带外还能是什么。

王汉祥顿时朝宋毅竖起了大拇指，"真是蟒带，还真有你的，小宋。这么多人之前都没看出来，白白错过了这样的好石头。"

宋毅笑笑，他最初也没看出来，因为这样的石头确实太少了，他不过是运气好，忽然想到了而已。

"见者有份，小宋你这次可不能偏心，我们大伙可是翘首以盼呢。"王汉祥看了这样的石头后，连价都不敢开了，他心底非常清楚，这样的石头不是一两人就能吃下来的，何况宋毅这么精明，还不如把好话说在前面让大家都能沾点光。

"就是，就是。"

王汉祥这一说，其他玉石商人纷纷附和。

宋毅脸上依旧挂着微笑，"一定的，不过得先等我把这块石头完全擦开，到时候大家可以和眉姐好好商量。"

王汉祥一听要糟，这时候他又希望宋毅像程大军一样，切涨了把石头直接卖掉就好。他可是见识过宋毅的手艺，这样大涨的石头他肯定要最大限度地挖掘出它的潜力来，这还真是处处充满矛盾。

别看王汉祥是个五大三粗的汉子，但很有心计，眉头一皱计上心来。宋毅不是说把决定权交给苏眉了吗，那就从苏眉那里想想办法吧。

看看待在这里也没意思，趁着大家都在关注宋毅手里的石头时，王汉祥悄悄退出去给苏眉报喜去了，当然他也没忘记说出他心底的担忧。王汉祥晓之以理动之以情，说宋毅这两天除了看石头就是擦石头切石头，晚上还连夜加工翡翠戒面，再这样下去，铁打的金刚也会吃不消的。

苏眉收到王汉祥带过来的喜讯，而他委婉的担心正是她忧心的事情，从家里出来之前，宋毅的母亲一再叮嘱两人要互相照顾，自己比宋毅大几岁，苏眉自然而然地觉得自己应该照顾宋毅。所以，苏眉连忙收拾好东西进去，这时宋毅已经擦掉了整块石头的外皮，整块翡翠晶莹饱满的玉肉全部露在外面。

看到这样的情景，再笨的人也知道这下大涨了。

但能涨到多少，苏眉心里也没个底，她毕竟不是专业赌石的，虽然这些天跟着宋毅学了不少可终究还是个外行。

在场的众人也都不清楚，因为他们不知道宋毅会做什么决定，会怎样切开来卖，他们能拿到多少货，能分到多少好处。

宋毅仍然在仔细观察整块翡翠的表现，这顶级的玻璃种、珍稀的帝王绿，实属罕见。他把强光手电打上去之后整块翡翠更显晶莹剔透，仿佛要滴下来一样。

可到底该怎么切，他还得细细斟酌，因为得从切开后的每块料的实际用途来考虑。

不消说，这样上好的翡翠，天生就是为耀眼夺目的戒面而生的。

宋毅本来就对色彩有着独特的天赋，加上前世已经做了足够多的翡翠戒面，什么样的颜色最容易出彩，怎样的绿团不容易起色，他心底都一清二楚。

仔细斟酌了一会儿之后，确定了该如何切之后，宋毅便开始画线，然后做切石前最后的准备工作。

当然，这样的翡翠不能放在大型的切石机上切，得用小切割机慢慢来切。

宋毅搬动石头的时候抬眼看见苏眉，他这才想起还没把这好消息和她分享，虽然她也看到这块石头擦涨了，柔媚的目光集中在这边，绝美的脸庞上挂着发自内心的甜美笑容。

　　宋毅手也擦软了，便停下手里的活计，过去和她说话，"眉姐你说我们切开自己做戒面然后再卖好，还是直接切开卖掉好？"

　　苏眉望了那边蜂拥上去围观的玉石商人一眼，回过眼来，又朝他们努了努嘴，"我可不大懂这个，你自己拿主意就好，可这些商人你总不能真让他们空手而归吧。"

　　宋毅自然把他们的表现看在眼里，轻笑说道："眉姐大可放心，在场没人有能力单独吃下这一整块翡翠……"

　　"这话什么意思？"宋毅虽然说得轻巧，可苏眉却觉得异常惊讶，"那这块翡翠价值很高吗？小毅你估计一下这块翡翠我们能赚多少？"

　　宋毅伸出两根手指头来。

　　"两百万？"苏眉心说她这个外行人看到的也就这个价格。

　　宋毅摇了摇头，苏眉不由得掩住嘴，"两千万？我不是在做梦吧。"

　　"绝对不是做梦。"宋毅正色对她解释，"我刚刚也说了，没有谁能一个人吃下这块翡翠，这块翡翠的大头我们必须捏在手里，这样的翡翠放个几年价值就能成倍增加。可我们现在缺少资金还是得把大部分给卖掉。对了，眉姐，你觉得他们一共能拿出多少钱来？"

　　"这个……"苏眉愣住了，她还真没想过这个问题，可看宋毅认真地盯着她，想蒙混过去似乎也不可能。她想了想，"他们先前的出价都没超过一百二十万，我觉得他们五个人能凑出一千万来也就差不多了。我还是觉得香港人比较舍得，要不要通知他们来？"

　　"香港人财大气粗倒是真的，把这块翡翠全部买下来都有可能。可我不想全部卖掉，还有，我们得把眼前这些人摆平，以后还会有更多的货，光香港商人可吃不下。眉姐你的估计还是保守了一点，我敢说，让他们每个人拿个三四百万出来都不成问题。"

　　宋毅知道以后几十年的发展变化，知道随着时间的推移，大陆人越来越有钱，赌石的胆子也越来越大，毫不起眼的人都可以一掷千金，让港台人为之色变，在激烈的竞争中败下阵来。

"他们真舍得拿那么多出来？"苏眉可不这么想，在她看来，王汉祥虽然看上去粗犷不羁，可城府却很深，单从他来找自己这点就看得出来。

"眉姐得看看这块翡翠的价值啊。"宋毅朝她挤了挤眼，"更何况，就算他们想拿更多出来，也得要我们同意卖给他们才行。"

"你不会想着全部磨成戒面再出手吧？"

宋毅顿时警惕起来，敏锐的目光上下打量着她，"有人对你说什么了吗？"

被他目光扫得有些心底发麻，苏眉慌忙解释道："哪有说什么，我这不是担心你，没日没夜地工作身体也会吃不消的，钱可以少赚一点，身体健康才是最重要的。姑姑把你托付给我，我有义务好好照顾你。"

宋毅心立刻涌起愧疚，"这趟说是出来旅游的，结果什么风景都没看。明天我就带眉姐去四处转转，累了好几天也该好好休息一下，放松放松心情。"

苏眉点头同意，她确实不希望宋毅整天埋头在石头堆里，即便这石头里可以产出让人心醉神迷的翡翠来。

虽然明天有了计划，可还得把今天的事情处理妥当再说，宋毅和苏眉聊了会儿，就过去继续未完成的工作。

宋毅一过去，仔细观察过这块翡翠的玉石商人们的赞誉之声就将他捧上了云霄，趁着宋毅和苏眉说话的工夫，几个熟识的玉石商人也低声商量过，虽然他们没能力单独吃下这块翡翠，可联合起来吃下这块翡翠却是绰绰有余。

看宋毅并没有被好话砸晕，王汉祥心想这样的人还真是不好对付，当即便开门见山地对他说："小宋，要不要考虑一下将这块翡翠一起出手，那样你也不用那么辛苦，好多些时间陪陪美女啊。"

"像这样的高色翡翠非常稀少……"宋毅这话还没说完，王汉祥就觉得没戏，宋毅实在太精了。果然，宋毅接着又说道，"我虽然学艺不精，可这样的诱惑摆在面前，还是不忍心错过，想试着切开看看，希望不会暴殄天物才好。"

"我们绝对相信小宋的手艺……"王汉祥、赵易平几个人还能说什么，宋毅委婉地拒绝了他们的意见，他们先前把他夸上天去了，这时候也只能夸奖他手艺精湛不会让大家失望。他们也很清楚做这行的人，切过一件极品翡翠就值得对人夸耀，宋毅又是年少气盛的人，想让他按别人的意愿行事确实困难。

真正的话语权掌握在宋毅手里，他们虽然看得眼睛发绿，可还是只能按着宋毅的套路来。

宋毅没跟他们多说什么，静下心来切石，他切石的时候循着绿色的变化来下刀，切出来的完全是按照做戒面的套路来的，争取不浪费任何一分翡翠。

行家一出手就知有没有。

看宋毅切石，更像是在欣赏一门艺术。

尤其在看过他小心翼翼切割下来的翡翠之后，王汉祥等人更觉得心服口服，他切下来的翡翠不管是从取料还是起货的角度，都可以说是最佳的选择。

"这块还切不切?"王汉祥看得目光发直，尤其是宋毅留着的那块，色彩最为艳丽，他却还没有切就把机器关上了。

宋毅笑着回答道："这些料应该足够大家分了。"

王汉祥很失望，因为宋毅留下的那块才是整块翡翠的精华部分。可他很快又高兴起来，得陇望蜀可不好，现在宋毅并没有打算将这些东西磨成戒面后再出手，这就该谢天谢地了。他们挑货给价，这样的价格自然比磨出翡翠戒面后的价格要低上一些。

振奋起来的王汉祥一马当先，挑中两块色最好的戒面料，把它们小心翼翼地捧在手里。这东西大家现在都能看得真切，价格自然也就透明了。这两块翡翠料大约能出六七个戒面，一共花了王汉祥五百万，可对他来说这个价格非常合理，比起单买戒面划算多了。

赵易平也要了两块料，一共花了他四百万，这块翡翠的表现实在太好，都是能出顶级戒面的，宋毅将它切成明料后，更看得见利润在那里，由不得人不砸钱进去。

黄剑、唐安邦两人也选了几块料，每人花了差不多将近三百万。章建康要的料绿色虽然比不得最浓正的地方，可还是花了他两百多万。

到现在为止，宋毅这块只花了六万六千块买来的赌石，切开之后，一共卖出去一千七百万，他自己手里还留着色彩最艳丽的一块翡翠，约有两公斤左右。

见到这样的情景，苏眉几乎不敢相信自己的眼睛。就在她还没反应过来时，她身边就上演了一幕活生生的一夜暴富的神话。

把交易的事情处理妥当，看着账户里增加的那一串零，苏眉这才确信自己没有做梦。赚了大钱固然让人开心，可最让她开心的却是宋毅许诺放下手里的工作，明天和她一起出去游玩。尽管嘴上不肯承认，可苏眉心底非常期待这次旅行。

宋毅没有食言，不用苏眉提醒，晚上就自觉地没有加班，几乎和她同一时间睡下。这倒让她有些不安起来，一整个晚上她都没怎么睡安稳。

第二天一大早宋毅就起来了，说是带她去见识一下世外桃源。

看苏眉迷惑不解的样子，宋毅便笑着对她解释，说带她去中国最具魅力的古镇，和顺古镇。

"我怎么没听说过？什么时候选出来的？"苏眉更迷惑了，对于这个滇西小镇，她缺乏足够的了解，来之前她还没想到这里会有赌石，也不知道那集天地灵气的翡翠竟然出自这些不起眼的石头，更不知道赌石会是如此的惊心动魄。

宋毅看她面若桃花，闪动着的长长的睫毛下，原本明亮闪耀的眸子带着丝丝迷雾，心想她这样一个难得的聪明人也会有犯迷糊的时候。他自然不会说这是在 2005 年"中国魅力名镇"评比活动中选出来的，那时和顺镇被评为"十大魅力名镇"之首，并获得唯一大奖。只说这是他个人意见，带她去看看之后就什么都明白了。

和顺古镇在腾冲县城七公里外，宋毅让出租车在镇外停下来，带着苏眉下了车，准备慢慢走过去。

田野的空气异常清新，让久居都市的两人感觉到一阵清爽。

苏眉抬眼便看到了这里极具传统特色的牌坊，再望过去，发现镇子安静地倚在山坡上，清溪绕镇而走，保存完好的古刹、祠堂、明清古建筑组成了一道亮丽的风景线。

再过去便是两座汉白玉石桥，清澈的溪水旁，还有"走夷方"的男人为体恤家中妇女而建的洗衣亭，可以让她们在洗衣的时候免受日晒雨淋之苦。

溪边芭蕉，苍劲古树，处处石条铺就的路径，精致的明清建筑，让人仿佛身处另一个时空幻境。

若不是知道这里是云南，还真会以为这里是充满古典韵味的江南水乡，可看着这如诗如画般的风景，苏眉还是忍不住赞了出来，"好一个俏江南！"

"远山莽苍苍，近水河悠扬，万家坡坨下，绝胜小苏杭。"宋毅顺口念了出来。

苏眉问道："你作的诗？"

宋毅呵呵笑道："我哪有这样的才情，是民国时期的李根源赋诗赞美这美丽的古镇的。"

"真是惭愧，我以前倒没听过，倒是你，怎么会懂得这么多。"苏眉好奇地望着他，她实在看不懂他，莫非这就是天才和普通人之间的差距？

宋毅笑着对她解释道："我爸以前来过，回家的时候总是不厌其烦地对我讲，我想忘记都难。我来这里，就是想看看到底有没有他说的那样美，没想到我爸的语言描述能力还是差了一点。"

"怎么说话呢？"苏眉顿时瞥了他一眼，这一眼面带微笑，当真是美人回眸，娇俏动人。

宋毅没想到一向成熟妩媚的苏眉有如此娇俏可爱的一面，宋毅更乐了，妙语连珠逗得她心花怒放。

两人走累了也渴了，苏眉说去买瓶水喝，宋毅却拉住了她，"不如去别人家里讨口水喝吧。"

苏眉见他难得流露出少年天性，也就不再坚持，跟着他去叩开别人家门。宋毅不止讨水喝，还详细参观了别人的宅子，美其名曰体验最真实的生活，见识最原始的生活风貌，领悟传统文化于最细微处的表现。

在西南少数民族众多的滇西，能有这样一个到处洋溢着汉文化的古镇确实难得，苏眉也就不去打扰他的雅兴。

宋毅逛得兴起，拉着她一家家去叩门，他找的并不是那种大姓宗祠，那些他过去都看过了没必要再看。又叩开一家深宅大院，在家养老的八十来岁的方时勋对他们很热情，因为这两个年轻人对传统文化很感兴趣。

更让方时勋觉得吃惊的是，宋毅对这里的文化还有自己的见解，尤其在谈到宅子里用上等楸木做成的木窗术门时。他当然不知道，宋毅前世玩过一阵木头，之前来和顺古镇的时候就仔细研究过这里的楸木，它虽然没有光泽，但坚韧耐腐蚀，尤其重要的一个特征是不易被虫蛀，据说可以完好地保存上千年。

方时勋带着他们去楼上参观的时候，宋毅在书房看到一把军刀，上面已有斑驳痕迹，宋毅一时好奇便问了出来，"这军刀好像是日军的指挥刀。"

"小伙子真是好眼力，这是我当初参加抗日会战时缴获的，那仗打得真惨烈，我就看着身边的战友像稻草一样倒下去，更多的人却是倒在了撤退的途中……"原本精神矍铄的方时勋回忆过往历史的时候很自豪，也很悲凉，他的回忆已经有些错乱，毕竟那都是半个多世纪之前的事情了。

"滇缅抗战打得确实很艰苦！"宋毅知道，滇缅抗战二十万远征军绝大部分为国捐躯，活下来的大部分老兵也多流落他乡不能和亲人团聚，在抗日战争胜利后，日子过得也不得安生，住在和顺古镇的方时勋应该算是其中比较幸运的。

而滇缅抗战的碧血历史，也使得这片热土流落了许多抗战文物，就如方时勋缴获的日本军刀。

"小伙子你也知道滇缅抗战？"方时勋激动地问道。

宋毅答道："当然知道，当初日军占领缅甸，中国远征军应英国邀请进入缅甸和日军浴血奋战。"

"现在的年轻人知道这段历史的很少，看得出来你也喜欢这军刀，可惜我已经答应了小段，等我百年之后就把这军刀送给他，你知道小段段生馗吗？"方时勋不无遗憾地说道。

"听说过，一个收藏战争文物的人。方老，讲讲你的故事吧。"宋毅点头道，他前世曾和段生馗打过交道。知道他走了一条艰难的收藏之路，他为了收藏的上万件缅甸抗战文物负债累累，不被家人和朋友所理解。然而，皇天不负有心人，段生馗终于建立起了滇缅抗战博物馆，每年接待百万游客，提醒人们正视这段原本模糊的抗战历史。

宋毅自认没有这份精力去收藏战争，也不认为能够做得比他还好，可既然来到了这里，帮忙出一份力尽一份责任还是可以的。这也让他深刻地意识到，没有财力支持的收藏家这条路走得何其艰辛。

几十年来，肯认真倾听像方时勋这样的抗战老兵的人实在太少，就是他们的子女也不愿听。

方时勋尘封已久的记忆缓缓展开，他讲的是当滇缅抗战时的情景，恶劣的环境，狡猾的敌人，惨烈的战争，方时勋讲着讲着就老泪纵横。讲到后面时，方时勋有更多的感怀，他那些一起浴血奋战过的战友很多都没能熬过来。

宋毅安静地听着听他讲那些即将湮没在历史中残缺不全的记忆。也许他的这段历史只有这把军刀不会忘记，这就是收藏真正的意义所在，不在于它们值多少钱，而在于它们真正的价值，让人们认清历史。对宋毅来说，有些事情不一定要亲自去做，比如收藏战争文物，他还有更好的方式。

苏眉就不一样了，在方家，她接受了一次深刻的爱国主义教育，女人的心本就敏感，看方时勋的样子，她珍珠般的眼泪也跟着滚落下来。听他讲到紧张处激烈时更是用力握住宋毅的手不肯放开，出门之后还不忘抱怨宋毅害她落泪出丑。

苏眉梨花带雨的娇媚模样别有一番风韵，可宋毅这时候自然不会说出来，牵过她的手说道："所以我们更该好好珍惜现在的生活，对吧？"

苏眉凝望着他坚毅的脸庞，用力点了点头。

宋毅和苏眉提着东西到黄老板家时，他们已经开门准备做生意了。

"现在外面都在传你们赌石赚了大钱……"黄老板刚说了一句，王雨就瞪了他一眼，还伸手揪住了他的胳膊不让他乱说话。

宋毅笑道："运气好，切出一块玻璃种帝王绿的翡翠来，赚了一千多万。"

黄老板急忙追问："就是缅甸人带过来那块没人要的怪石？"

"对，我那时正想开张做生意，那石头价格也不贵，那块怪石的外皮像是蟒带，我就买了下来，没想到那一整块竟然都是蟒带。"宋毅也没想对他隐瞒，这事是瞒不住的，直接告诉他还能获得他的信任。

"那是小宋你眼力高，佩服！"传言在宋毅这里得到证实，黄老板立刻朝他竖起了大拇指。要知道，赌石这行眼力最重要，提到这些有眼力的人，大家心底都很佩服。

宋毅这次来，是来买黄老板那块三百多公斤的黄盐砂皮毛料的，以前是因为这块毛料贵，算下来要几乎要一公斤一万元人民币，所以虽然看好了，宋毅却没有钱买。

现在不一样了，手里这一千多万足够他把玉石街上所有他看好的毛料都收入囊中了，宋毅也没客气，开始大肆购买毛料。反正他心里清楚得很，这些翡翠在今后几十年，价格会翻着番地往上涨，现在买回去是最划算的。

在黄老板店里挑挑拣拣了一番，傍晚时分，宋毅请人过来把买下来的毛料都搬到自己家去，黄老板就开玩笑地说，宋毅差点把他家都搬空了。

宋毅的大手笔飞快地传遍了整条玉石街。玉石街的店主纷纷找上门来，向宋毅推销自己家的毛料，宋毅巴不得能趁现在翡翠毛料便宜多囤积一些，便开始一家一家地看起毛料来。

一圈下来，倒真是让他买来不少好毛料。有时，实在扛不住玉石商人的软磨硬泡，也会解出几块翡翠出售，一来平息一下"民愤"；二来也能回笼一些资金。

苏眉看着账户上越来越多的数目，让她觉得不可思议，今天又进账将近一千万，赌石确实是赚钱的最佳方法。

这天晚上，又折腾了一天的宋毅终于想起来，好久没给家里打电话了。

电话打过去，只有奶奶在家，她接过电话听出是宋毅的声音后，不免抱怨说宋毅出门后都舍不得多打几个电话回家。

宋毅听过她的唠叨后，便向她打听起了宋世博和宋明杰最近的情况。

这时候宋世博两父子的事情已经接近尾声，看宋毅还在外面逍遥自在，估计不会影响他的心情，何玉芬也就没再瞒着他。

宋明杰这次为了挽回宋世博的名声，甘愿放弃了文物局主任的工作。

当然，逼宋明杰辞职也是需要付出代价的，两父子动用全部关系进行反击。经过检察机关、文物局和公安机关几方面的全力配合，东海博物馆文物流失的黑幕被全部揭露出来。这时原来的博物馆馆长还没建立起太深的关系网，被新上任的检察官拉下马，凡是涉及文物流失的蛀虫都被逐出博物馆系统。

经此之后，宋世博也更进一步，不日将荣任东海市博物馆馆长。

宋毅心想这可能是最好的结局，宋世博在博物馆就任馆长的话，就更没时间管他了，他也就彻底自由了。至于宋明杰的离职，他还是向奶奶表达了他心底的遗憾。

最后，宋毅还说他在外面赚了点钱，并汇了点给家里，让他们注意查收。

宋毅知道，此时家里很可能已负债累累，前一世家人怕他跟着担心，而且自己当时也帮不上什么忙，所以都瞒着他。现在不一样了，他手里有钱了，完全有能力帮助家人渡过这个难关。

奶奶担心宋毅一个小孩子在外面被人家骗了怎么办，宋毅不得已只好把身边成熟稳重的苏眉抬出来，何玉芬这才信了他的话，可还是嘱咐他在外面要注意安全，特别是他在外地捡漏赚钱了。

捡漏是宋毅告诉家里的自己赚钱的方法，毕竟在他家那种氛围下，宋毅从小受到古玩方面的熏陶，捡个漏也没什么大惊小怪的。

不过奶奶的话宋毅倒是真的听进去了，毕竟他现在也是身家千万了，而且手里还有这么多未开出来的毛料，确实需要个得力的人帮忙。

可是在腾冲，宋毅和苏眉都人生地不熟的，想要找个可靠的人谈何容易，这时，他们又想起了黄老板。

黄老板和他妻子王雨在本地人脉广，又是宋毅在这里认识的第一个人，而且他们夫妻二人也很热情，所以，第二天宋毅和苏眉又找到了黄老板。

听他们说明来意，王雨说道："我认识一个叫陈立军的退伍军人，就住在城郊，人品不错，功夫也好，倒是个不错的人选，可惜他母亲最近生病了，他要照顾老人没办法过来帮你们的忙。"

宋毅看中他退伍军人的身份，便说道："嫂子把他的地址告诉我们就好，我们先过去看看，要是有什么帮得上忙的就尽量帮忙。他认识的人应该不少，即便他来不了，请他帮忙介绍几个人应该不成问题。"

王雨想也不想便说道："还是我开车带你们去吧，你们两个外地人贸贸然上门也不大好。"

"那就麻烦嫂子了。"苏眉忙说。

苏眉早在宋毅之前就意识到安全问题了，他们有这么大一笔钱，万一引来劫匪什么的，她可怎么向宋毅的家人交代呢。

可是宋毅一直忙得不可开交，现在终于对安全方面的事情上心了，她当然积极了。

黄老板留下看店，王雨开着车载着宋毅和苏眉去找人，路过百货店宋毅让王雨停下车，他拉着苏眉下车去买了些营养品，之后才和王雨出了城。

苏眉坐在副座上，王雨走的道路似曾相识，便问起王雨陈立军家住哪里，王雨告诉他在和顺镇上，苏眉就笑着说道，难怪这么熟悉。

宋毅从后面凑过脑袋来，听王雨说起和顺镇的历史。

当初朱元璋平定云南后，留下一部分军中将领屯垦戍边，这群将士就驻扎在原本只是一个村落的和顺镇。这些将士的到来给原本落后的和顺镇带去了先进的汉文化，也将尚武的精神遗留下来。最后在这少数民族聚集的边陲逐渐发展壮大。

第四章 讨茶淘得建窑兔毫金丝盏，原来珍宝藏民间

宋毅仔细打量着黑色的茶盏，茶盏的胎质比较厚，黑色的釉质非常漂亮，黑釉里夹着均匀的黄褐色丝缕，如丝如毫，纤细得就像秋天的兔子毛一样，视线一转，仿佛可以飘动起来，而且从不同的角度观察，还能从茶盏上看到不同的色彩：月白色、银灰色、彩蓝色……这是建州兔毫盏的最大特征。这种茶盏在日本则被誉为曜变天目盏，是国宝级的物件。

再次到和顺镇，心情和上次大不一样。

和顺镇的风景依旧迷人，可苏眉却没有太多的心情去欣赏。

王雨轻车熟路，很快就带着两人到了陈立军家门前，高墙大院爬满了常青藤。

敲开紧闭的大门，开门的是个三十来岁的国字脸汉子，高大魁梧。见是王雨，他招呼道："王姐怎么来了？"

王雨笑着和他打过招呼，向他介绍了宋毅和苏眉。陈立军打量着两人时，宋毅也在审视他，他身上透着一股浓重的坚毅气质。

陈立军随后便请几人进去，王雨问起陈立军母亲的身体情况，陈立军望了宋毅和苏眉一眼，看王雨点头，他便说了母亲的情况，云医院检查出来是肝癌中期，在医院化疗后在家里休养。

王雨几人连忙表达了他们心里的遗憾。

和顺人热情好客，领着几个人进门之后，陈立军就去给几人冲茶。

宋毅一进屋，目光就落在了客厅里的一套茶具上，最吸引他目光的还是那个黑色的茶盏，形状像是倒扣的竹斗笠，敞口很小，闪耀着诱人的光泽。

看他一直朝那茶具走去，苏眉忙拉了他一把，轻声问道："小毅你做什么啊？"

"看看。"

宋毅走过去，仔细打量起那黑色的茶盏，和先前看到的色彩不一样，因为角度的问题，茶盏又变成了银灰色。最神奇的还是茶盏上的釉，并不完全是黑色的，黑釉里夹着均匀的黄褐色丝缕，如丝如毫，纤细得就像秋天的兔子毛一样。

宋毅知道，这种兔毫就是建州黑瓷的最大特征，而这个茶盏极有可能就是建窑兔毫盏。

宋毅不由得拿起那黑色茶盏，触手便觉得有些凹凸不平，他摸得出，兔毫的部分要向内陷进去不少，这绝对不是新仿品能够做到的。因为经过漫长的岁月洗礼，兔毫的部分因为含铁比较高，比起周围的釉质来更容易被侵蚀，因此会陷得更深。

而且古代工艺在茶盏上也有体现，有些许留下的痕迹，从感觉上来说规整而不失自然，流畅而不失规矩。

他越看越觉得惊异，这件茶盏几乎没什么残缺，保存得如此完好的茶盏可不多见。

茶盏的胎质比较厚，黑色的釉质非常漂亮，更难能可贵的是，上面那黄褐色的兔毫，丝丝林立，视线一转，便觉得它仿佛可以飘动起来一样。

宋毅伸指轻叩茶盏的不同部位，仔细聆听轻叩瓷器后的声音。尤其是茶盏的底部，更是他的重点照顾部位。

茶盏的圆底刻着"供御"两个大字，从两个字的风格以及底部的痕迹他可以断定，这底确实是北宋时期的。

为什么单单说底确实是宋代的，因为建窑兔毫的造假，很大一部分就是用老底接在新仿品的下面。所以，即便从底部鉴定它是古代的，可还是不能判断这黑茶盏就是北宋建窑的兔毫盏。

尽管宋毅没看出一丝接底的痕迹，可为了保险起见，他还是从不同方位轻叩着茶盏的底部，仔细辨别发出的声音，这声音低沉悠扬，不是新仿品那种响亮清脆的声音，更不像接底那种略显破哑的声音。

看了宋毅的举动，王雨觉得有些不可思议，悄悄碰了碰苏眉，轻声问道："小宋怎么了，怎么看个丑不拉几的碗都那么入迷?"

她这么问，苏眉都不知道该怎么回答，可伤脑筋的是不回答也不行，她只好说道："这是他的个人爱好，我也看不懂这些瓷器。"

王雨越看越觉得奇怪，在她的心中，那些所谓的瓷器专家哪个不得四五十岁。宋毅还不到二十岁，不管是经历还是见识都很有限，他又花了很大一部分精力研究赌石，还能懂得鉴赏瓷器那就真是天才中的天才了。

何况，她越看那黑碗越觉得难看，说起宋毅的心计，王雨倒是有些了解，这也印证了她的猜想，便继续对苏眉说："可是那碗真的很丑，上面黑不溜秋的就算了，你看那底部，就像拔了毛的鸡一样，小宋的审美观还真有问题。"

"是感觉有点怪怪的。"苏眉只得尴尬地笑笑。

王雨又说道："幸好他看人的眼光不差，像大妹子这样的美人，是个男人都知道你的美。"

苏眉脸色通红，不好意思地说道："兴许真是什么宝贝呢，在他眼里，我说不定和他手里的碗差不多。"

"就那东西还是宝贝?"王雨轻笑了出来，可她随后仿佛又想到了什么，一副恍然大悟的样子，连声说道，"我知道了。"

苏眉忙追问道："嫂子知道什么?"

"小宋为什么会对那样的黑碗爱不释手的原因啊，小宋这招还真是高。"王雨瞟了犹自仔细端详着那个黑碗的宋毅一眼，轻声赞了出来。

"什么高招?"苏眉不解地望着王雨，她被王雨弄得摸不着头脑了。

王雨笑着说道："小宋知道陈立军的母亲刚动了手术肯定缺钱，直接给他钱肯定不好，便假装那是个值钱的古董，这样一来既可以帮助他们，也不会给人施舍的感觉。所以我才说小宋这招很高明啊。"

"嫂子想太多了吧。"苏眉有点啼笑皆非的感觉，她倒是非常佩服王雨的想象力。

王雨却一副非常肯定的样子，"绝对是这样的！不过我想陈立军应该也看得出来。"

"那不是很不妙?"苏眉只得配合她说。

"没什么,大家心知肚明,彼此都有台阶下不是很好吗?"

苏眉心说要真是那样就好了,不过这一来也可以看出陈立军的品格如何,至于宋毅手里拿的东西是真是假,已经无关紧要了。

宋毅兴奋地朝她们招手,要她们过去。

王雨自认已经洞悉了宋毅的计划,暧昧地望了苏眉一眼之后,非常配合地过去看她认为很丑的黑碗。苏眉自然跟了过去,准备详细看看,她现在也不清楚,到底宋毅是在演戏,还是真的捡到了宝贝。如果真是捡到了宝贝,估计喜欢的人也不是太多,毕竟,和人们的审美观相差甚远。

"你们知道宋时最流行的茶文化吗?"

王雨笑道:"我知道我们这边有最出名的普洱茶,还有茶马古道。"

宋毅打了个响指,笑着说道:"差不多了。不知道你们听过黄庭坚的这句诗没,'兔毫金丝宝盏,松风蟹眼新汤'。他的这首诗,说的就是这建窑兔毫盏以及唐宋时最流行的斗茶。"

"文人雅事,离我们太远了。"王雨连忙摆了摆手。

宋毅却笑道:"嫂子能说出这样的话来,就说明已经具备了斗茶的基本素质。"

王雨却不为所动,摇头道:"别给我戴高帽,我就是俗人一个。"

苏眉在一旁娇笑道:"嫂子太谦虚了。"

"我可看不懂什么建窑兔毫盏,你要说是土豪用的茶碗我还相信。"王雨笑着说道。

苏眉掩嘴轻笑了出来,宋毅也被她逗笑了,可他还得一本正经地解释,"这也是建窑不被人们重视的原因所在,因为人们并没有从当时的文化环境去理解它真正有价值的地方。说远了,继续说这斗茶吧,斗茶的时候用的是研膏茶,也就是把茶叶捣成膏状再用模具制成的饼茶。这种茶饮用时,要先碾成粉末,然后冲泡,泛起的白沫保留得越持久说明茶品越高。既然叫斗茶,就是和斗香一样……"

宋毅看两人都很茫然的样子,虽有些对牛弹琴的味道,可他还是坚持说下去，"就不说斗香了，斗茶像斗鸡斗牛斗蟋蟀一样，既然占个斗字，自然是要分出胜负的。白茶黑盏，绝对是最完美的搭配。在这基础上，建窑又有了新的创新，他们烧瓷所用的黏土含铁比较高，造就了兔毫盏这样的夺天地之工的神品。除了兔毫外，还有鹧鸪斑、油滴、虹彩等一系列。"

"斗茶和斗香一样，都传到日本，成了日本贵族津津乐道的事情，建窑兔毫盏也和斗茶一起，作为传统被传承下去。时至今日，喜欢茶艺的日本人仍旧对建窑情有独钟，世界上最好的建窑也都集中在日本，并被他们视为国宝。不过他们称之为天目，其实就是中国的建窑黑瓷。而被大家所津津乐道的，藏于静嘉堂文库美术馆的'曜变天目盏'，其实就是建窑中的兔毫变，只不过大家的叫法不同罢了。"

"其实兔毫变这件茶盏就有，我先放桌上，你们拿起来的时候，从不同的角度不同的光线仔细看看，就会发现它的神奇之处，用语言简直没办法描述。"

王雨听得晕乎乎的，可有一点她记得清楚，这东西不是她想象的那般完全没价值。就宋毅现在讲的这些理由，已经完全征服了她，就算宋毅是胡编乱造的，她也选择相信他的话。

既然这东西异常珍贵，王雨便不敢轻忽大意，小心翼翼地将放在桌子上的茶盏拿了起来。

王雨不看的时候还不觉得，可照宋毅教她的方法仔细观察这黑色茶盏的内壁时，里面那神乎其神的变化让她不由得大声喊了出来，"太神奇了！先前是天蓝色，现在又变成银白色了，咦，又变成粉彩了，这世界上怎么会有这样神奇的事物。"

小心放下茶盏时，王雨还是一副意犹未尽的样子，颇有感触地说道："我以前只知道以貌取人是不对的，可现在我才明白，原来不只是对人，对所有事物都一样，谁能想象得到，这乍看起来如此丑的茶碗竟然可以美得如此绚丽。如此看来，我还是缺少一双发现美的眼睛。"

"嫂子也别妄自菲薄，只要多看多上手，很快就会知道这些瓷器的美，成为行家也不是什么难事。"宋毅笑着对她说道，接着又鼓励苏眉说，"眉姐也来看看吧。"

看到王雨从先前的不屑一顾到现在赞不绝口，这样巨大的改变都是因为眼前这看似不起眼的茶碗。苏眉内心自然非常期待它的表现，可表面还是表现得非常沉稳。

她缓慢而稳重地拿起黑色的茶盏，近距离观察的时候，她才发现，那黄褐色的兔毫和黑釉是如此的和谐，她虽然无法想象斗茶时这样的茶盏会有怎样惊人的表现，可眼前的景象就足以征服她了。

按照宋毅的指点，从不同光线不同角度观察时，苏眉心底更觉震撼，她在这茶盏上看到了不同的色彩，月白色、银灰色、彩蓝色……似乎可以变幻出无数绚烂耀眼的色彩来。

苏眉很想形容这感觉，但却找不到合适的语言，只得拿她认知的事物作对比。

"这绚丽多彩的颜色就像钻石的火彩一样璀璨迷人，如果不是亲眼所见，我绝对想不到这世上还有这样神奇的瓷器。"

"能看到这样的瓷器就是一种幸运。"宋毅笑着说道。

这时陈立军烧好开水提了出来。

陈立军拿了块平滑整齐厚薄均匀黑中泛红的茶饼出来，宋毅眼尖，一眼就认出来了。

"是普洱茶吗?"

陈立军好奇地问道："小宋对普洱茶也有研究?"

"听说过而已，还没机会品尝。"

陈立军先用开水将普洱茶冲泡一下，然后将水倒掉，重新冲上沸水。

他一边冲泡，一边介绍起普洱茶的保健以及去病等功效来。在二十一世纪普洱茶被炒成天价时，普洱茶的这些功效广为人知，还被称为"古董"，可宋毅还是很认真地听他讲解。

宋毅端起青瓷茶杯趁热闻香，举杯鼻前，就嗅到一阵茶香扑鼻而来，是那种陈味沁心的感觉。

宋毅不由得大声赞叹了出来，"好香! 这样好的茶叶应该很贵吧?"

王雨却在一旁回答道："一点都不贵，像这样的老茶也不过十来块钱一公斤。"

宋毅一副很惊讶的样子，"嫂子不是骗我吧，怎么可能这么便宜。"

王雨瞥了他一眼，都懒得跟他这个大家公子解释，倒是陈立军对他解释道："差不多就这个价，现在普洱茶的神奇功效并不为大众所知晓。"

"真的这么便宜，那我得多买点回去。"宋毅显得很开心，对知道未来大势的他来说，现在收购普洱茶正是时候。

宋毅怎会不记得当初被炒成天价的普洱茶。事实上，在中国内地普洱茶被炒成天价之前，已经有过两次普洱茶价格被炒高的历史。一次是在1950年的香港，另一次则是1995年的台湾。1999年台湾的普洱茶泡沫破灭之后，港台游资又着手在大陆低价收购普洱茶，在精心筹备严密部署下，他们最后成功在大陆将普洱茶炒成天价，并在高价时全身而退。结果埋单的全是被他们铺天盖地的宣传所蛊惑的人，他们相信炒普洱茶能和炒股炒楼一样发财，相信普洱茶可以作为保值升值的收藏品，孰料天价之后便是他们的末日。

当然，十多年后的事情还太遥远。宋毅更多地关注现在，他准备趁着台湾的普洱茶热还没来临时，大肆收购普洱茶，先在台湾的普洱茶热的时候狠狠赚一笔再说。

宋毅也在心底盘算着，现在是1994年，台湾的普洱茶热开始于明年，留给他的时间不多了。收购普洱茶这事情，要说完全保密也不大可能，只能尽量低调地进行。跟风的人或许会有，可他们并不知道未来的趋势。宋毅不怕他们跟风，只要他尽快将大部分精品普洱茶拿到手里就好，台湾那边将要炒起来的普洱茶热他管不了太多，能赚多少是多少。

"小宋想要多少？我可以帮你去弄。"陈立军说了一句客套话。

宋毅正愁他不上钩，听他这一说，当真是瞌睡来了送枕头。他脸皮厚，也不把陈立军的客套话当客套话，点头说道："好啊，让我先算算，一公斤十来块钱，一吨也就一万块，先来个四五百吨吧。"

陈立军只当自己耳朵听错了，还向宋毅求证说："我没听错吧，小宋你说的是四五百吨？"

"对，既然这么便宜，当然得多收购一些啊。"宋毅一副理所当然的样子。

陈立军顿时傻了眼，虽然现在普洱茶不值钱，可他上哪里去找几百吨普洱茶来。王雨和苏眉虽然看惯了宋毅的做派，可还是觉得他这番做法有些不可思议，她们都搞不明白，他买那么多普洱茶干什么。

宋毅继续说道："陈大哥要是愿意帮我这个忙的话，我也不会亏待陈大哥的，每公斤一块钱的活动经费你看如何？"

"你是说真的？"陈立军更觉得惊讶，可他看宋毅的样子也不像是在开玩笑。他也算见多识广的人，在这个年代，一个二十岁不到的年轻人，能够面不改色地拿出几百万来，这样的气魄他还是非常佩服的。陈立军虽然知道普洱茶的价值被低估了，但是真值得他花这么大本钱去收集吗？

宋毅不容他拒绝，"当然，不过收购最好低调一些，我希望能在年底收购完毕。这事情就拜托陈大哥了。"

陈立军差点没当场石化，不是他无能，实在是宋毅这家伙太狡猾了。他还没反应过来，就把他给套进去了。不过他的开价可不低，每公斤一块钱的好处，几百吨下来就几十万，这年头做什么生意能赚多么多钱？

这对母亲刚做了手术家里经济并不富裕的陈立军来说，宋毅此举无疑是雪中送炭。

苏眉趁机悄悄拉过宋毅，轻声对他说道："你是不是本末倒置了，我们来这里不是要找人帮忙的吗？"

宋毅却对她说道："这件事情同样很重要啊。"

"既然很重要，那我之前怎么没听你说起过呢？"苏眉狠狠地剜了他一眼。

宋毅却笑着说："这不是临时起意嘛。"

两人窃窃私语时，陈立军也向王雨打听宋毅的背景。听王雨说他赌石赚了几千万之后，陈立军才相信宋毅此前所说的话不是开玩笑的，他确实有这实力拿出几百万来收购普洱茶。至于为什么找上他，也许在宋毅看来，找谁做这采购都一样吧。

王雨也恼恨宋毅这家伙做事不按常理出牌，可她又不得不承认他的手法很妙，他把收购的事情交给陈立军，陈立军自己没时间的话，完全可以把事情交给别人来做，只要到时候能收得上货就行，这可是没什么风险的发财机会。

不过这次王雨并不觉得宋毅此举是为了帮陈立军，这可是整整几百万的大买卖，她觉得他收购普洱茶肯定大有深意。

王雨也没忘记对陈立军说他们此来的目的，不过她聪明地没提直接让陈立军亲自去给宋毅当保镖，而是请他帮忙介绍几个人过去。

　　这点事情陈立军自然帮得上忙，拍胸脯向他保证这一两天就联系他的朋友。

　　宋毅笑着谢过他，随后目光又落在了那个建窑兔毫盏上，"对了，陈大哥，我在这屋子里看中一件古董，不知道陈大哥能否割爱？"

　　"小宋看中什么只管说就是。"陈立军跟随他的目光看了看，却没发现有什么值钱的古董。

　　宋毅便指着他刚刚仔细看过的建窑兔毫盏对陈立军说道："这建窑兔毫盏保存完好实在是不可多得的宝贝，要是陈大哥肯割爱的话，我愿意出高价收购。"

　　捡漏也是需要看地方和时机的，宋毅良知犹存，自然不会在正需要资金的陈立军这里捡便宜。

　　"小宋你不是跟我开玩笑吧，这黑碗能值什么钱啊，要是小宋喜欢拿去就是。"

　　在普通人眼里，这兔毫盏就是个不起眼的东西。这时候，陈立军倒有了和王雨一样的心思，怕他是因为考虑到自家窘迫的经济状况而故意说这是古董。

　　"这可不行。"宋毅连忙摆摆手说，"这可是正宗的建窑兔毫盏，不信陈大哥你过来看看。"

　　"小宋的好意我心领了，可无功不受禄，要是拿了你的钱，我良心会不安的。"陈立军还是将信将疑的样子，虽然他也听说某某某家里一件不起眼的古董卖了多少钱，可没想到会有这样的好事落在自己身上。要知道，他之前可是连卖宅子的心思都有了。

　　"要是我就这么拿走良心才会不安。"宋毅却说道，还向陈立军详细讲解了建窑兔毫盏的特点，并让他按自己的方法去观察这个兔毫盏。

　　在他的指点下看了这黑碗的神奇表现之后，陈立军这才相信这确实是一件古董，可惜他以前守着宝贝而不自知。

　　宋毅也在一旁解说道："只是建窑在国内的价格不算太高，基本都在十万以下。但在国外比较受欢迎，价格基本在十万以上。我就出十万，陈大哥意下如何？"

"十万以下是多少？一两千块也是十万以下啊，小宋可不要骗我。"陈立军却问道。

他不太懂古玩，但也知道古玩这行猫腻多，而且想脱手非常不容易。

宋毅笑道："反正十万块我已经占了天大的便宜。"

陈立军倒不怀疑宋毅会贪图小便宜故意把价格往低处说，他就担心宋毅为了照顾自己的家庭状况往高处报价。虽然两人今天才刚见面，可他已经承情太多，不敢领他太多恩情，要不将来怎么还得清。

但陈立军对古玩一点都不了解，这时候也只能先听宋毅的，以后打听清楚了再做定论。

见到陈立军的表现后，宋毅起初还对他家精美的茶具有点意思，因为那茶盘像是红木的，很有收藏价值。可这时，他倒不好意思再提了，同时在心底告诫自己，收到一个建窑兔毫盏就该知足，别贪太多。

来此的主要目的搞定之后，几个人也就安心喝茶，其间王雨主动挑起普洱茶的话题。

宋毅知道这事情是瞒不了的，他也有自己的说辞，"普洱茶想要被大众接受很困难，因为需要投入的实在太大，光是宣传的花费起码就高达亿元，还要取得政府的大力配合才行，没有足够的物力财力是绝对没办法办到的。可普洱茶的功效确实是实实在在的，总有一天会被越来越多的人接受，趁着现在价格低，众人不知晓它的价值，收购当然是最划算的。"

听他这么一说，王雨的心思也淡了。就算知道普洱茶十年后会涨价，她也不会有宋毅这样大的魄力花费巨资去收购。

普洱茶这东西，买得少了根本赚不了什么钱，买得多了陷在里面的资金又多，万一哪天周转不灵变现还很困难。以她最朴素的观点看来，捏在手里的现金才是最保险的。何况，普洱茶的存储并不容易，哪像翡翠毛料，随便找个角落都可以。有那闲钱，还不如多囤积几块翡翠毛料，贸然进入自己不熟悉的行业可是做生意的大忌。

宋毅也不忌讳她，更不会瞒着苏眉，和陈立军商量起收购普洱茶的事宜来。

其中宋毅也说了他的要求，那就是没有要求，对他来说，只要能在年底之前收购满四百吨普洱茶，赶上明年的台湾普洱茶热，他才不管陈立军交给谁去做。

陈立军这时候也正式接了这个任务，刚刚虽然卖古董卖了十万块钱，可陈立军却觉得那钱来得有些让他不知所措，真正靠自己的能力去赚的钱才能让他安心。

知道宋毅喜欢普洱茶，陈立军还把家里珍藏的两个十多年的普洱茶饼送给了他。

日渐黄昏，银行早就下班，宋毅身上没带那么多现金，和陈立军约好明天腾冲城里见之后，便向他告辞。

宋毅刚跨出门，陈立军就拿着那个黑碗追了上来，让他先把这个所谓的建窑兔毫盏带回去。宋毅推拒不得，也就带着茶盏出了门。

上车的时候，苏眉坐在车后面，和宋毅说起了悄悄话，并问起这个黑碗的真实价值。

宋毅向她解释说，一般宋代建窑黑瓷，国内的价格基本在三到五万左右。可像这样保存完好又有兔毫变的建窑兔毫盏不多，价格会更贵一些。

高古瓷器历来就有"墙内不香墙外香"的传统，国外元朝以前的瓷器价格普遍会比国内高出一大截，如果这件瓷器拿去参加拍卖的话，卖个十多二十万也是有可能的。

尤其在日本，这样的黑瓷非常受欢迎，可不管是宋毅还是陈立军，都不希望它流落到国外去，所以宋毅就给了他一个比较折中的价格。

宋毅还对她说："古玩这东西，也要看在谁手里。就拿这件建窑兔毫盏来说吧，如果在民间收藏家手里，即便它再珍贵，价格也高不到哪里去，因为认可的人不多，愿意出钱购买的人自然就少。可在我手里的话，有爷爷的名头在，说它是国宝级的珍品也不稀奇。"

"那些没有得到专家认可，但却是真正的古董的不是很冤。"苏眉为之咂舌，她没想到古玩这行还有这么多门道。

宋毅点头道："我其实也不想承认，可这就是现实，因为没有得到众人认可而流失的文物也不在少数。但这也是没办法的事情，因为这不是一两个人的原因，专家也没办法做到面面俱到，想要保住文物不外流，还得大家一起努力才行。可照目前的形势看来，想实现这一目标任重而道远。现在最普遍的情况是老货卖不过新货，全民搞收藏的实质就是绝大部分人都在捡破烂，还把破烂当宝贝。"

苏眉不太懂古玩，也没太大的兴致，可听宋毅说得有趣，时不时插上一两句。

在黄老板家吃过饭后，两人就回家了。苏眉去看书，宋毅出乎预料地没去弄石头，而是在灯下把玩他今天刚收到的黑色茶盏。

有了陈立军送的普洱茶，安静下来的宋毅可以好好品茶。

尽管没有什么茶具，可宋毅追求的是意境，而不是循规蹈矩的形式。虽然形式在文化传承的时候有着积极的作用，可太过了同样不好。

宋毅收来古董并不是放在那里好看的，像这建窑兔毫盏本来就是用来品茶的，如果把它高高供起来反而不美。

洗净茶盏，将普洱茶饼切下一小片放进去，倒入刚烧开的水，轻轻荡漾之下，黑色底瓷上兔毫毕现，像是要漂起来一样，美不胜收。

宋代的大名士蔡襄在《茶录》中就有这样的记载，"茶色白宜黑盏，建安所造者绀黑、纹如兔毫，其坯微厚之难冷，最为要用，出他处者，或薄或色紫，皆不及也"，说的就是用兔毫盏品茶的妙处。

此情此景，宋毅脑子里顿时浮现出古时文人斗茶时隽永优雅的画面来。也让他对宋代文人恬淡典雅，但在平静中求变化的审美情趣有了新的认识。

举盏嗅着普洱茶沁人心脾的茶香，宋毅忽然想起了林宝卿，她身上的少女芬芳，还有放在她那里的汝窑香炉。

香炉不用说，自然是用来焚香的，只是古人焚香的方法和人们想象中的在香炉中点燃线香相差太远。

点线香只是最简单的方法，古人焚香步骤很多，所需的香具也和茶具一样多，在这点上，品香和品茶倒是有相通之处。

品香和品茶一样，同样是件隽永美好的事情，"红袖添香夜读书"最能说明一切。

宋毅此前曾查阅过不少资料，得知古人焚香大致的程序是：把特制的小块炭墼烧透，放在香炉中，这香炉可以是瓷香炉，也可以是铜炉或者其他香炉。

然后用特制的细香灰把炭墼填埋起来，再在香灰中戳些孔眼，以便炭墼能够接触到氧气，不至于因缺氧而熄灭。在香灰上放上瓷、云母、金钱、银叶、砂片等薄而硬的"隔火"，小小的香丸、香饼、香料碎片，便是放在这隔火板上，借着灰下炭墼的微火烤焙，缓缓将香芬发挥出来。

古人在谈到销香之法时，总是用"焚"、"烧"、"炷"诸字，但实际上并非把香直接点燃烧掉，而是将香置于小小的隔火片上，慢慢烤出香气。

焚香的过程相当繁琐。

然而，这还不算完事，香一旦"焚"起，还需要不停地观察，否则，"香烟若烈，则香味漫然，顷刻而灭"。不过，炭墼或香饼埋在灰中，看不到，如何判断其形势呢？正确的方法是用手放到灰面上方，凭手感判断灰下香饼的火势是过旺还是过弱。

于是，唐人诗词中除了"罗衣欲换更添香"之外，还喜欢描写女性"试香"的情景，描写女人如何"手试火气紧慢"，如和凝《山花子》描写一位女性："几度试香纤手暖，一回尝酒绛唇光。"

在香饼、香球或者香料片焚尽之后，便要往香炉上添加香料。"夜读书"的书生自然不需亲自去折腾，否则时间都花费在这上面，还读什么书。

添香的自然是女性，红颜知己或者青衣丫鬟，于是便有了"红袖添香夜读书"的隽永诗句。

而品香则是在焚香的基础上发展起来的，但品香一般都是用瓷香炉。瓷香炉简洁优雅，在品香的时候传递起来也方便。

斗香则和斗茶类似，文人骚客齐聚一堂，将各自带来的香料焚上，供众人品评。

品茶和品香，是古时爱好精致生活的文人雅士最爱的活动，也是宋毅曾经的最爱。

一晃就过了两天，宋毅的日子过得很平静，但出去转了一圈，却没看到什么值得赌的石头。可不切石头又让他感觉心底痒痒的，抱着试试运气的想法，买了几个全赌的蒙头货，结果无一例外，全部赌垮，几万块钱砸进去水花都没有一点。

闲暇时间，宋毅就靠磨戒面打发时间，把那两颗鸡油黄的戒面磨了出来，那金闪闪的光泽让人爱不释手。

家里的电话响了，这些天电话比较多，苏眉也没在意，顺手将电话接了起来。

听到苏眉的声音后，电话那边传来一个温婉的女声，"真是苏眉啊。"

苏眉顿时吓了一跳，失声道："姑姑？你怎么打电话过来了。"

宋毅正在吃饭差点没被噎着，可他立刻就想到了原因，"怎么把来电显示忘了。"

"要不是我细心，还真被你们给骗了。不错嘛，都装固定电话了，是买的房子还是租的房子啊？你们俩还打算瞒多久？"

苏雅兰在收到宋毅打回家的三十万块钱之后，就想着给宋毅打电话回去，可宋毅没有留下电话号码。她只好去翻家里电话的来电显示，却意外发现他后面几次打回家的号码都一样，抱着试一试的态度，苏雅兰拨通了电话，没想到接电话的正是苏眉。

苏眉连声说不是有意要隐瞒她，可具体该怎么解释，她还拿不定主意，只得一副楚楚可怜的样子看向宋毅，在看到宋毅连摆手再摇头时，顿时一瞪眼，随后毫不犹豫地出卖了宋毅。

"姑姑，让小毅向你解释吧。"

宋毅瞬间苦了脸，认命地接起电话："老妈好，钱收到了吧？"

苏雅兰一听他的话就来气，"就是收到了才给你打电话的，你这臭小子，亏我还在家里替你说好话，你倒好，对我都不说实话。今天不给我说清楚，看回来我怎么收拾你。"

"就知道老妈最疼我。"宋毅对她这一套早就免疫了，立刻摆出一副嬉皮笑脸的架式。

"少跟我嬉皮笑脸的，我问你，你们具体在什么地方，是不是买房子了？"

苏雅兰可不笨，宋毅想忽悠她也不容易，从苏眉接电话的速度她就可以推断出很多东西。

"在腾冲……"宋毅心想不能瞒下去了，是时候让家里人知道一些事情了。

宋毅还没说完，苏雅兰就说道："你竟然去赌石？我就知道你捡漏不可能赚那么多钱。"

宋毅却笑道："老妈上次不是相信了吗？"

"你还敢说！我先前还以为几万块顶天了，谁知道你一寄就是三十万，弄得我还以为是我自己看错了呢。"

苏雅兰本想发作，可转念想想她现在鞭长莫及，拿他也没什么办法，还是好言相劝比较合适。宋毅的性子她是知道的，认定一件事就会一直坚持下去。

苏雅兰忽然想到一件事，也顾不上责备他，连忙追问道："你哪里来的本钱赌石，没把你爷爷给你的翡翠观音卖了吧？"

"怎么可能，苏眉姐可以作证，这翡翠观音在我脖子上挂着呢。"

"她肯定被你收买了……"

宋毅笑着说道："老妈知道就好，苏眉姐是被我胁迫的，老妈就不要责怪她了。"

"我哪敢啊，你现在翅膀硬了，还不让老妈知道。"苏雅兰没好气地回答，"还有啊，你最好把谎话给我编圆一点。"

"有英明神武的老妈在，我哪还敢撒谎。"

苏雅兰轻声喝道："少拍马屁，你说你没有卖掉翡翠观音，那这些天你是怎么赚到这么多钱的？"

宋毅不想说他用新仿的瓷器骗赵建华报仇的事情，也不会说从家里的毛料里发现珍稀翡翠的事情，这要说出来，宋明杰第一个找他麻烦。

对于被家人盘问，早就做好了准备的宋毅张嘴就来，马上就编了一个几百块钱买的石头切得大涨的故事。他还把这个故事说得活灵活现，说他比较幸运，这块石头切开来赚到一万多块钱。然后他就用这一万块钱继续赌石，几番跌宕起伏，差点一无所有，却在最后关头峰回路转，成功让他赚了一百多万。

宋毅的语言渲染力极强，看他说得那么真切，全然不知情的苏雅兰相信他的话了。

苏眉如果不是一直跟在他身边看他赌石，几乎也要相信了他的话。

望向宋毅的时候，苏眉在心底暗骂他是小骗子，可恨的是这小骗子还把她拖下水。

"事情就是这样子的啦，老妈你就放心好了，这钱来得绝对正路，你们就放心拿去还债吧。"

苏雅兰惊讶地问道："你知道家里欠了债？"

"前两天打电话回家的时候，奶奶都对我说了。你们还不是一样，什么事情都瞒着我。"宋毅倒打一耙，就差没说上梁不正下梁歪了。

苏雅兰说得很理所当然，"还不是怕影响你考试。"

"我也害怕你们担心啊。"宋毅也不示弱，可他没有跟苏雅兰斗嘴，"其实赌石真的没那么恐怖。"

"本来以为你没钱没法赌的，没想到你还是去赌了。你究竟打算什么时候回家？"

"才出来十天不到，玩够了我就回去。"

"想都别想！"想想宋毅的性子，苏雅兰强硬的态度一下又软了下来，"你高考的成绩快出来了，你就不想回来看看吗？"

"那又没什么好担心的，到时候我让宝卿帮我看下就行。"宋毅也改变策略给出实际性的承诺，"老妈，我保证每天打个电话回家，这样总行了吧。"

"这个恐怕得和你爸商量才行，你们两个小孩子在外面，任谁也不放心。"

"不要吧！"宋毅叫道。

他就怕宋明杰过来，那就什么都露馅了。

"有苏眉姐照顾，我在这边过得蛮好的。就帮我说说情吧，老爸不是喜欢玩白玉吗？现在有了充足的时间，他完全可以一边玩一边做生意嘛！"

苏雅兰却说道："他在看电视，我把他叫过来你自己跟他说吧。"

宋毅便将先前的故事重新讲了一遍，不过这次他纯粹是在讲故事，去掉了先前的绝大部分水分，用最专业的词句将整个故事描述了一遍。

这个故事的真实性还是非常强的，宋明杰也是赌过石的人，这时候听宋毅讲，也挑不出任何毛病来，也就认可了他的话。

听宋毅讲完后，宋明杰还夸奖他说："不错，比你老子强。"

"都是老爸教导有方。"宋毅讨好地说道。

"在这方面我可没什么资格教你。"宋明杰却不领情，随后又问起他打算什么时候回家。

宋毅则说他想多体验一下生活暂时不回家，还说在这边能跟着他们学到很多有用的东西。

宋明杰也不勉强他，提醒他注意安全，宋毅连声称是，说有苏眉照顾出不了什么问题，还保证每天都会打电话回家。

宋毅如此懂事，宋明杰也就没什么好说的了，挂了电话。

宋毅倒是没想到宋明杰这么好说话，放下电话想想，可能有他的自尊心在作祟。宋明杰虽然是玉器方面的专家，可专长在于软玉。翡翠赌石，需要的是实战经验，没有雄厚的财力，是玩不起这个游戏的。宋明杰算是一个思想开放的家长，估计也不看好宋毅能在赌石这条路上走多远。

第二天，宋毅刚吃完早餐，就有人上门来，宋毅一看，是前段时间跟在他屁股后面买翡翠的玉石商人王汉祥。

当初王汉祥和几个玉石商人合伙从宋毅手里买了一块半赌毛料，当时每个人都出了几百万，结果回去切开一看，翡翠里面遍布细小的裂纹，眼见是赌垮了，几个人血本无归。

不过王汉祥也是拿得起放得下的人，赌垮本来就是件丢脸的事，他也就没多提，要不是宋毅是卖石头给他的人，他也摸清了宋毅的底细，他根本不会对宋毅提赌垮的事。

王汉祥这次来并不是向宋毅诉苦的，而是想找机会翻本的。

在腾冲，就宋毅一个人胆子最大，敢大胆地切石，其他敢切石的要么退隐，要么就像程大军一样，彻底赌垮然后消失无踪。总之，现在想要在腾冲发财，找宋毅准没错。

宋毅前几天都没买到什么好石头，消息灵通的玉石商人也就没上门，可他昨天刚搬了块将近两百多万的紫春翡翠毛料回家，按照宋毅的性格，切石

109

就在这一两天。

想发财，今天来他家正是时候。

随着玉石商人陆续上门，沉寂了好几天的地方又重新热闹起来。紫色虽不是价格最贵的，但却是大家都喜欢的。尤其在翡翠消费的主力女人眼里，紫色的翡翠是最浪漫的。

王汉祥看过石头后，对宋毅说道："我看这块石头的表现不错啊，和当年那块紫罗兰何其相似。"

"根本没法比，这块石头不可能是满色。"宋毅却说道，他也曾怀疑过王汉祥是不是入股过那块石头。

但凡在这行混过一些年头的人都知道，九十年代初，一块传奇的紫罗兰翡翠造就了一个几乎是不可超越的神话。当初几个阳美人买下那块五百多公斤，全赌的黄盐砂皮毛料的时候不过一百二十八万，切开后暴涨，里面全是满色的紫罗兰，价值过亿，和那块毛料相关的人都发了大财，也让广东阳美村一夜成名。

从那以后，阳美人开始活跃在赌石的舞台上，但是最初的时候，阳美人赌石的水平并不怎么样，但凭借雄厚的财力和独具一格的群狼战术，还是在赌石这行脱颖而出，如果历史的轨迹不发生变化的话，广东阳美村将赶超云南取代香港，成为中国高档翡翠的集中地。

宋毅的这块石头和那块带有传奇色彩的石头没法比，首先这块石头的个头就小了三倍左右，而且开窗的地方就不是满色。

可就是这个开窗口，让它的价值飙升，甚至比那块传奇毛料的卖价还要贵，这就是全赌和半赌的巨大差距。全赌的石头一旦赌涨，大都是暴涨，但那几率实在不大；半赌成本高，但有多少风险就有多少赚头，大致可以估量到，最起码，不会像绝大部分全赌石头一样垮得一文不值。

这块石头自然有它表现出众的地方，尤其是开窗那一抹粉紫色，更让它身价倍涨。

在翡翠里，紫罗兰色也分很多种，除了深受众人钟爱的粉紫以及茄紫，还有浅紫、蓝紫、红紫等多种颜色，其中粉紫和茄紫特别珍贵，而粉紫更是紫色中的极品。

中国民间传统习俗中，紫色代表了吉祥和财富。远有老子过函谷关前，关尹喜见有紫气从东而来，知道将有圣人过关，夹道相迎，果然老子骑着青牛而来。"紫气东来"也就成了祥瑞的征兆。当娱乐圈里的人人气旺盛、事业顺利时，大家称其为"红得发紫"。

可紫色的翡翠结晶大都比较粗糙，行内有"十春九输"的说法，说的就是不要期望紫色能有什么上好的表现，因为大部分紫色翡翠中硬玉矿物的结晶颗粒都比较粗大，质地相对粗糙，水头短，种差，赌石赌垮的可能性极大。

像宋毅买的这块种水非常不错，晶莹通透，肉眼几乎看不到结晶的紫色自然非常珍贵，值得人们收藏。

但宋毅也很清楚，即便是最极品的紫罗兰，价格比起顶级的祖母绿还是要差很多。

所以，宋毅这次冒的风险非常大，万一变种或者跑色，那他就算赌垮了。里面到底有多少色，种会不会变差，没有切开之前，谁都不知道。

但有一点是可以肯定的，只要种不变，色料越多，价值也就越高。

宋毅再次审视了一遍整块石头之后，便开始画线，准备切石。像这样的紫色毛料，擦石的意义不大，一旦切出很多色料来，价格自然就上去了，擦石的话反而不美。

行家从他画线的地方就可以猜测出他的想法，大家看了他画的线之后，也在心底暗自赞叹宋毅大气、爽快。

这也是大家喜欢看他切石，等他卖翡翠的原因。宋毅可不像那些老成稳重的赌石行家，他们买石头前要反复思量很多天，买来之后思考该如何切又要花上好几天时间，没耐心的人还真等不了他们切石。

宋毅这次切石是从顶部开窗的地方往下切，不过他并没有直接在那诱人的紫色处切下去，而是往旁边偏移了四五公分。

宋毅赌得非常大，他赌下面是一条色根，一旦把色根切散，整块石头的价值就会大打折扣。所以，他宁可冒着赌垮的危险，也要把刀往旁边偏移开。这样珍稀的石头是大自然亿万年的结晶，如果切得不好，可就真的是暴殄天物，宋毅宁可自己吃亏，也不能接受那样的结果。

当然，这一来，他承担的风险也就更大了。

站在切石机前的宋毅看起来非常沉着，可周围的玉石商人却比他更紧张。正是因为这块石头有这样大的风险，所以他们才不敢去赌。还得感谢宋毅的慷慨，他们才能聚集在这里看宋毅赌石，一般人赌石都不愿意给人看，一则害怕别人觊觎；二则担心赌垮后没脸见人，宋毅算是一个异数。

　　开弓就没有回头箭，宋毅也不是什么优柔寡断的人，把毛料放在切石机上固定好后，就开动机器开始切石。

　　接下来就是揪心的等待。

　　虽然看不到切石的情况，可听到切石的声音很沉，切起来有些吃力，宋毅稍微安了一点心，这说明石头里面的种应该很老，因为质地越细腻的石头，切起来也就越困难。

　　"好险！"看过切开的石头后，情绪复杂的宋毅不由得倒吸了一口凉气。

　　"小宋这一刀真是太帅了！"

　　"瞧这绚丽的色彩，这块翡翠必将成为另一个传奇！"众人议论纷纷。

　　尘埃落定之后，众人也看得异常分明，宋毅这一刀刚刚擦过紫色色根的边缘。要是再偏过去一分，这条色根就要被切掉一部分，价值肯定会大打折扣。

　　如果这时候谁还问赌涨了没有，其他人肯定要鄙视他。

　　绝对是大涨。

　　因为宋毅先前切石的时候已经预留了四五公分的余地，下面的紫色越发纯粹浓郁，那诱人的粉紫色就像情人的肌肤一样，娇艳欲滴。最重要的是色带非常宽，将先前预留的这几公分全部挤满了。

　　至于这紫色里面还有多少，谁也不敢下定论，还得再切一刀才能见分晓。

　　他这一刀将整块石头分成了两半，有色带的一半所占的体积大些，约有三分之二。

　　另外一半的表现也不算太差，透过晶莹细腻的玉肉，依稀可以看见里面有很多星星点点的紫色。翡翠行家都知道，只要有色就好，可这星星点点的紫色却是他们之前没见过的，大家相互问起的时候，也没有谁见过这样的奇景。事实上，在场的大部分玉石商人还是第一次见到表现这么好的紫罗兰翡翠。

因为这块翡翠不同于其他紫罗兰翡翠的粗糙玉质，这块石头表里如一，切开后大家看得更真切，里面的玉肉质地细腻，种水特别好，到玻璃地是肯定没问题的。

各种恭维之声不绝于耳，宋毅却只当耳边风，这样的话谁当真谁傻瓜。他不是什么神人，也没有透视眼看不清里面的情况，只知道凡事留有余地罢了。

宋毅更不会被他们捧晕，现在就把石头给卖了，对他们提出要全部买去的要求，宋毅一概婉言拒绝掉。

在这样的大好形势下，多切几刀肯定是势在必行的，这块石头最大的风险已经过了，没必要害怕后面的风险。事实上，以切开的情况来看，这块石头的表现堪称完美，兴许还有惊喜在后面。

再说了，像这样稀罕的玻璃地粉紫翡翠，宋毅说什么也得留点下来收藏。过了这村，可就没这店了。很多一辈子玩翡翠的人也不见得有机会见到这样的极品翡翠。

宋毅很快就沉下心来，准备画线切下一刀。

这时候苏眉进来，在他耳边轻声说了几句，却是陈立军带着他的两个朋友过来了。

宋毅没有耽搁，当即放下手里的画笔，起身和苏眉一起去见他们。

出去的时候，宋毅目光飘过王汉祥，发现他神情复杂，显然在做剧烈的思想斗争。想来这次宋毅即便舍得把切开的翡翠当场卖掉，心有余悸的他也不敢轻易接手，毕竟，上一次几乎是明料的东西还赌垮了，在他心底留下的阴影应该不小。

"小宋在切石？我们本来想等你切完石头再说的。"

宋毅刚一出来，陈立军就热情地和他打招呼，经过这几天的接触，他也知道宋毅的个性豪爽，是个能做大事的人。因为不管是买他家古董的十万块钱还是后面出巨资收购普洱茶的事情，都是眼前这个漂亮得不像话的苏眉一手操办的，他对苏眉的信任由此可见一般。

再加上陈立军的亲身经历，让他对宋毅的评价又高了一层，对宋毅拜托他办的事情也非常上心。

"石头什么时候切都可以，让陈大哥你们久等我心底可过意不去。"宋毅笑着对陈立军说道。

接着又对陈立军带来的两个朋友说道："我就是宋毅，以后还请两位大哥多多照顾。要是有什么需要和要求只管说就行，我的性子陈大哥也清楚，我不喜欢拐弯抹角，大家有什么话直说就好。"

陈立军的两个朋友长得都很精壮，年龄和陈立军差不多，都在三十岁左右，听宋毅这么说，忙连声说好，这宋毅果然如陈立军所说的那样，很对他们的胃口。

宋毅前世练就一身逢人说人话，见鬼说鬼话的本领，所以，他现在年纪虽然不大，但为人爽快讲义气的名气却已经传了出去。尽管有不同意见的人说他年轻气盛或者年少轻狂，但只要知道跟着他有好处，同样有人对他趋之若鹜。

陈立军就受过他的恩惠，虽不至于感恩戴德，可对他的评价非常高却是不争的事实。

陈立军给宋毅介绍起他的这两个朋友，当年一起当过兵，后来退伍后一直保持了联系。

皮肤黑一点的叫赵飞扬，稍微高一点的叫周益钧，两人一身的本领自不消说，更让宋毅满意的是，滇缅边陲的人大都去缅甸闯荡过，赵飞扬和周益钧也不例外。此时的宋毅，心里一直惦记着什么时候去趟缅甸的翡翠公盘，所以听了两人的经历后分外满意。

宋毅亲切地和两人聊起他们过去的故事，可聊了没一会儿，赵飞扬就说办正事要紧，陈立军也告辞出去，他身上的任务还很重。

宋毅也不忸怩作态，带两人一起去后院，向在场的玉石商人介绍了两人，只说是请来帮忙的。

在场的都是人精，即便猜到怎么回事也不会说出来。再说请两个人来确实很有必要，切大石头的时候一个人根本搞不定，谁能指望娇滴滴的苏眉能帮忙，有两个粗壮的汉子在就方便多了，想打宋毅主意的人也可以知难而退了。

只是宋毅这一进去，陈亦鸿和王汉祥又过来找他，两人的目的都很明确，他们还是不死心，不肯放弃最后一丝希望。宋毅有事去办的这段时间，两人都仔细看过切开来的毛料。

宋毅却说："那怎么好，怎么能让你们承担风险呢。"

"那我们合股如何？"陈亦鸿早就料到宋毅不会轻易撒手，便又祭出了这一招，本来他是不轻易和人合伙赌石的，可眼前这形势逼得他不得不改变自己的策略。

陈亦鸿可算得上是人精，也是王汉祥在买翡翠原料时最大的对手。他从王汉祥的神情中就猜出一些端倪，虽然赌垮的人都想保密不愿多对人提，尤其在竞争对手面前。可大家都是做这一行的，光从对方出货的情况就看得出来，想完全保密几乎是不可能的事情。

王汉祥同样想插上一脚，可遗憾的是宋毅照样婉言拒绝了陈亦鸿的建议。宋毅虽然讲义气，可他不是什么滥好人，他有自己做人的一套原则，懂得在什么时候拒绝别人。

至于刚刚赌垮的王汉祥此刻居然还有心思赌，那只能说明一个问题，他非常看好这块石头，这样一来，宋毅就更不打算卖了。

解决掉这些纷扰之后，宋毅集中精神应对刚切开的石头，他这次选择的是从切面擦出一条大色根的一半，他打算先从紫色的背面外皮处开始擦石。

这下众人都看得明白他的目的，他是想看看这紫色有没有到对面去，如果紫色真的蔓延开贯穿了整块石头，无疑整块翡翠的价值又往上提升一个层次。

满色的翡翠自然神奇，可毕竟数量稀少，绝大部分翡翠里面的玉肉都不是满色的，像这样的石头，想要赌大就要这样赌。

在这众人瞩目的时刻，宋毅毫不含糊，干净利落地拿起电砂轮，就着黄盐砂皮细腻的外皮嗤嗤地擦了起来。这时候倒用不着什么特别的技巧，用力擦就是，有色就有色，没有色就继续往里面擦。

王汉祥和陈亦鸿两人相互争斗，可都没能得手，这时候他们又抑制不住对这块翡翠的念想，宋毅擦石犹如擦在他们心上，让他们坐立难安。很想挪开视线不去看他擦石，可还是忍不住那醉人紫色的无限诱惑，心底既恶意诅咒他擦垮，却又盼望他能擦涨，那样的话兴许还有机会抢一块原料小赚一笔，聊胜于无嘛。

这其中陈亦鸿尤其紧张，集中精神关注着宋毅的一举一动，香港人对紫罗兰翡翠的疯狂追捧众人皆知，陈亦鸿对紫罗兰更是情有独钟，甚至有不惜一切的决心，从他先前放弃一贯的原则就可以看得出来。

看宋毅嘴角露出了淡淡的微笑，陈亦鸿就知道他擦涨了，定睛看时，陈亦鸿的内心再度被震撼，心底如被猫抓过一样。

这样的情景同样出乎众人的预料。

宋毅用清水洗过的地方，竟然出现了清新明艳的绿色。

紫色加绿色，行话叫做"春带彩"，象征着富贵吉祥，是不可多得的极品。香港人对这些具有象征意义的，诸如发财平安的翡翠更为看重，本就钟爱紫色翡翠的陈亦鸿这时候的激动自然在情理之中。

陈亦鸿很清楚这块翡翠的价值所在，做翡翠这行的人也都知道，不管其他颜色多么绚丽多彩，纯正浓阳的绿色才是翡翠的主打色彩，其他色彩的翡翠无论如何都卖不过绿翡。这块紫罗兰翡翠有了这点绿之后，价值又会大幅往上攀升。

擦出绿之后，宋毅忍住心里的激荡，开始思量下一步该怎么做，横切过去显然不妥，会把色给切掉。思来想去，最好的办法的还是先把外皮全部揭了再做打算。

宋毅拿定主意之后就开始行动，要将这将近一百公斤的石头的外皮全部擦掉可不是件容易的事，这对擦石人的手劲要求很高。宋毅知道节奏的重要性，加上这些天的练习让他熟悉了年轻的身体，当即便不急不缓地擦了起来。

因为不是一时半会儿就能擦得完的，心细的苏眉送来凳子供他们休息，可还是有人愿意站着等，陈亦鸿就是其中一个。在他看来，站起来的视野更开阔，方便他掌握第一手信息，虽然他早就没有了染指整块翡翠的希望。

和他一起站着的还有情绪复杂的王汉祥，看到宋毅擦出绿来，尽管心底有着说不出的羡慕，可他终究还得承认，宋毅这家伙的狗屎运气实在太好了。

他曾在心底暗自猜想宋毅到底能走多远，从目前的情形来看，那些等着看好戏，想看他赌到一穷二白时可有得等了。接连赌涨，宋毅现在有足够丰富的资本支持他走下去，只要他不是连续赌垮上百万的大石头，或者像那些曾经红极一时的人一样，拿赌石当过家家一般玩闹，他完全可以成长为新一代的赌石大亨。

从宋毅今天的表现来看，他确实有这个潜质，很多人不懂得拒绝别人，可他会，而且还能非常妥善地处理好。

看宋毅嘴角又浮现出淡淡的微笑，王汉祥也不知道是该欢喜还是悲哀，这小子，不是又擦出什么极品了吧。

仔细看时，可不是吗？

宋毅这小子关了电砂轮，用水擦洗过的地方又出现了另一种惊艳的颜色——红色。

这色彩算不得特别鲜艳但也不是那种黯淡无光的色泽，而是偏向少女们最钟爱的粉红色。

这块石头一开始展示给人的就是粉紫色，茄紫色偏蓝，粉紫色偏红。可以擦出红色来其实是可以预见的。可当宋毅真正擦出红色之后，不止是宋毅自己觉得惊讶，周围观看的人更觉得不可思议，多一分色就增一分美，价值自然会飕飕地往上蹿。

王汉祥心说，这一来，这块石头就有了三种颜色，绿色、紫色，还有红色。不对，应该说是四种颜色，因为不是满色的翡翠，充盈期间的白色玉肉是肯定有的。

"这一来不成了福禄寿喜？"王汉祥猛地想明白过来，要是几种颜色交汇的位置比较合适的话，出现在同一块翡翠上，那可是难得一见的奇景。

照目前的种水来看，里面应该是玻璃种不会再变种的，乖乖，这一来更不得了，要是出个福禄寿喜的手镯，珍稀自不待多言，价格肯定不会低于百万，整块石头的成本就回来了。

更何况，还有最开始切出来的粉紫，那地方没棉没裂，铁定可以出手镯，那里的粉紫色很均匀，做戒面虽然不太容易起色，可切出七八个满色的粉紫手镯应该不成问题，那样的好东西，价值同样逼近七位数。

剩余的做成珠链，一串珠链又是一两百万的好东西，这还不算其他挂件，光是这半边翡翠有色的地方，宋毅就可以赚个一两千万。

看陈亦鸿嘴角微微抽动，王汉祥又暗自觉得好笑。

有人的地方就有竞争，他和陈亦鸿算是老冤家。前几天陈亦鸿和他争那块翡翠的时候把价格抬得老高，间接坑了他一把，害他损失两百多万。

想到香港人对紫色翡翠的钟爱，王汉祥心底的感觉就更加奇妙了，王汉祥自己赌垮了着急要回本，陈亦鸿肯定也一样。照目前的形势来看，这次没太大的风险，而且这样的好翡翠可不是天天都有的，即便是明料，他也要争上一争。

瞧陈亦鸿的样子，对这块翡翠是志在必得，可王汉祥在心底打定了主意，就算自己买不到，也不能让他轻松得手，更何况，王汉祥从来就不畏惧陈亦鸿这个香港人。

宋毅折腾了很久，才将这块翡翠毛料的外皮全部磨掉，可到底该从什么地方切开，他现在也看不明白。视线所能到达的地方不过表面以下几公分，里面的情况仍然不清楚。

说来说去，还是一个赌字。

只是这时候的赌性比之前小罢了。

但这并不代表可以随便切，比如本来可以做满色手环的料，一旦切错了做不了手环，那就亏了近百万，同样的情况也出现在翡翠后续的加工打磨中，一旦操作失误，刻错了或者不小心摔裂了，造成的损失动辄也是以万计数。

世人只知道翡翠价值高昂，却不知道这高昂价格的背后有着如此巨大的风险，更不知道很多人为此付出了辛苦血汗乃至生命。

果然，如陈亦鸿猜测的那样，宋毅经过仔细思量后，取的几乎都是手环料，他小心翼翼地，一层层将翡翠切开，这些翡翠片料每一块价值都过百万，由不得他不小心。

尤其集中了红绿紫白也就是福禄寿喜四种颜色的地方，刚好可以做成一个完美的手镯，看得陈亦鸿的口水都快流出来了。

陈亦鸿迫不及待地想要出价买下心仪的极品翡翠，可他向宋毅讨口风的时候，宋毅却对他说道："陈大哥稍微等一下，等我将石头全部切开，大家再慢慢来计算价格吧。"

陈亦鸿一听心都快沉到海底去了，他知道宋毅的意思，可他又不能指责他什么，肯让他在旁边观看，就已经非常给他面子了。

何况做翡翠这行，流行的一句话叫做"看过即拥有"，以后至少可以骄傲地对子孙说，那样的极品翡翠我曾亲眼见到过，什么，你也看过，啪给你一巴掌，不知道照片和实物有天壤之别吗？

和陈亦鸿一样，王汉祥一直在旁边关注着事情的进展，看过宋毅在翡翠片料上画的图之后，王汉祥更是佩服得五体投地。他先前还是太小看宋毅了，宋毅这家伙简直将每一分翡翠都利用到了极点，这就是高手和寻常人的差别。

在宋毅的规划中，可以出一个福禄寿喜的手镯，三个"春带彩"的手镯，八个满色粉紫的大手镯，除去手镯的剩余部分可以用作珠链、弥勒佛、观音、蝙蝠等等挂件，这些挂件的价值同样不低。唯一遗憾的是没出大的戒面，但这一来也可以卖出一千多万的高价了，这次绝对是大涨了。

看到后面，王汉祥只觉得满天的人民币在飞舞。

终于熬到宋毅把石头切完了。

没什么好说的，宋毅先把自己要收藏的色料挑了出来，他挑剩下的才考虑出手，反正他现在不差那几个钱。

王汉祥连忙抓住机会多看几眼，这一别，也许以后永远都见不到它的踪迹了。虽然手镯现在还没做出来，可单从现在的表现，他就可以想象得到做出来的成品会有多迷人。

王汉祥和陈亦鸿还有一众玉石商人摩拳擦掌，准备大显身手，争夺剩下的毛料。

没想到笑靥若花的苏眉这时却在旁边问宋毅，另外半边翡翠要不要切开看看。

"对啊，要不是眉姐提醒我还真给忘了，这边还有一半没切。"和其他人一样，宋毅这才想起还有一小半翡翠没切呢。

这一来，想要买这些色料的人只有继续等，他们这次也被吊足了胃口。

好在宋毅为人和气，王汉祥也就开玩笑地跟他说："这一半翡翠没什么好切的了吧，我们要不先谈谈这些翡翠，我看喜欢这紫春翡翠的人还是非常多的。"

"做人要有始有终，王大哥你说是不是。这段时间王大哥你们也可以多看看啊，要是有意购买的话，可以和我眉姐商量。"宋毅笑着回答道，也正式把这些切开待售的翡翠片料交给苏眉来打理。

王汉祥也不便多说，现在说多了反而显得自己一个人最着急，这可不是什么好事，还有他最大的对手陈亦鸿在一旁虎视眈眈呢。

反正在王汉祥看来另一半翡翠没什么搞头，先切开的这一半宋毅已经赚得盆满钵满，要真再切出什么好翡翠来，那就太没天理了。

可宋毅却一副自信满满的样子，王汉祥心想他不是被先前的巨大胜利冲昏头了吧，这里面能出什么好东西？

王汉祥环顾其他人，发现他们都和他一样的表情，看得见的东西和未曾发现的东西，绝大部分人都会选择看得见的，心底都在盘算该出多少价格将这些翡翠收入囊中。

宋毅可没时间理会王汉祥这些人想什么，他想得更多的是，现在有周益钧和赵飞扬帮忙，是时候让苏眉出来主持一些活动，增加她的经验了，宋毅还指望她将来能独当一面呢。

苏眉之前虽然有一些经验，可基本都是处理交易后期的事情，这次交易的数量和金额太过庞大，她虽然把任务接了下来，可心底说不紧张那是不可能的。

宋毅看得出来她心底的紧张，便拉过她细嫩的手，将她带到一旁，轻声宽慰她说："眉姐不要着急，慢慢来，记住一个原则，价高者得。如果最高价没到我们的期望线就不要考虑出手。这时候大家拼的就是心理，看谁沉不住气。我们没什么好担心的，卖不出去也不要紧，大不了多放几年，价格只会往上升。你看我每次总要留些翡翠对不对，放个十来年，这些东西都可以卖出天价。"

苏眉认真听他说话，一时间倒忘了他正牵着自己的手，等她记下宋毅讲的每块料的最低价格之后，这才发现自己的手还被他紧紧攥在手里。

由于这段时间都在玩石头，宋毅手上的皮肤变得有些粗糙，还隐隐磨出了老茧。苏眉的肌肤娇嫩似水，对他那双粗糙的手感受尤其清晰，这让她心底隐隐作痛起来，她的家庭条件比宋毅差很多，可在宋毅这般年龄时，她也没吃过这样的苦。

宋毅正想问她记下来没有，却感觉她的目光有些异样，低头看自己还握着她的手。

他立刻轻声道歉说："不好意思，我手粗，扎疼你了吧？"

"傻瓜！"苏眉嫣然一笑，霎时间如同百花齐放，苏眉说道，"我都记下来了，你去切石吧。别让人家久等，我也想看看那半边石头到底有什么好东西。"

剩下小半块翡翠大约有五十公斤左右，从表面看只有一些零星的紫点，所以王汉祥等人才会不看好它。可对宋毅来说，只要种水到了玻璃地，就算是白色的，他也有办法将它高价卖出去。

似乎是看大家等得着急，宋毅没有擦石，甚至连线都没有画，请周益钧过来帮忙把石头搬上切割机，在固定的时候略略调整了一下。他并没有就着紫点切下去，而是稍稍偏过去一点，争取让这一刀落在紫点的中间部分。

固定好之后就开动切割机开始切石头。

机器的轰鸣声也没能阻止王汉祥和陈亦鸿之间的明争暗斗，苏眉巧笑倩兮之际却是杀人不见血，她仿佛有着与生俱来的天分，可以洞悉男人的弱点，让男人在她面前失魂落魄。可她这招在宋毅面前却不怎么奏效，也不知道他是天生厚脸皮还是怎样。

王汉祥和陈亦鸿虽是浮沉商海的老手，可彼此间矛盾非常多，苏眉不着痕迹地一拨，为了表现自己的两人便能斗成水火之势，开出的价格也是节节攀升。

陈亦鸿花一百六十万买了那块表现比较好的春带彩的手镯料，没争过他的王汉祥便下狠心，以一百四十万的价格拿下了另外一块春带彩手镯料。

王汉祥正待炫耀一下的时候，却发现苏眉和陈亦鸿的注意力都不在他身上。

回过头一看，宋毅嘴角又有了微笑，先前还在说里面没有什么好东西的王汉祥再仔细看那块切开来的翡翠时，顿时傻眼了。

他看见切开的翡翠面上，有一团团的浓郁的紫色，就像是玉石的眼睛一样。

普通人现在可能看不出它究竟有多美，可在场众人都可以想象得到，这么浓郁的艳紫色做出来的东西会有怎样震撼的效果。

"都说紫眼睛，女人心，没想到啊，竟然让我在这里给碰上了。"王汉祥身边的陈亦鸿更是瞪大了眼睛，嘴里轻吐着他自己都听不清楚的言语。

港台人爱极了紫罗兰，也对这非常罗曼蒂克的紫眼睛神往已久，要知道，这可是只存在于传说中的神品。

陈亦鸿的声音虽轻，可苏眉却听得清楚，她也在心底默默地念着他刚刚说过的话。

"紫眼睛，女人心？"

苏眉有点不明白，这所谓的紫眼睛和女人心有什么关系，但肯定说明刚刚切出来的东西异常珍贵。她环顾四周，发现不只陈亦鸿和王汉祥两人傻眼了，除了赵飞扬和周益钧两个不怎么懂翡翠的人之外，其他人见了宋毅切出来的紫眼睛之后都是一脸的如痴如醉。

苏眉就觉得奇怪，这紫眼睛就真的那么神奇？

她不由得走近宋毅，看他正目不转睛地盯着手边星星点点的翡翠，像是在思考什么哲学问题一样，这让她越发迷惑起来。

"小毅你可别笑话我，我怎么看不出它好在哪里啊？"苏眉终究没能按捺住心底的疑惑，蹲下身去凑在宋毅耳边悄声问道。别人看得痴迷，可在她眼里，不就是一团紫色嘛，有这么夸张吗？

宋毅不由得轻声笑了起来，苏眉当即横了他一眼，红了脸，似乎在责怪他还真笑话她。

宋毅轻声在她耳边解释道："等晚上我把这紫眼睛磨出来，眉姐看了之后自然就会明白了。现在说什么都显得苍白无力，用语言根本没办法描述其百分之一的美。"

苏眉想想也是这个道理，都说玉不琢不成器，翡翠属于硬玉，在没打磨抛光之前，寻常人是看不出它究竟美在哪里的。她有幸见识过没有加工和抛光后的翡翠和加工过的翡翠之间的巨大差距，既然宋毅也这么说，那想必是不会错。她也就更期待宋毅将它磨出来的样子。

其实仔细想想就会明白，能让众人神魂颠倒的紫眼睛肯定有其独特非凡的地方，绝对不可能是大家都瞎了眼睛。

只是苏眉先前心里还有些说不清道不明的情绪，她没想到对这群痴迷翡翠的人来说，紫眼睛的魅力竟然比风情万种的她更有吸引力，因为她从来没看见他们在她面前如此失魂落魄过。

宋毅和苏眉的窃窃私语，在众人的眼里，俨然是一对小情人在面前打情骂俏，大家不由得嫉恨起宋毅来，紫眼睛，女人心，年纪轻轻的他现在就占全了，怎能不让人又羡又妒。

短暂的失神之后，陈亦鸿最先回过神来，心情瞬间变得激荡起来，传说中的神品就在眼前，这机会就看他能不能抓住了。

他第一个蹿到宋毅跟前，可那紫色的眼睛仿佛闪耀着妖冶人心的光芒，又像是情人深情的呼唤一样，让他不由自主地又陷入其中。

陈亦鸿的忽然到来吓了苏眉老大一跳，让她不自觉地靠近了宋毅几分，脸蛋都快触到宋毅的耳垂了。要不是知道这是自己家里绝对安全，她还以为谁想来抢石头呢，可当她把身子后移，目光落在他脸上的时候，却发现他脸上带着几丝玩味的笑容。

这小坏蛋，苏眉在心底暗骂道，他好像就喜欢看自己惊魂未定，丢脸出丑的样子。

宋毅似乎看穿了她的心思，朝陈亦鸿努了努嘴，那神情仿佛在说不关我的事，要怪就怪他。

苏眉哪肯轻易放过他，至少表面上不会，狠狠瞪了他一眼之后，蹲得累了的她缓缓站起身子。

等她舒活了筋骨之后，陈亦鸿犹自带着一脸的沉醉迷离，轻声询问宋毅："小宋啊，你这紫眼睛能不能让给我几颗？"

"几颗？"宋毅张大了嘴反问道，他浓密的眉头也皱了起来。这样的极品怎么能随便给人。

陈亦鸿眼瞧着行不通，连忙降低标准说道："两颗就行！"

"这东西可不多啊。"宋毅还是摇了摇头，有些东西他可以让给别人。可像这样可遇而不可求的东西，最值得收藏，只有全部保留在自己手里，才更有价值。

陈亦鸿拗不过他，只得拉下老脸，哀声请求道："那一颗也行，我想送给我老婆作为结婚三十周年纪念，要是小宋肯让一颗给我的话，价格绝对不是问题，我还会感激不尽。"

一颗的时候才找送给老婆当理由，那他先前要那么多颗干什么？苏眉不屑地想。

苏眉恼恨陈亦鸿先前让她在宋毅面前出丑，此刻又听他如此说，更恨他贪心。心里不舒服的苏眉连忙凑在宋毅耳边轻声说道："我们又不差钱，这样的极品翡翠也不是随时都能遇到的，我看我们还是不要卖了吧。"

看苏眉在宋毅耳边窃窃私语，陈亦鸿面有喜色，心底也暗自得意，女人应该更有同情心吧，尤其是他祭出买给妻子这种说辞。

可让他万万没想到的是，宋毅对着苏眉轻轻点过头后，却对他说："不好意思啊，陈大哥，我决定全部收藏了，这些紫眼睛不会转让给任何人，价格再高也不转让。要不，你多挑几个紫春镯子，我让苏眉姐给你算便宜一点。"

陈亦鸿满怀期待的心瞬间破碎。

王汉祥先前还在恨陈亦鸿跑得飞快又抢在了前面，可看到陈亦鸿灰溜溜的样子，他顿时又觉得庆幸起来，幸好没去丢脸。

接触过一段时间，看得出来宋毅是个非常有头脑的人，王汉祥注意到他每次开出好东西来，自己都要留下最精华的部分。这么精明的人，又不缺钱，怎么会轻易将这可遇而不可求的东西让给别人。

王汉祥没料到的是，事情还没完。

那边绝望的陈亦鸿完全是一副可怜巴巴的样子，他知道宋毅意志坚定，决定很难更改，只得用另外一种方法作为这次见证传奇的留恋，"那我可以拍照留个纪念不？"

陈亦鸿的样子看得苏眉都有些于心不忍，侧望了宋毅一眼，算是替他求情。

拍照的话宋毅当然没什么意见，事实上，在前世，很多好东西他也只见过照片，比如，像这样的紫眼睛。有些好东西，别说是照片，单单是文字描述就足以引起人们无限的遐想。

所以，重活这一世，宋毅才发誓要将能收藏到的好东西都收藏起来。

微微点了点头，宋毅心想这也算是对前人贡献的回馈吧。

陈亦鸿顿时喜上眉梢，望了这充满传奇色彩的紫眼睛一眼之后，这才转身飞奔了出去，速度之快，根本不像是四五十岁的人。

等他出门后，苏眉实在忍不住娇声笑了出来，这一笑犹如春花绽放，让人心荡神移。

"眉姐，其他翡翠就交给你了，你掌握好分寸就是。"宋毅虽然弄不明白苏眉刚刚是怎么想的，但他可不管那么多，只要和他的心思一致就好。要是她替陈亦鸿求情的话还麻烦，不过即便那样宋毅还是不会放手。

苏眉轻点蠕首，转身对王汉祥说："王大哥也听到了，小毅刚刚说过可以让陈大哥多挑几个手环料，我可不希望到时候被他骂。"

"小宋可舍不得，陈大哥估计一时半会儿不会回来，不如大家先分这块紫春吧。"王汉祥笑着回答，却在心底愤愤地想，如果像陈亦鸿那般装可怜有这样的好处老子也装可怜去。

精通人情世故的他知道，宋毅不过是给陈亦鸿一个台阶下罢了，总不好让他太没面子。可这苏眉，妖精一般的人物，倒是懂得利用这个机会，还一副很大度的样子。

这两个家伙果然都不是省油的灯，可不管怎样，该买的东西还得买，能赚多少是多少。

这一耽搁，对紫眼睛断了念想的其他玉石商人也连忙把注意力集中到先前的手镯料上，虽然和紫眼睛比起来还是有一定的差距，可这些手镯料的品质都非常难得，好绿常出，这样的春色可不多见。他们可不是光来看戏的，都是想买翡翠原料回去加工赚钱的。

王汉祥顿时叫苦连连，或许是受了得不到紫眼睛的刺激，这些家伙开始在这上面发力，一个个变得生猛起来。尤其让王汉祥大跌眼镜的是，连赵易平这个平素像乌龟一样缩在后面的家伙也变得生猛起来，竟然出到了一百三十六万的高价。

苏眉喜上眉梢，可还是从容应对，还美其名曰为了宋毅一诺千金的信誉，准备等陈亦鸿回来再说。

这一来大家也不好说什么，总不能让宋毅背上背信弃义的罪名吧。

陈亦鸿拿着相机回来的时候，战况正激烈，可他却没有心思理会，只一心想着拍照。

见到这情景，宋毅便好心劝他说："陈大哥还是先把那边搞定吧，再晚了我想帮你留也留不住了，这紫眼睛一直在这里，随时拍照都可以。"

看陈亦鸿还在不停地按快门，宋毅又给他加了一剂猛药，"陈大哥省着点拍吧，不怕明天出成品的时候没胶卷吗？"

宋毅的话无异于火上添油，得到宋毅变相承诺的陈亦鸿一脸的激动，顿时犹如吃了兴奋剂一般，返身加入了抢购的战团。

乱局再起，纷争不断。

陈亦鸿极度不理智，每次加价都是以五万起，可其他人也不是什么好相与之辈，在这里的人哪个不是身价几千万上亿的。见陈亦鸿如疯似狂的，其他人即便争不过他，也存着把价格抬高的心思，反正就是不能让他好过，全然忘记了鹬蚌相争，渔翁得利的道理。

一门心思找回面子的陈亦鸿却不管那么多，将其他玉石商人全部斩落马下，出到三百六十万的超高价，又拿下两块表现最好的粉紫色手镯料。

其他几块紫料则被另外几个人瓜分了，王汉祥用一百六十万的高价拿下剩余料里最好的一块。

赵易平花了一百四十八万，才拿到他相中的那块紫春手镯料。另外两个玉石商人郑财和刘震阳各自花了一百四十万抢到最后的两块手镯料。

苏眉喜上眉梢，绝美的脸颊泛起了诱人的粉光。

她仔细计算过，除去成本，这块石头一共赚了一千零八十八万。

这还不算被宋毅收藏起来的最好的几块翡翠料，福禄寿喜和春带彩的手镯料各一块，两块粉紫手镯料，还有他正在弄的那最诱人的紫眼睛。

两相对比，苏眉还是得承认，虽然紫色的翡翠也非常受欢迎，可终究还是绿翡翠价值最高。

赵飞扬和周益钧则尽心竭力地维护着场内的秩序，两人虽然见过世面，可像这样动辄成百上千万的交易对他们来说还是少见。他们以前可没机会赌石，如果你不是做这行的人，别人根本不会让你进门，当然就没有机会见到这样热闹的场景。

这巨大的交易金额也让两人意识到身上的责任重大，对宋毅请他们来帮忙也不再有疑惑。

有了他们的帮忙，宋毅终于可以安心地切他的石头，他先将每颗紫眼睛切割开来。

看天色尚早，苏眉和周益钧去银行了，宋毅便跟赵飞扬说了声，出门去了。他打算买点白金回来做镶嵌，玉器街做成品翡翠珠宝的商家不少，宋毅就近挑了家，买了二十克白金之后立刻回去。

将大块的紫眼睛切割开来后，剩下的工作更加细致，先要将紫眼睛附近的其他料全部切掉，然后将紫眼睛加工成大的戒面，宋毅打算晚上加班加点，先弄一个戒面出来看看效果。

苏眉收好款回家时顺便把晚餐也定了回来，几个人吃饭的时候，天色已经暗下来。

吃过晚饭后，苏眉收拾去了，宋毅这才来得及对赵飞扬和周益钧两人的工作做出安排。

其实他们的事情也很简单，无非就是帮忙看看店，搬石头的时候帮下手，最重要的是保证宋毅和苏眉的安全。

第五章 捡漏上品沉香，优雅鉴香焚
香品香，香具收藏大有可为

这串手链的珠子颗粒大小并不完全一致，颜色也不太整齐，黄白相间偶见黑色，但珠子的质地比较细腻，毛孔也不大，摸起来感觉很舒爽。集中精神感受时，宋毅闻到一阵温醇香甜的味道，像有丝丝香气飘进鼻腔似的，不像用化学香精浸泡过的假沉香，发散出持续而猛烈的香味。宋毅断定，这是上好的沉香！

晚上，母亲苏雅兰打来电话，告诉宋毅高考成绩已经出来了，总分六百分宋毅考了四百九十分，放在普通考生成绩里都算是不错的成绩了，何况他还是艺术类考生，对文化课的成绩要求低得多。

这一来，宋毅上东海大学是绝对不成问题的。

挂了电话，和苏眉聊了会儿天，宋毅不顾她的劝阻，一门心思加工他的紫眼睛去。

宋毅这一干就是通宵，不仅将紫眼睛磨成了戒面抛光好了，连镶嵌都一并做了。

苏眉早晨醒来后便去找他，她一看到宋毅手里那镶嵌好的紫眼睛后，眼睛便再也挪不开了。

这是怎样惊心动魄的美，色彩浓郁的紫眼睛像是会说话的眼睛，又像是一泓盈盈幽潭，仿佛有种奇特的魔力。

"眉姐昨天不是说想看看成品的样子吗？我连夜赶了出来，以后这颗紫眼睛就属于眉姐了。"宋毅轻轻走过去，拉起她的手，将镶着炫目紫眼睛的戒指戴在她手上。

苏眉十分喜欢，摩挲着舍不得放下，高兴得脸都红扑扑的，眼睛都亮了。

此时的苏眉看得宋毅都移不开眼了，不由感叹，果然珠宝就是要配美人啊。

苏眉看宋毅一直看着自己，顿时不好意思起来。看宋毅顶着两个大大的黑眼圈，顿时强行拖着宋毅上床睡觉，一直到宋毅睡着之后，她才退出房间。

没过多久，陈亦鸿就上门来找宋毅，目标当然还是他念念不忘的紫眼睛。

苏眉拦住他，陈亦鸿一眼就看到她手上那颗魅惑人心的紫眼睛，在白金的完美镶嵌下尤其璀璨夺目。

陈亦鸿一见紫眼睛戴在苏眉手上，就知道他没办法真正接触到这颗紫眼睛了。可他还是不肯放弃，大肆拍马屁夸奖苏眉是个美丽又大气的女孩子，他这么说无非是想拍两张照片做留念。

苏眉有些为难，陈亦鸿还真是会得寸进尺。

可她又架不住他苦苦相求，只好答应他。

得不到的东西才是最好的。

陈亦鸿欣喜若狂，在他看来，也只有苏眉如此完美的双手才配得上这样漂亮的紫眼睛。苏眉的肌肤雪白柔嫩，几根葱白手指更是完美无瑕，说不清是极品的紫眼睛让她的纤纤荑黄越发诱惑人心，还是她的荑黄让紫眼睛更加夺人心魄。

陈亦鸿是越看越爱，这一刻犹如神灵附体一般，从不同角度拍下了这难得一见的美丽。

苏眉虽然大气，可还是有些受不了他，很快就寻了个由头把他弄走了。

抛去这些烦人的事情不提，宋毅这几天的日子过得还是很安逸的，趁着最后的机会到处溜达看看石头。不过他这会儿看中的毛料都不再往家里搬，因为家里已经堆不下了，他就叫老板们清出一块场地来，将买下来的毛料全部堆在一起，说是过两天叫车过来一并拉走。

宋毅晚上又加了几个班，给家人都准备了礼物。再有几天就要回家了，为了不被训，必要的贿赂还是得有的。

赵飞扬和周益钧很有效率，很快就找了七辆长途货车，还说不够的话可以再叫。

浩浩荡荡的车队开进玉器街，很拉风，把路都给堵住了，不知情的人还以为是来搞拆迁的。

有路人上前打听是不是玉器街要搬了，却听他身边的人笑话他说："你还真是不知道啊，不是整条玉器街要搬迁，是一家人要搬家。"

那路人一脸的可不思议，"那他怎么像要把整条玉器街都搬走一样？"

"也差不多了，你可以问问，哪家毛料店没卖几吨毛料给他。"

那人忙问："谁这么有魄力啊？"

"喏，就是那个年轻人。"

宋毅先前也觉得这阵势太过浩大，可真正装货的时候，宋毅才发现，这几辆货车远远不够，光是他家里的石头就装了六车，还有没搬回家的呢。

苏眉心领神会，让赵飞扬又去叫了四辆车过来挨家装货。

这一来，整个玉器街又闹得鸡飞狗跳，宋毅也忙得焦头烂额，好在他记忆力还不错，忙而不乱，买了哪些石头都记得一清二楚，指挥着请来的搬运工使劲往车上搬，大点的石头还要用叉车。

"这浩浩荡荡的车队也算得上是另类的衣锦还乡了。"苏眉看着十一辆车的货车车队，感慨道。

周益钧为人比较沉稳，宋毅便让他跟随车队先行出发，从云南到东海横穿半个中国，这些毛料对别人来说虽然不值什么钱，可对宋毅来说却是一笔巨大的财富，有个放心的人守着也比较放心。

宋毅收拾好留下的精品翡翠，还有从陈立军那里收到的建窑兔毫盏以及一块老普洱茶饼，把这些东西装进箱子之后，又去找黄老板借了他的车。苏眉也把房子钥匙交给了王雨，让她帮忙照看一下，里面就一些不值钱的家具，翡翠毛料和保险箱里的东西都搬空了。

天黑下来的时候，他和苏眉终于坐上了飞往东海的航班。

累了一天，终于能放松一下了，苏眉说："过几天周大哥他们就该到东海了，那么多石头我们放在什么地方好啊？"

"租个仓库吧，要不然就放乡下好了。"

苏眉忙说："你不说要放好几年的吗？我们老家那边地方蛮大的，就放在那边如何？"

"眉姐的心思我明白，不用替我省钱的。"宋毅说道。

苏眉横了他一眼，自顾自地说道："我回去让他们帮忙收拾一下，反正那边屋子多，还有地下室，平时空着也是空着，收拾好之后，就可以放了。"

"那就辛苦眉姐了。"宋毅的话惹来苏眉一阵轻声的抱怨，说他太客气了。

下了飞机之后，苏眉直接回了市郊老家，她得为即将到东海的翡翠毛料，抓紧时间收拾放置的地方。

宋毅也没有勉强她，只给她叫了个出租车让司机直接送她回家。他自己则另外叫了辆出租车，把装着翡翠的箱子放进车里后回家了。为了减少行李，他衣服什么的都扔在了腾冲，苏眉的衣物也一样留在了那边。

宋明杰虽然辞掉了工作，可要他在家里待着也很困难，宋毅到家的时候，家里就奶奶何玉芬一个人在。见是宋毅回来，何玉芬亲热地问他在外面吃得好不好，还说他看起来瘦了不少。

宋毅一一笑着回答了她的问题，何玉芬去做饭的时候，才把东西提进他自己的房间，收拾妥当。何玉芬叫他下楼吃饭的时候，他拉过奶奶的手，把一枚镶嵌着帝王绿翡翠戒面的戒指戴在了她手上。

"奶奶，送给你。"

"给我干什么啊？这么贵重的翡翠都可以当传家宝了，小毅你还是自己留着吧，以后给你媳妇儿子。"

何玉芬低头看着手里颜色种水都算得上是顶级的翡翠戒面，连声对宋毅说道。

她可不是无知的人，在这样的家里待久了，再不懂的人也知道这种极品翡翠的价值，这样大个头的玻璃种帝王绿翡翠戒面价值起码在百万以上。

何玉芬心底虽然喜欢这种艳丽的玻璃种帝王绿翡翠，可还是觉得有些不妥。

宋毅看得出来她喜欢这翡翠，便笑着对她说道："奶奶你就放心收着吧，这可都是从我自己买的石头里切出来的，像这样的戒面我还有好几个呢。"

131

"小毅的东西再多奶奶也不能要啊，我都一把年纪的人了，戴着也会被人说的。"何玉芬说着就想将戒指取下来。

宋毅连忙阻止她不让她摘下来，还笑着劝她说道："奶奶你就收着吧，就当孙儿尽一份孝心。"

"你爷爷知道了会怪我的。"

宋毅说道："奶奶就当是帮我收着好了，要不然万一哪天被我败掉了，爷爷也会觉得可惜的。"

在宋毅的劝说下，何玉芬这才收了下来。

吃过饭之后，宋毅上楼拿了当票，将那串苏眉也不知道的五彩翡翠手链拿出来。手链珠子的颜色分别是白色、艳绿色、粉紫色、洋红色、鸡油黄，都是用剩余的材料做成的，其他颜色的翡翠珠子还好找，可那鸡油黄的珠子，一共只有两颗而且有点偏小，是宋毅费尽心思才保留下来的。

不需任何华丽的言语，它的绚丽色彩足以吸引任何一个人的目光。

宋毅还带上他收到的建窑兔毫盏，里面装着一块陈立军送的普洱茶饼，全部一起装进背包后，出门直奔城隍庙而去。

宋毅先去当铺提前赎当，错过了当期那就亏大了，去银行转账给当铺后，宋毅顺利拿回了他抵押在当铺的两件翡翠饰品。

宋毅也没忘记去当铺的展厅看看有什么死当的好东西可以淘，但这回却没看到什么好东西，他也没心思多耽搁，直接往聚宝斋走去。

宋毅进门的时候，店里没什么客人，想来也是，这么大热的天，没多少人会在中午的时候冒着大太阳出门淘宝的。

林宝卿正在柜台上看书，感觉店里来人了，却没听见他说话，抬起一双水灵的眸子，一眼就瞧见了面带微笑的宋毅。

林宝卿当即就嚷了出来："你什么时候回来的啊？"

宋毅笑道："上午回来的，就想着过来看看，没想到宝卿还真用功，现在还看书啊？"

"不看书做什么，我又不能像你一样到处去玩。"林宝卿的话语里带着些许羡慕，还有更多的幽怨。

这话题宋毅不好接，便自动忽略过去，"看的什么书，也让我瞧瞧好不好？"

林宝卿把书拿起来，宋毅一看，却是《红楼梦》，正想笑她时，眼尖的他却看见她手上戴了一串木制的手链，他便惊讶地问道："咦，宝卿手上戴的是什么？"

林宝卿眨了眨眼睛，俏皮地对他说道："你猜。"

"是沉香吧。"宋毅不假思索地说了出来。

"你真讨厌！"林宝卿抬眼瞪他，"每次都这样，就不能多猜几次吗？"

"都是我的错。"宋毅立刻低下头，一副我知道我错了的表情。

林宝卿顿时浅笑起来，"我今天早上才收的哦，很香呢。"

"很香吗？"宋毅微微皱起眉头，香味太过馥郁的可就不见得是真正的沉香了。

林宝卿点头说："真的很香，有什么不妥吗？"

"让我闻闻看。"

林宝卿伸出欺霜赛雪般的皓腕，笑着问他："要摘下来吗？"

"这样就好，靠得太近反而闻不出，因为沉香的香味是沿线形发散的，离沉香远一点闻会比较好鉴别，真的沉香离得远点味道反而会更浓，假的则刚好相反。"宋毅煞有其事地说道。

林宝卿听他说得有模有样的，便想看看他到底有何高见，只见宋毅耸了耸高挺的鼻子，闻了片刻之后便说道："奇怪了，我怎么闻不到它的香味呢？是不是因为宝卿身上太香了，遮住了沉香的香味。"

"就知道瞎说。"

林宝卿杏眼流波，看他小狗一样东嗅嗅西闻闻的，离自己的距离越来越近，连忙将木制的珠链褪了下来，递到宋毅手里。

"沉香的鉴别最主要的手段还是靠闻，因为鉴别沉香真假好坏的关键就在于里面的含油量多少，当然，从其他方面辅助鉴定也是非常有必要的。"宋毅的表情却非常自然，微笑着接过手链，往后退了几步，离散发着少女芬芳的林宝卿有了一段距离之后，这才开始鉴定这串手链。

宋毅目光所及之处，只见这串手链的珠子颗粒大小并不完全一致，颜色也不太整齐，黄白相间偶见黑色，但珠子的质地比较细腻，毛孔也不大，摸起来感觉很舒爽。

如宋毅先前所说的那样，他并没有直接将手链放到鼻子前闻，而是由远及近，品味手链散发出来的味道。

集中精神感受的时候，宋毅闻到了一阵温醇香甜的味道，这香味和林宝卿身上那清幽怡人的香味大不一样，这香味少了几分灵气和活性。可对于沉香来说，这已经算是非常不错的品质了。

宋毅感受着这奇特的香味的同时，对林宝卿说道："这香味不错，像是丝丝香气主动钻进鼻子里一样。还有啊，真正的沉香散发出来的香味是一阵一阵的，不像假的用化学香精浸泡过的沉香，一直有持续而猛烈的味道，难怪我刚才没闻到。"

林宝卿好奇地问道："你怎么知道这些的啊？"

"我以前点过沉香啊，点燃沉香仔细观察的话，就可以发现，烟气扩散的路径就是丝丝散发开来的，香气的轨迹和烟的轨迹是一样的，好的沉香香气温和但却真的是馨香四溢，这才会有钻入鼻孔的感觉，宝卿你也可以仔细感受一下。"宋毅笑道。

他这才想起来，这时候沉香造假远没到以后那么猖狂，漫天遍地的卖家，成千上万的沉香手链，真品却不足百分之一。

可鉴别沉香手链，在什么时候都是一样的，主要便是闻味道，这东西只可意会，闻得多了自然就能体会到其中的区别，以及真正的沉香让人沉迷的香味的迷人之处。

林宝卿高兴地问道："那你确定这是真品沉香珠子了？"

宋毅笑道："我从不怀疑宝卿的眼力。"

林宝卿娇笑起来，但却不领他的情。

"我哪会鉴定沉香啊，就闻着它香味独特，沁人心脾就买了，花了我一百块，先前我还在后悔买贵了呢。"

"你这是典型的占了便宜还卖乖，话说我怎么就遇不上这样的好事呢。"宋毅一副痛心疾首的样子。

林宝卿咯咯娇笑起来，"那是因为你还没回来嘛，听说沉香分很多种，依你看，这沉香手链应该算哪种？"

宋毅又仔细品味了一下香味之后，这才说道："这味道没有极品奇楠香那样香醇，但味道也差不了太多，比水沉和土沉味道好太多。再结合珠子本身的情况来看，应当属于仅次于奇楠香的伽楠沉香。"

"伽楠沉香？我好像在哪里看到过。"他这一提，林宝卿有种似曾相识的感觉。

宋毅笑着指着她面前那本厚厚的《红楼梦》说道："《红楼梦》里就提到过伽南沉香，宝卿可以翻翻。元妃省亲的时候，赐给史老太太金、玉如意各一柄，沉香拐挂一根，伽楠念珠一串，这可是史老太太独享的荣耀。"

"真的假的啊？"林宝卿将信将疑地翻起《红楼梦》，果然在"皇恩重元妃省父母"那章找到了宋毅所说的伽楠念珠，里面金玉如意、沉香拐挂、伽楠念珠都是史老太太一人才有的，沉香拐挂以及伽楠念珠的珍稀自是不言而喻。

林宝卿看完后，轻叹道："果然如你所言呢。"

宋毅笑道："香文化源远流长，《红楼梦》里多有提及，宝卿仔细看书的话就会发现的。不过我比较感兴趣的是，宝卿怎么忽然对沉香感兴趣了？"

"我闲着无聊不可以啊？"林宝卿白了他一眼。

宋毅却不无遗憾地说道："我还以为是因为我上次放了香炉在这，从而让宝卿对香文化感兴趣了呢。"

"你就臭美吧你。"林宝卿浅笑着骂道。

宋毅当即叹道："真是伤心，本想和宝卿一起探讨的，看样子也只得作罢了。"

林宝卿当即拿她那明亮晶莹的双眸瞪着他，"你越来越坏了。"

宋毅不予置否，还浅笑着问她："宝卿，你这伽楠手链借我藏几天行不？"

林宝卿瞪大了眼睛，赌气地说道："反正我又不懂沉香，什么奇楠伽楠对我来说都一样，你要喜欢拿去好了。"

"开个玩笑啦，这样的无价之宝我看看摸摸就够了，也只有宝卿才配得上这样的精品伽楠香。"宋毅说着便要将手链塞进她手里。

林宝卿撇撇嘴角一甩手，宋毅便落空了，可他脸上的笑容却越发明朗起来，"以前倒是没见过宝卿这样生气的表情，样子倒是蛮可爱的。"

林宝卿闻言小嘴撅得越发高了，"那我以前就不可爱了?"

"以前很可亲，现在更可爱。"宋毅直视着她那双灵动的眸子，认真地说道。以前的林宝卿为人大气，从不斤斤计较，可那样的她让他感觉有些疏远，现在这样会生气的样子反而让宋毅很亲切。

感觉到两人之前的气氛有点微妙，林宝卿便转移了话题："你上次说的建窑兔毫盏呢，有没有带回来?"

宋毅在腾冲那段时间，也经常给林宝卿等几个好朋友打电话，因为林宝卿家是做古玩买卖的，所以还特意跟她提起了建窑兔毫盏。

宋毅不做正面回答，却说道："我想先给宝卿看一样东西……"

"你在电话里不会是骗我的吧?"林宝卿情急之下脱口而出，可话一出口，连她自己都不明白为什么会说这样的话，俏脸也微微涨红起来。

宋毅笑道："怎么会呢。"

林宝卿看他说得郑重，目光落在宋毅身上时有了更多的期待。

"这伽楠沉香宝卿先收着吧。"宋毅将手里的手链递给她，林宝卿伸手接了过去。

宋毅将背包里包装最精美的那个盒子拿了出来，放在林宝卿面前的书上，笑着对她说道："宝卿打开看看。"

"给我的?"林宝卿看那盒子包装很精美，但却猜不到里面是什么东西，想着也许是云南那边的特殊工艺品。

宋毅点头，微笑着鼓励她打开。

几分期待几许兴奋，林宝卿都不知道她自己是怀着怎样的心情将盒子打开的。

入眼一片绚烂，五彩的翡翠珠子闪闪发亮，看得林宝卿一阵目眩神迷。

等她拿出来时，那一溜通透水灵的翡翠珠更是璀璨夺目，色彩又是如此的绚丽多彩。不管是金闪闪的鸡油黄还是漂亮的粉紫色，都是林宝卿之前从来没见过的。

林宝卿越看越爱，不忍释手，不由得轻声赞叹出来："怎么跟假的似的。"

"宝卿就当它是假的好了。"宋毅嘿嘿笑道。

林宝卿这话是对这串五彩翡翠珠链最好的赞美。由于担心她会嫌贵，所以没做成项链而是做成了手链，所用的翡翠珠子自然少了很多，价值自然也低了许多。

"可这的确是真的啊。"尽管心底非常喜欢，可林宝卿依旧保持着足够的理智，郑重其事地对宋毅说道："这样的翡翠手链实在太珍贵，我不能收。"

宋毅却笑道："哪里贵重了，都是我自己切石头弄出来的，不值什么钱的。"

"但对我来说却非常贵重。"林宝卿坚持推拒道，并毅然将五彩翡翠手链放回盒子里。

她卖过翡翠，像这样的玻璃种翡翠手链少说价值也要过十万的。再说，林宝卿弄不清楚宋毅送她这么贵重的翡翠手链是什么意思，她心里很清楚，他喜欢的可不是她，至少高考之前不是。

"我可是熬了几个通宵才做出来的。"宋毅有些失落，但也很欣慰，林宝卿的人品他是知道的，也预料到会有这样的情景出现。

"既然这样我就更不能收了，这样贵重的东西，你该送给沈映雪才是。"林宝卿不合时宜地提起了宋毅之前一直暗恋的对象沈映雪。

见林宝卿提起沈映雪，宋毅只得苦笑，谁叫前世他一直苦苦追求沈映雪呢。

宋毅实在没办法，才祭出了最后一招，"那宝卿先帮我保管着总可以吧？"

林宝卿聪明地不回答他，只问了一个她最想问的问题，"你这次是去云南赌石的？"

"去那边旅游，顺便玩了下赌石。"

"真的吗？"林宝卿可不是那么好骗的人，她的目光不再躲闪，反而勇敢地迎上了宋毅的目光，想看看他到底有几分真话。

"当然是真的。"既然她不躲闪，宋毅自然更没理由心虚，他可是老油条了，才不怕和她玩这种游戏。

"不说这个了，给你看看我带回来的建窑兔毫盏吧。"宋毅说着从背包里把那黑茶盏拿了出来，他不敢在这种问题上纠缠太久，那只会让她误会得更深。

林宝卿也乐得不去提，在古玩方面，她和宋毅还是有共同话题的。

兔毫盏的神奇之处自是不需多言，光是那细腻的兔毫就足以让人叹为观止了，更何况，还有更不可思议的兔毫变。

这让林宝卿心情好了很多，也不再提沈映雪的事了。

宋毅又大肆吹嘘起普洱茶的功效来，尤其是它的美容和减肥功效，更被他吹得神乎其神。

林宝卿虽然心存疑惑，可还是愿意尝试一下，也就收下了宋毅送她的普洱茶饼。因为现在普洱茶价格相当便宜，十块钱一公斤，说出来都不敢相信。

对品茶，林宝卿早有心得，家里的精品茶具也收罗了不少，兔毫盏虽然神奇，可真要品茶，还是不太合适。宋毅说要把这兔毫盏带回去的时候，林宝卿也没什么异议。可要品香的话，像宋毅先前拿过来的汝窑香炉可是非常难找的，心底有些留恋，可她还是问道："你那香炉不一并带回去吗?"

宋毅笑道："拿回去估计就得被我爷爷没收进博物馆。"

林宝卿笑道："那倒也是，你爷爷现在是博物馆馆长了。"

"这兔毫盏送给爷爷做贺礼我都有些舍不得。"

林宝卿掩嘴笑道："亏我先前还以为你很有孝心呢。"

"博物馆的情况比较复杂，不过现在应该比以前好很多了。"宋毅想得更多的是，现在宋世博在博物馆的时候情况还好，可将来他始终是要退下来的，那这些珍稀文物又该如何保存呢。

林宝卿也听过很多博物馆的传言，可她没有说出来，宋毅也不想提，父母没回家之前他也没什么太多的事情做，便准备在林宝卿家的古玩店里待上一个下午。

林宝卿早上除了收了个沉香手链外，还买了一小块沉香回来，靠的自然还是她的嗅觉，闻着蛮清香怡人的便买了。

宋毅仔细看过之后就夸她嗅觉灵敏，是块好料子，林宝卿却笑着说他那才是狗鼻子。

品香的工具和品茶的一些工具倒是可以互用，在宋毅的鼓动下，林宝卿凑齐了一套品香的工具。

宋毅说品香的形式并不重要，关键在于品香的心情，这点林宝卿倒是非常赞同。

这时候，林宝卿也将放在保险柜里的汝窑三足小香炉拿了出来，她对宋毅说过的事情很上心，香灰木炭之类的早就准备齐全了。

但这时，宋毅却只动嘴不动手，让她先把沉香切成薄薄的小片，放在一边，等品香时用。

沉香片切好之后，林宝卿才开始在香炉里装上香灰，然后用铜质的小铲轻轻将香灰压紧。

林宝卿觉得新鲜，弄得起劲，宋毅却在一旁说道："别压得太紧，要不然空气进不去，木炭很快就会熄灭的，只要能挖出洞来放进木炭就行。"

这是个精细活，但对心灵手巧的林宝卿来说算不得什么难事，用纤长的铜质小勺小心翼翼地挖出一个足以放下炭块的洞来。

然后把烧红的无烟木炭放进洞里调整好位置，轻轻撒上香灰盖上，不用宋毅说林宝卿也知道，这时候更不能将空气阻挡在外。

做好这些之后，林宝卿这才用钳子夹着云母片，轻轻放在木炭上方。

仔细观察后发现没有什么烟气，宋毅便让林宝卿将沉香片放在云母片上烘焙，并说如此一来就可以开始品香了。

虽然经过好一番折腾，但当林宝卿闻到芬芳馥郁的香气之后，顿时觉得之前的一切努力都没有白费，经过烘焙之后的香气和直接闻到的沉香香味有着天壤之别。

宋毅轻笑着说道："沉香的香味只有在点燃和烘焙的时候最为馥郁，这也是鉴定沉香的真假以及品级最直接的方法。"

"这方法有点奢侈。"林宝卿嘴里虽然这么说，可闻着那若有若无的幽香，心情顿时好了很多。

"沉香除了药用之外，这样点燃就是最大效率地利用了。"宋毅说话间，左手将香炉拿了起来。

香炉不大，堪堪一握。

"瓷香炉品香就是有这样的好处，轻灵小巧，在宋代也最受文人雅士钟爱。品香的大致步骤就是这样了，后面的感言还是以后再写吧。"

宋毅深深地呼了一口气，并没有将香炉拿到鼻前来闻，而是隔了半肩的距离，然后用右手轻拂空气，将香气扇到鼻前，那股清幽香甜的香气仿佛调皮的小孩子一样，往鼻子里钻得更欢畅了。

轻轻放下香炉，林宝卿依他的样子也品了一回香，果然，这次她闻到的香气和之前又不一样的，感觉香气越发芬芳。她感觉到香气仿佛无所不在，但又无迹可寻，这种感觉很奇妙。

不用宋毅提醒她也知道，这离香道还很远，但路总要一步一步走，玄妙的意境需要慢慢体会，最好在幽静的环境里进行，现在这时候不但人静不下心来，也容易被人打扰。

"好香啊！"

随着门口传来的声音，两人奇妙的寻香之旅也宣告结束。

有客人上门，尚沉浸在香气之中的林宝卿也只得快快地放下手里的香炉，望向宋毅的时候，只见他耸了耸肩。

进来的是个三十来岁的男人，衣着朴素，手里还提着一个鼓鼓的麻布口袋。

"老板在不在啊？"

"我就是，请问有什么可以帮你的吗？"林宝卿的目光一下就落在他的口袋上，从口袋的形状可以判断，里面应该是瓷器青铜器一类的东西。像聚宝斋这样的古玩店除了出售古玩外，也收购古玩，不过数量不多。

"你可以做主吗？"

那人看起来倒不像是古玩贩子，林宝卿常年看店，认识的人不少，但却没见过他，可她待人接物的经验比较丰富，当即便说道："当然可以，你有什么东西要出手的吗？"

那人这才把口袋里的东西拿出来，却是一件青花釉里红穿花玉壶春。不用多问，这件东西看过的人肯定很多，可真假就未可知了。

林宝卿还是听了一段他的故事，说是一个老乡淘沙的时候从江底挖出来，托他帮忙出手。

这样的故事林宝卿自己讲了不知有多少，根本没当回事，只想仔细拿过来看个究竟。

整件玉壶春的风格看上去像是清三代的风格，表面的青花发色都没什么问题，尤其一条红龙更是活灵活现。

可林宝卿拿来放大镜，仔细看壶上活灵活现的红龙时，却没在釉里红中发现团絮状凝聚物，要知道，团絮状凝聚物可是清三代青花釉里红的重要鉴别特征。

并不是说不具备此特征的釉里红制品就不是这段时期的制品，因为釉里红发色多变，无法一概而论。

再看玉壶春底部的落款，她发现下面的落款竟然是大明宣德年制。她很清楚，宣德时期的釉里红数量不多，虽然制作工艺比较成熟，可时代特征也非常明显，一般颜色比较暗淡，有局部的红斑，还经常有露釉、淌釉等特征，在这件釉里红上她可没看到这样的特征。

林宝卿当即轻轻摇了摇头，将壶放在柜台上，可她还是递了个目光过去，示意让宋毅来看。她虽然从小学了不少瓷器鉴定知识，但比起爷爷就是久负盛名的瓷器专家的宋毅来说，还是有很大差距。

宋毅也不客气，对他来说，即便见到一件仿品，也是增长经验的好机会。

一般而言，市面上青花釉里红的仿品不多，这一切皆源于青花釉里红的工艺复杂，釉里红的发色不稳定，成品有非常大的偶然性。市面出现的仿品要么就是工艺精湛到以假乱真的，要么就是纯粹的粗制滥造，欺骗刚入行的新手。

对新手而言，光看书是没用的，高明的作假者除了会编造故事骗人之外，还会在农村"埋雷"。他们将高仿的东西埋进地里或者坟墓里，甚至水下，很多收藏者认为真是从地里挖出来的或者水里捞出来的，稀里糊涂就上了当。

还有更高明的作假者堂而皇之地出书，如果你按照书里所写的去选购古玩的话，选中的东西可能正是他早就埋下的雷。即便他不埋雷，造假者也会跟风而上。

宋毅可不是什么初入行的菜鸟，自然知道一切只有经过自己多方面鉴定才能判断真假，虽然他看林宝卿已经否定了这件瓷器，可只要没经过他的手，是真是假就不能先下断言。

这青花釉里红玉壶春高约三十厘米，是件难得的大器。

宋毅拿过来之后，首先看的也是釉里红那条栩栩如生的红龙，这一来首先就排除了民窑烧制的可能。任谁都知道，在封建社会，龙就是皇帝的象征，因此也只有皇家的官窑才能烧制这样的红龙。

青花釉里红是以氧化钴为着色剂的青花料，和以氧化铜为着色剂的釉里红色料所绘制的釉下彩综合式的装饰。

因为它烧制不易，对温度和火候要求很严，想要烧成一个很完美、很标准的釉里红瓷器甚为困难。也只有皇帝设的御窑厂才能不惜工本，反复地烧制，也只有皇帝才能赏玩，民间是烧不起的，更不可能烧制这样的红龙出来。

宋毅着重关注釉里红的情况，不像元明时候的红色比较暗淡，这件玉壶春釉里红的颜色鲜艳亮丽，没有色斑和团絮状等最能区别釉里红的时代特征，也没有明代釉里红那明显地露釉、淌釉等现象，甚至连铜绿都没有。

宋毅在心底感叹，如果这是件真品的话，那应当是青花釉里红中的巅峰之作。

从这一点不足以鉴定这件瓷器的年代，宋毅便从其他方面着手，诸如整件瓷器的胎质、青釉，釉里红的厚薄等方面。

其中，宋毅最拿手的便是根据画面的风格来判断它的年代，这对见识过不同年代风格的宋毅来说无疑是最准确的方法。

因为每个时代的风格不一，即便是最优秀的画工也没办法做到和前人完全一致。

由于青花釉里红的工艺异常复杂，也最考验艺术家的功底，颜色画厚了不行，画薄了也不行，想要让整个釉色活起来，就必须掌握好釉质和火候相结合的功底。

而且制作青花釉里红瓷器的时候，只有一次机会施展他们的才艺，一旦出错，整件瓷器就废了，"十窑九不成"和"百里挑一"可不只是说说而已。

这样一来，即便是最优秀的画工想要仿制前人的风格，也会不知不觉地暴露出他自己独特的风格来。

像宋毅看到的这件，釉色像是活起来一样，而且与坯体、釉色互为渗透，浑然一体的釉里红还真是少见的珍品。

历史上烧制青花釉里红的时代并不多，其中雍正皇帝在位的短短十三年时间内，达到了青花釉里红瓷器的巅峰。

根据宋毅的综合判断，这件玉壶春符合雍正时期的风格，他也将玉壶春的年代断定在雍正时期。

他前世有幸亲眼见识到几件清雍正时期的青花釉里红瓷器，风格和这件瓷器差不多，但这瓷器却比拍出千万高价的那件瓷器还要精致得多。

宋毅最后看这款玉壶春的落款时，却发现下面是大明宣德年制的落款。

这倒不奇怪，因为雍正皇帝喜欢瓷器而且喜欢让人仿制前期的瓷器，仿制的元青花釉里红和明青花釉里红的数量非常多，落款也不都是大清雍正年制，像这样的大明宣德年制的瓷器也不在少数。

关键在于，宋毅已经可以认定这件青花釉里红的工艺达到了登峰造极的境地，林宝卿先前形容五彩翡翠项链的话也可以用到它身上，"一眼看过去就像假的一样"。

但在古玩界，有个奇怪的现象，越是这样的老东西，收藏的人往往越是不敢认，反而真正新仿的东西，卖得还非常好。

更何况在宋毅看来，即便是仿品，也有仿品的价值，不管怎样，按仿品给价总是不会错的。

宋毅看瓷器的时候，林宝卿也并没闲着，和那人闲话起家常，聊起了他的情况。得知他叫张武，在东海市务工，是他那一群老乡中对东海市最熟的，也是最有见识的，所以便托他来卖。

看宋毅仔细看过后抬起头，林宝卿也停止了和张武的谈话，过去和他说话。

宋毅却对她说道："这瓷器的年代肯定不到明，但这青花釉里红仿制得还算不错，尤其这红龙栩栩如生又没什么明显的时代特征，依我看四五百块钱还是值的。"

宋毅说这话的时候并没有瞒着张武，林宝卿一下子就明白过来，当即就点头道："我先前也这么看。"

张武一听只值四五百块，连忙着急地说："我发誓，我老乡真是从江里捞出来的。"

林宝卿微笑着对他说道："这样的故事我们听得多了，你看上店里哪件古玩，我都可以给你讲几个不同版本的故事出来，怎么样？就算真是江里捞出来的东西，年代也不一定就非常久远。"

"我可以肯定地跟你说，这东西绝对到不了宣德，你可以去问问其他人，宣德年间的釉里红肯定不是这样子的。我是看这东西仿得还不错才会出到五百块，你拿回去也可以给你老乡一个交代。"

　　那人跑了好几家古玩店，没一个出高价的，更多的人都说看不懂根本就不收，这也让他心灰意冷，毕竟拎着东西跑来跑去也蛮累人的。这两个年轻人出的价算是最高的，他也不指望这两个小孩真正懂瓷器，可他们出到了最高价这已经让他动心了，因为不管对他还是对他老乡来说，捡到的东西第一要事要能换到钱才行，到底换多少倒在其次。

　　但他毕竟还是在外面跑的人，还是知道不能人家说多少就卖多少，便说道："五百块也太少了，先前有人开到八百块都没卖呢。"

　　林宝卿哪会不知道他的心思，秀美的脸上带着真诚的笑容，"要真有八百块你恐怕早就卖了吧，我也不跟你说那些虚的，我再添一百块，六百块。天气这么热，你提着东西跑来跑去的也不容易，你觉得如何？"

　　张武本想再多和她讲下价的，但看到林宝卿开出这个价之后，宋毅立刻就把她拉到一旁，似乎责怪她出价太高了。

　　林宝卿先前给他的第一印象很好，张武本就有些意动，这时候唯恐她改变主意，便连忙说六百卖了。

　　林宝卿便点了六张一百的人民币给他，他也没多说，接过钱之后，拿过他的袋子走了。

　　张武一走，林宝卿就问宋毅，"这东西真的值六百块吗？"

　　宋毅指着釉里红的地方对她道："以我看就算是新仿品也不止六百块的成本，你仔细瞧瞧这工艺，青花就不说了，尤其是这釉里红工艺之精湛简直像是后来画上去的一样。"

　　"可我怎么看怎么像假的呢。"林宝卿却笑了起来，"这究竟是不是宣德年的？"

　　宋毅回答道："这玉壶春肯定不是宣德年的，绝对是后面仿制的。仿制这青花釉里红，水准最高当属雍正年间，别看现代仿古水平日益提高，可要真达到那时候的水准，还是差了好大的一段距离。雍正又最喜欢仿制前朝的瓷器，这落款也不奇怪。"

"这也不能说明它就是雍正时候的啊。"

宋毅耐心地对她解释说："且不说这青花和釉里红的风格，你单单对比下落款，真正的宣德瓷器风格和雍正时的落款还是有差异的。类比同类的雍正时期仿宣德的落款，你也会发现它们的共同点。鉴别瓷器，还是要看得多才能做出准确的判断。"

林宝卿浅笑道："这个我倒是知道，可我没你那样好的条件啊。"

"我比你也好不到哪里去。"宋毅笑着对她说道，"不管怎样，先收着吧，等晚上林叔叔回来之后给他看看，要是他觉得拿不准也别给别人，转给我就好。要知道，像这样的青花釉里红的价值高着呢，如果参加拍卖的话，应该是仅次于元青花的。"

林宝卿点头答应下来，她本来是不打算买这东西的。真正的青花釉里红的价值不需宋毅多说林宝卿也知道，可她更好奇地是宋毅现在侃侃而谈的背后。

林宝卿也知道为人固执死板的宋世博以前定下的规矩，不许宋毅捡漏，但宋毅却总是悄悄帮助她，也教会了她不少鉴定瓷器的知识，她们家是开古玩店的，就靠这个吃饭。

现在看来宋毅更加不把宋世博的话放在心上，因为他先前就已经破戒，还捡了一个大漏，就是两人现在品香用的汝窑小香炉。这东西林宝卿倒是有所耳闻，之前就在东海市一个知名的藏家手里，却不知道怎么辗转到了宋毅手里。

宋世博荣升博物馆馆长背后的事情在圈子内传得沸沸扬扬，也说得异常惊心动魄，宋明杰甚至因此丢了文物局主任的工作，传出来的版本不一，这些事情林宝卿自然也有所耳闻，博物馆的黑幕她也略知一二，但她却不知道宋毅会不会把他买到的建窑兔毫盏捐给博物馆。倘若依照宋世博以前的性子，多半是要让他捐出来给更多的人欣赏的。

可宋毅还要将它拿回家，他心底究竟打的是什么主意？这点林宝卿想不清楚也看不明白。

仿佛一夜之间，宋毅就像变了一个人一样。以前的他可是循规蹈矩的，也甚少和她说体贴话，那之前宋毅倒是刻意和她保持着朋友间的距离，是生病给他的刺激还是宋世博在博物馆的遭遇让他决心走出一条新路来？林宝卿同样说不清道不明，甚至不知道他这样的转变是好还是坏，她没办法也没理由阻止他些什么，一切只能拭目以待了。

宋毅让她将这青花釉里红玉壶春收起来，还提醒她说："沉香片快完了，香味开始有些淡了，马上就该添香了，这事可得宝卿来做才有味道。"

林宝卿白了他一眼，由于她是初次操作，切出来的沉香片大小不一，先前本着试验的缘故，就只放了最小的一块上去。张武带着瓷器来之后，几个人这么一折腾，小小的沉香片也差不多烘焙殆尽了。

反正宋毅是打定主意不去弄这沉香的，他现在也没事做，便坐了下来，翻起了她刚刚看的那本《红楼梦》，同时还不忘回头对她说道："我还想领略一下红袖添香夜读书的隽永意境呢。"

"还真美了你。"

林宝卿虽然嘴硬，可等她将那玉壶春收拾妥当之后，还是守在香炉前面，待上面的沉香片燃尽之后，轻轻拈起另一块沉香片放了上去。很快，香气便又变得馥郁浓烈起来。

宋毅则趁着这会儿工夫，翻了翻《红楼梦》，将里面几处对传统香文化的描写找了出来，并轻轻叠上角。

林宝卿添完香，就在他身边坐下来，她倒是很好奇，他还真以为这是在"夜读书"啊，这可不是夜晚，她现在也不是他的红袖佳人。

宋毅翻到书的前页，指着第五回，对她说道："除了先前的沉香拐拄、伽楠念珠外，红楼梦里对香的描写很多，宝卿你看第五回这段。"

林宝卿循着他的手指看去，却见上面写道："但闻一缕幽香，竟不知其所焚何物。宝玉遂不禁相问。警幻冷笑道：'此香尘世中既无，尔何能知！此香乃系诸名山胜境内初生异卉之精，合各种宝林珠树之油所制，名'群芳髓'。'宝玉听了，自是羡慕。"

宋毅笑着说要是他也能闻到群芳髓这样的香味那就知足了。

林宝卿就笑他说，你还真当自己是贾宝玉啊。

宋毅却道："我可不会像他那样。"

两人说笑间，翻过有暖香扑面而来让宝玉神游幻境的秦可卿的房间，读

146

到薛宝钗吃冷香丸的时候，宋毅耸了耸鼻子，贪婪地吸了一口气之后，笑着对她说道："宝卿身上的香味很独特啊，不同于秦可卿的暖香，更不是宝钗身上的冷香，倒是像极了林黛玉身上的幽香。"

林宝卿羞红双颊，美目流波，但却狠狠地对他说道："我们现在可不讨论这个。"

"纯属学术性探讨。"宋毅一本正经地说道。

"那也不行，只准讨论书里的香。"林宝卿心底毕竟还有着少女的矜持与羞涩，尽管宋毅拿她来和书里集天地灵气于一身的几个女子做比较，却还是让素来落落大方的她显得有些不自然。

宋毅只得专心和她讨论起里面的香来。

《红楼梦》博大精深，里面的香文化处处都有体现。

元妃省亲时"御香开道"端显皇室风范与奢华，御赐史老太太沉香更显沉香的珍贵。

除了皇室用香外，香还可以用作其他用途，比如薛宝钗还服用"冷香丸"，这是一个异常名贵的香疗方，除此之外，食用的还有王夫人给宝玉的玫瑰清露、木清露；日用的就更多了，香囊、香串、香瓶、香珠、香枕、香鼎、薰炉等香具更是数不胜数。

当真是一部《红楼梦》，馨香满天下。

宋毅随后还说起他看到的红楼梦里面安息香、定魂香等一系列合香的配方来。

这一来，本来就对香比较感兴趣的林宝卿更加着迷了，她还拿笔记了下来，宋毅就笑她说以后可以去开间香料铺。

下午六点，宋毅这才告别林宝卿回家去。五彩翡翠手链林宝卿不肯收，他只得带了回去，建安茶盏他也一并带了回去，只有熏着沉香片的汝窑小香炉还留在她那里。

宋毅到家时，宋明杰正坐在沙发上看电视，宋毅亲热地打招呼。

"你还舍得回来。"宋明杰却没给他好脸色。

宋毅知道父亲不善于表达感情，当即笑着说："这是我家嘛，我不回家能上哪去。老爸最近出去转转没，我觉得现在和田玉的价格不贵，可以作为一项长期投资项目来做。"

"这事还得从长计议。"宋明杰专攻玉器，钟爱软玉，尤其是和田玉，宋毅这话算是说到他心坎上去了。

不过，宋明杰也没因此而放过宋毅。

"老实交代，你这次去云南是不是专门为赌石去的，别以为骗得了你妈就能骗得过我。"

宋毅连忙叫屈："真是去旅游的，想着要是能赚点钱也好，赚不了钱也没什么太大的损失。我去之前就跟你们说了，我马上就成年了，可以为家里分忧，你们养了我这么多年，也该我做点事情回报你们了。"

宋明杰不怎么相信他的话，疑惑地问道："你不是生病了，后面又忙着高考吗？怎么会知道家里缺钱的？"

宋毅轻道："是我起床的时候无意中听到的。"

接下来宋毅就把早就想好的说辞说了出来："那天晚上我起来上厕所，无意中听你们说起爷爷和博物馆的事情，便留了心。后来去博物馆玩，那些工作人员看着我的时候就多了几分同情，我从他们嘴里听说了爷爷和赵建华的事。我那时候便想，怎么着也不能让那狼心狗肺的家伙好过，他不是知道我们家有真的哥窑瓷器吗，我便拿了家里的仿哥窑瓷器去骗他，他一时不察便上了我的当，给了我十多万块钱。有了这钱我才能放心在那边赌石，还有这次爷爷当上馆长，没有提拔赵建华那混蛋吧？"

宋毅这话真真假假夹在一起，宋明杰根本没办法分辨，可他还是拿出长辈的气势来，"你当你爷爷是吃素的啊，上了当之后还会不知道是谁在背后捣鬼。你胆子倒是不小，就不知道和我们商量一下吗？你有没有想过要不是他做的会怎样，或者他识别出你的瓷器是假的怎么办？"

"我一个小孩子而已，他能跟我计较什么；再说了，我这也是为了爷爷的事情，爷爷可是他的恩师，即便知道我是骗他的，让他帮这点忙也是应该的吧。"宋毅心想当初爷爷也是拉不下脸来去找他算账，但他却不用管那么多。

"你倒是光棍得很嘛！"宋明杰不由得笑了起来，心里十分欣慰，儿子大了，知道帮爷爷报仇了。

"大热天的，你背个包也不热，里面什么东西？"宋明杰主动转移了话题。

宋毅笑着将茶盏拿出来，"是我在云南旅游时收到的一件宝贝，老爸先给看看，我上楼去洗个澡就下来，这天气也太热了。"

"你小子倒是会使唤人。"宋明杰笑骂道。

挥手让宋毅上楼去，他则专心看起宋毅拿出来的黑色的茶盏。

宋明杰虽然专攻玉器，可对瓷器也有所涉猎，虽然在瓷器鉴定修复方面有宋世博横亘在前，想超越他实在有些难度，但是家传的瓷器鉴定本领宋明杰还是学会了不少。

起先他还有些怀疑宋毅是不是拿来忽悠他的，因为兔毫盏本就非常少见，保存如此完好还有曜变的兔毫盏就更显得珍稀。

可当他仔细研究过这黑色茶盏之后，才发现宋毅带回来的这个茶盏确实是建窑兔毫盏。宋明杰也在懊恼，竟然忘记问他多少钱了，想来应该不会太贵吧。

宋毅洗完澡下楼的时候，苏雅兰已经下班回家，正在等着他，见他下楼来劈头就是一句，"小毅你还知道回家啊？"

宋毅一副嬉皮笑脸的样子，"想老妈了啊，哦，对了，我还有礼物要送给老妈，我马上去拿。"

"你这臭小子，怎么没看你给你老子带礼物啊？"宋明杰看不过他讨好苏雅兰的样子，忍不住轻声抱怨了出来，苏雅兰听了之后却笑开了颜。

"老爸和爷爷都有，奶奶的礼物我已经给她了。"宋毅笑着说道。反正他手里翡翠戒面多的是，随便拿几个出来就行。

宋毅返身上楼，把镶嵌好的紫眼睛以及两个艳绿玻璃种的戒面装盒子拿了下来，这些都是他事先准备好的。

"老爸，这是给你的。"三个盒子里有两个是一样的，宋毅拿了一个给宋明杰，宋明杰笑逐颜开，对他来说是什么礼物并不重要，重要的是儿子有这份心，从包装就看得出来，宋毅还是刻意准备了的。

宋毅随后又把包装得最漂亮的那个盒子递给了苏雅兰，"老妈，这是给你的。"

苏雅兰看了就觉得喜欢，瞟了一眼宋明杰的盒子，脸上的笑容越发灿烂，

"这盒子好漂亮。"

"这是眉姐精心挑选的。"宋毅这时候还不忘给苏眉说好话。

苏雅兰马上就问道:"苏眉呢?没跟你一起回来吗?你怎么不叫她来家里坐坐,我还说想谢谢她出门在外照顾你呢。"

宋毅笑道:"她着急回家,以后有的是机会。老妈,先打开来看看吧。"

苏雅兰却让她身边的宋明杰先打开盒子看是什么东西,宋明杰也很好奇,便打开了盒子。大个头好水头的戒面闪花了两人的眼睛,种老色艳的好翡翠,即便在盒子里,也能让人心生艳羡之情。

宋明杰拿出来看时,更觉不得了,晶莹通透,艳丽的绿色像是活的一样,在灯光下尤其显得鲜翠欲滴。

宋明杰自然知道这样极品翡翠的价值,像这样的色泽种水的翡翠戒面,个头越大,价值也就越高,而且呈几何倍数增长。这戒面宋毅也舍得用料,起码是寻常见到的翡翠戒面的两倍大小。据他估计,这戒面加上镶嵌价值起码超过两百万,考虑到这是儿子送的,对他来说更是无价之宝。

宋明杰心底欢喜,可嘴上还是说:"这两三百万的戒面戴在手上会不会太招摇了,我先前还以为是什么好东西呢。"

苏雅兰微微愣了一下,这戒面价值两三百万?戴在手上确实很招摇,但她也不是没见识的人,很快就笑宋明杰是得了便宜还卖乖。

宋毅只得耸耸肩,没办法,他拿得出手的也就这东西,看宋明杰炫耀过之后,宋毅便让苏雅兰打开盒子看看。

苏雅兰满怀期待地打开盒子,视线就再也挪不开了,惊声叹了出来,"这紫色太漂亮了!"

看了好一阵,苏雅兰才将它取出来,近看灯下的紫色越发璀璨迷人,虽然怎么都看不够,可苏雅兰更想看到它上手的效果,这一来更让她觉得不可思议。

"这戒指大小刚好合适呢,小毅,这翡翠也很贵吧?"

宋毅还没来得及解释,宋明杰就对她说道:"没见识,紫色的玻璃种翡翠价格倒算不上特别贵,可关键是稀罕。很少见到有如此浓郁的紫色,种水又能达到玻璃种,我手里的戒面我倒是见过,可你手里的翡翠我却是第一次见到。"

苏雅兰询问的目光望向宋毅，宋毅点头道："像这样的紫眼睛，一大块石头里面也就有几颗，当初有个香港人说只要肯让一颗给他，要他出多少价都行，我都没理他。"

"这样的就叫紫眼睛吗？"苏雅兰问道。她越看手上的紫色翡翠越是喜爱，在她看来，紫色的翡翠比绿色的翡翠迷人得多。

宋毅笑着解释道："对啊，因为在翡翠玉肉里面的时候，一团一团的紫色特别浓郁集中，就像是眨着的眼睛一样。这戒面也是从那眼睛上面取下来的，据说还有紫眼睛女人心的说法呢。"

苏雅兰脸上的笑容越发迷人，"亏你还记得我，不像某些人，结婚这么多年都没送过什么像样的礼物给我。"

宋明杰狠狠地瞪了宋毅一眼，这小子明显抢他风头嘛。

宋毅装作没看见，只在心底偷笑，把老妈这边摆平以后办事就会方便很多。

可宋毅很快就笑不出来了，因为苏雅兰又对他说："晚上咱娘俩好好聊聊，你这紫眼睛还有几颗？都打算送给谁？要不要我替你保管啊？"

尽管宋毅连声说不用了，苏雅兰却坚持一定要和他谈心，宋毅只得敷衍着答应下来。

苏雅兰和他说了几句之后，便去厨房帮何玉芬的忙。

宋明杰则严肃地批评宋毅，说他花钱大手大脚之类的，主要是抢了他的风头。两人说话间，宋世博也到家了，他一回家，宋毅便站起来亲热地和他打招呼。

"小毅回来了。"

不管是脸色还是眼神，宋世博现在的精神面貌都比前段时间好了很多。

宋毅笑着点了点头，没说几句话宋世博的目光便落在了桌子上的黑色茶盏上。家里人都知道他对瓷器非常痴迷，所以宋世博很快就拿起那黑瓷品鉴起来，宋明杰两父子也不奇怪。

宋世博越看越激动，这盏兔毫盏的工艺水平相当高，更难得的是那纤毫毕现的兔毫纹，简直跟秋天的兔子身上的毫毛一模一样。瓷器烧制到这水平，不仅仅是技术的问题，更多还要讲运气。

当他从不同角度观察茶盏的时候，心底的震撼就更大了，将茶盏前后高低拿着看过后，宋世博更确定，说这件瓷器是巧夺天工一点也不为过，兴许要经过成千上万次的试验，才能烧制出这样一个有着兔毫变的黑色茶盏。

"这兔毫盏纹理清晰，属于不可多得的珍品，尤其是这兔毫变，依我看，比起日本的天目曜变来也不会逊色。"

宋世博激动之余，马上又问道："小毅你花多少钱买的啊？"

得到宋世博的认可，宋毅心底自是非常开心，这说明宋世博认可了他的眼光。他当即便回答说："是我和苏眉姐在和顺古镇参观民俗宅院的时候，花十万块钱买下来的。"

宋世博还没来得及没什么，宋明杰就对说道："小毅你还真不把钱当钱啊，建窑黑瓷的最高价格也到不了十万吧。"

知道宋世博的脾气，宋毅不急不缓地解释说："陈大哥家有事急需用钱，我想这东西确实珍稀，也就给了他一个比较折中的价格。这东西被外国人看上的话，十几万他们是肯定会出的，尤其是一直喜爱黑瓷的日本人。"

宋世博点点头道："日本人对这类品茶斗茶用的黑瓷情有独钟，中国最好的黑瓷基本都在日本。只要他肯卖给外国人，只怕出再高的价格他们也会购买的。小毅你这次做得非常好！"

宋明杰却说："我想只要是有良心的中国人，都不会将这样珍稀的文物卖给外国人。"

"如果人人都有这么高的觉悟的话，那就不会有文物流失出去了。"

宋毅有着不同意见，随后又说道："当然，我知道陈大哥的为人，他是肯定不会将这东西卖给外国人的。那些无良的商人我们就不说了，可要是换作其他家里有困难的人呢。人逼急了什么事情都做得出来，卖给谁不是卖啊。所以我觉得，我们给多一点钱倒不要紧，最主要的是，绝对不能让这样珍稀的文物外流。"

宋世博听了他的话之后微微点了点头，望着他的目光里也有几许赞赏，"那小毅买来有什么打算？依我看，这样的好东西就该展示给更多的人欣赏，我们博物馆收藏的瓷器虽然不少，可还没有建窑黑瓷，要是能把这兔毫盏捐出来，倒可以弥补博物馆的又一项空白。"

宋毅却断然说道："这东西我不打算捐出去，我要自己收藏。"

宋明杰连忙朝他使眼色，可宋毅只当没看见，要不是宋世博在面前，他恐怕就过去打宋毅了。

宋毅拒绝得如此干脆，倒是出乎宋世博的预料，他的目光落在宋毅身上，却不见他有丝毫动摇的样子，宋世博便说道："小毅不想捐赠也行，博物馆可以出资收购，像这样珍贵的建窑兔毫盏，完全可以和日本收藏的天目曜变媲美。尽管他们不肯承认，可这兔毫盏一出，他们所谓的天目其实是出自建窑就可以大白于天下。"

宋毅依然摇头道："十万块只是个小数目，我也不贪图这点小钱。博物馆的资金本来就不充裕，这一来不是更浪费……"

宋明杰看宋世博脸色越发阴沉，忙对宋毅喝道："小孩子家懂什么，什么叫浪费。"

宋毅知道宋明杰的心思，不愿意让他和爷爷起冲突，可这事却不容回避，索性一次说开，不然以后自己再买到什么好东西，他爷爷肯定还会来跟他要。

宋毅回答："我年纪虽然不大，但有些事情却看得清楚。博物馆流失的那些文物绝大部分都追不回来了吧，那些文物收购花钱也不少，现在钱花了，文物却不知道在何方。"

宋世博一时心头思绪万千，沉默了一会儿，喟然叹道："小毅真的长大了，你有自己的决定我也不勉强你。"

宋毅没想到一向强势的爷爷会这么说，想着自己戳到了他的痛处，态度立刻软了下来，声音也放低了不少。

"爷爷的心思我们都明白，但我坚信这东西在我手里比将来不知流向何方要强得多。我会努力赚钱搞收藏，这些东西在我手里一定能真正发挥它们的价值。"

宋毅又愧疚地说："刚刚说得是有点过火，希望爷爷不要跟我计较。"

宋世博呵呵笑了出来，"瞧你这孩子说的，我跟你计较什么。我都一把老骨头了，能帮着看几年是几年了，我只希望我在任期间不要背上骂名。将来还是你们年轻人的天下，我们这一辈没能做到的事情还得你们去完成。"

宋毅心说这任务根本不可能完成，可他还是点了点头，并趁机拍马屁："我不懂的地方还很多，以后还要麻烦爷爷多加指点。"

"这个自然，我还怕你埋头赚钱不肯认真学呢。"宋世博也不忘敲打他。

宋毅是个好苗子，他之前就想将他当成接班人培养的。可宋世博没想到事情峰回路转，经过一番戏剧性的转变之后，他的地位又更进了一步，宋毅更是满载而归。

宋毅看宋世博的脸色好了起来，立刻献宝般说："爷爷，这翡翠戒面是我在云南切石头切出来的，当时就想着留下来送给爷爷奶奶，就是不知道你们喜欢不喜欢。"

宋毅忙将装着玻璃种艳绿翡翠戒面的盒子拿了出来，恭恭敬敬地递给宋世博。

宋世博也没跟他计较，打开盒子，看了看，就满意地收了下来，并夸奖了他一番，说他眼力不错胆色也够大。

宋毅自是谦虚地说算不得什么，运气好而已，宋世博对他说："赌石始终不是正途，你们父子可以商量一下，看看能不能找点自己喜欢的事情，然后把它当成事业来做，有什么需要的话跟我说一声，我虽然碌碌无为，可面子还没丢光。"

宋世博虽然嘴上没说，可弄丢了儿子的工作，他心底还是有些过意不去的，能对他做出一些补偿他也是会做的。

宋明杰和宋毅当然连声称是，并说一定不会让宋世博为难的。

对两人来说，宋世博不干涉他们的事情两人就谢天谢地了，更别说像现在这样支持他们了，宋明杰简直像在做梦一样，这还是那个固执己见，从来不肯妥协的老人吗？

宋毅却知道，这次事件不仅对宋毅自己是一件改变生活的大事，对宋世博来说更是如此，徒弟的背叛让他认清了现实的残酷，这时候，是该做出一些改变，更好地适应这个社会。

前世，博物馆的事改变了整个家庭的命运，今生重来，这依然是一个转折点，不过是朝着好的方向，朝着宋毅期待的方向发展。宋世博这一表态，就意味着宋毅可以借助他的人脉，以后想收藏好东西也多了一条渠道。

宋毅适时提起他从云南拉了好几车翡翠毛料回东海的事情，看宋明杰和苏雅兰几个人都不明白他买这么多翡翠毛料回来做什么。宋毅便向他们解释道："我们国家的经济发展非常快，人们越来越有钱，珠宝玉器市场也将迎来真正的繁荣，现在这个势头就已经出来了。"

苏雅兰不太了解市场行情，只问他买这几车石头花了多少钱，宋毅笑着说："一共十一车，一车也就二十万不到的样子。"

苏雅兰听得心疼，忍不住轻声责备他说："小毅，你做决定还是太仓促了，再有钱这么大手大脚地花也花不了多久啊。"

宋毅笑道："老妈你说错了，这不是乱花钱，这是投资。"

宋世博这时候插话道："如果翡翠种水不好，确实没什么收藏价值，但作为珠宝首饰来说还算不错，加工出售的话倒是有一定的市场。从这些年的发展情况来看，不管是珠宝玉器市场，还是古玩市场都在持续升温。"

有了宋世博的首肯，苏雅兰第一个举手表示赞成，以她朴素的观点来看，"这两百来万的东西总不能就这样浪费掉吧，我觉得小毅的主意不错，不如我们也开个珠宝店。"

同样收了宋毅礼物的还有何玉芬，她也赞成宋毅的主意，照她的想法，要是能办成和百年老店福祥银楼齐名的公司那就更好了。

宋明杰看全家一致通过，心里也很高兴，后面注册成立公司之类的事情自然轮不到宋毅操心了，这毕竟是宋明杰的专长，特别是对和田玉等一系列不是经常作为珠宝类销售，但非常有升值潜力的东西，他现在想着，也该早点收购些才好。

和翡翠一样，现在和田玉的价值还没真正涨起来。

随着和田玉开采机械化进程的加快，大大小小的开采队伍不仅将河道搜刮了一遍，更让真正的和田玉好料越来越难求。再加上涌入和田玉市场的人越来越多，人一多，价格自然就嗖嗖往上蹿。2000 年以后，和田玉的价格比起现在几乎涨了数百倍。

这么高的价格也就罢了，在市场上，如果你出了高价，还不见得能买到真正的和田玉。

因此鉴别和田玉就成了收藏者第一件要做的事情，后世市场上经常冒充和田玉销售的主要是俄罗斯玉和青海玉。

但在这时，和田玉还没真正热起来，冒充和田玉的俄罗斯玉和青海玉也就没跟着水涨船高，这时正是绝佳的抄底时机。不管在什么市场上，抢得先机绝对是第一重要的事情。

至于那些珍贵的古玩文物，不用宋毅提醒，只要手里有了钱，宋明杰也会将它们请回家的。以前他是看着很多喜欢的好东西，可就是没钱买，而且那时候还要考虑到宋世博的意见，现在不一样了。

搞定这些事情之后，宋毅的精神仍旧处于亢奋状态，自打重生以来，他的精力就显得格外旺盛，晚上不用睡足七八个小时，第二天照样神采奕奕，和过去那个嗜睡的十七八岁少年相比有着天壤之别。

宋毅搞不清楚这是不是因为重生后拥有两份精神力的缘故，但他也不想去追究太多，因为对他来说，精力旺盛是件好事，每天睡个三四个小时就行，其他时间用来做事情多好。

想着手里还有很多精品翡翠都没有加工，宋毅便趁着这个机会去工作室加班，反正这些东西以后都是要做出来的，高档翡翠交给别人加工他也不放心。

宋毅一口气将两个戒面磨出来，刚刚松了口气，伸伸懒腰打算进行下一步抛光时，猛地想起这天是星期六，正是东海市"鬼市"的日子。看看时间，都凌晨三点四十分了，宋毅连忙收拾好东西将衣服上的灰尘拍干净，出了工作室。

宋毅上楼时听上面有声音传来，他便站住脚步改变方向装作下楼的样子，果然，宋世博看他穿戴整齐的样子还以为他刚起床。

"小毅这么早就起来了。"

宋毅忙回答说："这段时间一直在忙，都没去鬼市，今天是周末便想去鬼市看看。"

"那好啊，等下一起去吧。"宋世博点头，目光里带着赞许。

第六章　秘色釉莲花碗鬼市显身，唐朝珍品秘色釉险些失之交臂

宋毅在黑灯瞎火的鬼市逛了半天，看中了一件秘色釉的莲花碗。他拿起这款莲花碗在灯下细看，觉得品相实在不怎么样，并且这碗看起来还很新。然而，宋毅还是决定买下它，因为这碗的花色和端午时艾草的颜色十分接近。据说"秘"是一种香草，宋毅认为这种香草指的也许就是艾草，艾草自然清新，青翠碧绿，惹人怜爱。如此说来，这件秘色釉莲花碗便极有可能是珍品。

去鬼市对宋世博而言，是言传身教的绝好机会，宋毅此前也正是通过这样的途径学习的，可惜那时候他自己手里没什么钱，有钱宋世博也不会让他出手。今天能不能在爷爷的眼皮底下淘得属于自己的好东西，宋毅心底也没谱，但这并不妨碍祖孙俩的好心情。

略略收拾了一下之后，宋毅两人就拿着手电出了门。

东海市的"鬼市"，也叫做天光墟，地点就在城隍庙附近的老街，离宋毅家并不远。

两人到老街时已是人声鼎沸，黑灯瞎火也挡不住淘宝人的热情，听着讨价还价的声音，看着忽闪忽闪的灯光，对宋毅而言，是种熟悉又新鲜的体验，还带着几许亲切。

在他的另一段经历里，这里有了城管，不允许摆摊，传统意义上的鬼市也不复存在，想做生意的人统统都得迁到指定的场地去。新场地摊位少而且小，收费又高，渐渐的外地人也不来了，想在鬼市淘到什么好东西更是难上

加难了。

来不及感叹，宋世博就带着他逛起了鬼市，宋世博功底深厚，涉猎的范围也比较广，可最擅长的还是瓷器鉴定，所以领着宋毅看的大都是瓷器。

两人刚开始逛的时候，宋世博寻思着让宋毅找找感觉，没一开始就对他大加引导。

宋毅也不客气，抢在前面抓住每分每秒的时间看东西，逛前面几个摊位的时候，他一眼就看中一件秘色釉的莲花碗，趁着宋世博的注意力还在其他东西上，宋毅匆匆拿起来。

这件秘色釉的莲花碗保存完好，可在灯下看的时候感觉这秘色釉的品相不太好，也很容易和龙泉窑相混淆，尤其这碗看起来还很新。

可是宋毅是见过越窑秘色釉瓷器的，秘色釉在法门寺的秘色釉瓷器被发掘出来之后名声大振，也让无数人魂牵梦萦，可许多人却没机会亲眼目睹这千古绝唱般的秘色釉。

宋毅没太多时间，所以来不及仔细鉴定，这东西看着很新，因为是海捞瓷，他只从几个主要方面辨别了一下，瞟了几眼便下了结论，应该是越窑的精品瓷器，年代当在宋之前。

尽管时间不多，宋毅不动声色地放下莲花碗的时候还是抬眼打量了一下摊主，是个惯见的文物贩子，这东西估计是也从农村或者海边收过来的。

但这时宋毅可不敢表现出他的收藏意愿，更不敢出声提醒宋世博，反而说没看到什么好东西，宋世博不疑有他，轻易被宋毅引开了。

宋毅心底寻思的是，要是宋世博出面买下的话，他可没把握能将它留在自己手里。

最关键的是宋毅这时候没办法跟他讲道理，老人的顽固思想根深蒂固，想有大的改变也需要时间。宋毅不敢奢望太多，只要宋世博不反对他出手收藏古玩就好，可当着他的面买东西的事情还是少干为好。

尤其是宋世博如果不看好的话，这样的瓷器宋毅要是买下来，先不说宋世博会不会出于维护宋毅的目的而好心劝阻，如果宋世博提醒之后宋毅还是坚持要买的话，那可是赤裸裸地打脸，让宋世博情何以堪。尽管他内心也期待宋毅能够青出于蓝而胜于蓝，可现在的时机不对。

宋毅心不在焉，绞尽脑汁想着该如何做到两全其美时，抬眼看见了同样来鬼市淘宝的林方军和林宝卿父女，他们古玩店东西很多都是从鬼市里淘到的。

想起昨天告别前林宝卿说的明天早上见，果然见到了。

这时不用宋毅过去打招呼，林方军见到宋世博后就主动过来问好。林家和宋家是世交，可惜林方军的父亲去世得早，但这并不影响两家的感情，且不说宋毅有事没事往林家跑，林宝卿过来串门的时候也非常多。

趁着林方军和宋世博寒暄的工夫，宋毅对林宝卿使了个颜色，林宝卿心领神会跟着他转过身去。

宋毅也不啰唆，马上托她帮忙，告诉她位置，让她等下过去将他刚刚看中的那件貌似龙泉窑的莲花碗以尽量低的价格买下来。

林宝卿笑着点头答应下来，她知道宋世博的臭脾气，宋毅搞出这样曲线救国的事情她早就习以为常了。

林宝卿突然对他说道："对了，昨天晚上我爸回来的时候仔细看过那件瓷器了，还特意去翻了古籍，发现那确实是清雍正时期的青花釉里红。真是多谢你了，要不然我就错过这样一件珍品了。"

宋毅轻笑着说道："宝卿说这话可就太见外了，我们之间还客气什么啊，真照你这么说，现在不是该我要求你的报答了吗？"

林宝卿流波一样的眸子顿时横了他一眼，薄怒娇嗔道："报答你个大头鬼。"

尽管灯光昏暗，可注意力都在林宝卿身上的宋毅还是看见了她秀美的脸颊上闪过一抹娇羞。

宋毅和林宝卿两人一共也没说几句话，宋世博也没起什么疑心，顶多觉得这两个小家伙的关系有些亲密而已，闲话之后，带着宋毅继续逛鬼市。

因为要传授知识给宋毅，两人行进的速度并不快。每件瓷器宋世博都能做下点评，当然，那种大开门的东西宋世博是懒得多讲的，顶多说下是大开门的东西而已。

可即便重听一次他的经验之谈，宋毅同样受益匪浅。

宋世博在教导宋毅的时候，倒不像他在其他方面那么固执，教导的方式也很多样，到后面就让宋毅先给看法，然后他再做点评。

这也正是宋毅所期望的，鬼市上每件瓷器他基本都能判断个八九不离十，可他并没有一五一十地说出来，反而将很多仿品说成是真的。

这时候，宋世博就出面指出哪些地方有问题，造假的手法等等。

宋毅也想听听他的看法，脸上更是一副认真聆听教诲的样子，这也让宋世博老怀大畅。

两人又看到一件称是清代康熙时的彩瓷，宋毅言语间虽然没有把它当成真的，可还是高度肯定了仿制者的水平。他明白，做戏也不能太离谱，虽然这时候有些错误能表现出将来的进步更大，但要是错得太多，估计宋世博会以为他是不堪造就之才，其中就要掌握好一个度的问题。

宋世博看过后便悄声对他说："灯下看瓷器更容易走眼，像这样的彩瓷正是如此，这时候要更多地从其他方面来加以判断。第一是上手的感觉，年份久的和新仿的区别还是非常大的，这点得靠你自己多看多摸索；其次便是听声音。有的确实是到代的瓷器，可是修补过，或者干脆就是接底的，高明的作假者能将表面做得天衣无缝，加上这黑灯瞎火的。打眼的人会更多。这时候，仔细辨别瓷器的声音就非常重要，有破损的瓷器听起来声音明显不同，老的和新的声音也有不同，这个同样需要你自己去体会。"

宋世博讲的时候宋毅自然认真听着，这是鬼市的特殊环境造就的，来此的人凭借的都是手里的手电，和平时自然光下看瓷器差别非常大，容易将高仿的认成是真品。这点宋毅倒是习惯了，这和他在灯下看翡翠看赌石差不多，是个非常考眼力的活。

宋世博继续说道："还有最重要的一点，要鉴别瓷器，得做到熟知历史，能将各朝各代各个窑口的特征熟记于心，这样鉴别起来就容易多了。其实不光瓷器的鉴定是这样，古玩文物的鉴定都是一样，没有扎实的知识功底的话，打眼的次数就更多。"

"爷爷从小让我看的书果然是大有用处。"宋毅适时拍马屁。

宋世博却不怎么领情，自顾自地对他说："小毅你以后真要做收藏的话，这些一定得记在心底。我之前不肯让你去买东西，主要是怕你年轻气盛。其实现在想来，交点学费也是有好处的，总比一出来就碰得头破血流的好。"

"我会记住爷爷的话，不会贸然出手的。"宋毅点头称是。

后面也就依着宋世博教他的法子去鉴别瓷器，这一来效果也非常明显，那些接底的、修补过的都逃不过宋毅的耳朵，尽管他还是有很多拿不准的时候，可犯错的几率明显减少了许多。

宋世博忍不住点头称好，在他看来，宋毅的进步非常显著。

宋世博教导宋毅的时候，也没忘记挑选他看中的东西。其实宋世博作为东海收藏界的名人，更多的时候别人都是送上门来的。有的是想捐给博物馆的，也有想请他做鉴定的，但宋世博并不是什么人都会接待什么东西都看，想捐赠给博物馆的东西也必须是真品才收。

这会儿宋世博看中了一个彩陶双耳罐，宋毅也略略看了一下，大致判断是新石器时代的东西，具体到哪个时代还得细看。

但他知道，这陶瓷说的便是陶器和瓷器。先有陶器后有瓷器，而且瓷器脱胎于陶器，它的发明是中国古代先民在烧制白陶器和印纹硬陶的经验中逐步探索出来的。只是现代人大都只收藏瓷器，愿意去了解陶器收藏陶器的人少之又少，所以陶器基本没什么经济价值，但陶器却是中华文明的伟大见证。

宋毅也不例外，他对陶器的了解并不多。但在宋世博的熏陶下，还是知道历史上一些著名的文化遗址以及那时候陶器的典型特征，像这样的彩陶，在距今七千年左右的仰韶文化时期就已经非常成熟了。

宋世博照旧考起他来，宋毅回答说："记得爷爷之前曾说过，鉴定古代陶器，主要是从古代陶器的产地、器型、图案花纹、制作工艺这些方面来入手。"

宋世博点头示意他继续，宋毅便说道："当然，要在这鬼市上问东西的真实出处也有点不现实。但我们却可以从其他方面加以判断。这样的双耳罐几个主要的新石器文明都有制作过，但是采用这样的细泥彩陶的却是仰韶文化最著名的特征。这样的黏土做出来的陶器，表面就像这陶器一样，呈现出漂亮的红色来。其次，从这件陶器的制作工艺来看，工艺非常成熟，应该是先采用泥条盘筑法做成型，然后用慢轮修整口沿，这点可以从罐口的些许痕迹看出来。"

看宋世博目光中带着赞许，宋毅接着说："彩陶一向以精美的画面纹饰闻名，像这件陶罐表面的人面纹，就我所知，就是仰韶文化独有之处，其他文明时期的人面纹不是这样的风格，仰韶文化的会更精致细腻一些。"

宋世博轻笑着对他说道："小毅说得很好，想鉴别一个时期的陶瓷，首先就得对那时候的工艺流程相当熟悉。像仰韶文化时期的彩陶制作主要经过四个程序：第一是选料，这个我就不多说了，他们通过精选、淘洗和沉淀之后，出来的都是比较细腻纯净的原料。第二是制环，正如刚刚小毅说的，像这样的双耳罐，这点可以从表面看出痕迹来，仔细看的话，你就会发现外壁的轮纹就是最好的证明。"

宋世博缓了口气，看宋毅认真听他讲，接着便又说道："接着便是彩绘，小毅刚刚说得有道理，每个时代都有独特的绘画风格，从这点鉴定也是可以的。但是了解他们的工艺流程会更有助于我们的鉴定，比如仰韶文化的彩陶，在彩绘之前，他们往往将陶胚放入极其细腻的泥浆中，让它披上一层均匀的陶衣，便于上彩，而仰韶文化时期陶器的纹饰大多是用带有花纹的木印版拍印上去的。你仔细看的话，就会发现这不是直接涂上去的。"

宋毅看时，果然如他所言，他先前倒是忽略了这一点。宋毅也在心底寻思着，想要鉴别文物，果然要对当时的文化有非常细致深入的研究才行，否则怎么看得出来。

"最后才是烧制，那时候的陶窑比起原始的篝火式或炉灶已经有了非常大的进步，由于有了窑室，陶器不是直接在火焰上烧烤，在火膛中燃烧起来的火焰，经火道到达窑室。这样一来，里面的温度就非常高了，这点从陶器的烧结情况就可以看出来。"

宋世博倒不是存心卖弄，很多东西都是他自己研究的结果，宋毅即便看书，也看不出什么名堂。

宋毅认真地听着，不时点头称是，虽然嘴上没说，可心底却想跟着他学习的地方果然很多。

宋世博问了下价格，也就三四十块钱，说是白菜价也不为过。

这倒不稀奇，即便是真品，这类陶器的价格普遍也都不高，对此感兴趣的人并不多。但对传承文明见证历史的博物馆来说却是有着非常大的收藏价值，宋世博没多考虑，便决定买下来。

宋世博出价十块钱，那摊主竟然一口就答应了，弄得宋毅都不知道说什么好。

宋世博和宋毅两人虽然都看好这彩陶罐，而且从各方面都找不到什么疏漏的地方，可还是经过仪器检测比较让人放心。

这道理宋毅也懂，尽管陶器现在的价值不高，现在也没人去作假。可历代作伪的也不少，这件东西也有可能是前人作假后来出土的，最好是经过仪器检测最准确，这时候，做鉴定的费用都比买价要高。

宋毅倒是非常理解宋世博身上肩负的职责，尽管博物馆有着管理和制度上的严重漏洞，但这是人性劣根的缘故，并不能就此否定博物馆存在的意义。

就东海市而言，东海市博物馆是最能面向大众传播历史文化的场所，像这件双耳彩罐，虽然没有后来瓷器的精致与华丽，却能让人们更多地了解那段历史，那段有记载以前的人类文化。

这类没有什么经济价值的东西宋毅倒是非常赞成收入博物馆的，没有买方市场，也不会有人冒险拿出去盗卖。

这之后两人基本没看到什么好东西，对宋毅来说，今天来一趟鬼市还是非常值得的，长了见识的同时也赢得了宋世博的认可，他还有了不小的收获。

六点左右，鬼市散场，众人陆续回家，祖孙俩尽兴而归，到家后，宋世博还和蔼地让宋毅回头再睡一会儿。

宋毅也不矫情，和他说了两句之后便上楼回他自己的房间去了。

宋毅倒不担心林宝卿有没有把那件秘色釉的莲花碗拿下来，她做事从来都让他非常放心，宋毅也在心里琢磨着上午去她家看看那件买下来的东西。

宋毅在房里看了会儿书，苏雅兰就来叫他下去吃早餐。

吃过早餐后，宋世博去博物馆，宋明杰有的是事情要忙，各方面关系都要他去打点。

宋毅还没来得及出门，就听见有敲门声响起，宋毅开门一看，是一个五十来岁的中年男人带着藏品来找宋世博做鉴定。

"我爷爷去博物馆了，要不你去博物馆找找看？"听他表明来意之后，宋毅非常客气地对他说道。

　　尽管宋毅早就在心底寻思着好好利用这个资源。光是去鬼市碰运气收到的好东西非常有限，要是别人把东西都送上门岂不是省时又省力，尽管收藏的代价可能会更高一些，但宋毅不在乎这点小钱，赚钱的途径多得是，只要能收到有价值的东西就好。

　　"宋馆长去博物馆了啊，要不小宋你给看看？这可是国宝级珍品啊！"那人脸上露出失望的表情，但很快又对宋毅说道。

　　他也不是初入行的新手，自然知道像宋世博这样的顶级专家不是轻易给人做鉴定的，要是每个人上门宋世博都要鉴定的话那他只怕早就累死了。他这次趁着周末来也是想试试运气，宋毅这样客气的回答他只当是他的推脱之词。宋世博去博物馆自然是去工作的，他又不准备把东西捐给博物馆，没道理到博物馆去找他鉴定。

　　"我才疏学浅，哪里担当得起。"宋毅连忙推拒说。

　　那人却笑着对他说道："小宋太谦虚了，谁不知道小宋天资聪慧，我可是经常见到你和宋馆长一起去鬼市淘宝的。"

　　他这一说，宋毅也没什么理由拒绝了，他也不想错过观赏他嘴里那件国宝的机会，便把他请进屋去。

　　闲聊了几句，宋毅了解到他叫王建国，迷上收藏有三四年时间了，经常趁着周末淘些东西，出差的时候更没忘记到各个地方去淘宝。

　　王建国拿出他那个貌似钧窑碗的时候，宋毅便叫不妙，原来他说的国宝级珍品竟然是宋代五大名窑之一的钧窑碗，这下都不用看了。这东西要是真的，当然可以算得上是国宝级珍品，可问题是，这样的机会能有多少？宋毅当即便问他东西的来处。

　　故事谁都会讲，王建国也不例外，说是他出差到河南禹州市，顺便走访了一下钧窑遗址，在一户农民家收购了这件刚出土的钧窑瓷器，这样的故事确实不怎样靠谱。

　　"玩收藏首先得学会讲故事，而且要讲得顺溜，经得起推敲，能够引经据典找出藏品的出处最好，这钧窑的故事更得讲好才有人信。"

宋毅虽然年龄不大，但身后有宋世博这块大牌子，说这些话王建国倒也不以为意，连忙保证说他这东西绝对是在河南那边的农民家淘来的，还花了他一万多块呢。

宋毅听了更觉不妙，他可是非常清楚河南那边的农村，他前世就去那边实地勘察过，也见识过他们的绝招。一些收藏者不远万里去寻访名窑故址，期望能淘到新出土的瓷器，殊不知从发现遗址的时候起，就不断有人过去淘宝，有好东西挖出来也会被人捷足先登，哪还会轮得到后面的人去捡漏。

但为了显得慎重起见，宋毅还特意去拿来放大镜仔细观察。

但结果却如他预料的那样，在他看来，这件瓷器仿得还算不错，但和真正的钧窑瓷器相比，无论是制作工艺还是窑变的程度都差了太远，这王建国也太菜鸟了。

当宋毅把结果告诉他时，王建国却是一副不相信的样子，摇头说道："不可能啊，我真是从那农民手里买的，他也信誓旦旦地保证是从地里挖出来的。"

宋毅却道："这年头去农村埋雷的人多了去了，就算你看见他从地里挖出来的也不见得是真的。在那边的村子里，看起来老实巴交的农民却是最会骗人的，你肯定不止买了这一件吧？"

王建国点了点头，但却固执地说道："我是买了好几件东西，可这件东西绝对没问题，小宋要不再仔细看看？"

看他眼里还有疑惑，坚信自己的判断的宋毅便对他说："不用再看了，我这人比较直率，也不会说那些违心的话。如果别人先前跟你说是假的，后面又找你高价收购的话，你倒是可以把他的话反过来看。但是在我这里就不用玩这些虚的，是一就是一。"

"我还是相信这瓷器是真的。"

见到自己花钱买来的藏品被人否定，王建国自然开心不起来，但却不肯承认宋毅说得对，这时候宋毅的年纪就成了王建国心底的救命稻草。

宋毅无语，既然相信是真的干吗还来找人做鉴定。想搞收藏就得有正确的收藏观念，得有宽阔的胸襟，谁都有打眼的时候，可收藏一屋子的新仿品却打死不肯承认的人最可悲。

"要不小宋帮我拿给你爷爷看看？"尽管知道不靠谱，可王建国还是心存侥幸。

宋毅连忙说道："这倒不必了，我倒是可以给你个建议，把这东西拿去市场上鉴定一下最好。"

"那我也不多打扰了。"

看王建国的样子还是不肯承认，宋毅只能报以苦笑，对这类视自己的收藏为珍宝，死活不肯承认现实的藏家，宋毅实在没什么好说的，即便跟他说真话，他也不愿意听，只想听好话。只有等他经历过这个阶段后，真正意识到该以什么样的心态对待收藏，才有可能进步。

送他出门之后，宋毅和何玉芬说了声就出去找林宝卿了，他还惦记着今天在鬼市上看到的秘色釉莲花碗。

没几分钟就到了聚宝斋，林方军已经开了店门，正在整理店里的东西，也不知道是不是早上又淘到了什么好东西。

宋毅先和他打了声招呼，林方军微笑着对他说道："昨天还真是多亏小毅了，要不然又错过一件难得的佳品，这样的青花釉里红可是打着灯笼也找不到的。"

宋毅却谦虚地说道："林叔叔太客气了；我当初其实也没太大的把握，幸好宝卿肯听我的。"

"小毅谦虚了。宋伯伯亲自教出来的弟子本领可不是一般强。"林方军呵呵笑道。

宋毅帮忙这样的事情林方军自然没对宋世博提起，加上在鬼市看到宋世博祖孙俩窃窃私语的样子，林方军更认定宋世博决心把一身本领对宋毅倾囊相授。

闲话几句之后，林方军就把林宝卿叫了出来，他自己则借机闪到后面去了。

今天的林宝卿穿的是白色的连衣裙，显得清爽怡人，宋毅笑着夸了她两句之后，看她脸都红了，连忙问起早上拜托她办的事情。

岂料林宝卿神情有些凝重，一双大眼睛望着他的时候看得他有些忐忑不安，宋毅再出言询问的时候，林宝卿脸上带着歉意，柔声说道："实在不好意思啊，我去的时候那碗已经被人买走了，你不会怪我吧？"

"宝卿说笑了，你肯帮忙我感谢你还来不及呢，这又不是你的错，我怎么会怪你。一切随缘吧。"宋毅连忙宽慰她。

心里虽然有点失落，可宋毅是个拿得起放得下的人，知道收藏讲的是缘分。要是没有缘分，即便你再怎么精心设计，满天下寻找也不见得能收集到心仪的东西。反倒是那些运气好的人，兴许一碰上就能以超低的价格拿下好东西。

仔细想想也有这个可能，从他看到那莲花碗到他遇到林宝卿父女也有一段时间，这期间被人捷足先登也不是不可能。现在后悔已经来不及了，宋毅想得更多的是该如何搞定宋世博，要是能在他前面放心买东西就好了，也不至于错失这样的宝贝。

听他这么说，林宝卿倒觉得有些愧疚，脸上也多云转晴，美目流波，含唇轻笑道："傻瓜，骗你的啦，你宋家大少爷吩咐我办的事情，我怎么敢不尽心呢。"

"好啊，你竟然骗我！"宋毅佯怒盯着她，尽管没真正失去，却让他有种失而复得的幸运感。他也在心底暗自思量，看来林宝卿也有变成妖精的潜质。

"开个玩笑咯，你不会怪我的吧。知道你等得急，我马上拿给你。"林宝卿娇笑着转身，留给他一个绰约的背影。

林宝卿很快把他点名要的那个貌似龙泉窑的莲花碗拿了出来，并问他："你确定这是越窑秘釉？"

宋毅笑着回答道："不管怎样，用高仿品的价格去买总是不会吃亏的。对了，买成多少钱，我把钱给你。"

"不贵，两百而已，你真确定这是越窑秘色釉？"林宝卿水灵的大眼睛紧盯着他。

"这个还得仔细看过再说。"

倒不是宋毅故意不和她说真话，他先前也不过是匆匆一瞥，真要考证一件瓷器的年代可不是件简单的事情。

越瓷的鉴定无非几点，造型、纹饰、釉胎、支烧工艺与款铭，只要掌握了越窑烧制的几个时代的不同特征，就可以基本判断出越窑瓷器的年份了。

宋毅到手的是款莲花碗，有着精巧美观的花口，像是一朵娇艳盛开的莲花，是晚唐越窑的典型器具。

由于晚唐时期的烧制方式比之前有了进步，是用匣钵烧的器物而不是明火迭烧，因此在内底并没有发现泥点印痕。而且这款莲花碗的下底，烧成后呈粉红色颗粒状或松子状遗痕，这款莲花碗的特征和当时的支烧工艺非常符合。

宋毅可以肯定，这是晚唐时期越窑烧制的不会有假，他边看边轻声嘟囔着："这是出土的晚唐越窑瓷，宝卿你瞧这纹饰，比后面的几大名窑的纹饰还要精美，真不知道他们是怎么烧制出来的。"

林宝卿也同意他关于晚唐越窑的判断，但她却说："我可记得你先前说是海捞瓷。"

宋毅反问："我有说过吗？你确定没有听错？"

林宝卿瞥了他一眼，"当然有，难道我还骗你不成。"

宋毅笑道："宝卿当然不会骗我，可能因为我当时想着海捞瓷的事情吧。"

"你想着海捞瓷干什么？难道在鬼市见到了海捞瓷？没道理啊，海捞瓷都是外销瓷，品质本来就不太好，又在海底泡了几百年，绝大部分都被海水侵蚀过，价值又不高，这也入得了你老的法眼？"

林宝卿看着宋毅的时候更觉得奇怪，她总感觉宋毅最近有点神神秘秘的，脑子里也不知道在转些什么奇奇怪怪的想法，她以前自认非常懂他，可现在，她却看不明白。

"宝卿还真会说笑，我眼界不高还很贪心，只要有收藏价值的东西就会收藏。"

宋毅呵呵笑了起来，林宝卿说的话其实也有些道理，一两件普通的海捞瓷他可能不会放在眼里，可要是一整船几万件瓷器呢。

其实海捞瓷中也不乏精品，几万件瓷器中总能选出一两百件精品出来。可瓷器是非常脆弱的，在打捞的过程中非常容易被损坏，尤其是利欲熏心的人更没什么保护文物的意识，经常进行野蛮的打捞，例如用炸药炸开沉船。这一来，造成的文物损失就更大。

还有一些更为恶劣的打捞者，为了谋取更多的利益，甚至将打捞出来的数十万件瓷器全部砸碎，这种恶意毁坏文物的人渣要是让宋毅碰见了，肯定是要将他丢进大海喂鲨鱼的。

想到这些，宋毅的心思开始活络起来。这可是1994年，后世很多著名的沉船都没被发现，而他清楚地知道那些沉船的具体位置，宋毅本就是圈内人，加上媒体铺天盖地的宣传，想忘记都难，这一来就可以抢在其他人前面打捞，于人于己，都是件好事。

当初得知那些珍贵的文物被人毁于一旦时，宋毅和其他有良心的人一样心底有怒气但又无能为力，现在有机会了，为了活得不留遗憾，宋毅自然会尽力去做自己力所能及的事情。

"你说自己贪心这点我倒是深信不疑。"林宝卿娇笑着望向他，却看他正在发呆，忙拿她雪白的小手在他眼前挥了挥。

"别发呆啦，你还没说这到底是不是秘色釉呢。"

短暂失神后，宋毅看她满脸期待，却没直接回答她，反而问她说："宝卿去过法门寺没？"

林宝卿当即横了他一眼，啐道："你这不是明知故问吗？我哪像你那么自由，我去过的地方屈指可数。"

宋毅呵呵笑道："要不我跟林叔叔说说，让他不能再这样虐待你了，总得给你放风的机会啊。"

"你这家伙越来越坏了！"林宝卿闪亮的眸子直直地瞪着他，她才没他说得那么可怜呢。

看她薄嗔轻怒的样子格外有趣，可宋毅也没继续刺激她，这才进入正题，沉声说道："我去过法门寺，并沾了爷爷的光，有幸亲眼目睹并亲自上手过几件越窑秘色瓷。法门寺的秘色瓷色彩和这件莲花碗的差不多，一样都是湖绿色的，宛如一湖春水般妩媚动人。当然，法门寺还有秘黄色的瓷器，也非常漂亮，见过真品之后再看这件瓷器，还是觉得难分伯仲。"

"这样的湖绿色确实非常迷人。"林宝卿也不否认这件瓷器釉色十分漂亮。她只在照片上见过法门寺秘色瓷的大致样子，自然没有宋毅那样肯定，宋毅也没有骗她的必要。

可她还是说道："但是秘色的鉴定一直都没有定论，有人说越窑青瓷中的精品就是秘色瓷，也有人认为秘色瓷有着有别于青瓷的配方，你觉得呢？"

宋毅伸指轻叩莲花碗，传出的声音清脆悠扬。

"什么才是秘色瓷，众人引经据典却谁也不能说服谁。我只相信自己的眼睛，像这样的瓷器胎骨薄但却非常结实，宝卿你听这清脆的声音就知道了。你再仔细看看这胎体，厚度适宜，线条优美，当真是增一分嫌长，减一分嫌短。尤其是这釉色，你看它施釉均匀，釉面光亮明净，釉质细腻莹润，色泽清新鲜明，骨子里透着一股神秘的美，我认为这就是真正的秘色瓷。那些所谓青瓷中的精品，能达到这种程度的也非常少。"

宋毅一边对林宝卿解说，一边心说，这时候还好，真到全民都搞收藏的时候，随便一个藏家都能拿出件越窑的瓷器来说是秘色瓷，宋毅理解他们的心情但却不认可他们的行为，自欺欺人可是收藏最大的障碍。

林宝卿轻笑道："你说得可真玄，但比起别人的说法来还是差了许多，人家可说秘色瓷是千峰翠色、明月染春水、薄冰盛绿云、嫩荷涵露……"

宋毅笑道："都是比喻嘛，我没那么好的文采，自然没办法形容秘色瓷无与伦比的美，但大家对美的感受都是一样的啊。宝卿你看看这颜色，是不是和端午时家家插的艾草颜色差不多。此前就有人考证说'秘'是一种香草，我自己则更倾向于这'秘'是指艾草的颜色，自然清新。"

林宝卿听他说得新鲜，仔细瞧时，可不是。这莲花碗的颜色和端午时艾草颜色非常接近，都是一样的青翠碧绿。

当然，现在大部分人认为秘色就是碧色，因为秘过去和缥碧色相同。

但在鬼市昏暗的灯光下，林宝卿却没看出它别样的美来，匆匆瞟了几眼的宋毅也不敢完全确认。

在自然光下，这莲花碗那奇特的美就全部展示了出来。

现在，林宝卿也完全可以肯定，这不是寻常青瓷所能媲美的，称之为秘色瓷一点也不为过。

"你说得都有道理。"林宝卿仔细看过后，更确定了宋毅这家伙眼光不错，嘴巴更是会说。

虽说玩收藏搞古玩的个个都要会讲故事才行，可要真正站住脚跟，首先还是得凭借扎实的功夫细致的眼光，否则任凭你说得天花乱坠、引经据典、滔滔不绝别人同样不会信你。

宋毅笑道："我怎么感觉你像在赌气呢，这莲花碗照旧先放你这，过些时候我再来取。"

"要收保管费的哦。"林宝卿娇笑道。

宋毅脸上笑意更浓了，"宝卿不如把我卖了换钱吧。"

"把谁卖了啊？"林方军从后面出来时，一眼瞟见了林宝卿身前柜台上的莲花碗。

眼前顿时一亮，原本懒散的目光中也有了十二分的神采，惊讶地问林宝卿道："这就是你今天在鬼市上买的东西？小丫头，先前还藏得严严实实的不让我看呢。原来是件这么好的宝贝啊。"

林宝卿粉脸发烫，可她怕林方军误会，还是鼓起勇气朝宋毅努了努嘴说道："又不是我自己买的，是宋毅叫我帮他买的啦。"

"那也不用连我也不给看啊。"林方军一面拿起那莲花碗，一面嘀嘀咕咕地说道，"小毅的眼光还真是毒，竟然被你找到这样好的宝贝，尤其是这釉色，依我看就算不是秘色也和秘色瓷相差无几了。"

宋毅却说道："当时黑灯瞎火的我也没怎么看清楚，感觉还可以就叫宝卿帮忙拿下了。我也没想到，在自然光下，这莲花碗的釉色看起来竟然如此漂亮，至于是不是秘色，我也拿不准，林叔叔肯帮忙看看最好。"

林方军才不信他的鬼话，目光依旧没有离开那越窑，只笑着说道："小毅你也太谦虚了，要说鉴定还是你爷爷厉害。"

"先放林叔叔这里一阵再说吧，宝卿刚还说收我保管费呢。"趁着林方军看瓷器的时候，宋毅笑望着林宝卿，她却狠狠地回敬了他一眼，那双会说话的眼睛传递的信息宋毅不用想也知道，肯定是在说：你这虚伪的家伙竟然还告状。

可宋毅却一点也不在乎，倒是林宝卿把他恨得牙根痒痒的，这家伙越来越坏了。

林方军没把两人的玩笑话当真，这样的好东西不是关系非常好的人根本就不会给你看，更别提放在你家了，宋毅肯把这么好的秘色瓷放在店里，对古玩店只有好处，收什么保管费自然是说着好玩的。

仔细品鉴过这美轮美奂的越窑秘色瓷，林方军毫不吝惜他的赞美之词，还对宋毅说道："小毅你运气真不错，先有精品汝窑香炉，那可是我们东海大收藏家王明阳的旧藏，没想到竟然落到你手里了。"

林宝卿这时插嘴说："他昨天还拿来一个建窑兔毫盏，我看了，还有比曜变更漂亮的兔毫变呢。"

"小毅你从哪里搞到这么多好东西啊？改天带过来让我也开开眼界。"林方军当下更觉得惊讶，他也是成天在外面收东西的人，但收到的好东西却远没宋毅的多。

宋毅笑着回答道："林叔叔没事去家里坐坐吧，我这次出去了十多天就收了这么一件宝贝，效率低得惨不忍睹。"

林方军这才想起他出去旅游的事情，"你不说我倒忘记问了，你这些天都去什么地方旅游了？"

"和顺镇，是个云南的边陲小镇，风景秀丽，游人也不多，是那种纯粹的、自然的、原生态的美，韵味十足，差点就不想回来了。我原本打算拖上宝卿一起去的，可又怕林叔叔不同意就没敢提。这次出去走走倒是长了不少见识，过些时日我还打算去海南玩，宝卿到时候也可以一起去啊。"宋毅微笑着回答道，眼睛望向林宝卿。

听了他的话，林宝卿心底欢喜，不过有林方军在旁边她自然没给他什么好脸色，反而狠狠地剜了他两眼。喜的是宋毅还惦记着她，不忘给她争取出去旅游的机会。不过她心里也知道他这话假得可以，明明当初不情愿带她去的。现在想来，是怕影响他赌石吧。

她也看出点门道来，这家伙说什么出去旅游之类的话千万不能当真，真不知道他这次去海南又打算做什么？

林方军却哈哈笑道："小毅你多虑了，我像是那么不通情理的人吗？你打算什么时候去海南，到时候叫上宝卿一起去就是了。"

宋毅脸上笑意更盛，岂料林宝卿却朝他撇嘴道："我才不要去呢。"

宋毅敛起笑容对林方军说道："林叔叔你可得劝劝宝卿，太过苛刻地要求自己可不是什么好事。"

林方军自然知道林宝卿懂事，可越是这样他越觉得愧疚，林宝卿还想出

172

言反对，却被他用不容置疑的语气打断了，"小毅说得极是，这事就这么定了。对了，要我找人帮忙买机票不？"

宋毅笑道："这种小事就不用林叔叔操心了，我自己搞定。再说具体哪天去我还没定下来，可能得等到下个月了。"

"小毅刚回来是该在家好好休息一阵了。你们聊，我先出去了。"

林方军一走，林宝卿那双水灵灵的大眼睛瞪上了宋毅，"说吧，又想去海南做什么？"

果然是个冰雪聪明的女孩子，宋毅看着她说："如果说我只是单纯地想去海南度假，就想晒晒太阳游游泳，你相信不？"

"相信你才有鬼！如果你说想去沙滩看美女的话我倒相信。"林宝卿粉嫩红润的小嘴翘得更高了，去海南的话游泳肯定少不了，她对自己的身材非常有自信。

这时宋毅给她的印象还不算太坏，当然如果她知道宋毅先前去云南是和一个大美女一起去的话就不会这么想了。

"要看美女何必舍近求远去海南？眼前就有一个沉鱼落雁的大美女在我面前，怎么看都看不够呢。"宋毅忍不住又贫起来。

林宝卿粉脸开始发烫，目光也没躲开他，反而勇敢地和他对视，"既然这样，那你还去海南干吗？"

"度假喽。"在她那能让冰雪消融的目光下，宋毅的嘴到底硬不起来，很快就说道，"顺便买些东西。"

林宝卿追问道："买什么东西啊？是不是去赚钱的？"

"要想赚钱得先花钱啊。"

"你还没说买什么呢。"

宋毅好意提醒："宝卿你想想海南的特产是什么？"

"海南黄花梨？海南现在还有吗？大炼钢铁的时候不是都砍光了吗？"

宋毅笑道："海南那么大，黄花梨哪能全部砍光，野外还是有的，山民家里房梁柱子也有不少，只要用心去发现，不愁找不到。而且数量不多，就越发显出它的珍贵之处来。"

这样的解释林宝卿还能接受，不过还有些疑惑，"现在投资海南黄花梨能赚钱？"

"这几年可能不会赚钱，就像八十年代的时候，谁会想到那些十几二十块钱的古玩现在这么值钱，那时候卖掉的人现在都该后悔死了吧。只要是老东西，放到现在上万块总是值的。"

"这倒也是，用海南黄花梨做成的家具现在价值就不低。"

明清家具一直是收藏家们追捧的热门项目，林宝卿自然知道这点，可她没想到的是，宋毅已经看到做成这些家具的原材料黄花梨的价值所在了。海南黄花梨由于成材不易，通常需要成百上千年的时间才能长成，而黄花梨本身可用做家具的材料又少，现在有也所剩不多了。随着喜欢收藏的人越来越多，黄花梨的价格自然会节节上升。

宋毅说道："所以现在去海南收购黄花梨正是时候。"

"那……我能入股吗？"林宝卿问道。

宋毅嘿嘿笑了起来，"叫你去就是想你入股，我一个人资金有限，也没有那么多的精力，宝卿肯替我分担一些的话我自然是求之不得。"

"这话该我说才对。"林宝卿的一双美目望着他，她怎么会不知道他的意思，可不是人人都有他这样胸怀的，赚钱的事情当然是越少人知道越好，她也不相他会缺少这点资金，纯属给她面子罢了。

"其实海南还有另外一种特产——沉香。"

宋毅这一说，林宝卿的情绪又激动起来，她这些天研究香道也有些眉目，自然知道海南沉香也是鼎鼎有名的。

两人又商议了很久，宋毅一直耐心地陪着她，直到林宝卿好奇地问他："你今天不用去学画画？"

宋毅无语，学画那边倒不用着急，得先去苏眉那边把仓库搞定再说。

从林宝卿家里出来之后，宋毅便打算去苏眉家，尽管他对她有足够的信心，相信她能将事情办得妥妥当当，但这也只能解一时之急。苏眉不知道他的全盘计划，自然没办法将事情做到十全十美。

心情大好的宋毅买了点礼物提上之后就上了公交车，到苏眉家的时候已经是正午，苏眉家是两层的楼房，客厅里，苏眉一家三口人正准备吃午饭。

这天是阴天，但非常闷热，坐了一个多小时车的宋毅汗流满面。

见他两手拎着大包东西，苏眉连忙迎上去接了下来，还轻声埋怨他："来就来，还提这么多东西干吗，以后再这么干的话我可不让你进门。"

"这可由不得眉姐。"宋毅却直接无视她的话，亲切地和苏若鸿夫妇打招呼。

苏若鸿人很高大，国字脸，浓眉大眼，比宋明杰和苏雅兰都大了不少，今年都五十岁了，但却不怎么显老，精气神都非常好。

苏若鸿在临海村附近的金沙镇机械厂任副厂长，金沙镇不大，机械厂的环境也不太好，苏若鸿一家人更喜欢住在乡下，这样的楼房前有庭后有院的，在城里人看来就算是别墅了。

相比之下，张秀兰脸上岁月的痕迹就要多一些，但眉目间却依稀可见当年的迷人风韵，据说当年是金沙镇上一枝花。可以说苏眉的美貌正是综合了两人的优点而来的。

苏若鸿留宋毅一起吃饭，宋毅欣然坐了下来。在饭桌上，宋毅说起宋明杰辞掉工作后准备下海经商的事情，说他打算经营一家珠宝玉器珍品古玩公司，急需得力的人手帮忙。

宋明杰的专长不在珠宝，对这方面的兴趣也不算太大，苏眉正好闲了下来，便打算请她过去帮忙，还说可以给她股份之类的。

在当时，下海经商正是热潮，不是什么丢脸的事情，只是苏若鸿不相信有这样的好事，尽管苏眉曾经跟他们提起过宋毅这次出去赚了不少钱。苏若鸿和苏雅兰是隔房的兄妹，知根知底，自然不会骗他们。

苏眉心情忐忑地吃过午饭，看宋毅的样子似乎能坐那儿和他们聊一个下午，宋毅神侃的功夫她可是领教过的，苏眉便借口说还有事情要处理，不由分说将他拉出了门。两人出门时，张秀兰还不忘吩咐苏眉晚上一定把宋毅带回家吃饭。

苏眉看着悠闲的宋毅问道："你这大忙人今天没事情做，不是说过来处理这边翡翠毛料的事情吗？"

宋毅笑道："有眉姐在哪用得着我操心，其实我这次过来还真没什么特别的事情，就是想和眉姐在一起说说话，我们边走边说就可以。"

苏眉也就随他了，还不忘提醒他，问他要不要去外婆家看看。

宋毅笑道："我可没提那么多东西过来，等下悄悄去海边就好。"

苏眉横了他一眼，对他彻底无语，"从我家拿就是了。"

宋毅笑道："那怎么行，送出去的东西还能收回来？去外婆家有的是机会，倒是难得有机会和眉姐一起去看海。"

苏眉也就不再坚持，她也知道宋毅的外公、舅舅都有工作，正忙着搞他们的宝贝瓷器。

一出门就看见忙碌的东湾码头，货轮来来往往，宋毅心道，临海村地理位置倒是非常不错，心念之间宋毅也就说了出来："不知道在这边征地建厂难不难？"

"你想在这里投资建厂？"苏眉惊讶地问道。

她先前提议将翡翠毛料保存在这里只是为了替他省钱而已，倒没他想得那么长远。

宋毅说道："是啊，我看这边的地理位置不错，投资建厂的成本也比寸土寸金的市区要少得多，尤其像玉器厂还有家具厂这样占地面积大的厂房，在这里建厂最合适，想来这边的政府也是希望得到投资的。最主要的是，这里就有码头，就拿翡翠毛料来说吧，我们不可能只从陆路运货过来，运量少，花费大，时间太长不说，还不大安全。"

东海市的海边没有沙滩，长江入海带来大量的泥沙和污水，海水的质量不好也就成不了旅游景点，可临近海边的土地还是非常有价值的。

"翡翠毛料的事情还没完全办妥，小毅怎么又想着开家具厂了？"苏眉疑惑地问道。对她来说，家具厂和珠宝玉器厂之间的跨度实在太大了。

宋毅故作神秘，笑着让她猜猜看，他的心思还在临海村建厂的事情上。对他来说，临海村优越的地理条件就是最大的优势，东湾码头货物吞吐量并不特别大，这也比较符合他的要求，只要有港口停泊就行，倒用不着太大太繁华的港口。

"这我怎么可能猜到。"苏眉狠狠地赏了他一对白眼。

苏眉那双美丽的丹凤眼里竟然能翻出那么大的白眼，这让宋毅看得立刻笑了出来，笑够了才说道："古典家具也是收藏的热门，尤其是珍贵的明清红木家具，这些家具可都是非常占地方的。如果是自己家用的家具，不一定非得要有年头的，也没那么多老家具，如果有上好的红木资源，做成新的家具也是非常有市场的。当红木家具成为一种时尚的时候，我们这以低价收来的红木就算升值了。"

苏眉点了点头，也没太往深处计较，她对收藏没什么研究，那是手里有闲钱的人玩的玩意。至于宋毅提到的用红木家具彰显身份倒是可以，她也琢磨着以后给家里添置一套。

"对了，你让陈立军他们收购的普洱茶呢？五百吨也不是个小数目，茶叶又占地方。"苏眉的心思很快就从对她来说还很遥远的红木家具转到宋毅已经开始收购的东西上。

宋毅却是一副胸有成竹的表情，"普洱茶我自有安排，不过到时候还得眉姐去处理。"

听说事关自己，苏眉连忙问道："怎么处理？"

"到时候眉姐自然会知道的。其实我也在伤脑筋呢，普洱茶不是那么容易收上来的，光运输就是个大问题。"倒不是宋毅刻意吊胃口，实在是因为这边千头万绪还没开始，在香港也没个根基，就跟她大谈进军台湾普洱茶市场太过玄乎，说出来恐怕得被她当成脑子抽筋了。

苏眉微笑着答应下来，"只要我能应付过来就行。"

宋毅笑道："这事又不难，再说了，我可是非常看好眉姐的。先不说这些，我们去海边看看吧。好久没和眉姐一起看海了，也不知道我们以前刻在海边的字还在不在。"

"那是你硬拉着我写的好不好。"苏眉抢白道。

那时两人还小，无非是用烧过的木炭在海堤的石头上签上两人的大名，宋毅苏眉到此一游云云。

"眉姐记得就好，转眼都这么多年过去了，还真怀念那样无忧无虑的日子。"宋毅一副无限缅怀的样子。

两人向海边走去，一直走到儿时经常玩儿的一块大石头旁边坐下，惬意地把脚泡在海水里。

苏眉把话题转到她最关心的问题上，"你真的要我跟着宋叔叔做玉石生意？我以前可没做过这方面的工作，对珠宝玉石也不是很了解，宋叔叔能放心吗？"

宋毅呵呵笑着说道："如果换了别人，他们才会不放心呢，可眉姐就不一样了。万事开头难，不管对谁都是一样。我爸他们也是第一次下海，需要人手的地方太多了。这样吧，我跟眉姐做个约定，眉姐先帮我一阵，先把公司办起来再说，眉姐也好熟悉一下公司如何运作。等过个一年半载的，如果眉姐想单干或者有其他什么打算，我都会给眉姐想办法的，眉姐你觉得如何？"

苏眉杏眼瞪得更大了，对他怒目而视，"你这都是什么话，谁要单干了，我自己有多少分量自己心里还是清楚的，我也不是那么没良心的人。"

"眉姐别生气。"

宋毅却是一脸得逞的微笑，还摆出一副不急不缓的样子来，"那我就当眉姐答应帮我这个忙了。在我看来，有个一年半载的，眉姐怎么着也该独当一面了，别告诉我你这点自信都没有。"

苏眉知道宋毅用的是激将法，可惜偏偏她还吃这一套，宋毅的几句马屁就拍得她立马雄心万丈起来，心想：这次不会再被人当花瓶了，也让他们睁大眼睛看看自己的实力。

两人回到苏眉家的时候，苏若鸿夫妇正在厨房里忙碌，两人差不多把宋毅当成财神一般看待。

从中午宋毅给他们描绘的前景来看，苏眉的这份新工作可比以前的工作要风光体面得多，做父母的最希望能看到子女活得有滋有味，特别是生了苏眉这么漂亮的女儿，对她在外面工作总是被人骚扰也是提心吊胆的，苏眉能跟着宋明杰，他们自然是十分放心了。

张秀兰吩咐苏若鸿继续操心厨房的事情，苏若鸿两夫妇对吃很讲究，厨艺也非常精湛。

张秀兰自己则强拉着宋毅去了相隔不远的外婆家一趟，然后从外婆那里把宋毅要回家吃晚饭，还说是庆祝他考上大学。当初苏眉考上大学的时候，苏雅兰就请苏眉吃过饭，还封了她一个大红包，这次也算礼尚往来。

宋毅外婆自然不会不答应，只让张秀兰留住宋毅，说是明天再做好吃的招待他。

宋毅本来就打算在这里待着，等周益均以及那几大车翡翠毛料过来安顿妥当之后再回去，这时候自然点头称好。

宋毅嘴上功夫了得，晚上围着桌子吃饭时，尽捡苏若鸿夫妇爱听的话来说。

第二天一大早，宋毅到外婆家吃早饭，顺便把苏眉也一并拖了过去。

正吃饭时，苏雅兰打电话过来，告诉宋毅一个电话号码让他打回去，说是运毛料的车队打过来的。

宋毅忙拨了回去，是周益均接的电话，说是车队快到东海市境内了。宋毅便告诉他们该怎么走，让他将车队直接开到金沙镇临海村这边来。

挂了电话之后，一旁的苏眉便让宋毅有空的话去搞个手机，说是联系起来方便，用不着电话转来转去的麻烦。

宋毅想想也是，他本是习惯了人手一部手机资讯发达的时代，不管走哪里都能找到人。尽管这时候手机市场还不算成熟，而且价格还很贵，一部手机价格在两万以上，可配一部手机还是非常有必要的，尤其是有人送东西上门让他看的时候。

宋毅让苏眉回头找苏若鸿帮忙，去机械厂搞些叉车来，几百公斤乃至上吨重的毛料得要叉车才弄得动。苏眉点头答应下来，还说回去让张秀兰准备中午的饭菜，两人正说话，却被外婆叫住，问清楚要来多少人之后，主动把事情揽过来，苏眉争不过她，只说让母亲等会儿过来帮忙。

宋毅之后又拜托两个舅舅，请了村里几个五大三粗的汉子来帮忙抬石头。

上午十点来钟，十一辆满载着翡翠毛料的大货车到临海村的时候，一长溜的车队很是震撼，把村子里的路都给堵上了。

宋毅早就在外面迎接他们，见到周益均之后就对他说道："周大哥你们一路辛苦了。"

周益均脸有疲惫之色，但却笑着回答道："这是我们应该做的，小毅等会儿清点一下。"

宋毅笑道："周大哥办事我放心，剩下的事情我来处理就成，中午大家先

179

将就吃点，晚上再请大家吃好的。"

周益均还没说话，他身边的卡车司机就婉言拒绝了，说是还得去找回程的货物。

宋毅作为东海本地人倒是可以帮忙，东海是沿海最发达的城市，还是不愁找不到货运的。

接下来的时间，宋毅忙得不可开交，要仔细清点翡翠毛料的数目，也亏了他重生后越发清晰的记忆力。同时，还得指挥他们把翡翠毛料搬运下车，好一些的毛料放在地下室，剩下的则堆在苏眉家宽阔的院子里。这次运过来的翡翠毛料太多，加上很多石头块头又大，到下午四五点的时候，才全部收拾妥当，堆了苏眉家满满一院子。

帮忙的村民问起这些怪石头的用处，普通人可不认得这是翡翠毛料，为了减少不必要的麻烦，苏眉和宋毅也就没对他们说实话，只说将来有大用处。

看东西都搬得差不多了，苏眉问宋毅："对了，小毅，周大哥你打算怎么安排？"

"让他在这边先住两天，到时候一起回腾冲。"宋毅回答道。随后打电话在宾馆订了房，安排他住下来，给了他一千块钱让他在东海先玩着。周益均是个明白人，也非常清楚宋毅的豪爽，也就心安理得地住下来。

宋毅从苏若鸿夫妇手里要过苏眉，准备和她一起回市区去，说是为了筹备公司的事宜。

苏若鸿夫妻两人看了宋毅今天折腾出来的阵势，又有这么大一堆翡翠毛料在家里放着，对宋明杰一家人准备开珠宝玉器公司再无半点怀疑。两人也就放心让苏眉过去，张秀兰还悄悄拉过苏眉，吩咐她多跟苏雅兰学习。

两人到家的时候，天刚刚黑下来，推门进去，几双眼睛就望了过来，就等着两人回来好开饭。

苏眉和宋毅家人打了招呼，尽管心底有些紧张，她还是落落大方地和在场的长辈们一一问好，宋毅家她不常来，倒是宋毅之前跑苏眉家的次数多不胜数。

苏雅兰一见两人便起身，亲热地拉过苏眉的手，"外出的这段时间照顾小毅也不容易吧，我前两天还在说小毅，怎么不把你留下来吃个饭呢。这孩子，还是那么毛毛躁躁的，一点事都不懂。"

苏眉连忙说道："姑姑太客气了，这是我应该做的。何况小毅非常懂事，根本不需要我照顾，倒是我这次出门跟着他学了不少东西。"

"多亏了眉姐在身边照顾我，要不然早就成瘦猴子了。"宋毅看她一紧张就要露底，忙在旁边煞有其事地说道。

苏雅兰却不理他，笑着对苏眉说道："到这里就跟在自己家一样，千万别客气。先吃饭，吃好饭我们再详细聊聊，小毅满嘴都没几句实话。我知道你是不会骗我的，对吧？"

苏眉只能浅笑着点头称是，宋毅却在旁边插嘴说："我以前倒是没发现，老妈很有当特工的潜质啊。"

一家人说说笑笑地吃了一顿饭。

吃完饭，苏眉要帮忙收拾碗筷，却被苏雅兰拦住了，让她先歇着，还说可以先和宋明杰谈谈她的想法。

苏眉本来就是冰雪聪明的人，又是热爱时尚的年轻人，对珠宝时尚的趋势很有研究，相比而言，宋明杰和苏雅兰在这方面就要逊色很多。加上这些时日里，跟着宋毅在一起久了，苏眉受他的熏陶比较多，又被他有意无意地指点，她接受新思想新主张的速度又比较快，此时，她已经积累了一定的基础。

宋明杰问起她对珠宝公司的想法，苏眉不仅能够从容应对，还能侃侃而谈，珠宝玉器市场的流行趋势她早听宋毅说起过，也是倒背如流，这时组织了一下语言便说得头头是道。

因此，宋明杰惊讶地发现，果然如宋毅所言，苏眉对市场趋势的把握非常精准，而且在具体的做法上也非常有研究。

比如苏眉说起灯光对珠宝的影响。在珠宝销售上，这是一个非常重要的技巧，有了不同颜色灯光的照耀，不同类型的珠宝会变得更加绚烂夺目，激起消费者购买的欲望。

宋明杰边听边点头称好，对苏眉说道："苏眉对市场的把握比较准确，现在市场上的珠宝企业都过于保守，我们既然决定进军这行，就得拿出自己与他们不一样的东西，否则也没必要进，苏眉的提议我看都可行。"

"我一直看好苏眉的能力。"苏雅兰冲她点头笑道。

"那是，也不看看是谁找眉姐来的。"宋毅嘿嘿笑道。

苏眉的能力得到了父母的认可，以后的事情就好办多了。

"对了，老妈干脆也辞职了吧，我觉得您没必要守在那地方了，虽然现在有眉姐过来帮忙，可要忙的事情实在太多，都说老将出马一个顶俩，老妈来帮忙的话，我也可以专心自己的学业。"宋毅顶着苏雅兰的目光问道，心说为了自己的幸福，就只好牺牲老爸了。

宋明杰立刻说道："你的学业可不能荒废。"

宋毅立刻做乖宝宝状说："爸，你就放心吧。"

苏雅兰看这对父子一唱一和地想让自己也辞职加入，儿子更是祭出学业这个杀手锏，也无奈地屈服了。"好吧，我这几天就去办手续，辞了就辞了，反正也是没多大意思的工作。"

接着，宋毅才严肃地说："我觉得我们可以多向沈家的福祥银楼学习，毕竟是经营了一百多年的老牌企业，在很多地方都有独到之处。"

宋明杰点头道："这是自然，福祥银楼的经营我也看出些门道来，和旁边的国营商店对比尤其明显。你们说第一个店开在哪里比较好。"

"先在城隍庙找个地方吧，地方大一些最好，我觉得可以把总部设在这里。城隍庙本来就是整个东海市珠宝市场的中心，加上离家又近，老爸老妈你们也不用那么辛苦跑来跑去。"宋毅说道。

苏雅兰看他说得倒是诚恳，可她还是心存疑虑，"可福祥银楼的总部也在城隍庙啊，城隍庙就这么大块地方，我们才刚刚起步，怎么竞争得过他们。"

宋毅却信心十足地说："就是因为我们刚起步，所以才更要借助他们的影响力，这时候就是要挑战传统和他们对着干，争取做到一炮而红。再说了，竞争是避免不了的，其实有竞争反而是件好事，只要我们做得更好，顾客对比一下就会做出正确的选择。依我说，其实我们也不用考虑选址的问题，就东海市而言，就在福祥银楼的店铺旁边或者对面选店面就行。"

苏雅兰笑骂道："有你这么无赖的吗？"

宋毅丝毫不介意，反而说道："福祥银楼开分店肯定都是经过仔细考察的，而且他们的店铺现在已经积累了一定的人气，我们正好可以借势而起。这就是生意，我们现在想要把生意做好，就要像后起的百事可乐对老牌的可口可乐使用的策略一样。你看到最后，两家的市场占有率虽有起伏，可赢家总是这两家，其他品牌的可乐根本没什么市场，偶尔冒出来的品牌很快就会被打压下去。珠宝市场虽然不同于可乐，但也可以作为经典的案例借鉴一下，只要前期准备充分，像百事可乐一样一举飞天也不是不可能的事情。"

宋明杰和苏眉点头称是，苏雅兰就好奇了，"小毅你怎么知道这么多的？"

宋毅笑着回答道："没事看书看到的。"

苏雅兰先前还有些不以为意，可仔细听了他们的谈话之后彻底改变了态度。

真是不做不知道，她没想到原来有这么多的事情要忙。光是选址的事情就够人烦的，虽然宋毅要无赖般的做法得到了宋明杰和苏眉的支持，也省了许多市场调查的工夫，可还是得去办交接啊，人家原有的店铺不见得会转让的。

店铺找好之后还得装修，装修是个麻烦事，像福祥银楼是怀旧的古典风格，新的珠宝公司该装成什么样的风格还有待讨论。宋毅随后又提到安保系统，这也是一家珠宝公司重中之重的事情，被人打劫或者偷盗的话损失可是非常惨重的。

还有员工培训，这可不像开个小店铺自家几个人就行，得招聘有素质的员工集中培训，还得有人担保才行，否则几万块几百万的东西损坏或者丢失了，人一跑还不知道上哪找人去。按照苏眉和宋毅的说法，得经过仔细筛选，还得加强对员工企业文化的教育，至于什么是企业文化，苏雅兰还有些晕乎乎的。

这还不算，还得找进货渠道，这其中又涉及珠宝首饰的风格问题，尽管苏眉是几个人中对市场最敏感的人，可她也表示还是需要考察。而且，光有想法还不行，还得将这些独具风格的珠宝加工出来才行。这一来，又少不了要招聘有经验的老师傅，照几人的计议，最好成立独立的设计部门，还有珠宝的镶嵌以及其他类型的加工存储，都得另外找地方才行。

宋毅也顺势将在临海村建玉器分厂的想法提了出来，苏雅兰便问起临海村距离市区这么远，员工上下班怎么办。

宋毅道："每天都有公司的班车免费接送，这点钱公司还是出得起的。愿意住员工宿舍的就住宿舍，反正那边地价便宜，把宿舍建好点，这上面不能节省。可玉器厂管理一定要严格一些，丢了一件东西就不得了。"

这点苏雅兰倒是同意，"是啊，就像这翡翠，这么小一件就几百万，被偷了可不得了。"

至于公司注册之类的，尽管宋家在东海市也算有些关系，可还是得到处去跑，苏眉去还不行，宋明杰去会更有效率一些。

林林总总算下来，没个三五个月时间是搞不定的，从建厂到投入使用就得花费好几个月时间，还有招聘培训员工，光是找到有经验的玉石师傅就不是件容易事。

这一来，需要花钱的地方就很多，别看宋毅拿了一千万出来，放在过去那可是个天文数字。可一仔细算下来，就是再有个一千万花下去只怕也不嫌多。

宋明杰看大家都因为资金的问题发愁，便说道："前期有一千万我看就足够了。我们先不着急，这些翡翠放在手里随时出手都可以，没必要全部换成现金。现金真不够的话，我们再考虑出手一些翡翠就是了。总之，要将资金充分利用好。"

宋毅笑道："我们可以先磨一些翡翠戒面或者手镯出来，老爸你们认识的人多，有时候送礼也可以用这个替代，也算是为我们未开业的珠宝公司做广告。这些翡翠也不可能全部留着，以后总是要出手的，而且不可能全部通过珠宝公司出手，绝大部分都是人家直接从我们这里拿货的。当然，我们前期得留一批，开业的时候也得有些镇店的宝贝才行，这些我会精选出来的。"

苏眉点头笑道："我倒不担心你拿不出来镇店之宝，光是姑姑的紫眼睛就够别人眼馋了。"

"像紫眼睛这类东西只是小圈子里人才看得到，可不能拿到开业的时候当宝贝炫耀，越少人看到越好，要不然怎么叫传说中的神品呢。"宋毅笑着回答道，"随便从保险柜里选几件出来就可以了。"

"你说得都有道理。"苏雅兰笑着说出了苏眉的心里话，宋毅的话也说到她们心坎里去了。

这天晚上，几个人聊到凌晨，苏眉不时拿笔记下有哪些需要注意的事项，这一来更赢得了苏雅兰两夫妇的好感。

宋毅家房间多，苏雅兰晚上安排苏眉在家里住下。

精力旺盛的宋毅睡了几个小时就自动醒了过来，略略洗了把脸，便去下面的工作室加工翡翠。办公司缺钱是肯定的，他现在能拿得出手的也就手里这些翡翠了，所以要尽快将它们加工好才行。

不管什么时候，最好出手的都是绿色的翡翠，所以他打算趁着这几天多加工一些绿色翡翠出来，像福禄寿喜、黄加绿之类的翡翠他都打算自己收藏着。

他加工的戒面手镯不一而论，太费精力和时间的翡翠雕件，诸如观音、佛公、貔貅、蝙蝠之类的，宋毅则不需要亲自动手，即便他已经清楚地知道要做什么，也都在上面画了出来，他也打算交给有经验的老师傅去加工。

天亮之后，宋毅收拾妥当后就回了自己的房间，当然他是闲不住的，坐在书桌前做前段时间想好的珠宝设计，这之前他为了练手已经画了不少设计图出来。

昨天晚上，他主动把公司珠宝设计这一块的活给接了过来。现在他手里黄金、钻石、银饰的设计方案都有好几套了，应付珠宝店开业绰绰有余。

早饭过后，宋世博和宋明杰先后出了门，宋明杰的要做的事情最多，公司注册选址以及玉器厂的兴建，需要打点关系的事情宋明杰都要亲自出马才行。

苏雅兰和苏眉也不能闲着，翡翠毛料的事情不需要她们操心，可黄金钻石以及其他材料都需要找到稳定的货源，还有招聘培训员工之类的事情都归她们。

苏眉虽然昨天晚上嘴上说得不错，可她和苏雅兰一样，都没什么经验，两人商量之后打算一起行动。

宋毅在家里待了一会儿就坐不住了，最后还是出去买了几部手机，他打算分给家里的几个人，以后也好方便联系。

然后又去车行订了两辆奔驰，这才回到家里。

之后的几天，宋明杰、苏雅兰和苏眉几个人都忙得不可开交，也没时间理会宋毅，宋毅反而没事情做了。

这天晚上，宋毅给黄老板打了个电话，闲话几句家常之后，宋毅就问起了程大军的情况。

当初程大军离开腾冲时，还特地到房子那儿看了一眼，并且告诉宋毅他打算到缅甸去赌石。宋毅记得，前世他经常去缅甸赌石，那边的翡翠毛料不仅比国内多，品质也比国内的毛料好很多，毕竟国内的翡翠毛料大多都是人家挑剩下的。

前世宋毅去缅甸时已经有些晚了，那时翡翠已经开始大热，价格也一升再升。所以，这一世的宋毅，一直惦记着能早几年去缅甸买些便宜的毛料回来。

黄老板却告诉他说，程大军的情况不太好，据说刚到那边，就被绑架了。

这时去缅甸赌石的生意人被绑架的事还时有发生，一方面因为这些去赌石的国内玉石商人大多都是有钱人，另一方面是缅甸有一批专门盯着这群人实施绑架勒索的人。再过几年，缅甸政府对翡翠进出口越来越重视，这种事情也就日益减少了，但那时翡翠的价格也已经涨上来了。

宋毅忙问道："那人怎么样？能保住性命吧？要是绑匪只是要钱的话，我可以帮帮忙。"

宋毅一方面心里可怜程大军，赌石赌到倾家荡产，当初看到他穷困潦倒、状若癫狂的模样，就给宋毅敲响了警钟；另一方面，如果程大军能在那边站稳脚跟，那么以后宋毅去赌石就会相对安全很多。这也是宋毅给自己打的小算盘。

黄老板沉默片刻，之后回答："小宋你是真讲义气，那我联系那边试试吧，看能不能把人赎出来。我知道小宋你仁厚，不过你也不要抱太大的希望。唉，也难办啊。"黄老板的声音听起来异常的诚恳，他的意思也很明显，程大军的死活其实不关宋毅的事。

宋毅知道他为自己好，可黄老板并不知道他的布局，他也没在这件事上多说，于是转移话题问道："黄大哥，最近有没有什么新货，我回东海也有段时间了，还有点怀念在腾冲赌石的日子呢。"

　　黄老板道："这段时间倒是有些货过来，我手里也有两块石头，小宋要的话说声就是了，我给你留着，不过小宋你还是自己看一下再作决定得好。"

　　"多谢黄大哥提醒，这段时间也麻烦黄大哥操心了，过两天我到腾冲之后请黄大哥吃饭。"

　　宋毅挂了电话之后，连夜去了离家不过一公里的友谊宾馆找周益均，告诉他和黄老板通话的内容，请他帮忙分析一下。

　　周益均仔细寻思了一阵之后这才说道："我觉得他们绑架无非是想求财，程大军性命应该无碍。"

　　"那依周大哥看，我去缅甸可不可行？"宋毅连忙问道。

　　"我个人的意见可以过去看看，但得在去之前做好万全准备，留好后手。"周益均斟酌了一阵这才说道。

　　宋毅点头称是，他也不想放弃这源源不断的财路。宋毅前世和他们打过交道，在控制翡翠毛料方面，不管是缅甸政府还是地方军阀，脑袋都不是一般的灵活。

　　而通过这阵子宋毅也看清楚了，周益均是个聪明人，和聪明人说话比较简单。

　　两人仔细讨论到大半夜，之后周益均才送宋毅回家，宋毅是偷偷溜出来的。

　　第二天，宋明杰、苏雅兰几个人都出门之后，宋毅在自己房间留了张便条，出门汇合了周益均，然后打车直奔机场，搭上去昆明的班机。

　　苏雅兰晚上回家的时候没见到宋毅，工作室没有人，她便去了宋毅房间，看到他留下的字条说是腾冲那边到了新货，他过去看看。

　　宋毅玩了这招先斩后奏，让苏雅兰恼恨不已，连忙打电话给苏眉，问她知不知道宋毅今天去腾冲的事情。

　　苏眉刚冲了个澡就接到苏雅兰打过来的电话。这几天她白天都和苏雅兰在一起忙，她以前工作时在市区租的一室一厅还没退，她不想每天晚上都去苏雅兰家，就回那里去住了，苏雅兰和宋毅不好勉强她，也就由她去了。

宋毅去腾冲是临时起意的并没有通知她，苏眉自然不知情。

这时听苏雅兰说起，冰雪聪明的她便连忙出言安慰苏雅兰，让她不用担心。还说宋毅这家伙精明着呢，又请了两个保镖，这次只是去腾冲看看货，应该没什么事情。

可苏雅兰还是不放心，让苏眉马上到家里去。

苏眉顾不得疲惫，匆忙穿好衣服出门打车去宋毅家。

苏眉也在恼恨宋毅的不辞而别，可她更担心的是宋毅这次甩开她是不是打算去缅甸。她甚至在猜测是不是营救程大军那边出了问题，要不然宋毅怎么会走得这么匆忙。路上的时候，苏眉给黄老板拨了个电话过去，问起那边的情况，黄老板两夫妻只说有新的翡翠毛料到货。

等见到苏雅兰的时候，苏眉没提宋毅可能去缅甸的事。而是把先前的话反复对苏雅兰讲了讲，她还说起两人之前在腾冲的事情。还称宋毅很会做人，也认识了好些朋友，让苏雅兰不用担心。

宋明杰倒没把问题看得那么严重，现在宋毅人都跑了，即便宋明杰是他老子又能怎么样，他也只能对她这样说：“小毅这次不辞而别是有点过分，可他现在也长大了，做事应该有他的考虑。我们也不可能事事都管着他，让他自己出去历练一下也是好的，他该为他自己的行为负责。”

苏雅兰狠狠地瞪了他一眼，眉头依旧深锁。

望了苏眉一阵之后，开口说道：“要不苏眉你再辛苦一趟，过去看看，我总是有点不放心他。”

宋明杰正想说些什么，苏眉已经点头答应了下来：“姑姑你就放心好了，我明天一早就出发，保证将小毅完好无损地带回来。”

“有你过去我就放心多了。”苏雅兰点头道。

这两天她也见识了苏眉办事的本领，不时感叹苏眉到底是念过大学的人，和她这半吊子的水平就是不一样。即便这样，忧心忡忡的苏雅兰还不忘叮嘱苏眉：“你到了那边记得帮我多管管他，别让他由着性子乱来，还有让他每天打个电话回来。”

苏眉连声称好，心底却在琢磨着宋毅会不会听她的话，在她看来，这个可能性非常小，但这时候她又不能对爱子心切的苏雅兰明说。

苏眉又当着苏雅兰的面，给腾冲的店里打了电话。赵飞扬接了电话，说宋毅还没到。

苏眉便让他转告宋毅，让他到了给家里打个电话回来，还说她明天也会过去。

第二天，苏眉下了飞机之后便坐上了去腾冲的大巴，到腾冲的时候已是凌晨一点。她刚下车，就看到宋毅面带微笑在车站等她。

见到宋毅，苏眉一直悬着的心也算放了下来，他总算没有冒冒失失地跑去缅甸。

回店里的路上，宋毅和她说起了到腾冲之后的事情。他先去黄老板家看了新到的石头，质量算不得太好，可聊胜于无，宋毅还是花了六十万买下了新到的两块翡翠毛料，只是还没来得及切开。

除了在黄老板家看石头之外，还去其他几家新到货的毛料店里看了，忙了一整天，又撒了一百多万出去。

回到店里，宋毅便让她早点安顿好去睡会儿，宋毅自己则去切石了。

他今天买的几块翡翠毛料都不大，没有一块超过一百公斤的，这些天从缅甸那边过来的翡翠毛料块头都不大。

这一来也有个好处，就是宋毅自己一个人就能搬得动，而不用麻烦赵飞扬和苏眉来帮忙。

宋毅首先选了两块看起来最有把握的翡翠毛料，打算作为再次涉足赌石的开门红来切。

一块是二十多公斤的帕敢黑乌砂，一块是十五六公斤左右的后江黄盐砂皮，这两块石头都擦出绿了，虽然擦出来的绿并不多，松花也很稀疏，可鉴于是经常赌涨的老场口出产的毛料，价值不菲，宋毅也认了，这两块石头一共花了他四十万。

宋毅买的时候仔细看过外皮，没有作假的痕迹，表面的松花虽然不多，但却是实实在在的。

宋毅最先对付的是那块黑乌砂，一番折腾，把松花擦掉了，里面却没有什么绿，这让宋毅的心一惊，最让宋毅无语的是，原本擦出绿的地方绿也被他擦掉了。

这下玩大了。宋毅知道开弓没有回头箭，到了这地步，表现再不好，他也只得硬着头皮顶上去，只是在心底暗自祈祷这块毛料别一文不值就好。

沿着原本擦出绿的地方切下去之后，宋毅眼前白花花一片，一丝绿的痕迹都没见到，血本无归！

宋毅接连几刀下去，这石头也表现得颇为硬气，一直给宋毅白眼看。

都说神仙难断寸玉，宋毅对此早有心理准备，换作别人早就哀声叹气了，他却轻轻揭过准备再战。

接下来准备切后江的石头，宋毅显得谨慎多了，后江的石头多裂，这是所有赌石的人在切石的时候都应该尽量避免的。

顺着开窗处擦出更多的绿来时，宋毅心底还有一丝欣喜，可沿着最有把握的地方切开之后，整颗心顿时凉了下来。因为越往里走，里面的种水变得越差。他要赌的是里面的种老，裂进不去，这回倒好，裂完全进去了，满满细细的全是裂，虽然绿不少，可都被裂破坏掉了。

宋毅轻叹一声，这就是赌石的风险。

四十万就这样从指尖溜走了。后江这块石头虽然裂多得不像话，可好歹还能收回万把块钱，那块帕敢黑乌砂则完完全全赌垮了。

这两块毛料还是宋毅在这次新到的石头里精挑细选出来的，说是这批翡翠毛料里最好的也不为过，可切得这样凄惨是宋毅之前没料到的，这也说明了一个问题，这次新到的翡翠毛料质量普遍不好。

宋毅手里还有几块毛料，他也不打算留着，准备一并切开，他想看看，这批新到的石头能差到什么程度，是不是真有必要去缅甸翡翠矿区挑毛料。

好在接下来的几块翡翠毛料切开的表现还算不错，尤其是那块丝毫不起眼的黄盐砂皮，个头虽然不大，只有三十来公斤，但宋毅一刀下去之后却切出大半的绿来。这一来，前面切垮的两块翡翠毛料的本也回来了，还能赚个百把万。宋毅这才松了口气，对赌石的人来说，不亏本是最基本的，其次才是赚大钱。

宋毅也在心底寻思着，这边的好货越来越少是不争的事实，一部分毛料走私到泰国清迈，然后被港台的行家买去，一部分毛料则被那些不怕危险深入缅甸境内的广东商人以及其他地方的人买去，进入腾冲口岸的只是为数不多的一部分。

但宋毅并不着急，因为他早就跟黄老板暗地里商量好了，要亲自去一趟缅甸，一来看看能不能救出程大军，二来他实在按捺不住，想去缅甸赌些好的翡翠毛料回来。不过这些他都没跟苏眉说，都是黄老板和周益均在操作。

在苏眉眼里，宋毅十分安于现状，到腾冲后就是看石头切石头，没新石头便待在家里加工翡翠，用他的话来说，每天也能挣个上万块。

宋毅这话倒不是吹牛，经他加工后的翡翠卖出的价格和直接出手的价格相差何止万把块钱。

然而这天晚上，从回腾冲苏眉就没见到的周益均带来了消息，让苏眉心里本就不多的窃喜烟消云散，也让她的心情晴转多云，忧心忡忡地看着眼前几个满脸兴奋的男人。

"这两天县里会组团去缅甸交流考察，像这样的交流活动滇缅边境的这些人每年都要组织好几次。"周益均没兜圈子，屋子里没外人，就宋毅、苏眉、赵飞扬和他四个人在。

"那周大哥你觉得我们有没有机会混进他们的队伍中去，搭个顺风车也好。"宋毅很快问道。

周益均笑着回答："这个问题应该不大，小宋去赌石也能帮他们增加收入，这也是他们乐意看到的。"

"那我们得快点行动，最好赶上这次，周大哥能一起去最好。"宋毅点头回答道。

好在黄老板和周益均在这边人脉广，上上下下地打点了一番之后，果然加入了交流考察团，正所谓背靠大树好乘凉，安全问题得到保障之后，宋毅对这次缅甸之行也充满了期待，即便一时半会儿不能救出程大军，也可以买些翡翠毛料和木材回来。

原本忧心忡忡的苏眉也放下心来，再怎么样，也没人敢对中国的考察团乱来。

宋毅也安心准备去缅甸的事宜，包括资金的兑换等等，就等着和考察团一起出发了。

　　随团出发前，宋毅本想让苏眉回东海去的，可苏眉不想就这样回去，说是等宋毅从缅甸回来后一起回东海，非但如此，她还逼着宋毅往家里打电话说清楚情况。

　　宋毅拖到出发前的早上才给苏雅兰和宋明杰打了电话回去，只说跟着这边的考察团一起去缅甸考察，顺便看看那边有没有什么便宜可以捡，还问他们需要什么东西他可以帮忙带回来。

　　苏雅兰当然不希望他去缅甸，可惜劝说无效，宋毅哪会听她的。苏雅兰转而向苏眉求证，得知他确实是和考察团一起去缅甸，而且马上就上车出发，又是好气又是无奈，可她远在东海，对宋毅可谓鞭长莫及。

第七章　为巨型翡翠故地重游，
　　　　去摩西砂开矿采翠

宋毅怀着激动的心情再次来到摩西砂，这里最出名的便是摩西砂的无色玻璃地，价值过亿足有一吨多的两块玻璃种满绿翡翠也出自摩西砂，宋毅正是来这里考察那块巨型翡翠出产地时遇险的，他对这一带的翡翠矿分布可谓了如指掌。宋毅这次来到这里，带着机械和大笔金钱来圈地开矿，他决心要把这里变成自己的翡翠矿。

一路上，宋毅和考察团的领队林阳聊了很多，林阳对缅北非常熟悉，和宋毅讲起许多缅甸的事。

这时候缅甸还没有把玉石开采权拿到手里，大都由地方势力把持着，可惜大部分地方势力急功近利、鼠目寸光，只想着向外倾销翡翠原石，却不舍得对翡翠矿的开采进行投资，至今为止，还是以人工开采为主，不仅效率低，而且一到雨季还得停工。

听了林阳的介绍，宋毅脑中立刻冒出了一个念头：我是不是能在缅甸投资翡翠矿，从国内买来机器，进行机械化开采呢？

按照他前世的记忆，机械化开采是今后十几年翡翠矿开采的主要方式，既然现在还没人如此开采，那自己不妨做第一个，这样就可以以最低廉的价格得到翡翠原石，也避免了很多赌石的风险。

在甘拜迪，林阳率领的考察交流团受到了当地司令兼地方最高长官丁英的热烈欢迎，丁英是个矮矮胖胖的老头，据说他也是中国人，至于到底是不是，恐怕只有他自己清楚。

考察团共有十来个人，宋毅和周益均混在其中，虽然自己觉得并不起眼，但丁英和林阳等人都十分熟悉，这次见忽然多出两张新的面孔，目光不由在两人身上多停留了一会儿。

林阳见状便郑重其事地向丁英介绍起宋毅来，说他来自东海，并说了不少年少有为之类的话。

这一来，丁英也不敢小看宋毅，把他当上宾对待。

简单聊过几句之后，丁英安顿一行人住下，很快到了吃午饭的时间，丁英便设宴招待考察团。

觥筹交错之际，丁英把注意力放在了宋毅身上，胖乎乎的脸上一团和气，问起他此次的来意。

宋毅举杯敬过他之后笑着说道："久闻丁司令辖区内物产丰富，尤其是柚木和玉石非常出名，我这次沾了林大哥的光过来拜访丁司令，就看丁司令舍不舍得割爱。我家老爷子对这两样东西可是喜爱得紧，我来这边前就对我说起这柚木用作造房、造船都不错，我们东海有不少古典建筑就是用柚木做成的。老爷子还特别提到过这边丰富的玉石资源，不管是做假山还是做地板都非常合适。"

"用玉石做地板、假山我倒没见过，能仔细说说不？"见生意上门，丁英自是举双手欢迎。

"就是大家称的白玻璃啊。丁司令气魄大，都是当做垃圾扔掉的。在我看来，这类东西好歹也算是玉石，比大理石之类的可是高了一个档次。"宋毅微笑着回答道。

谎话说得多了就顺溜多了，拿翡翠和大理石相比，到时候象征性地付点钱就行，可比在腾冲买便宜多了。

丁英呵呵笑道："原来如此，还是小宋你敢想，我倒是没想到这东西还有这样的用途。小宋你也别客气，尽管来装就行。"

其他人也跟着笑了起来，林阳也听说过宋毅拉了几大卡车的白色玉石回去做地板，价格虽然比大理石之类的贵了不少，可东海是全国数一数二的有钱人聚集地，加上这几年东海人势头正旺，用这类大家不喜欢的玉石铺地、做假山也是极有可能的。

笑过之后，丁英又说道："我们这儿的玉石可不是只能用来做假山地板的，小宋千里迢迢来一趟，要不要带些上好的翡翠回去，我们这里可比其他地方便宜多了，带回去送礼也是非常不错的。"

"丁司令这么说，我肯定得去看看了，丁司令辖区内的翡翠可是赫赫有名的。不过现在翡翠玉石的产量太低了，而且比白玻璃难搞多了。听说每年雨季的几个月还不能开采，要是能像开采白玻璃一样采用机械化开采就好了。"

宋毅是成精的人，处处挖坑，非但把尚未定下来的开采白玻璃的事情说得板上定钉一样，还把未来的机械化开采也言之凿凿地算了进去。

林阳一众人听得满头雾水，白玻璃是当垃圾扔掉的，还用机械开采？莫非宋毅这大财主打算用机械挖白石头，他还真是奢侈。

丁英人也不笨，要不然也不能混到现在的位置，听出了宋毅的弦外之意，但却没有出言否定。宋毅用机械开采白玻璃对他来说也没什么损失，但如果用机械代替现在的翡翠毛料的开采方式，开采高品质的翡翠毛料的话，那就得仔细斟酌了。

尽管现在的翡翠矿不是他亲自开采，但他也占了很多股份在里面，犹豫也很正常。丁英思量过后说道："我们也考虑过采用机械化开采，可惜前期投入太大，听说那些机械的维护费用也非常高。"

宋毅说道："用机械的话一年四季都可以开采，而且开采效率会提高数十倍，我敢保证，用不了半年就能回本。我有朋友就是机械厂的厂长，我有幸去他厂里看过，他也曾对我说过只要机器买得好，维护起来还是非常简单的，而且每天二十四小时倒班开采都行。我可以让我朋友帮忙购买机械，丁司令可以先看看用机械开采白玻璃的效果如何再做决定。"

丁英点头称好，宋毅的建议让他蠢蠢欲动，反正不管怎样他是不会出钱的，如果真如宋毅所言，可以大规模采用机械化开采的话，坐地收钱的他收入自然可以成倍增加，他可不管什么开采成本。

保护自然资源这样的想法丁英脑海里更是从没有过，对他来说，手中有权势的时候不开采留着给别人？他才不干那样的蠢事，而且，他也不知道手里的权势还能保留多久。

随后，两人的话题又转移到柚木上，柚木的开采可比玉石要好办多了，砍伐下来的柚木就可以卖钱，不像玉石开采，开采出来的绝大部分都是被扔掉的，宋毅来买东西也算是为丁英创造了额外的财富。

宋毅此次就是来撒钱的，只说柚木要现货，可惜丁英手里没有多少现货，但他向宋毅保证尽快砍伐柚木满足他的需求。

宋毅豪气十足地说："柚木有多少要多少。"

因为他十分清楚，在不久的将来，东海的房地产和造船业都将迎来高峰，稀有的柚木资源升值是肯定的，少了两倍他都不会出手。

此前和丁英打交道的都是小商人，要不就是单纯的木材或者玉石商人，在特区的投入也不多，一直为特区经济绞尽脑汁的丁英也很少亲自去接待这些商人。像宋毅这样出手阔绰，什么东西都舍得花钱的，脸上笑开了花的丁英自然是大力欢迎。

粗粗算下来，要真如他说的那样在这里投资翡翠矿的话，那么他要缴纳的税款就够当地半年的财政收入了，这让丁英有了和宋毅细谈的想法。

接下来的几天，丁英和宋毅针对开采翡翠矿进行了深入的谈判，终于正式敲定引进机械开采翡翠毛料的事情。

和其他来特区投资开矿的条件差不多，双方约定成立矿业公司，机械设备以及其他前期投资都由宋毅出，丁英的特区政府占百分之二十五的干股，税收另算。这是惯例，宋毅也没什么好说的，和丁英约定开采出来的翡翠毛料交税的形式由他自行处置。因为宋毅知道，丁英自己也经营了不少珠宝分号。

这一来，比在中国购买翡翠毛料便宜得多，而且资源也会丰富得多。

宋毅清楚地知道，丁英辖区内的翡翠资源是非常不错的，重量达一吨以上的满色玻璃种毛料就出过两块，光是翡翠毛料的估价就过亿。当时是在公盘上出现的，引起了轰动，宋毅也对此有深入的了解，特别是这两块翡翠毛料的产地。

由于当时绝大部分有实力的中国商人都担心买了之后会被缅甸以国宝的名义扣押下来无法运出境，最后都流拍了，后来还是缅甸政府切了之后卖的，一共卖出四亿多。

说起合作赚钱的事情，双方的气氛倒是非常融洽。

宋毅心底其实还有个心结，就是怕像程大军一样被绑架，正所谓君子不立于危墙之下，所以也对丁英提出了这方面的担忧。

丁英立马拍着胸脯保证，在其他地方他不敢保证，但是在特区这一亩三分地上，绝对能保证宋毅和他的翡翠矿的安全。

宋毅一听，心也放下了大半，还不忘狠狠地拍了拍丁司令的马屁："丁司令管理有方，果然是一代将才，特区的人民真是有福了，您就是我们这些生意人的保护神……"听得丁司令十分受用。

看到丁英笑得满脸舒畅，宋毅见缝插针地说出程大军的遭遇，还说他是自己一个很好的朋友，现在生死难料，实在是让他十分担心。

丁英一听便知道宋毅想让他帮忙救人，虽然心里十分不想趟这浑水，但想到宋毅现在就是他的财神爷，这才仔细地问了程大军被绑架的情况，一听事情不是出在自己管辖的范围内，略微沉吟了下，最终还是答应帮忙联系一下，看能不能把人要出来。

当然，宋毅不仅又奉上了一顿恭维，还主动承担了所有营救程大军的费用，这让丁英十分满意。

开发矿场的日子还有些遥远，光是购买机械并运到这边来就要花上一段不短的时间。至于购买机械的人选，宋毅早就有了主意，苏眉的父亲苏若鸿正是这方面的行家，到时候请他帮忙就是了。

但宋毅并不着急，虽然他一直在和时间赛跑，但只要领先其他人就行了。

让宋毅觉得欣慰的是，丁英吩咐下去之后，下面的人动作还是非常快的，现成的柚木虽然不多，却也足够装满三大车。第二天一早就装好了车，宋毅仔细看过后，爽快地付给他二十万人民币，作为和丁英合作的首次交易。

甘拜迪离边境也就两三公里，宋毅打了个电话给苏眉，让她带着赵飞扬来猴桥口岸接收货物，安排运送回东海。还让苏眉打电话回去给苏若鸿，让他先帮忙留意一下适合缅甸矿区的挖掘机械。

在甘拜迪停留了一天之后，在丁英亲自带队陪同下，考察团一行人浩浩荡荡去翡翠矿区考察，一方面为即将进行的合作选矿，另一方面，丁英也想趁机兜售翡翠毛料给财大气粗的宋毅。

缅甸的路况一直不好，要只是尘土飞扬也还罢了，每年的六月到十月都是缅甸的雨季，道路泥泞，一行人乘坐的越野车轮子上装了防滑链还是不能保证顺利通行。

要不是考虑到要和大财主宋毅合作开矿，一贯养尊处优的丁英还真不愿意受这罪。

十月即将来临，只等这雨季一过去，翡翠矿的开采就要全面开工了。不像现在这样，只有零星的翡翠矿还在开采，这也是特区的收入锐减的原因。

丁英心里寻思着，得赶紧趁着雨季即将结束的这段时间把地方找好，将合作的事情定下来，宋毅若真有那么大本领的话，这段时间足够他把翡翠矿石开采所需的机械运过来了，到时候如他所说，一年四季都可以开采，那特区的经济肯定又会再上一个台阶，想到这些，有再多的苦丁英也忍了。

宋毅的心情却与他相反，在他看来，落后的缅甸可以让他最大限度地施展本领，实现他的抱负，光是用机械化开采就足以领先其他人很多，这时候也是圈地的最佳时机。

这时很多翡翠矿没人开采，宋毅前世来缅甸多次，对这一带的翡翠矿分布可以说是了如指掌，甚至哪些地方曾经开采出哪些最有名的翡翠都知道得一清二楚。这次和丁英合作，除非他嫌钱多，否则基本都会同意他选择的地点。

一行人翻山越岭跋山涉水，有的地方道路被淹，乘车过不去，还得乘坐小船过去，反正都在丁英的势力范围内，车船随便征用。

宋毅怀着激动的心情，再次到了摩西砂，这也是为翡翠爱好者熟悉的一个场区，最出名的便是摩西砂的无色玻璃地，宋毅也是打着这样的旗号来这里的。

除了无色玻璃种之外，摩西砂也出有色有种的好毛料，价值过亿足有一吨多的两块玻璃种满绿翡翠就是出自摩西砂，宋毅正是来这里考察那巨型翡翠的出产地时，不幸遇难并离奇地回到1994年的。

再次来到这里，宋毅心中难免有些世事无常的感怀，可惜他满腔感怀不知道对谁讲，只得将精力转移到即将到来的圈地运动上。

到了地头，丁英也显得开心了许多，肉肉的脸上也有了笑容，"小宋，看上哪块地直接跟我说就行。"

"我还是先咨询一下行家的意见再说，不过我肯定不会和丁司令客气的。"宋毅也不跟他见外。

"就知道小宋爽快，雨季来临，很多矿洞被淹，整个矿区的翡翠开采几乎都停了下来，这季节的路况小宋也看到了。"

望着被水淹没的矿区，丁英的心隐隐作痛，这可都是钱啊，一年几乎有一半的时间不能开采，损失太大了。

宋毅说道："用机械开采的话就不存在这样的问题，就拿摩西砂这地方来说吧，丁司令你瞧这两座山头的中间，完全可以隔开来，一边用抽水机排了水再进行开采，用机械怪手开采的话二十四小时不停都行。我觉得，翡翠毛料的开采选材才是最困难的，运输完全不是问题。雨季的时候不方便的话就放一放，等雨季过了再运出去也行。"

丁英却说道："那这样一来，开采成本不是很高？"

"这点丁司令完全不用担心，比起收益来，这些投入完全是值得的。"宋毅心说反正你又不会出钱，假惺惺的干吗？

虽然丁英说了地方任他选，可那些别人已经占了的地方宋毅自然不能再去，好在这时候的摩西砂还不像后世那样处处都有矿洞，用机械化开采的好处也体现了出来，随便什么地方想挖就挖。加上宋毅记忆中两块"国宝"级翡翠毛料的开采地并没有人占，所以他不客气地将其据为己有，而且他还很大气地没去抢别人的地盘。

宋毅在心底寻思着，丁英是个贪财的人，这样的"国宝"级翡翠要是落在政府手里，估计只有一个下场，没人敢拍结果拍卖流拍，非得等到切开了才能运出缅甸。要是在丁英手里的话，对付没有原则的他只需多塞点钱给他就行，到时候起码还能保得其中一块"国宝"级翡翠的完整，也会为自己的收藏增色不少。

因此，宋毅对丁英大谈用机械开采的好处，吹得天花乱坠，往旁边挖往下挖都行，犯不着和别人抢。

这也让丁英对他刮目相看，因为就一般情况而言，正在开采的矿洞是最容易出翡翠毛料的，他起初还在想，要是宋毅要抢现在的矿洞，他也会去操办，反正也不是什么难事，只是名声不好罢了。现在看来，宋毅倒是非常会做人，他也不用做恶人了。

虽然心里有底，哪些地方可以开采，哪些地方没有翡翠，可表面功夫还是要做足的，宋毅在矿区来来去去挑挑选选，花了两天工夫才初步定下来。

这一来，非但林阳等人在这鸟不拉屎的矿区待得不耐烦了，丁英更是不耐烦，甚至向宋毅许诺说，如果宋毅再看上其他矿地的话直接对他说就行，怎么说丁英自己也在公司占了百分二十五的股份，他地盘内的矿石开采权自然给带给他利益最多的人。

宋毅等的就是他这句话，自然没有不答应的道理。

接着便到了重头戏，宋毅不是说来买翡翠毛料吗？到了他兑现承诺表达诚意的时候了。丁英自己开了很多商号，加上他的特区政府要对翡翠毛料收税，因此特区有什么翡翠毛料他基本都一清二楚，好货丁英也藏了不少。

但是丁英下面的商号老板拿出来给宋毅看的，却是好坏掺杂在一起的翡翠毛料，完全看宋毅的眼光，丁英也不介意多坑宋毅这个大财主一把。

在这些翡翠毛料中，宋毅确实见到很多在腾冲见不到的精品毛料，比如他正在看的这块二十多公斤的毛料，虽然是全赌料，但一身的松花非常惹人喜欢，刚挖出来没几天就被他赶上了。

这一趟果然没有白来。

中规中矩的翡翠毛料交易，宋毅出的价位非常精准，比其他商人稍微高出一点，但比起腾冲转过手的毛料价格便宜多了。

丁英本就放下话来，但凡宋毅看中的翡翠毛料，只要价格合理的一律成交。

这一来，宋毅也就放开了手脚，只要值得赌的一律买下，将这边的存货扫荡干净。当然，他不会傻到在这里切开，具体每块毛料是输还是赢，得回东海切开之后才能见分晓。

至于他常挂在嘴边的，家里老爷子喜欢的白玻璃、豆绿之类用来做假山地板的翡翠毛料，价格几乎便宜得可以忽略不计，被宋毅当成大白菜一样全部收购。唯一要考虑的就是运输问题，这时候带几个人出去都困难，何况是这成批的毛料，但宋毅不着急。

这一来，丁英乐歪了嘴。这宋毅还真是荤素不忌，他们当垃圾扔掉的东西也被他收了回去，对丁英来说，这完全是一笔意外之财。虽然之前宋毅就说他要收购这些东西，可到宋毅真出手，丁英把真金白银揣进腰包里，他才觉得安心。

当然，丁英也没太黑心，基本是给钱就卖。

买了这么多垃圾毛料，宋毅也没什么兴奋的表情，反而很紧张这些毛料的运输问题，表演逼真，真当是尽孝心一样。

看到这边东西便宜，买起来非常爽，可仔细算下来，宋毅自己也差点吓了一跳。原来不知不觉间，他买的这堆翡翠毛料，一共需要支付给丁英一千多万人民币。

难怪丁英那张胖脸上的笑容异常灿烂，连林阳考察团一行人的脸上也带着笑容，他们怎么会不开心，只要这批毛料从腾冲入境，县财政又可以收入将近百万，这还只是个开始，好日子还在后头呢。

以后要花钱的地方还很多，光是摩西砂这边的翡翠矿区开采，买机械、炸药、人工，还得打点关系，一年下来没个两三千万是搞不定的。开采出了翡翠也不能就这样拿走，得交税还得分给丁英一部分，简直是花钱如流水。

没办法，还是卖成品翡翠吧，宋毅现在也只有这条路可走了。

宋毅便借了丁英的电话，先打电话给苏眉，让她派赵飞扬过来接新买的翡翠毛料。大宗的无色玻璃翡翠毛料之类的这季节没法运输，这些精品毛料可不一样，多运几次就过去了。

宋毅打电话回家，简单说了下他在缅甸的情况，那边苏雅兰也开始哭穷，宋毅留给他们一千多万，看起来很多，可花起来一点都不经用，马上就要花光了，这时候找银行贷款也不可能。

宋毅有些无语，便说道："我临走的时候不是留给你们一批成品翡翠吗？爷爷和老爸也算是我们东海市文艺收藏界的名人了，人脉广，东海有钱人又多，把那些翡翠卖掉换钱就是了。我这边新买了一批毛料，手里的钱也花得差不多了。"

苏雅兰犹豫着说道："小毅，你不是说这些翡翠将来会升值吗？"

宋毅笑道："现在哪还管得了那么多，只要换来的钱能产生更多的效益就成，最好将那批翡翠全部出手，销售网也可以开始建立了，全当是珠宝公司提前开业，我这边已经和丁司令谈妥，过段时间还要去国外买机械之类的，到时候花钱更多。"

"买机械？"苏雅兰愣了愣，反应过来之后立刻惊声叫道，"你难道准备在那边挖矿，你不是说跟着考察团出去玩的吗？怎么又改行挖矿了？"

"丁司令非常热情，我这也是盛情难却啊。"宋毅一本正经地说道，"不多说了，用的丁司令的电话不好讲太多。"

苏雅兰哪舍得他就此挂电话，忙说道："你这臭小子就知道先斩后奏，别忙着挂电话，你什么时候回来啊？"

"真得挂了，老妈保重身体，我过两天就回来看你。"

宋毅挂了电话，这边苏雅兰却恨得牙痒痒的。

从矿区回到特区，宋毅就收到一个好消息，丁英真的把程大军要出来了。

程大军的样子不像想象中那么凄惨，但却看得出来，程大军是刚洗过澡刮过胡子换了衣服，大概他们也觉得面子上过不去吧。

程大军知道这次能出来全靠着宋毅帮忙，原本他和宋毅连泛泛之交都算不上，可宋毅三番两次救他于水火之中，任他有铁石心肠也忍不住潸然落泪，嘴里说着感激不尽的话，身子就要跪拜下去。

"这些话就不用说了，以后你好好过日子就是。"宋毅连忙劝住了他，这样的大礼他可受不起。

"救命之恩当涌泉相报，我程大军没什么本事，给你添了很多麻烦，今后就让我做牛做马来偿还你的大恩大德。"程大军经历过这些事情之后，把很多东西都看淡了，包括他之前一直念念不忘的赌石，在半个月生死命悬一线的边缘，什么雄心壮志都烟消云散了，平平安安才是福。

宋毅和周益均一起劝起程大军来，问起他的打算。程大军说他现在已经无处可去，而且欠宋毅的东西太多，跟着他混口饭吃就是此生最大的愿望了。他也知道宋毅这次为救他下了不少本钱，这次经历也让他的赌石梦彻底破灭了。

宋毅思量一阵之后，说起他在丁英的摩西砂矿区投资了翡翠矿，问他愿不愿意去帮忙。

程大军没有任何犹豫，一口就答应下来。

对摩西砂这个著名的矿场，程大军也非常熟悉，又在丁英的地盘上，安全问题不需要担心。

第二天，宋毅就跟着林阳的出国考察团一起回国，程大军却留下了下来，说是没脸回腾冲去，就留在特区帮忙好了。

宋毅给程大军留下一笔钱，说是委托程大军负责和特区政府合作开采翡翠矿的前期事宜。

宋毅跟随考察团回到腾冲只待了一天，苏眉就催着他回东海，她成熟懂事，自然知道苏雅兰夫妇早就盼着他回东海。

两个人便坐第二天的飞机回到东海。

家里照旧只有奶奶何玉芬一个人在，奶奶看到宋毅回来很高兴，拉着宋毅问长问短，不住说在缅甸晒黑了，瘦了，要好好给他补一补。

宋毅心里暖暖的，也拉着奶奶撒起娇来。

"对了，宝卿那丫头前几天来找过你。"奶奶突然说。

宋毅忙问："她说什么没?"

"宝卿是过来给你送东海大学录取通知书来的，我替你收下了。这些天我也在和你妈他们商量，要不要请客，东海大学可不是什么人都能进去的，那可是全国重点的大学。"何玉芬说起来脸上带着骄傲，为她孙子感到骄傲。

"奶奶说了算。"宋毅笑着说道。

何玉芬更是笑得合不拢嘴了，"你就知道哄我开心，你爸妈他们倒是非常赞同，说是可以趁此机会和朋友们聚聚。"

宋毅感慨道："他们的算盘打得比我精啊。"

"那就这么定了，你爸妈他们忙，这样的小事我来做就行，该请哪些人得细细琢磨下，小毅有什么名单的话直接给我就好，请帖我来发。"

何玉芬当即拍板定了下来，先前成绩出来的时候她就在琢磨这事，林宝卿把大学录取通知书送到家里之后，素来疼爱孙子的何玉芬更是下定决心好好操办一回。

何玉芬喜滋滋地忙去了，宋毅则继续忙他自己的，先将这次买来的几块好毛料弄进了工作室，来来去去搞得他出了一身汗，冲了个澡之后便开始切石。

宋毅没干多久，就被回来的母亲逮了出来，又是一顿劈头盖脸的教训，宋毅恭恭敬敬地应着，最后也搞得苏雅兰没了脾气。

宋毅随后才说道："下午我回家的时候，奶奶跟我说起上大学请客的事情，老妈你们怎么看？"

苏雅兰立刻回答说："当然得请，前几天宝卿过来的时候，我还在说要不要我们两家一块请客呢。"

"这不大好吧。"宋毅说道。

苏雅兰伸手轻轻敲了敲他的脑袋，"有什么不好的，你奶奶也说了，你林叔叔的父母去世得早，大家是世交，本就该相互扶持，你和宝卿是从小到大的好朋友，这次又进同一所大学，是该好好庆祝一下。这事就这么说定了。"

宋明杰点头表示同意，要不然一来一往的也麻烦，说到请客的事，何玉芬也过来凑热闹，并将事情揽到自己身上，宋世博则不管这些事情。

这天早上，宋世博和宋毅一起去鬼市。

鬼市依旧热闹，宋毅也一路留心看有没有什么漏可以捡，只是一路逛过去却没发现什么有价值的东西。

东海的鬼市也就这么点大，林宝卿两父女几乎每个鬼市都会出来淘宝，宋毅和他们自然遇上了。

林宝卿还是那青春靓丽的模样，见到宋毅的时候，眼里闪过一丝惊喜，可随后，她的小嘴便又撅得老高，宋毅这家伙回东海还没和她说呢。

林方军和宋世博闲聊的工夫，林宝卿也在一旁向宋毅发难，低声埋怨他真不够朋友，回来了也不告诉她一声。

宋毅看她俏丽的模样，说："我这不是想给你一个惊喜吗？哎，算我失策，早知道该让宝卿去机场接我的。"

"我才不要去接说话不算话的人呢。"林宝卿嘴角扬得更高了。

宋毅喊冤："我怎么说话不算话了？"

林宝卿亮闪闪的双眸紧瞪着他，"你不是说一起去海南的吗？这些日子都不知道跑哪去了。"

"这段时间去云南那边谈点生意，顺便出国感受了一下异国他乡的风光。"听她这么说，宋毅倒是感觉一阵轻松。

"时间是稍微长了点，可也不能说我失约啊。那时候大学录取通知书还没到，我就想着宝卿要是去海南的话估计也会有牵挂，毕竟宝卿不像我们男生这样，可以没心没肺地到处乱跑。现在通知书到了，宝卿也可以放心去外面玩了，时间就由你来定好了。"

"那怎么行，要是打扰了你这个大忙人的好事，我的罪过不是大了。"林宝卿本不是什么无理取闹的人，可这话说得却有些气鼓鼓的，连她自己都不知道为什么。

宋毅哪会不明白她的心思，轻笑起来，"宝卿这样说就太见外了，我又不是什么日理万机的大人物，哪有什么打扰不打扰的，只要宝卿一声吩咐，我保证随叫随到。"

宋世博和林方军结束了闲聊，宋毅见状也就和林宝卿约好上午再见，便分开了。

回家吃过早饭，宋毅又来聚宝斋找到林宝卿。

"你们店里也销售翡翠吧？"

"嗯，怎么啦？"

"现在手里资金紧张，准备卖掉一部分翡翠成品，看能不能放在聚宝斋代卖，卖出钱好去海南玩。"宋毅如是说。

"切！"

林宝卿才不相信他连去海南的钱都没有的鬼话，宋毅家一系列的动作她可是看在眼里的。

但是帮他出售翡翠却没什么问题，反正聚宝斋开门做生意，顾客有什么需要，聚宝斋都会尽量满足，相反，聚宝斋有什么好东西，也会尽量推销出去。

见林宝卿答应下来，宋毅也松了一口气，可他还是叮嘱她说："过两天我就把翡翠饰品给你拿过来，就算卖不出去也不要贱卖。要不是现在需要花钱的地方太多，我还想留着它们升值呢。"

"我知道啦，你只管拿来就是了。"

宋毅跟林宝卿又扯了一会儿，这才从聚宝斋出来。

宋毅和林宝卿庆祝考上大学的谢师宴办得很隆重，苏雅兰订了东海最豪华的五星级酒店，当天还把宋毅和林宝卿的所有老师都请了过来，大家都十分高兴，看着宋毅和林宝卿不住地夸赞着。

宴会结束，众人散去，宋毅正蹲在角落里笑得见眉不见眼地数礼金。

林宝卿走了过来，目光里满是鄙夷地看着宋毅。

"收了多少啊？财迷。"

"嘿嘿，足足有三万块呢，这下我们去海南玩的钱有了。"宋毅对林宝卿的调侃丝毫不在意，仍然乐呵呵地捧着钱向林宝卿献宝。

林宝卿实在是看不下去了，怎么说宋毅现在也是身家千万的人，竟然因为收了三万块钱而乐成那样，以前他没钱的时候也没见他这么财迷啊。

林宝卿不知道的是，宋毅现在虽然身家不少，但是现金却真的没有多少了。这次去缅甸又是投资开矿又是买翡翠原石，家里的珠宝商店也在马不停蹄的办理当中，又去香港注册了一家家具厂，处处都是钱啊。宋毅现在花钱如流水，就差改名叫钱紧了。

林宝卿无奈地扶着额头，告诉宋毅他前几天送过去的翡翠销售很好，一共卖出了将近五百万的高档翡翠，所以他大可不必对着那三万块钱流口水。

宋毅听罢，不由得夸赞道："宝卿真厉害，我们后天就去海南玩。"

"好啊，那你去和何建说一声，他想去海南好久了。"林宝卿心情不错，这些天帮着宋毅出手翡翠，她也从中分到了五十来万的外快，现在也算是个名副其实的小富婆了。

两人很快找来了何建，说起了去海南的事。

"我前几天去香港注册了一家红木家具公司，准备长期投资红木。这次去海南，也想看看还有没有野生的黄花梨。"

"连公司都注册好了，宋毅你还真是神速，话说投资红木真有市场吗？"

206

毕业之后，再不如在学校的时候天天都能见面，跟着父母忙里忙外做外贸生意的何建也显得成熟多了。可宋毅这段时间取得的成绩却是他拍马都无法企及，如果不是他活生生地站在跟前，他倒要怀疑这个宋毅是不是他从小到大的那个朋友了。

"这点可以问宝卿，她口才比我好。"宋毅笑着把祸水引向林宝卿。

林宝卿横了他一眼，知道他懒，就对何建解释道："物以稀为贵。海南黄花梨本来就是名贵的木材，经过几十年的大肆砍伐，现存数量比紫檀木更少。就我们做收藏的来说吧，明代家具大都是以海南黄花梨为材料的，现在明清家具的价格稳步上扬，我们有理由相信，红木市场也将紧随其后。到时候不止是海南黄花梨和珍贵的紫檀木，就是普通的红木价格恐怕也会跟着水涨船高。"

"所以现在投资红木正是时候，我和宋毅都打算去那边碰碰运气，你要不要一起来？"

"原来你们都调查好了，我怎么好意思平白无故享受成果呢。"何建嘿嘿奸笑起来，哪有一点不好意思的样子。

林宝卿瞥了口是心非的何建一眼，"不好意思就拉倒！"

何建连忙赔笑道："我是不好意思拒绝你们的好意，让我到哪里去找你们这样的好朋友。"

林宝卿这才满意地点点头，继续说道："其实海南除了珍贵的黄花梨之外，还有更为珍贵的沉香。海南的沉香在古代就很出名，一沉万金说的就是海南的沉香。"

宋毅笑着对何建解释道："宝卿最近对香料十分入迷，对沉香尤其有研究，下回我们再见她，就该称她香学专家了。"

"还不都是你惹的祸，要不是你先前拿着个汝窑香炉来诱惑我，我怎么会迷上香道的。"林宝卿俏皮地噘起了嘴。

宋毅笑着对她说："都是我的错，就让我将功补过吧。听说海南的野生沉香不少，要真能收购到的话，赔你百斤如何？"

林宝卿开心地说道："这可是你说的，这段时间我一直在点沉香，我爸妈都说沉香的味道好闻，我把他们的鼻子也养刁了，换了稍差一点的沉香他们都闻得出来。"

宋毅笑道："这是好事啊，说明你们的生活越来越有品位了。"

"可烧起来也有点心疼啊，我在想要是这些沉香放个几年，价格可就不止这么点儿。而且沉香的生长速度极慢，可以说是烧掉一点儿少一点儿。"

林宝卿微微皱起了眉头，沉香的用处很多，在医药上的作用尤其明显。林宝卿甚至特地去药材公司采购了一些沉香，可药材公司的沉香大都没什么味道，有的根本就不是沉香。

何建在宋毅耳边轻声笑着说道："她这样子像不像女版葛朗台？"

"鬼鬼祟祟地说什么呢？"林宝卿立刻瞪圆了眼睛问。

何建连忙说道："我在说，宋毅不是赚了大钱吗，又是他把你引上这条败家的道路的，你让他给你提供香料就是了。"

"这点贡献我还是愿意做的。"

宋毅打了个哈哈，很快三人就把具体的行程做出了安排，先去三亚享受几天，等玩够了之后再启程去寻找黄花梨和沉香。

林宝卿和何建自然没什么意见，两人也正值少年，正是贪玩好耍的年龄。

飞抵海南，住进四星级酒店，为了安全着想，宋毅定的是两个房间的套房。

刚把行李放好，何建就站在临海的窗边，叫嚷着要去沙滩近距离和美女接触，结果惹来林宝卿的一阵白眼。

宋毅其实也想早点看到林宝卿穿上泳衣的模样，只是他没何建那么直接。何建虽然有些迫不及待，可还是要等林宝卿收拾妥当之后，才能出门。

到了沙滩，蓝天碧海白沙滩让人心旷神怡，不像东海那浑浊一片的海，这里的海水清澈透明。

不出宋毅所料，林宝卿选择的果然是相对比较保守的泳衣，虽不是连体泳衣，但宽大的泳衣将她身体最美好的部分都遮挡住了。

当然，厚脸皮的宋毅也有自己的绝招，遮阳伞下，林宝卿刚将外衣脱掉，露出粉嫩的肌肤，宋毅就凑了上去。

"宝卿，你瞧太阳这么大，不涂点防晒霜对皮肤可不好。要是你觉得不方便的话，我非常乐意帮你擦防晒霜。"

林宝卿早预料到会有这样的情景，可事到临头，还是让她俏脸发烫。她可不敢让宋毅在她身上乱来，自己先把能涂到的地方涂了之后，方才让宋毅接手。

宋毅尽量以专业的手法帮她擦防晒霜，可当他真正触摸她身上那细腻雪白的肌肤时，心情还是忍不住荡漾不已。

青春少女粉嫩的肌肤、光洁的后背给他强烈的视觉冲击，纤细修长的大腿更是诱人。

林宝卿虽然落落大方，不过她娇柔的身子十多年来没受过这样的刺激，身体的自然反应是她不能控制的，宋毅的手仿佛有种特殊的魔力，让她心神荡漾，娇软的身子也忍不住微微轻颤。

好在宋毅的手一直很规矩，林宝卿也一直趴着，宋毅看不到她脸红心跳的表情。但瞒得过别人，却瞒不过自己，趴着的林宝卿羞得要死，只想就这样不起来，要不然给他看见简直丢死人了。

"好了。"

宋毅的手恋恋不舍地从她身上挪开，他喜欢她身上那青春的气息。

"你先去玩吧，我困了，先躺会儿再说。"林宝卿趴着不肯动身。

宋毅却道："那怎么行呢，这地方色狼可不少。"

"我身边就有一头。"

林宝卿见他不肯动，恨恨地说道。

宋毅陪她说了会儿笑话，林宝卿也渐渐恢复了平静，在心底发誓下次绝对不让他帮忙。他这哪里是帮忙，分明是想让她出丑。

在海滩玩了两天，宋毅和林宝卿两人玩得不亦乐乎。对宋毅来说，这是真正的悠闲时光，不用考虑怎样赚钱，也不必担心家里的事情。

何建却兴致不高，因为他没泡上什么美女，反倒成了电灯泡。

在何建的提议下，宋毅两人也觉得该做点正事了。掌握几人行程决定权的林宝卿这两天被宋毅逗得异常开心，但也意识到他们这次出来不只是游山玩水的，在海滩玩了两天之后便启程去寻找黄花梨和沉香。

来之前宋毅可是做足了准备的，这时候黄花梨的老材主要来自于药材公司库存的当药材的木材，停产的工艺厂、乐器厂、算盘厂等仓库里的原材料，以及林场、农垦老工人家里存下的木料。

真要自己一个地方一个地方地去跑的话还是蛮累的，何建从小受父母熏陶，对这样跑来跑去低买高卖的事情很来劲。这时候一斤黄花梨的市场价一般都在七八块钱左右，何建憧憬着升值后的美景，跃跃欲试。

宋毅却懒得跑，笑着对他说："照你这样能收得到多少？人都要累死，瞧我的。"

"那我倒要瞧瞧。"

何建有些不解，不自己亲自去收购难道还有别的方法。

宋毅很快就找来当地有门路有关系的商人，当着他们的面开出几张百万支票，然后对他们说："我想在海南大量收黄花梨，每斤十块钱，有多少要多少。"

对这些商人来说，一斤能有两三块钱的利润可算是天上掉馅饼了，反正宋毅也没限制数量，他们收购的数量越多赚得越多。也不管宋毅是否年轻，看在钱的面子上，一个个跑得屁颠屁颠的。

何建倒是很想去赚这其中的差价好存点私房钱，可他没那么广的人际关系。也为了和宋毅、林宝卿两人保持一致，他只得忍痛放弃这份赚钱大计。

除了这些地方的老料外，外面还有野生的黄花梨。对于野外的黄花梨，宋毅心底还有些纠结，到底要不要鼓动别人去砍伐这些珍贵的树木。

在他的印象中，在不久的将来，为利益所驱的人们几乎将海南的野生黄花梨砍伐一空。他现在该如何选择，是去保护这些野生的黄花梨，还是现在狠心将它们都砍掉。

宋毅非常清楚，为了利益，平素看起来非常老实的人也会做出异常疯狂的事情，就拿黄花梨来说吧，即便你把黄花梨移植回家种在自家院子里，也要日夜提心吊胆，生怕被人乘机偷去。

可宋毅不是站着说话不腰疼的人，自然不会去指责别人什么，更不指望他的出现能给这浑浊的世道带来些什么扭转时局的清风。摆在他面前的唯一选择，似乎只能是提早下手。

现在人们对黄花梨的价值还没有特别深刻的认识，所以这些树木才能得以保存，宋毅也才有机会收购到价格低廉的东西。

等大家都认识到黄花梨的价值时，黄花梨的价格可不是现在的十块钱一斤，到2000年以后，品质好的海南黄花梨能卖到一万多一斤。

宋毅心里有底，他现在买进的话就有将近上千倍的差价，宋毅自然会让出区区几块钱的利益，换来更多人的帮助，以期收购到更多的黄花梨。他先前在商人面前的表演就是为了这个目的，本来现金和金条可能更有震撼力，但他和何建、林宝卿几个半大的孩子出门在外，不方便带这些东西，只能用支票来诱惑这些商人了。

何建和林宝卿对宋毅的行为还有些不理解，但有一点他们是非常明确的，那就是宋毅对黄花梨将来升值的前景非常有信心。收购黄花梨宋毅占大头，他们也没多说什么，尤其知道他已经注册了一家红木家具公司后，两人对盈利的前景更是非常看好。

海南除了黄花梨之外，还有著名的海南沉香。香学典籍《香乘》中就有记载：香出占城（越南）者，不若真腊（柬埔寨），真腊不若海南黎峒，黎峒又以万安黎母山东峒者冠绝天下。谓之"海南沉香一片万钱"。

野生沉香在上面这些地方基本找不到，药材公司里数量不多，而且品质普遍比较低，事实上，大部分的药用沉香都依赖进口。

林宝卿最近疯狂地迷上了沉香，宋毅介绍给她的香学典籍中自然就有《香乘》、《香谱》、《香录》这类著作，她对海南沉香也心仪已久。这时候来到海南，自然想要找到最好的野沉香，见宋毅将收购黄花梨木的事情安排妥当，不用她花太多心思，也就乐得不去多管。真让他们几个人一个个地方去收购，累死累活不说，收回来都没地方放。

宋毅把这边收购黄花梨的事情安排下去之后，林宝卿就找两人商量着去海南岛的山区黎民们居住的地方去寻香，这其实也是另一种游山玩水。

说起沉香，素有辩才的林宝卿滔滔不绝。

"沉香的学名就叫琼脂，指的就是海南岛出产的沉香是最好的。其中黎母山的沉香久负盛名，在宋代诗人笔下以及《本草纲目》中都有记载，我看我们就去那里旅游，顺便寻香好了。"

"我怎么都没听过。"

这时候，除了三亚几个著名的景点外，海南岛的其他旅游资源大都没开发出来，更别说很多人连听都没听过的黎母山，也难怪何建苦着一张脸。

林宝卿横了他一眼，"现在长点知识也不迟啊，范成大的《桂海虞衡志》中就有这样的记录：琼州崖万琼山定海临高，皆产沉香，又出黄速等香。《稗火汇编》中也有记载，赐两军之间黎母山至是为冠绝天下之香，无能及之矣。咦，你不会连范成大都不知道吧？"

"当然知道，宋代的嘛。"何建连忙截断了她的话，"宝卿说去哪就去哪好了。"

林宝卿秀美的脸上露出了甜甜的笑容，对两人说道："你们有什么好的建议要提出来啊。我们还是很民主的，我说了也不算，少数服从多数嘛！"

"这能叫民主吗？"何建点头同意时却在暗自腹诽，不用想也知道宋毅这家伙肯定站在林宝卿一边。

"我同意宝卿的建议。"宋毅大声说完之后，又在她耳边轻语道，"其实我觉得哪里的沉香都比不得宝卿香。"

"要死了你，还敢乱说。"林宝卿羞红了脸轻啐了他一口。

她这两天不管是在沙滩玩还是下海游泳，都没少被他占便宜，自然也被他狗一样灵敏的鼻子嗅到了她身上那独特的芬芳。为此宋毅没少说，林宝卿每每追打他。

何建对此视若无睹。

既然决定要去黎母山，那就得先做准备。

黎母山在海南中部的琼中县境内，自古以来被誉为黎族的圣地，黎族人民的始祖山，是海南的名山之一。

几人包了辆车过去，尽管从三亚过去一路风尘，但窗外的热带雨林却如诗如画，让人沉迷。何建全然忘记了此前还有抱怨，反而大声赞叹起这未经工业污染的自然环境来。

宋毅和林宝卿相视而笑，看来这趟是来对了。

进了黎母山，风景越发旖旎迷人，秀美的山水自不用多言，各种奇花异草，奇石怪树，种种不知名的动植物更是时不时出现在几人面前，看得几人眼花缭乱，恍然进入了另一个桃源圣地。

热情的司机也给几人详细介绍着当地的民俗风情，勤劳善良的黎族人民取得的成就等等。

宋毅便说可惜来得不是时候，没能赶上黎族农历三月初三的盛会。

林宝卿和何建便问起那是怎样的盛会，司机对他们解释说是黎族的爱情节，是关系民族传承的大事。还说黎族恋爱婚庆比较自由，即便未婚生子也不受歧视。

没住旅店，宋毅带着两人住进了黎家山寨，热情好客的马村长安排几人住在他自己家里，这一来正中了宋毅的下怀，要论采香谁能比得过经验丰富的老一辈人呢。而且有老辈人的号召力，在这里想要收藏更多的沉香也方便多了。

何建和林宝卿两人倒没他那么多心眼，对两人来说，这是一种全新的体验。

听说几人是慕名寻香而来的，马村长对几人更加热情，拿出黎家的米酒招待他们，听老村长说起这米酒的神奇之处，林宝卿越发觉得不虚此行。

马村长从地里取出一坛窖藏了五年的米酒出来，拿来几根竹管插在上面让几人品尝。还说起他们黎民自酿的这山兰米酒有几大功效，一饮消食去积，二饮生肌愈伤，数饮则驻颜长寿。

宋毅拿着竹管品了一口，果然如他所言，甘甜宜口，先不管它有没有种种神奇的功效，单就可口这点就足以让人念念不忘。他当即伸出大拇指赞叹道："果然是好酒，可惜养在深闺人未识，要是多宣传的话绝对不比外面卖的那些名酒差。"

马村长笑着说道："我们这酒是用山里的旱生山兰糯米谷酿制的。数量上不去，名气大也没用。这坛酒可是埋在芭蕉树下藏了五年的。"

"这倒也是，马村长你们可真有口福。"

宋毅知道，山里地广人稀，这些稻谷虽然产量不高，但却够黎民们食用了，他们一般将其中的七成用来酿成米酒，三成平时食用。

"宝卿也来尝尝，这山兰米酒可不像白酒那么难喝，黎家只有招待贵宾的时候才能喝到呢。你刚刚也听村长说了，喝了可以驻颜长寿的哦。"

宋毅看林宝卿还有些犹豫，知道她不喜欢喝酒，但这米酒不同于白酒或者葡萄酒，女孩子喝点也是有好处的。

至于何建，不用人劝他自己就喝开了。

林宝卿抱着姑且一试的态度，轻轻抿了一口，那清爽甘甜的味道顿时让她神清气爽，再细细品味时，更觉得惊讶，"咦，这味道非常特别，尤其是这香味，简直不像人间该有的。"

"我没骗你吧。"宋毅笑道，"多少人想喝都喝不到呢！"

林宝卿点点头表示同意，然后继续品酒，马村长也旁边解说这山兰米酒的独特之处。

其一是用料考究，都是山里黎家人自己用的稻谷，没使用任何化肥，用宋毅的话来说就是绝对的绿色食品。

其二是酒曲独特、天然酿造，马村长说得眉飞色舞，毕竟酿酒是他们黎族的一大骄傲。

宋毅见他说得开心，也就非常配合地问起他这酒曲的用料。

马村长乐得有人愿意了解他们的酒文化，也就知无不言，言无不尽，这酒曲采用的扁山叶刺、山桔叶、南椰树心等等，这些材料本身就有独特的树脂芬芳，而南椰树花心的汁液本来就有天然的酿酒功能，所以酿出来的米酒清香宜人也就不足为奇了。马村长也说了，不管是米酒的用料还是酒曲的用料，数量都非常稀少，不怕别人仿制。

两人说话间，品尝着山兰米酒美味的林宝卿想要辨别出其中的真味来，喝得有些上瘾。何建更是夸张，对着竹管吸个不停，生怕少喝了一点。

宋毅好心提醒说："宝卿，你们俩少喝点，这酒后劲很足的。"

"才不怕呢。"

就这一会儿工夫，林宝卿那张秀美的脸颊已经变得酡红起来，越发美得不可方物。

"人生难得几回醉嘛。"何建嚷了一句，心说哪那么容易醉，然后又继续喝去了。

宋毅无语，他们两人毕竟是年轻人心性，很难像宋毅一样有自制力。看马村长没有丝毫的不悦，宋毅也就不说什么了，想必他也希望自家酿造的好酒得到别人的认可。

"奇怪，我怎么好像尝到酒里面有沉香的味道。"林宝卿说完又吸了一口，语气也更笃定了，"嗯，我敢肯定里面加了沉香。"

　　宋毅乐了，朝她竖起了大拇指。他前世就来过这边，知道山兰米酒的酿造过程，自然清楚里面有沉香，可林宝卿不知道酿造过程，马村长还没讲到，她却硬是品尝了出来，敢情她真是在品酒啊。

　　"小姑娘真的很厉害啊！"马村长呵呵笑了起来，详细对他们解释说，"我们这山兰米酒里面确实有沉香。因为酿造米酒时，先前蒸饭的时候用的木甑是沉香木甑，沉香的味道就进入了米粒之中。后面蒸酒时所用的圆甑更有讲究，必须是沉香独木做成的圆甑，这样可以保证蒸酒的时候不漏元气，同时还可以把名贵的沉香味道融入米酒之中，沉香的功效在医术中早有记载。所以我说喝了这酒好处多多。"

　　得到马村长的认可，林宝卿显得更开心了，"我就说嘛，难怪这么美味。"

　　林宝卿忍不住又喝了一口，然后问道："老村长，你们这边的山里，沉香木很多吗？用独木挖成圆甑，那得多大的树才行啊。"

　　"山里沉香木是不少，可我们用来做器具的都是快尽寿命的树木，还有更大的沉香木在山林深处。不过山里地势险峻，又有毒蛇瘴气，一般人可不敢进去。"马村长回答她说。

　　山里人对大山的感情很深，比外人更懂得保护资源，不会做出竭泽而渔的事情来。

　　宋毅心说要是为利益所驱的话，不管在哪里都经不住人们拉网式的搜索，不过比起海南黄花梨的悲惨命运，沉香树显然要幸运得多。因为沉香木的成材比黄花梨要快得多，人工种植的话几年便可以采香，质量虽然不如黄花梨，但作为一般的消耗替代品却是没问题的。

　　"那可真是遗憾，我本来还想亲自去见识沉香木长什么样呢，到底是怎样的环境才让它有了如此醉人的芬芳啊。"

　　林宝卿那似嗔似怨的娇俏模样让人心生怜惜，宋毅心动之际，接着说道："宝卿也别难过了，老村长可是采香的高手，常年生活在这里，对山里的地形也熟。太险峻的地方我们去不了，如果附近有野沉香树的话，老村长肯定乐意带我们去看看的。不过现在还不到采香的季节，宝卿若想亲自采香恐怕是要失望了。要是真想收藏沉香的话，找老村长一准没错。黎母山的沉香冠绝天下，外国人都趋之若鹜呢。"

林宝卿马上明白了他的意思，他是想让马村长知道，他们到这里来只是想去看看，了结心愿而已。

听他们这一说，马村长想想也是这个道理，担心几个城里来的年轻人干什么？他们肩不能担手不能提的能干出什么事情来。而且正如宋毅说的那样，现在还不到采香的季节，他们想要沉香的话，还是得从村里人手中购买。

林宝卿其实真没想亲自去采香，收藏到足够数量的上品沉香对她来说就很满足了。但这时海南的精品沉香大都转手被日本人和中东人收购去了，国内需要沉香虽多，但大部分都由东南亚一带进口。

宋毅出手向来大方，受他的影响，林宝卿也格局大了起来，她也明白宋毅的想法。对老百姓而言，光有口号是不够的，最重要的是要见到实惠。

林宝卿当即便对马村长说，她酷爱沉香，想亲眼见识一棵沉香树，马村长当即点头，这点他也能理解。

爱香自然会大量收购沉香，林宝卿也说了，就算村里的沉香全部卖给她她都不嫌多，她愿意以高出别人收购价两三成的价格将附近的沉香全部收购下来。当然，得请马村长帮忙，不能将沉香卖给别人，以后沉香价格如果有波动的话，大家可以再商量。

巾帼不让须眉。

在马村长看来，这小姑娘气魄可真不小。

高出别人的收购价两三成可不是个小数目。对他来说，采来的野沉香卖给谁都无所谓，这小姑娘看着舒心，又能为村里人创收，何乐而不为呢。

加上宋毅在一边推波助澜，事情也就这么说定了。这时候倒不用签什么合同之类，大家讲的是一诺千金，要真想反悔的话即便有合同又能如何。

马村长很开心，有点天上掉馅饼的感觉，山里人收入不多，这采香便是最大的收入。往年其他人来收购的时候，一个个都刻意压低价格，奸得跟鬼似的，哪比得上这几个年轻人大气。

宋毅补充了一点，说是不要刻意追求沉香数量，每年的数量稳定就行，品质才是关键。

这一来正合马村长的意思，他可不想今年采了之后明年就没了。

林宝卿心情很舒畅，要知道，黎母山的沉香可以说是世上最顶尖的沉香，只要把这个地方的沉香拿下来，那她这一辈子即便天天熏香都不成问题，这时她还没想得太长远。

"少喝点，可别真醉了。"宋毅见何建还在埋头苦干，一坛酒估计他一个人喝了大半。

"如此美酒，醉了也值得！"

搞定沉香收购事宜之后，林宝卿心情大好，咯咯娇笑起来灿若春花，还眨眼挑衅宋毅说："你怎么不喝啊，怕喝醉酒出丑吗？"

宋毅嘿嘿笑道："我要敞开喝的话就没你们的份了。再说了，老村长家的米酒可经不起我们这么折腾。"

马村长却笑道："小伙子你太小看我了，我家米酒多着呢，要是在这里喝了觉得不过瘾，带走几坛都没问题。"

"那我们就多谢老村长了。"

宋毅巴不得他说这话，这山兰米酒数量不多，放了三年五载的更少，马村长这次可是舍得花本钱。

林宝卿心花怒放，用她那双璀璨的眸子向宋毅暗送秋波，这让他顿时醒悟过来，这米酒带走的话想必也得归林宝卿。

宋毅在马村长家的时候也没忘记打量他们家的家具，像沉香做成的木甑、蒸酒用的圆甑他不能搞到手，其他非酿酒必需品的还是可以商量的。

可他东瞧西望都没发现有黄花梨做的家具，宋毅连他们屋子的梁柱都瞧过了，都不是黄花梨的。

宋毅晚上扶着何建去睡觉的时候发现，马村长安排他和何建睡的大床是黄花梨木做成的。

将躺下去就睡得跟猪一样的何建往床里面推了推，宋毅打亮手电仔细辨别了一下，这确实是海南黄花梨木的。不管是床板金黄色的材质，还是遍布的鬼脸，宋毅都可以断定，这张床是老黄花梨木做成的。

所谓的鬼脸，其实就是黄花梨在成材过程中，脉络清晰的纹理形成的种种美丽图案。

用力刮了刮切面，一种馥郁的香味便散发出来，馨香浓郁，正是黄花梨独特的香味。

最让宋毅吃惊的是，这块黄花梨的料非常宽大。众所周知，黄花梨的成材极为不易，最为人们看重的就是黄花梨中间的芯材，像马村长家床板这样大小的黄花梨木至少需要上百年才能长成。

宋毅心说这下还真是撞大运了，有机会还是弄走比较好，要不然等以后疯狂收购黄花梨木的大军到来之后，还是便宜了别人。

可这大床不比沉香，马村长应该不会这么轻易出手，东西用久了总是有感情的，何况这床一旦拆了，来了人就没地方睡觉了。

宋毅心想兴许买张漂亮的床和他换可以解决这个问题，当然，还是问过马村长再做决定比较好。

颠簸了一天，宋毅也有些累，一觉醒来已是早上六点多，天已大亮。昨晚喝多了米酒的何建还在酣睡，精力旺盛的宋毅醒了就再睡不着了。

平时在家里，早上早起还可以做点事情，在外的话没那么方便。想了想，宋毅背着相机出了门，想着出去看看风景。

宋毅刚出门就在院子里碰见马村长叼着旱烟袋，见到他热情地和他打招呼。

"小宋这么早就起来了啊。"

"马村长家床好，我一躺下去就睡着了，睡了这么长时间也该醒了。倒是马村长，怎么也起得这么早，家里儿子、媳妇有出息了，用不着老村长操心，该多休息才是啊？"宋毅笑着回答道。

马村长呵呵笑道："习惯了，人老了就睡不着，你们年轻人多睡些倒是不错。"

"早睡早起好处多，山里空气好，风景秀丽，我正打算出去拍点照片呢。"宋毅扬起手里的相机，"要不我给马村长照一张。"

马村长连忙摆手说算了，还热心地说道："山里地形复杂，要不我带你去吧。"

宋毅笑道："我就在村子附近随便走走，要麻烦老村长的事情还很多，现在虽不是采香的季节，可村里人以前的沉香不可能全都卖掉，老村长也不愿意见到我们空手而归的，对吧？"

"我这就去和他们说说，小宋记得等下回来吃早点。"马村长心领神会地笑笑。

"对了，还有件事要麻烦老村长。黄花梨木我们也想高价收购，不管是老家具还是老料、新料，只要是黄花梨木我们都要，收购价格比沉香低，但绝对高出市场价，麻烦老村长帮忙宣传一下。"

马村长好奇地问道："黄花梨你们也要？"

"这里可是著名的宝山，好东西多，这黄花梨也是香料的一种，学名就叫降香黄檀。人们以前用它来做佛香，不过我觉得真用来做佛香的话太浪费了，黄花梨木还是做家具比较合适。像老村长家的黄花梨大床，又结实又美观。"

马村长却苦笑着说道："现在的年轻人谁还看得起这样的老式家具，他们就知道追求新式的，没想到小宋倒是有眼光。"

"没办法，受家里长辈熏陶多，他们就喜欢这类简洁朴实的家具，说那花花绿绿有什么意思，这才叫有品位。这不，听说我来海南旅游，就叫我顺便带点黄花梨木回去，说是打算打造几套黄花梨的家具呢。"宋毅嘴上回答着，心思也开始活络起来，倒是可以从马村长的儿子媳妇身上下工夫，先前想的买张好床来换的主意或许还真行得通。

"现在黄花梨木可不多见了，大伙之前砍的倒还有不少，用在宅前屋后的也很多，我去帮你问问看，这黄花梨你真的也出高价收购？"

听宋毅一说，马村长看他的目光都和以前不大一样了，还真是个孝顺的孩子。

"对。块头越大的价格越高，小的也要。"宋毅一听有戏，"那我就先谢过老村长了。"

"跟我还这么客气。"

宋毅也就不再说那些客气话，两人各自出去，马村长去起得早的黎民家，帮宋毅宣传沉香和黄花梨木的事情。宋毅则绕着寨子四处走走看看，看到风景好的地方就拍照。

宋毅沿着村子转了一圈，回到马村长家时，太阳已经升得老高了。

马村长还没回来，林宝卿和何建也还没起来，他只得苦笑，早就叫他们不要多喝，两人偏不信邪，还一个劲诱惑自己。

马村长的儿子媳妇和老村长一样，都非常热情好客，招呼宋毅吃了早点，其中还有米酒煮蛋，既可以作为招待贵客的上好食品，更是孕妇坐月子补身体的好东西。

　　吃过早点之后，闲着无聊的宋毅本想着抽空画画，没想到陆陆续续来了很多山民，肩挑手提的都是沉香和黄花梨。他们是响应马村长的号召，说是村里来了几个财神，要高价收购沉香，叫大家手里有沉香的就不要藏着掖着，还说大小都行，于是，有心思活络的便带着一部分过来试试。

　　马村长在村里有这么大的号召力，宋毅自是开心，他可以省很多工夫了。偏生这时候林宝卿和何建两人还在睡觉，宋毅只得一个人先扛着。

　　好在宋毅是见惯了场面的人，当下忙而不乱，让马村长的儿子儿媳帮忙维持秩序，他自己一边鉴定沉香和黄花梨，一边给送它们过来的村民报价。品质一般的沉香都按高出市价两成的价格收购，精品沉香价格则高三成。

　　至于黄花梨，村民们拿来的都是小件的，这样的黄花梨也是非常有用的，拿来做笔筒，雕刻成各种文玩物件都可以。当然，沉香也可以雕刻摆件、用具，比起奢侈地焚香熏香，做成念珠等物件利用率要高效得多，而且长久放置之后依旧可以用来焚烧。

　　不管是沉香还是黄花梨，宋毅都是大小不忌，可他还是希望收藏到尽量大块的黄花梨，见院子里人多起来，宋毅便对他们说道："大件的黄花梨价格更高，大家有的话都可以搬过来。"

　　一小截黄花梨就可以换个上百块，宋毅的话让村民们更激动了，大件的话起码得上千块啊！

　　"我家有口黄花梨的柜子，可惜太大了搬不动啊。"

　　"我家有张黄花梨的大桌子，搬来只怕老村长家都放不下。"一个四十来岁的汉子嚷道，惹来一阵哄笑声。

　　宋毅中气十足，声音也大，大声回答道："搬不动不要紧，等忙过这阵子我去你家看都行。"

　　"阿顺知道我家在哪里。"

　　阿顺就是马村长的儿子，听宋毅这么一说，他也有些蠢蠢欲动。这简直是天上掉钱啊，他以前咋就没想到黄花梨也和沉香一样值钱呢。

宋毅又大声说道："只要是黄花梨和沉香的，不管是家具还是炊具，或者是房梁柱子都可以卖钱。"

宋毅这一说，下面的村民更乱了，宋毅就听有人说："阿朗，赶紧回家拆你家房子吧，你家那根柱子就是黄花梨的，我看起码能换个两千块。"

"你家梁柱都是黄花梨的呢，咋不拆了换钱呢？"

"要是真有房梁柱子是黄花梨木的话，我看过之后，可以考虑请人帮大家拆房盖新房。"

宋毅的话燃起了村民们更大的热情。

"真有这样的好事？"很多村民相互询问着，待见到花花绿绿的钞票捏在手里时，他们才相信，这一切都不是做梦，确实有这样的好事。

宋毅也没忘记大声宣传："以后大家要是把沉香和黄花梨都卖给我的话，价格都会像今天这样优惠。大家以后有什么好东西想卖给我的话，只管找马村长就行，他会联系我的。"

马村长出去做宣传还没回家，宋毅便把马顺给拖了出来当代表。

听说只要把东西卖给他，以后还有这样的好事，村民们再次议论纷纷，一时间马村长的院子里好不热闹。

宋毅一边大声做宣传，手里也没停下，鉴定分级，算价格，忙得不亦乐乎，他不愿意让这些来马村长家的村民久等。

黄花梨也有这样的价值大家先前不知道不足为怪，可说到沉香，山民们都是行家，见宋毅为人豪气，不仅懂香，还分辨得清每种沉香的好坏，给他们开出的价格也非常厚道，不像此前来村里收购沉香的贩子那样奸猾压价，几乎立刻就对他有了好感。

那些先前听了马村长的话，将信将疑地只拿了一点沉香的山民见到这情景后，马上又回家把剩余的沉香都拿了过来，能卖个好价钱，谁还会把它留在手里。

第八章　宋毅千里迢迢赴农家高价收沉香，
　　　　村民为卖黄花梨不惜拆房盖新房

见到院子里堆积如山的沉香木和黄花梨木，看到院子里络绎不绝排队等待过秤算钱的村民，林宝卿惊讶得瞪大了眼睛。村民们拿来的沉香中精品非常多，放老远就能闻到它们散发出来的芳香。宋毅不仅收来了村民们家里的黄花梨桌子、柜子、床，还收来了房子的大梁。真奇怪，村民们就为了那俩钱，难道把自己家里的房子也拆了不成？

听到外面吵吵闹闹的，林宝卿醒来之后就觉得不妙，不知不觉就喝醉了，还睡到这么晚，外面来了很多人，也不知道发生了什么事。

林宝卿匆忙梳洗时还在回想昨天晚上的事情，幸亏当时虽然喝醉了，却没做什么丢脸的事情，要不然以后可没脸见人了，这可是她第一次喝醉酒。

她又想起宋毅一个劲儿劝他们俩不要多喝，更觉得不好意思，至于昨晚说了什么话她自己也记不清楚了，但是想来宋毅也不会和她计较。从小到大的相处，林宝卿也把宋毅的性子摸了个透，那就是从来不和她计较。

等林宝卿出来，见到院子里堆积如山的沉香木和黄花梨木，三三两两站在院子里热热闹闹地议论着的村民时，林宝卿秀美的脸颊像染上了彩霞一般。望着宋毅的眼神也带着愧疚，都怪黎家的米酒太好喝，让她误了大事，把所有事情都交给宋毅一个人承担。

宋毅和她打了声招呼，也没说她醉酒的事情，只笑着说道："没想到这些山民这么热情，这么一会儿就送来这么多好东西，宝卿你来看看，有很多你喜欢的沉香呢。"

尽管心里觉得不好意思，可素来大方的林宝卿还是过去帮他的忙。

她越看越惊讶，这些人拿来的沉香中精品非常多，很多沉香放在那里就能闻到它们散发出来的芳香。

一般来说，鉴定沉香的好坏，最重要的就是闻沉香的味道，也可以用含油量的多少来鉴定。一般的沉香在常温下是没有多少味道的，只有在熏香的时候，闻到的味道才是最纯正的，也最能鉴定沉香的好坏。

但在大批量收购时，显然不可能用熏香的方法来鉴定。先不说一段段沉香用来熏香很不现实，就是人的鼻子也是有适应性的，同样的香闻得多了也就闻不出特别的味道来了，更别说鉴定它们的好坏了。

林宝卿一来，宋毅身上的压力顿时减轻了不少，宋毅让林宝卿负责算账。

鉴定沉香和将沉香、花梨木过秤这样的事情则由他来做，他用眼睛看用手掂量就能判断个八九不离十，这让林宝卿佩服不已。那些精品，宋毅也用舌头去尝，还笑着鼓励林宝卿也来做鉴定。

林宝卿知道鉴定沉香有这样的方法，极品沉香尝起来有种温软酥麻的味道，可她却撅着小嘴不干，那不相当于间接接吻了嘛，尤其是在这么多人面前。

便是这些山民，也觉得以他的年纪来说，确实有些神乎其神，因为宋毅每次都说得很准，报给他们的价格也往往高过他们的心理价位。他们都是淳朴的人，不会做出那些往沉香里灌水泥之类的缺德事情来。要是真干那样的缺德事情，遇到宋毅这样的人，也只会自取其辱，以后在村里就不要做人了。

林宝卿对这些村民带来的沉香很是好奇，也屡屡出现让她惊喜的事情。

在这里，她见到了书中记载的精品，顿时就嚷了出来："原来真有鹧鸪斑呢。"

"小姑娘也知道什么是鹧鸪斑吗？"一个五十多岁的黎民笑着问道。

林宝卿笑道："我怎么不知道，宋代诗句中就有鹧鸪斑的说法。《常新录》中更有'鹧鸪沈界尺'的记载，沉香带斑点者名鹧鸪，沈华山道士苏志恬偶获尺许，修为界尺。"

她研究香道有一段时间了，她人本来就聪明，又肯用心，这方面的典故可难不倒她，随口道出的典故可能比这些经常采香的村民还要多。

"这根用来做沉香手链最合适不过了。"林宝卿又看中一根黑色的沉香木，有一米多长，直径有四十多厘米，得做多少珠子啊。

"别看了，都是你的，你想怎么处理就怎么处理。现在快帮忙算账吧。"宋毅和她开着玩笑。

"就要看怎么了。"林宝卿横了他一眼，还是乖乖地帮着计算价格，看到村民们脸上的笑容，她也感到格外开心。

何建起得比林宝卿还晚，他本想帮着搬那一根根沉香木的，宋毅却拉他到一旁，让他出去买好烟、好酒和好吃的回来款待前来送沉香的村民，顺便多取点钱过来。

何建见他在这里也帮不上什么忙，匆忙吃了点午饭就出去了。

此后的几天时间，宋毅和林宝卿就在院子里收购沉香和黄花梨木，马村长的影响力远不止这一个村子，附近村子的村民听说有人高价收购沉香，家里有沉香的过来询问过之后，也将沉香送了过来，宋毅当然欣然收下了，他还希望他的影响力越远越好呢。一早一晚，宋毅则去山民家中看他们的黄花梨木家具。

何建对沉香不熟，就做后勤工作，负责联系车辆、货船准备转运回东海，加上在三亚那边收购的黄花梨，用货船装一点也不夸张。

这几天，几个人一直住在马村长家，马顺见到别人卖得如火如荼，也动了心思。

看到别人家里一个黄花梨做的旧柜子就能卖两千块钱，马村长的儿子马顺看得心痒痒的，便和妻子商量着要不要将家里那黄花梨的木床也卖了，再怎么着也能比别人家那破柜子值钱吧。当然，这得和他老子马村长商量才行，马顺不笨，便发动全家人向马村长说这事。

正巧马村长也有这意思，这些日子宋毅在村子里闹得风风火火，他看在眼里，心底难免也有些躁动，加上家里人都有这个意思，他也就顺水推舟同意了。

但马村长没亲自出面，而是让马顺自己去找宋毅，马顺便开门见山地说明了他的意思。

宋毅听了之后暗自偷笑，看来不用买床来换他们家的黄花梨木大床了，倒是省了他很多麻烦。

出乎马顺预料的是，宋毅给他的条件非常优惠，答应高价收购他们家的床，还说是睡了几天有了感情，给了他四千五百块。对采香有固定收入的马顺家来说，这可不是个小数目。马村长家的沉香品质非常不错，宋毅也都给他出了高价。

宋毅还让马顺帮忙去外面收购沉香木和黄花梨木，价格比宋毅亲自收购还要高一些，摆明了是给他钱赚的机会，用宋毅的话来说是给他的辛苦费。

与此同时，宋毅为了搞到那些用于建筑房屋的老黄花梨木，也一并把拆房建房的事情委托给马顺一家人。

一来马村长一家对当地的情况比较熟悉；二来宋毅根本没那么多精力和时间弄这些。

这一来，得了好处的马顺往左邻右舍、村里村外跑得就更带劲儿了。

宋毅不愿意浪费太多工夫在收购东西上面，好在何建和林宝卿都非常有热情。

林宝卿是因为喜欢沉香，用她的话来说，每收集到一点沉香，她心底就多一份喜悦。黎民又淳朴热情，会给她讲各种各样的关于沉香的神话故事，以及采集沉香时的奇闻逸事，这更让她觉得这是份美差。

何建天生是个闲不住的人，加上到了黎民家之后，他们又用甘甜怡人的山兰米酒招待他，这美味让他流连忘返。

在黎母山里待了将近一个星期，几个人的收获非常大，何建联系了十来辆货车，装了半天才将这些沉香木和黄花梨木全部装上车。

几人临走时，马村长除了嘱咐他们经常到山里看他们之外，还送了好几坛家里酿制的山兰米酒给几人带走。

"那就多谢老村长了，以后有黄花梨木和沉香的话，你们先帮忙收着，等多了通知我们过来运就是。"

宋毅也不客气，谢过之后就收了下来，他说的这些也是之前就商量好的。

"住了这些日子，现在走了还真有些舍不得。"

上车之后，林宝卿还恋恋不舍地回头。

宋毅笑道："以后有的是机会来，尤其是采香之后，虽然和他们说好了，可还是要把东西拿到手里才算。"

何建笑道，"难道你担心那些财大气粗的中东人来和我们抢。"

"那倒不至于，会有人倒卖过去的。"宋毅道。

"中东人是比较喜欢用香。"

受林宝卿的熏陶，何建对此也有了一定的了解，可他随即又大咧咧地说道："对了，听说阿拉伯那边的萝莉很漂亮，而且他们还能娶好几个老婆。"

尽管这是很多男人的梦想，可宋毅还是明智地不去接口。

果然，林宝卿闻言立刻瞪了何建几眼，"就知道你们男人心里没想什么好事情。"

何建苦笑，几个人一路说说笑笑，也不觉得寂寞。

从黎母山到三亚市后，宋毅立刻给家里打了个电话，果然，东海那边一摊子的事情等着他去处理。何建和林宝卿也分别打了电话回去报平安，还兴奋地谈起这些天的收获。

之前在宋毅重金诱惑之下，当地的商人也没错过这大好的赚钱机会，收购来的黄花梨木和沉香木堆了好几仓库，全等着装船运走。几个人不可能全部都回东海，总得有人留下来处理这边的事情。

宋毅有事要走，何建就自告奋勇留下来。他跟着父母做外贸生意久了，处理这些事情很是老道，难得摆脱父母的管束，他暂时还不想回家。

林宝卿虽然想家了，也很想和宋毅一道回去，可她仔细想了想之后，还是选择留下来帮何建的忙。

宋毅觉得自己越来越欣赏她了，也尊重她的决定。只是像老妈子一样仔细嘱咐两人要注意安全，最后在林宝卿的嗔骂声，何建拍胸脯保证的声音中，乘飞机直飞东海。

开车来机场接他的是苏眉，在路上，苏眉就对他详细说了这边需要他亲自处理的事情。

苏眉的父亲苏若鸿已经把挖掘机买了回来，正在组织愿意去缅甸的员工学习使用和维护。当然，这些员工都是被高薪诱惑来的，毕竟大部分人都不愿意背井离乡地到缅甸去，可看在钱的份上，还是有人愿意去的。

苏眉知道宋毅对翡翠矿石的重视，关系到翡翠开采的事情都不是小事。说起缅甸那边，丁英前两天打过他的手机，问宋毅什么时候过去，这个得宋毅亲自回电话才行。

接通电话之后两人寒暄了几句，丁英便笑着问起宋毅几时过去。

宋毅说是尽快动身，争取在九月前到那边，到时候把几台新买的机械一并带过去，立马就可以开工。

丁英听宋毅把机械都买好了，这才放下心来。丁英先前打电话给宋毅的时候，听苏眉说起宋毅出门收购木材。这会儿在宋毅嘴里得到印证之后，心思活络的丁英便让宋毅考察一下他那边的木材，品种多样，要多少有多少。木材和宝石，一直是丁英的特区最拿得出手的东西。

宋毅笑着称好，他专门在香港注册了红木家具公司，就是打算做这方面的生意。高档家具也可以算是一种奢侈品，市场非常好，价格更是高，把品牌经营起来之后，等着收钱就好。

约好过段时间在缅甸见面再详谈之后，丁英这才挂了电话。

"我看我们得先建个简易的仓库才行，我们这趟去海南收获不小，马上就有一船的木材拉回来，都是上好的黄花梨木和沉香木材，不管是用来做家具还是艺术品都算是上上之选。"宋毅又对苏眉说起厂址的事情。

苏眉笑着对他说："反正靠杨河那边的几百亩地已经拿下来了，本来也没怎么种庄稼，你想怎么折腾就怎么折腾好了。"

"那就好。"

宋毅也知道政府是欢迎投资的。

宋毅又问起珠宝公司的准备工作，这正是目前苏眉正在忙的，招聘员工进行培训等等。

苏眉虽然每天都忙得团团转，可要办的事情实在太多，又是第一次办公司，一切都是在摸索中前进。这一算下来，金玉珠宝公司旗舰店想要正式开始营业，最起码得等到国庆前后。

好在旗舰店虽然距离开张的时日还早，可私底下，翡翠的销售势头非常不错，宋毅上次加工的一批翡翠已经卖得差不多，这次回来还得补充存货。

宋毅叹道："我就是天生的劳碌命，看来这段时间又得加班加点了。"

　　说着话，宋毅没忘记把此行给苏眉带的礼物拿出来，那是一串浅灰色的沉香手串，十颗沉香珠子大小均匀。是宋毅从一段极品沉香木上挖出来的。

　　可惜苏眉只匆匆瞥了一眼，就把注意力又集中在开车上，还笑着说："这就是沉香吗？怎么看上去很粗糙的样子。"

　　宋毅也不生气，微笑着说道："肯定比不得翡翠和和田玉手镯那样光洁润滑，但这沉香却另有一番味道。沉香手是需要养的，经常盘玩之后会变得油润起来，沉香长时间带在手上对身体非常有好处，沉香可是名贵的中药材呢，眉姐有空可以试试。来，你闻闻看有没有香气。"

　　"那我就不辜负你的好意了，是有点香气，不过很淡。"苏眉浅笑着皱着鼻了嗅了嗅。

　　宋毅手里的沉香手串有种甘甜的香气，纯正却不浓郁，让人感觉很舒心。

　　宋毅对她解释道："味道就是要很淡才对，要是味道特别浓的不用说肯定是用药泡过的。也只有这极品的沉香在平时才会有这种淡淡的味道，这可是我精选的沉香做的，别看只有这么几颗，要拿出去卖的话没个上万块是拿不到手的。"

　　"竟然要那么多？"苏眉听了直咂舌，重新审视起这串沉香手串来。

　　在她这个外行看来，这就是木头而已，有个百十块钱就不错了，谁知道价格竟然上万，要是换了别人对她说这话，她肯定不信，可宋毅是不会骗她的，也没那个必要。

　　这时苏眉再看向这沉香手串，感觉就和之前大不一样了。十来颗沉香珠颗粒大小相同，看得出来他很用心，这让她小小地感动了一下，望了他一眼却没说什么。

　　这些沉香珠均匀饱满质密，可颜色却不一样，有的地方会深些，她注意到了这点，便问宋毅那些颜色深的地方是什么。

　　宋毅对她解释说："那是里面的油脂，也可以说这才是真正意义上的沉香，其他的叫沉香木，但现在大家都不怎么分了。这些油脂可以说是集中了天地精华之所在，一点点积累起来的。眉姐可别小看它，它可以保存成千上万年仍旧香气如昔。"

宋毅当起了苏眉的老师，对她详细讲解起沉香的知识来，从用途到采割让苏眉耳目一新。苏眉也算是明白了宋毅为什么这么用心，专门去海南寻找它们，非但是因为它们极高的商业价值，更多的是因为它们的真正价值，确实值得人们珍藏。

　　当然，对苏眉来说，这里面蕴含的商机也是她非常关注，宋毅此行花了多少钱自然也在她的关注范围之内。

　　说起花销来，宋毅现在头也大。

　　"眉姐也知道，这趟去海南还是和何建、林宝卿三家一起投资的，他们两家投得不多，我一个人前前后后算起来也砸了差不多三百万，后面估计还会投入更多。我都快拜托他们帮忙拆房子了，这钱一花起来就像流水一样，那边矿山也得砸钱进去，这钱怎么都不够花啊。"

　　苏眉笑着安慰他说："这倒不用担心，你们多做些家具，或者简单地加工沉香珠出售就可以收回一部分成本了，维持正常运作应该没问题。"

　　"实在没办法再走这条路吧。"

　　宋毅也在想，是不是该把思路放得更开些，能捞钱的机会还是要充分地利用好才行。

　　苏眉点头表示同意，一切就看宋毅的手段了，她虽然也算能干，可和他的脑子比起来，还是显得不够灵活，帮他打打下手就行了。

　　宋毅回家正好赶上晚饭，何玉芬知道他今天要回家，还特意做了他最喜欢的清蒸鲈鱼，宋毅见奶奶这么心疼他，满嘴赞誉之词，惹得何玉芬眉开眼笑，知道自己这番心意果然没有白费。

　　直到宋世博出言招呼他吃饭，屋子里这才安静下来。

　　宋明杰和苏雅兰两人成天忙得脚不沾地，吃过饭收拾好碗筷之后，两口子就拉着宋毅谈心。

　　宋明杰最大的兴致在玉石而不是生意，可现在，他不出头还有谁能出头挑大梁，他也只好捏着鼻子认了，可言语之间还是有些恼恨将他推上这条道路的宋毅。

　　宋毅哪会不知道他的心思，笑着说道："等忙过了这阵，东海这边的事情就可以缓一缓了，到时候老爸想去和田那边也可以。趁着现在和田玉的价格还低，大量收购正是时候，老爸也知道那边的形势吧，和田玉再挖一段时间估计就要挖光了，到时候价格可就不是现在这么便宜了。"

宋明杰点头表示同意，他对和田玉的开采情况还是非常有研究的。和田玉的资源有限，尤其是价值最高的和田籽玉，假以时日尤其运用机械大量开采的话，用不了多久，就会所剩无几。

和田玉的山料倒是多，可惜开采困难，价值也不高，大家喜爱的还是从昆仑山上脱落的玉石，经雨水河流冲刷磨蚀，吸取了天地灵气的和田籽玉，只产自和田白玉河一带。

宋明杰之前不是没想过这其中蕴含的机遇，只是当时他哪有那么多钱，以他的工资，顶多买上一两块收藏。即便是现在，他手里能拿出来的钱也不多，现在珠宝店的生意还没开张，可钱已经像流水一般花了出去，他亲自经手的公司财务，自然明白这不是长久之计，可现在的情形就是如此。

"我也想去和田收购玉石，可是像这样光靠卖翡翠的钱来支撑也不是个办法啊。"

苏雅兰在旁边问道："那你能想出什么好办法来？"

宋明杰也在思量，倒腾古董，钱来得太慢，还不一定能出手，除了这个他还有什么本事。

贷款？这办法倒是有一定的可行性。

宋毅却说道："先就这样吧，等公司正式运作起来就可以赚钱了。我过几天去缅甸那边，只要把那边的货源稳定下来，就不愁没钱收购玉石了。"

"小毅你还是要小心点，都说十赌九输。"苏雅兰还是有些担心。

宋毅解释道："赌石可不是真正意义上的赌博，只要专业知识过硬，赚钱还是不难的。再说了，我这次过去是坐庄，就像开赌场的，哪个赌场会赔钱。"

"不管怎样，还是谨慎一点好，现在的摊子已经铺得这么大了，想收回来估计都困难。"

苏雅兰不忘点醒他，这段日子她虽然忙碌，但却觉得充实，和过去平淡的生活有着天壤之别，让她放弃现在的生活她还不乐意呢。

宋毅忙回答道："老妈你就放心好了，我会的。"

宋毅如此懂事，宋明杰倒没多少话好说了，他一开口说的也都是公司的事情，还有就是还得加工一批翡翠方便随时出手。

现在高档翡翠的销路已经打开了，不仅仅限于东海一地。东海是国内数一数二的大都市，南来北往的有钱人多得是。再加上攀比之风盛行，或者在朋友家见到或者经朋友推荐，珠宝公司虽然没有正式开店营业，却已经有了业绩，而且口碑还非常不错，因为价格相对比较公道。

宋明杰有时候倒觉得就这样也不错，不用劳心费神去搞什么店面，弄什么员工培训，把人累得够呛。但也知道这不是长久之计，宋毅也建议要维护好现有的人脉资源。

除开这些之外，苏雅兰最关心的就是宋毅这次去海南的事情，没忘责备他怎么把林宝卿留在海南，还笑他怎么向林方军交代。

宋毅却不急不缓地回答说："宝卿她主动要留下我也没办法，难不成还要强拉着她回来？再说了，那边的事情还真离不开她，买的木料太多，何建一个人肯定忙不过来，有细心的宝卿在那边会好很多的。林叔叔那边我已经去解释过了，他也没说什么。我这次回来，当务之急就是要把仓库准备好，要不然一船的木料还不知道放哪里。我琢磨着，临海村那边的地不是拿下来了吗？就先在那边盖个简易仓库，木料运到之后就堆在那边，然后找几个人看着，老爸老妈看怎么样？"

宋明杰点头，"我看行。"

"行。但是那边厂房的建设也刻不容缓，这事我去办。"

苏雅兰主动将事情揽了下来，她从小在临海村长大，对村子非常熟悉，和村里人关系也不错，在那边建厂房也不是什么污染型的企业，也相当于为当地作贡献了。

"老妈出马肯定搞得定的。"宋毅笑着拍马屁。

暑假的时间也不多，宋毅又要忙起来了。去金沙镇找到苏眉的父亲苏若鸿，和他一起安排人手，最主要的任务就把几台机械先运往腾冲。

当然，和几台机械随行的还有开采翡翠矿石的操作人员，都是许以高薪才肯背井离乡去缅甸的。

宋毅看他们的士气不高，便又重新做了安排，宣布只要他们过去之后能教会其他人使用和维护机械，就算完成任务，可以提前回来。他的这一举措让整个队伍的士气高昂起来，苏若鸿笑得也很开心，毕竟是他做的担保。

宋毅接着又打电话给腾冲的周益均和赵飞扬，问了他们那边的进展之后，让他们先把这批机械接下来，等他过去之后再一起运到翡翠开采的矿场。

宋毅自己的时间宝贵，自然不会跟着这批机械一起从公路过去，因为何建和林宝卿第二天就会带着满满一大船的木材回东海，得安置妥当才行。

临海村有个港口可以停船，何建和林宝卿乘坐的货轮到达的时候是正午时分，何建的精神状态不太好，宋毅上前抱住他笑着说道："兄弟，辛苦你了！"

"里面可是有我的股份的。"

何建却不领情，受不了他的亲热劲儿推开了他。

宋毅哈哈笑道："肯定少不了你的那份。"

"宝卿更辛苦，不晕船吧？"

宋毅这才将视线转向林宝卿，本想再来个拥抱的，但看见林宝卿满含"你敢抱我你就死定了"的眼神，立刻就放弃了这个念头。

"还好，乘船航行在大海上的感觉还不错。"

林宝卿精神不错，脸上的笑容和头上的阳光一样灿烂。

何建在旁边苦着脸，"本来我说乘飞机回来的，可宝卿不同意，她是高兴了，我可是吃够了苦头。"

"亏你还是男人呢。"

林宝卿非但不同情他反而咯咯笑了起来。

宋毅笑着说道："这也怪不得他，晕船并不可耻嘛。我今天来就是替你们接风的，先去洗个澡吃顿好的再说。"

"这才像话。"

何建下了船之后精神就抖了起来，看来这趟海上之旅让他记忆深刻。

下船后，林宝卿和何建两人去和苏雅兰打了声招呼，在两个小辈面前，苏雅兰还责备了宋毅一番，说他不够朋友自己先溜了回来。林宝卿和何建自是说他的好话，并表示这点小事他们两人就能搞定。

中午就在临海村吃的海鲜加农家的蔬菜，林宝卿和何建两人吃得津津有味，何建还笑着说是这些天在海南没吃到家乡菜的缘故。

吃过午饭，林宝卿两人没着急离开，一直忙到晚上才将全部木材卸下来。

苏雅兰看到船上卸下来的五花八门的东西，门板、床、箱子、柜子、房梁，还悄悄拉过林宝卿问这些东西都是哪里找来的，到底有没有用。

林宝卿笑着用宋毅的话解释了好一阵子，苏雅兰这才放过她。

不仅苏雅兰觉得奇怪，苏雅兰叫来帮着卸货的村民也觉得奇怪，有必要吗？大老远从海南拉些破烂回来，先前还以为这里开家具厂是做新家具呢，没想到连旧家具也收。

遇到有人问，恢复了精力的何建就对他们说："你们家里要有海南黄花梨木制成的家具我们也收啊。"

"有，不过早卖了。"

"那真是遗憾，不过可以帮我们留意一下，我们可以出高价收购，但要是真正的海南黄花梨才行。"

何建相信宋毅对他说过的话，他倒不怕别人跟风收藏，实际上，到农村廉价收购老古董、老家具的风潮已经刮了很多年了，基本上各个地方都被搜刮过了。

忙碌了整整一个下午，将这批黄花梨和沉香收进仓库之后，何建和林宝卿两人如释重负，林宝卿还开玩笑地对宋毅说："还好没出什么乱子。"

"你们办事我哪会不放心。"宋毅如是说。

晚上就在临海村宋毅外婆家吃过晚饭，苏雅兰说她就不回去了，但叫宋毅开车送林宝卿和何建回家。

出了门，何建却嘿嘿笑着问宋毅要过车钥匙，说要过下瘾，大奔啊。

"开慢点啊。"

宋毅给他钥匙的时候还不忘嘱咐他，好在晚上苏雅兰在，没让刚高中毕业在她眼里还是小孩子的何建喝酒。

何建在前面开车，宋毅和林宝卿坐在后面，等两人坐好之后，兴奋的何建就开车回市里了。

林宝卿先开口问:"你又要走?"

"嗯,后天就起身去缅甸,机器已经在路上了,我坐飞机过去,时间刚好差不多。"

"机器,难道你还准备去挖翡翠矿石?"林宝卿好奇地问道。

她先前只知道他去腾冲那边赌石,没想到他生意倒是越做越大,都要做矿老板了。

"和别人合作的,我就一跑腿的,帮忙买买东西打打下手什么的。"宋毅开玩笑地回答道。

"骗人,一点都不老实。"林宝卿横了他一眼,随即又说道,"那你自己可得小心,听说那边挺乱的。"

宋毅点头,"和我合伙的人在那边还有点势力。"

林宝卿眉头却锁得更紧了,缓缓地说道:"那你就更要小心了。"

"我们签了合同的,他不敢乱来。"

宋毅何尝不知道这点。他自然是有十足的准备才敢去那边开矿,扯虎皮当大旗这类事情说起来也不好听,至于更深的内幕,更是不方便对林宝卿说。

"利字当头,到时候里面的事情谁说得清楚。要不……不要去了,好吗?"

林宝卿望着宋毅,他的解释可不能让她放心,略略犹豫了一下这才说道。说完之后,她才意识到自己在说什么,感觉十分难为情。

宋毅却笑着说道:"宝卿不用担心,没你想得那么复杂。"

"我就怕你想得太简单了。"林宝卿的目光毫不避讳地落在他身上。

宋毅不忍,稍微对她透了一点底,"我会好好考虑的,没把握的事我是绝对不会做的。"

林宝卿这才展颜微笑,"那就好,倒是我多虑了。"

"哪里,宝卿的话对我帮助很大。"宋毅很真诚地说道,"所以我知道自己是非常幸运的,别人还得不到宝卿的关心呢。"

"就知道油嘴滑舌。"林宝卿横了他一眼。

一直开车的何建忽地说道:"别当我不存在好不好?"

"闭嘴!"

"好好开你的车吧。"

何建嘀咕几句之后还是乖乖闭嘴，后座的气氛却变得暧昧起来，即便什么都不说，两人心里也有暖暖的感觉。

为了打破这种暧昧的氛围，林宝卿很快就转移了话题，和宋毅谈起了这次买回的香料。

宋毅对香料的研究可比初入门的林宝卿高深得多，这次去海南收罗了这么多的沉香，回去之后自然要细细品上一番。

谈笑间，宋毅也将更高层次的目标明确提了出来，那就是将遗失已久的香道重新发扬光大。

宋毅脑子里有很多关于香道的知识，在古代典籍上也有非常多的记载。

在日本香道和插花、品茶一样，是一种很高雅的活动。但是学习的过程比较死板和繁琐，还有等级进阶等。宋毅就笑着说，日本人就是有这样一种本领，能将本来很随意的事情搞得很复杂很程序化，但这对于香道的传承倒是有其独特的长处。

听他这么一说，林宝卿的精神也跟着振奋起来，先前她和宋毅专注的都是自己品香，虽然有交流，但只限于两人之间。组织志同道合者一起品香，和更多的人一起交流，本身就是件愉悦的事情。林宝卿性格开朗大方，和人打交道也是她喜欢的事情。

宋毅便提议大家集资办一个品香俱乐部，招收会员，不仅可以和更多的香道爱好者交流，还能打开香料的销售市场，这么多沉香捏在手里也不是个办法。

林宝卿自是点头称好，她也不想被束缚在家里的古玩店里，当然，具体的筹办宋毅是不会管的。尽管有了提议，可林宝卿还是有很多问题要问宋毅，路上的时间自然是不够的，林宝卿便又约了宋毅第二天继续讨论，宋毅自然不会拒绝。

林宝卿回家之后才清醒过来，宋毅给她画的饼虽然美好，但一时半会儿却难以实现。她这次去海南，差不多花光了她的全部积蓄，哪里还有多余的钱来搞什么俱乐部或者会所。好在这只是一个构想，不是一两天就可以完成的事情。

宋毅第二天和她会面的时候，发现她的情绪有些低落，得知原因后，宋毅也没有什么好办法解决。

他现在的生意四处开花，资金周转也很紧张。他的资金来源也很有限，短时间想要筹集更多的资金不可能，除非向银行贷款。宋毅倒是仔细考虑过，可也要等珠宝公司正式上了轨道才行，到时候恐怕银行会上门来求着他们贷款的，不管怎样，该贷还是要贷。

聪明的林宝卿自然也知道这点，她也不是放不下的人，只是觉得看着大好的机会就这样从眼前错过有些遗憾而已。

宋毅转眼便又给她出了一个主意，先让她在朋友间举办类似的品香活动，算是试水，先积累经验。这样的活动根本不用特别寻找场地，在家里就行，自然没什么资金压力，林宝卿接受了这个建议。

宋毅说将来可以试着在大学申请一个香学研究协会，招收志趣相同者加入，以后组织理论研究也会比较方便。

林宝卿的情绪这才重新激昂起来，和宋毅一起规划将来要做的事情，细心的她往往能想到宋毅不曾考虑到的东西。两人在一起混了一天，宋毅把筹措资金的任务揽了过去，其他的事情就交给林宝卿去处理，她倒是信心满满，准备大干一场。

当天晚上，宋毅独自乘飞机去了昆明，转道去腾冲的时候在车上打了个盹，周益均和赵飞扬接他的时候宋毅的精神正好。

据周益均说，十台机械怪手已于昨天晚上运抵腾冲，随行的工作人员也安排在宾馆休息了一晚上，只等宋毅一句话就可以即刻启程去缅甸。

"你们那边的事情办得怎么样了？"宋毅又问周益均。

那边虽然有丁英和他的势力照应，但是宋毅还是认为有自己的一支护矿队比较牢靠。上次临走前就把这件事交给了当过兵的周益均办，周益均果然不负众望，在短时间内组织起了一支护矿队不说，还配备了精良的武器。

所以，此时周益均胸有成竹地表示没问题，他拉来的都是当初和他一起当兵的战友，又都是当地人，周益均搞的装备也十分齐全，火力是足够的。

一旁的赵飞扬也拍着胸脯，向宋毅保证翡翠矿场绝对安全，还说他们要这点都做不好真该撞墙去了。宋毅见他们如此肯定，也终于放了心。

出发之前，宋毅给丁英打电话通通气，就这样贸贸然闯过去万一发生误会就不好了。

电话那边的丁英已是望眼欲穿，期待这次扩大机械化开采规模能带给他的特区更多的利益，当然，主要是经济上的。

丁英虽然早有耳闻，可看到宋毅搞出这么大的阵仗，还是有些惊讶。

"我可是盼了好久了，小宋你这批机械投入不少吧？"

你可不管什么投入。宋毅在心底暗自腹诽，但却笑着回答说："比起收益来，这点投入算不得什么，即便保守估计，将来的开采效率提高百倍都不是什么难事。这还只是开始，要是这批机械运作得好，我们还会陆续增加机械的数量。不过丁司令辖区内的翡翠矿场资源丰富，投入再多的机械起码也要开采半个世纪。"

丁英的胖脸微微抖了抖，随即哈哈笑了起来，他可没指望着能占着这地方半个世纪，自然是开采得越多越好。

宋毅说得夸张了一点，要是不计成本投入开采的话，只需要二三十年，他就可以将丁英辖区内的翡翠矿石全部开采出来。

和丁英寒暄了一阵后，把周益均和赵飞扬正式介绍给丁英。关于这点，宋毅和丁英先前就有过约定，丁英对此也没有太多异议，毕竟每个翡翠矿基本上都有自己的护矿队。

宋毅也说了，这只护矿队主要保护矿产公司的利益不被别人侵害。平时应付其他乱七八糟的人就够丁英伤脑筋了，这次他们采用机械化开采玉石，眼红的人肯定更多，没点武装力量保护是不行的。最重要的一点，这只护矿队不需要丁英付薪酬，他何乐而不为。

接受了丁英的热情款待之后，宋毅没有在丁英的老窝多做停留。用他的话来说，多停留一会儿丁司令的损失就越大，丁英虽然笑着说不在乎，但却没怎么挽留，派了先前护送过宋毅的人送他们过去，还说矿场开工的日子他一定会到场的。

在公路上颠簸了一天一夜才到这次的目的地，翡翠原石的重要矿场摩西砂。

对恶劣的环境，从东海招来的随行的机械技师多有怨言，对这些怨言，宋毅只当没听见，也懒得给他们好脸色。

要知道，摩西砂的位置还算不错，这段公路也是缅甸公路最好的一段，到了矿区之后，条件只会更艰苦，既然想赚钱，不吃点苦怎么行。

前来迎接宋毅一行人的是程大军和丁英安排在矿区的心腹陈安。

程大军出来之后没脸回腾冲，便在宋毅的安排下先在矿产公司打前站。程大军以前赌石的时候就到过翡翠原石矿场选矿，又在这里待了这么长一段时间，对整个矿区的情况可谓了如指掌。

陈安五十多岁，很精明的模样，头上已经有白发，可精神还不错，他是丁英的老部下，也是丁英最为倚重的人，算是丁英在矿区的全权代表，掌管从开采到运输安全一系列事情。

陈安手头的势力也不容小觑，光拿枪的就有两百人，只是一分散到偌大的矿区还是显得有些不足，可又养不起更多的人，这也是宋毅得以安插自己的人进来的原因之一。

面对这样的算是实权派的人物，宋毅自然有必要和陈安把关系打好，以后和他共事的时间还有很多。

逢人说人话的本事宋毅早就练出来了，和陈安打交道也有分寸，在不得罪他的前提下尽可能给他威慑，叫他不要欺人年少。宋毅身边荷枪实弹的周益均等人就是他信心的来源，陈安对宋毅带来自己的亲信并不意外，可看清楚他们手里拿的家伙，还是忍不住吓了一大跳。

将乱七八糟的事情安排好又花了宋毅好几天时间。

这边机械技师们也将机器调装完毕，各种油料也运了过来。摩西砂的翡翠矿场是露天矿场，直接往下挖就成，现在就等宋毅一声令下，就可以开工了。

宋毅自然没忘记把特区主席丁英请过来撑场面，腆着肚子的丁英看到声势浩大的场面也激动起来，比起之前矿区开采那种东刨一个洞西挖一个坑的情况简直有着天壤之别。

开场照旧是讲话，丁英讲完宋毅上，说了一番场面话之后，随着一阵噼里啪啦的鞭炮声，十几台机器全部开足马力全面开工，尘土飞扬，场面非常热闹。

最让人震撼的除了轰鸣不已的机器外，还有不计其数，来往挑土运石的矿工，男女老少都有，宋毅跟旁边的周益均开玩笑说，他现在也成了万恶的包工头。

热闹的场景让丁英脸上一直带着笑容，他来之前可没想到会是这样的大场面。

最让人开心的是，开工没一会儿，就有翡翠毛料被挖了出来，并搬到两个大老板面前。

虽然只是摩西砂最常见的无色玻璃种，但胜在块头大，足有三四百公斤，而且这开采效率确实让人心惊，这才多久啊。也让丁英对开采的前景大为看好，对宋毅笑着说道："这机械化开采还真是厉害，换做以前，开采个十来天也不见得有这样的毛料。"

宋毅笑道："这还只是开始，丁司令就等着数钱好了。"

丁英笑得更开心了，一身的肥肉都抖了起来，拍着宋毅的肩膀称兄道弟，热情得不得了。

晚上又开庆功宴，矿区毕竟条件简陋，虽然不大合喜好享受的丁英的意，但高兴的他也没在意那么多。

丁英第二天就离开了，宋毅却一直待在矿里，这期间他还接待了不少来自腾冲的熟识的翡翠毛料店老板。

宋毅把自己看中的特别好的毛料挑出来之后，不介意把剩下的毛料卖给这些老板。

一来他不可能将所有的毛料都捏在自己手里；二来他现在缺钱啊，机器成天轰轰地响着，也就意味着大把的银子流水价出去。

毛料商人一直是购买的主力，所以宋毅也得好好招待这些有销售渠道的毛料商人。

这天深夜，宋毅躺在床上正琢磨着出来这么久是不是该回去了，忽然听到一阵枪声，听方向像是毛料库房那边传来的。

宋毅立刻披衣起来，但却没出去，这黑灯瞎火的被流弹伤了可不好，他相信周益均他们会处理好的。

果然，没过一会儿，赵飞扬就急匆匆地跑了过来，脸上带着兴奋向他汇报。

还真有不知死活的一伙土匪趁夜摸了过来，刚到库房外围就被布置的暗哨发现了，暗哨没声张，只悄悄通知了队友。等他们拿着都快长蘑菇的枪摸近仓库时，护矿队这才一举出击，这伙土匪被突如其来的冷枪打蒙了头，虽然慌忙还击，可哪是躲在暗处装备精良的护矿队的对手，很快就被打得抬不起头。最后见势不妙，顾不得救人就溜走了。

赵飞扬说这次交火活捉了五个受伤的，问宋毅该怎么处理。

宋毅知道他的经历，更清楚在这地方不能讲什么仁慈。可宋毅还是沉吟了片刻，这才说道："直接摸到库房外，这伙人的本事不小啊。"

"周大哥正在审问他们，过一会儿就能清楚了，我看这些人也不像是什么有骨气的人。"赵飞扬连忙回答道。

宋毅点头道："那就好，问他们是从哪里得到的消息，有没有人在暗中帮助他们。"

"嗯，这些害群之马不清除恐怕以后会更麻烦。"赵飞扬心领神会，随即又问道，"那这几个人呢？"

宋毅一摆手道："这个我就不管了。"

"那我这就去处理。"

赵飞扬这才松了一口气，退了出去。他先前还怕宋毅会同情心泛滥，如今看来，宋毅年纪虽然不小，可魄力实在不小。不管怎样，放虎归山可是要不得的。

第二天一大早，周益均就过来向宋毅汇报了审问的详细情况，实际上他还没用什么特别的招，几个人就全招了，抓住的其中一个人还是那伙人的领头人之一。

摩西砂在机械化开采之后，每天开采的数量传出去之后越来越不靠谱，但日进千金却是肯定的。眼红的人自然不少，前段时间是缅甸的雨期，矿场没怎么开采，这群人的日子也过得很艰难，这么一块大肥肉就在眼前，自然想啃上一啃。

可他们也知道矿场换了主人，新增了一批装备精良的保安，听说比较厉害，所以不敢硬拼。为此，他们还特意和之前就有勾结的护卫串通好，并选在深夜动手，岂料翡翠毛料仓房早有防备。

周益均得到内应的名单之后，连忙派人将他们从床上揪起来控制住，赵飞扬正在那边压阵。

"把他们抓起来了？"宋毅面无表情地问道。

周益均忙回答道："是我气不过下的命令。"

宋毅轻叹道："周大哥鲁莽了，恐怕他们马上就会过来要人了。"

"小宋你就放心好了，我不会让你为难的。"周益均却挺直了胸膛。

宋毅安抚他道："周大哥说这话就见外了，我会处理好的。"

两人正说话间，陈安和福娃就闯了过来，福娃是丁英这次留下帮助陈安保护矿场的，也是矿场的负责人之一。

福娃很激动，冲上来就问宋毅要人。

周益均一挺身挡在宋毅面前，宋毅却轻轻推了推他，示意他让开，周益均狠狠瞪了福娃几眼这才退开。

老于世故的陈安连忙上前来打圆场，宋毅没理他，只对福娃说："昨晚的事情相信大家都有所耳闻，要不是周大哥他们的护矿队护卫严密并及时出击，毛料库房几千万的货可就不知道被运到哪里去了。真要有这么大的损失，想必丁司令睡觉也睡不着了。陈经理你说是不是啊？"

陈安只得点头，他也知道这次事情闹大了，可十来个外来的护矿队员持枪将自己的人从被窝里揪出来，这事情性质更恶劣，搁谁心里会好受。

宋毅不待他开口说话，紧接着又大声说道："别说精神紧张的周队长他们了，连我都觉得特别气愤，怎么就被人无声无息地摸到毛料库房来了，你们外围的人都干什么去了？抓住了几个活口连夜审问，他们竟然招出几个叛徒，正是这些人放这伙土匪进来抢劫的。真是让人痛心啊！"

福娃听得脸红脖子粗，正要争辩，又被宋毅打断了，"我也知道，周队长去抓叛徒是欠考虑，可在那样紧张的局面下，换了我也会做出同样的举措，何况他们的初衷是为了整个公司的利益着想，要是这几个叛徒跟着这伙土匪跑了，这责任该谁来背？"

宋毅略停了下，福娃这才找到机会说话，"那这些人也该交给我们来处理。"

"这个自然，周队长不过是怕他们趁夜逃跑，福娃队长没办法向丁司令交代。周队长，你这就去叫程副队长将他们移交给福娃连长。不用我说你们也知道，这些卖主求荣的人丁司令也不会待见。"

宋毅这话就说得重了。

陈安和福娃脸色顿时一变。

宋毅接着又说道："好在这次没有造成什么大的损失，我也不希望周队长和福娃连长你们因为这件事情有什么隔阂，都是为了公司的利益。大家以后还要共事的，也希望你们能和睦地相处，眼红我们矿场利益的人不少，要是自家先闹起来，我倒不在乎，丁司令可是脸上无光。"

宋毅这番连消带打，陈安和福娃也无话可说，要真闹到丁英那里去，非但这几个叛徒落不到什么好处，就连他们两个估计也得被丁英看轻，没有哪个上司高兴看到有手下背叛自己，丁英是什么样的人，两人心底最清楚。

陈安福娃两人带着怒气而来，却讪讪而去。被宋毅一顶又一顶地大帽子扣下来，压得找不准方向。

陈安和福娃先前有些看不起年纪轻轻的宋毅，但经过昨晚以及刚刚的事情之后，仅有的轻视全都消失不见了，甚至对宋毅有了一丝畏惧。

宋毅清楚，他敢跟这些家伙叫板，除了护矿队的实力外，还有一个最重要的原因，现在丁英信任他，要是谁在这当头去触丁司令的霉头，肯定会死得很惨。

赵飞扬按宋毅的吩咐，将几个勾结土匪的家伙交给了福娃，但却一直关注着福娃对这几个家伙的处理，最后赵飞扬是没再见着这几个人。

处理完这件事之后，宋毅也准备回国，宋明杰都打电话到丁英那边催他回去了。

临走之前，宋毅把周益均、赵飞扬以及护矿队的队员叫到一起吃了顿饭聚了聚，宋毅也推心置腹地对周益均说："我觉得护矿队的实力还是需要增强，尤其是毛料库房那边，绝对不能假手他人。周大哥你看能不能再从国内招募一些人来，现在公司的事情多，我不可能经常在这里，你们可得多帮忙照看着一点。"

"小宋你就放心好了，这事你不说我还想跟你提呢，福娃那些兵可靠不住。"

周益均对宋毅的处事方法还是非常佩服的，尤其是上次对福娃那次更让他打心底佩服。有时候他也在奇怪，宋毅这年纪怎么老练得像个四五十岁的人一样。

赵飞扬就在旁边笑着说："没看上次我们进去抓人的时候，那些兵吓得屁都不敢放一个。"

宋毅却点他道："立了威让他们心服就行，真和他们冲突起来对大家都没有好处，福娃队长这人其实还不错，但是陈安你们得小心一点。有什么事情大家多商量一下，库房那边更要小心看着。"

周益均和赵飞扬连忙点头称是，毛料库房虽然归护矿队看管，但陈安那边对每次入库的翡翠毛料都有详细记载，这也算另一种形式的相互监督。

至于程大军，在矿场干得很起劲，他主要负责翡翠毛料的挑选和入库，也接待来自国内的毛料商人。宋毅走之前和他做了一次长谈，程大军现在彻底戒了赌，接触得多了，他才发现，那些常年在矿区，从万千石头中挑选翡翠毛料的老师傅才是真有本事，光是如何开窗就够他学上几十年，他自己那点微末道行还差得太远。

安排好一切，也到了宋毅不得不回东海的时间，东海大学开学了。

宋毅一路马不停蹄地回到家，在家里连一晚上都没待，就卷起铺盖住进了大学宿舍，就这样，他还耽误了两天军训，被教官狠狠地教训了一顿呢。

半个月的军训之后，宋毅迎来了轻松而充实的大学生活。

宋毅轻松下来了，可宋明杰、苏雅兰和苏眉可没闲着，珠宝店的一切筹备工作都是他们来做的，整天忙得脚打后脑勺，终于定于十一月初一开业。

珠宝店开业前两天，宋毅忽然接到矿场程大军打来的电话，程大军话里有掩饰不住的喜悦，"天大的喜事，恭喜宋董事长了！"

"什么事啊？"宋毅一脸莫名其妙，心说珠宝店开业也不用这么激动吧。

243

程大军回答说："今天矿上挖出来一块一吨多重的翡翠毛料，我亲自去看过了，浑身上下都是蟒带，看得见的都是极品的帝王绿，我和几个老师傅估摸着里面应该是满色的。"

这消息来得如此震撼，一吨左右的帝王绿翡翠，那得值多少钱。宋毅稳住心神问道："你确定？"

"千真万确，矿上的人都看见了。"

"你们先把东西看住，多派几个人守着。还有，控制消息，不要弄得所有人都知道，我马上就赶过来处理。"

"好的！"

"这些日子你们都辛苦了，等我过来会好好奖赏大家的。"

"谢谢宋董事长！"

这边程大军的电话刚挂，周益均和赵飞扬也打电话过来，内容都是讲新挖出的这块极品翡翠毛料，让他马上到缅甸去一趟。

宋毅便让周益均和赵飞扬的护矿队立刻收拢护矿队力量，千万要把那块翡翠毛料看住，谁动都不行，就算丁英去了也不例外。周益均自是点头答应，宋毅又说了两句然后挂了电话。

看来是等不到公司开业了，宋毅心里想到，立马开始打电话。

宋毅先打电话给苏眉，简单对她说了下翡翠矿场的事情，让她订最早飞云南的机票，并让她开业时向朋友们解释一下。

苏眉一直等他说完了这才说："去吧。千万要小心，东海这边的事情你就不用担心，反正你在东海的时候也不管，公司还不是运转得好好的。"

"有你这句话我就放心了。对了，你现在知道我当甩手掌柜是件多么睿智的事情了吧。"宋毅笑着回答，安慰了她几句之后就挂了电话。

宋毅然后打电话对父母说明情况，宋明杰和苏雅兰也都是懂轻重的人，自然知道一吨重的满绿翡翠毛料意味着什么，要是属实的话，珠宝公司起码五六年不愁没货源。

当然，这次也要大出血，即便宋毅有矿业公司百分之七十五的股份，可还是得支付百分之二十五的费用给另外一个合作伙伴丁英。加上入关的相关费用，宋毅略略估计起码得花一千五百万。

还有一点值得注意，这样的翡翠毛料不管放在缅甸还是中国，绝对属于"国宝"级的，能不能安全出境还是个问题。

所幸公司向银行贷款的事情已经搞定，拿公司以及那么多的翡翠做抵押，这些钱还是能贷出来的。

没过多久，宋毅在缅甸合作的实力派地方总司令丁英也亲自打电话过来，两人相谈甚欢，丁英也极力邀请宋毅去缅甸，说是很久不见非常想念他，宋毅又怎么会不知道他真正的想法，也答应马上就过去云云。

宋毅准备妥当后就动身去缅甸。学校那边，让林宝卿帮忙递张医院开的证明去就行。

处理好东海的事情后，宋毅就一路马不停蹄从东海到昆明再赶到腾冲，出乎他预料的是，他到腾冲的时候，消息灵通的林阳竟然亲自过来见他。虽然上次去缅甸考察时，林阳不过是个考察团团长，但后来宋毅才知道，林阳竟然是一位实权人物，他跺一跺脚，腾冲都要抖三抖。

两人一见面，林阳就拍了拍他的肩膀，"小宋，好久不见，生意做得越来越大了啊，听说你在东海的珠宝店马上就要开张了？"

"林大哥也知道？"宋毅回答说。

林阳开玩笑般地说："小宋你这就不厚道了，这么大的事情起码也得通知我一声啊，怎么，怕我出不起礼金？"

宋毅连忙回答说："哪里，本想请林大哥赏脸，又怕您忙，所以没敢打扰。"

林阳哈哈笑道："讨杯酒喝的时间还是有的，小宋刚到腾冲，还没吃东西吧？"

宋毅赔罪一番之后，顺势请林阳去聚贤楼吃饭。

到了聚贤楼的豪华包厢，林阳和宋毅闲话了一阵家常，谈了会儿宋毅在东海开珠宝店的事情之后，这才开始切入正题，"这么说小宋这段时间都在东海？"

宋毅听他似乎有话要说，便跟着顺水推舟道："也不完全是，前段时间去了一趟海南，不过这些时日对缅甸这边关注得比较少。林大哥有什么消

245

息吗？"

"其实也没什么，不过有消息称缅甸军政府有将宝石资源统一经营的意思。"林阳心说你小子果然不笨。

"他们先前达成的协议中不是说不干涉特区的宝石经营吗？"宋毅沉吟了一下这才回答说，林阳的消息比他灵通得多，所说的传闻估计十有八九是真的。

宋毅记得缅甸军政府将翡翠原石以及红蓝宝石资源统一经营是几年后的事情，不过他们现在提出来，宋毅倒不觉得吃惊。因为他很清楚，机械化开采玉石的利益太大，惊动的人肯定少不了，除了缅甸军政府之外，这边的林阳不也惦记上了。

林阳却道："此一时彼一时。前段时间的停火协议之后，特区这边裁掉不少兵员，真打起来的话，结果还很难说。"

宋毅道："这几个特区都不会答应的吧，真这样干的话，明显是把财政权交给军政府。"

"军政府开出条件来，特区也会讨价还价啊。"林阳的面色也变得凝重下来，沉声哼道，"何况，军政府还给丁英许了很多好处。小宋你去的时候可得留意一点……"

"多谢林大哥提醒，我会小心的。不过以我看来，丁英他真要接受的话，跟玩火没什么两样。他那点威信，在他自己地盘内都不足以完全服众，他还真敢想！"宋毅说这话是因为丁英的特区曾发生过兵变，差点被部下夺权。

宋毅随后又笑了起来，"不过话又说回来了，也只有这样的人，才会被缅甸军政府大力拉拢。"

林阳却没笑，"可这对我们来说很不妙啊！"

宋毅回答道："是得给他泼点冷水浇醒他才行。要不行的话，还得想其他的办法。"

"小宋是指？"林阳听了他的话，顿时眼前一亮。

宋毅却笑而不答，"我先过去看看再说吧。前几天矿区挖了个大家伙出来，想必就是因为那东西，才弄得满天风雨。"

林阳跟着笑了起来，"那家伙确实惊动了不少人，有人言之凿凿地称之为国宝呢。"

"看来要将这国宝请过来麻烦不小啊。"宋毅轻叹道。

"他们眼里只有黄金,自古以来,我们中国人才是翡翠的消费主力。再说了,以小宋的本领,肯定可以将它请回来。说起来,我还真想见识一下,这一吨大小的满绿翡翠是什么样子的。"林阳谈到这个,心情明快多了。

宋毅却道:"我也很期待,不过还得先过去亲眼看看再做定论。"

林阳点头赞同他的意见,"那是,这数目肯定小不了,不能有半点的马虎。"

"这石头太大,无论作何抉择,都算是豪赌,怎么小心都不为过。"宋毅笑道,虽然是豪赌,宋毅还是很有信心,原因无他,这摩西砂翡翠矿区,的确产出过这样的满绿翡翠原石,而且他曾亲眼见识过。当然,他也知道林阳这么热心的原因。这大家伙运进国内的所要缴纳的一大笔关税,才是林阳关注的。

宋毅和林阳在吃饭的时候把事情定了下来,这翡翠毛料要真拿下来的话,要从腾冲猴桥入境,腾冲可以收入一笔关税,宋毅也不用担心夜长梦多,对彼此都有好处。宋毅不在乎这点蝇头小利,对他来说,能得到这边的支持,他去缅甸底气也足很多。

出了猴桥口岸就到了丁英的地盘,事先得到宋毅通知的丁英派车过来接他到司令部。

穿着便装的丁英站在司令部外面迎接宋毅,两人见面,又是一阵亲热地寒暄,接着的便是吃大餐,缅甸的野生动物资源非常丰富,为招待宋毅这个贵客,丁英也舍得,蛇、猴、还有很多宋毅叫不出名字的飞禽走兽都摆在了餐桌上。

宋毅一边腐败,一边探丁英的口风,说他这次准备了一批资金,打算从两人合资的矿场运一批翡翠毛料回去。

丁英便问他带了多少资金过来,宋毅朝他比了一个手指,丁英笑道:"一百万也太少了吧。"

"就看丁司令愿不愿意吃下去。"宋毅笑道。

丁英笑道："那块大的翡翠毛料就不只这点吧？"

"资金问题丁司令不用担心，不过我得过去看看货再说。要是看中的话，我们还是按老规矩办。"宋毅说的老规矩是先对翡翠毛料估价，然后付给丁英四分之一的价格，东西宋毅带走。

丁英一脸苦笑，"最近政府那边一直逼得很紧，说将开采出来的玉石统一收归国家矿业部管理，然后举行拍卖，正征求我的意见呢。"

宋毅故作惊讶地问："当初的协议不是说玉石的开采权归特区，政府不过问吗？特区的事情还是由丁司令做主比较好。要是什么事情都归政府管的话，特区人们的日子也不好过了。再说了，司令大度不肯与他们计较，那边会和丁司令一样大度？贸然把财政权交出去的话，到时候吃亏的还是丁司令。"

"我也知道啊，可现在政府势大，我们几个特区之间又不能统一立场，很难办啊。"

"在这点上，大家是该放下矛盾统一立场。为了多收入一点，而将主动权交给政府，可不是什么好事。"

宋毅倒不是特别害怕缅甸军政府的这一举动，所谓上有政策下有对策，就算前世缅甸军政府将玉石资源统一拍卖，还不是有很多玉石通过其他途径流入国内。

丁英点点头，其中的道理他都明白，可就是无法抗拒缅甸军政府开出的条件，"小宋也别太担心，几个特区和政府的谈判时间长着呢。其实，我们的玉石开采方还是有非常大的主动权的，要是政府撕毁协议的话，我们随时可以断货。"

"小宋有没有兴趣多搞几个翡翠矿场啊，我看这机械化开采翡翠确实可行，连政府那边都有用机械化开采的打算了。有不少商人找上我，说愿意投资开发更多的玉石资源，我说和小宋合作这么久，得先问问你的意见。"丁英脸上很快又挂上了亲切的笑容。

"我是有扩大投资的打算，不过得先仔细考察一下才行，不同的矿区所用的机械不一样，开采的方式也不尽相同。"宋毅平静地回答，心里暗骂老奸巨猾的家伙。

吃过饭之后，宋毅提及尽快去矿区，丁英却笑着对他说："小宋长途跋涉也累了，不如先委屈你在我这住上一晚，明天一起过去如何？"

"好的。"宋毅现在也没更好的选择。

宋毅心里明镜似的清楚，和缅甸军政府的谈判不知多久才谈得下来，这块"国宝"级的翡翠毛料还是可以由他做主的，无非多搭上一点钱，没有人会嫌钱多，丁英更不例外。

第二天吃过早餐，丁英就点齐队伍出发，缅甸的道路状况虽然不好，可丁英已经习惯了，要他自己出资修路他肯定不干。宋毅年轻力壮，自然也不会在乎这些路途的小坎坷，越野车一路走得很快，又有沿途的士兵接应，一行人傍晚时分就到了矿场。

宋毅最关注的当然是那快"国宝"级的翡翠毛料，但到了矿场之后，他却不能显得太着急。他先把丁英安排住下，颠簸了一天，丁英也没有连夜看石头的兴致。

摩西砂矿场怎么说也有一大半归宋毅所有，丁英也不能太张扬。而宋毅要做的就是巩固他在这里的威信，他本来就很少来这里，难得来一次，各种关系自然要理顺。

该嘉奖的如负责监督矿石挑选的程大军，还有护矿队的周益均和赵飞扬，宋毅自然不会吝啬。

这一晚宋毅都没好好休息，几个月下来，积累的事情可不少，光下面的汇报就消耗了他大半夜的工夫，要不是他之前对这方面非常熟悉，即便精力再旺盛，也怕是撑不过来。

这一来，让程大军和周益均等人对宋毅越发佩服起来，看他将事情梳理得井井有条，就知道他的成功来得并不侥幸。

丁英休息好之后，第二天上午就过来找宋毅一起去看石头，看宋毅忙了一夜精力依旧旺盛，又发了几句感慨。宋毅笑笑，然后陪他一起去看那块超级大个头的翡翠毛料，这"国宝"级的石头放在保安最严密的仓库中，除了外面层层暗哨明哨外，里面还有两个荷枪实弹的士兵专门看管。

打开库房的门，丁英第一眼见到这块石头时，眼睛就眯成了一条线。

再看宋毅，虽然表面依旧很平静，可目光却非常热烈。丁英虽然对翡翠毛料了解不多，但却相信他手下的高手的眼光，再者，上好的翡翠毛料他也见得多了，品鉴水平还是有的。

就这块翡翠毛料的品相来说，那绝对是他见过的翡翠毛料中数一数二的。

那一身的蟒带和松花简直能闪花人的眼睛，最让他吃惊的是，这块翡翠毛料有一吨多重，块头大得吓人。外面表现又这么好，这一刻，他仿佛看到的不是翡翠毛料，而是成堆的钱在他眼前飞舞。

在程大军和周益均的操作下，这块硕大的翡翠毛料一挖出来就被锁进了仓库，能亲眼见到这样的翡翠毛料本身就是一种幸运。先前没见过这块翡翠毛料的人看呆了眼，再次见到这块翡翠毛料的人还是忍不住心惊，暗自感叹，怎么会有这样的佳品。

宋毅没有急着下结论，这块巨大的翡翠毛料给他的第一印象也非常不错，不管是突出的蟒带和松花，还是凹陷下去的玉肉，在行家甚至外行看来，整块石头的外在表现都堪称完美，也难怪众人一致称好。

宋毅此刻也没了责怪它为什么长得这么好看的心思，只拿了强光手电往里照，可不管他从什么角度看，映照出来的玉肉都清澈透明，如玻璃一般。

这也就说，整块一吨半重的翡翠毛料全部是顶级的玻璃种。

大家心底都很清楚，只是没有明白地说出来。

不管宋毅切还是不切，都是一场几千万元的惊天大豪赌。

一切就看这石头的两个主人丁英和宋毅作何决定，要真切开的话，那可是一场视觉盛宴。

宋毅仔细看过石头，没有立刻做出决定，伸手擦了一把汗，平静地对丁英说："这石头我一时间也看不懂，得仔细研究一阵子再做决定，得要麻烦丁司令在这里多住几天了。"

"没事，小宋不用着急，慢慢来，这可是好几千万的东西呢，断不能仓促做出决定。"丁英呵呵笑道，这样的大买卖，要是宋毅不想几天就买下来那才奇怪。其实他也承受着巨大的煎熬，要不要坚持先切开，要是满绿的话肯定大涨，可要是里面绿色表现一般的话，还不如卖个人情给宋毅，现在他还不能轻易开罪他，除了他，还真没其他人能在短时间内接手。

"丁司令说得对，我也要为我们的合作负责是不是？不管怎样，都少不了丁司令的那份。"宋毅感激地说道。

两人说了会儿话，宋毅把丁英打发走，丁英是不会怕他赖账的，不管是运输还是什么，基本都掌握在他手里，想将这么大的东西变戏法一般地弄走可不是件容易的事情。

宋毅又仔细观察起这块可以堪称"国宝"的翡翠毛料，他实在找不到什么可以挑剔的地方。

可越是这样，越不能大意，但凡赌石的人，都有栽在表面非常好的石头上的经历。这次的数目又是如此巨大，换了实力一般的人，一个不慎，就是倾家荡产。

其他人走了之后，程大军悄悄对宋毅说："这块石头我和几个老师傅都仔细看过，外面的表现确实非常好，但其中的风险也不小，玻璃种是没问题的，想赌满绿的话，恐怕很悬。如果价格谈得下来的话，肯定是不会亏的。"

"程大哥有心了，我再想想。"宋毅沉吟了一会儿说道，他也知道这块翡翠毛料满绿的可能性不会超过百分之五十，关键在于，它的外在表现实在太好，价格怎么都低不下来，这就意味有巨大的风险。即便他是这块石头四分之三的主人，也得小心做决断才成。

按最保险的方法，自然是不切，就这样卖给别人，能稳收三四千万。可这是收益最小的办法，而且放眼现在，没有谁能单独吃下它。

还有就是坚持先切开，然后再算价格。如果宋毅自己不买的话，倒是可以比之前多赚一些，但这样一来，花费的时间会很长。如果宋毅自己买的话，那肯定会多花一笔冤枉钱。

对宋毅而言，最好的办法还是不切，就这样和丁英谈好价格，支付给丁英他自己的那一部分，然后宋毅自己把它运回去。宋毅来此，打的也是这样的主意。

但不能直接这样做，宋毅要把主动权掌握在自己手里，低声把要做的事情交代给程大军。

第九章　千元捡漏双螭海棠犀角杯，摇身一变四千万天价亦难寻

宋毅将这件稀有的双螭海棠犀角杯拿到手里，立即被它浅浮雕的精湛技艺镇住了，虽然只在犀角上雕刻了一毫米左右的深度，但展现的层次却有七八个；比起深浮雕来，镂空雕更有难度。在宋毅的记忆中，几年后的拍卖会上，犀角杯的价格高得出奇，甚至拍出了四千多万的天价。而这时犀角杯价格还不算太高，仿品也少，正是出手购买的大好时机。

此后的几天，宋毅每天虽然都去仓库观摩几次，但他更多的时间和精力，则花在翡翠矿场各项事务的安排统筹上。还常常深入矿场，和最下面的矿工打成一片。

丁英经常听手下汇报，今天宋毅亲自去场口挑选翡翠毛料，据说他的水平还不赖，发现好几块好料；明天宋毅和机械工程师、维修师联络感情，讲讲老家东海的事情，并一起探讨该如果保养机械，并要求尽快培养更多的机械操作师；后天宋毅参与矿区布防，并进行实弹射击，貌似成绩还不赖。

这样的消息丁英一开始听着还不在意，可很快他就觉得不对味了，这宋毅，不是打算扎根住下来了吧？

宋毅不着急，丁英却开始着急了，他堂堂的特区司令，总不能老窝在这地方啊，虽然他吃住都是最好的，但各种条件和司令部比起来，简直是天壤之别。

再不能这样拖下去了，丁英暗自下定了决心。

宋毅确实不着急，他给东海打了几个电话，说了一下他在这边的情况，说是短时间之内回不去，让他们不必担心，东海的事情该怎么处理就怎么处理。

苏雅兰和宋明杰虽然担心他，可也没办法插翅飞过去，更何况，他们过去的话，也不见得能帮上宋毅的忙。东海的事情就够他们忙得团团转，当然，他们最关心的还是那块所谓的"国宝"级翡翠毛料。

在他们的操作下，金玉珠宝的旗舰店开业取得了巨大的成功，前三天的销售额就突破了百万。

以至于宋毅听电话那边苏眉的笑声就没停过，对他讲以前怎么就没发现，这世上有钱人那么多，钱比以前好赚多了。

宋毅不着急的状态终于被丁英打破，等得极不耐烦的他起了个大早，在宋毅的办公室堵住了他。拐着弯说了一通废话之后，问他打算如何处理这段时间挖出来的翡翠毛料。

宋毅笑着回答："我已经选了一部分翡翠毛料，准备下个月回去的时候一并带回去。剩下的就交给矿场这边处理好了。"

下个月！

丁英身子一震，差点没被宋毅给噎死。他可没那么多时间跟他耗在这里，当即便表示，他来矿场也有一段时间，司令部那边积压的公务很多。

"都怪我，这段时间都忙着整顿矿场的事情，加上那块翡翠毛料确实扎手，我到现在还没做出决定，倒是耽误了丁司令的正事了。丁司令你看那块石头该如何处理，我都听丁司令的。"宋毅忙满怀歉意地说道，却把烫手山芋推给了丁英，让他自己去烦恼，想必这段时间，他也考虑了很多可能性。

这小子倒是狡猾。丁英在心底暗骂宋毅的同时，也开始犹豫起来，照手下老行家的说法，这块翡翠毛料极其罕见，表现好，赌垮的可能性不大，他们倒是劝丁英先解开再说。

丁英知道他们的忠诚，也明白他们的私心，看他们提起那块石头眼睛就放光的样子，他就知道，他们恨不得能有机会亲眼见识甚至亲自操刀解石。

可丁英想得比他们多，目光也比他们长远，他们嘴上说得轻巧，虽然一个个拍得胸脯啪啪响，可责任又不由他们承担。他最担心的还是宋毅的态度，万一他们切石惹毛了宋毅，他撂挑子不买了，跟他一样坐等收成的话，这笔收入不得等到猴年马月才能到账。

有实力的买家虽多，可买得起这块石头的却寥寥无几。宋毅这小子虽然狡猾，也很可恶，但有一点是他非常欣赏的，他给钱很多很快。

宋毅在矿场停留这段时间的表现间接地表明了他的立场，那就是没什么立场，如果可能的话，他当然希望用最低的价格拿下。偏偏丁英还不能说他什么，宋毅等得起，他丁英等不起。

更重要的是，宋毅选择的余地比他多，他可以选择最保守的旱涝保收，把所有的风险转嫁给其他人，也可以大起胆子来豪赌一番。

丁英不想夜长梦多的话，就必须迅速做出抉择，他也很快就做出了决断，钱只有到了自己账户里才算数。

即便如此，丁英表面还是非常平静地和宋毅探讨各种可能，宋毅只无所谓地表示，一切听丁司令的安排，丁司令做的决定我都支持。

面对油盐不进的宋毅，丁英也没什么更好的办法，只得表明自己的态度，他不希望承担任何风险，希望定好价格后交给宋毅去处理。

宋毅一直紧绷的神经豁然轻松下来，他还能说什么呢，自是点头支持。

双方既然表明了态度，两人也就不客套了，请来矿场的老行家，开始为那块一吨半重的翡翠毛料估算起价格来。

丁英自然想把价格抬高，这样他分得的那部分就越多，宋毅想把价格压得越低越好，他就可以少出一些血。可不管怎样狮子大开口，最终都是有个限度，不管是宋毅还是丁英，也都不希望把彼此的关系闹僵，价格也渐渐趋于平衡。

双方协商了一个上午之后，最后将这块翡翠毛料的价格定了下来，三千六百万。

不管放在什么地方，这都绝对算得上是一个天价。

但这块"国宝"级翡翠毛料的表现之好，绝对当得起这个价格，宋毅不得不承认这一点，这也是他肯自己掏腰包的原因所在。

这价格一定下来，就意味着宋毅要为这块翡翠毛料付九百万给丁英。加上宋毅还在这几个月开采的翡翠毛料中挑选了很大一批毛料出来，放在一起运回去的话，宋毅至少一次性得付给丁英一千五百万人民币。

这让丁英笑眯了眼，这时候特区的收入来源并不多，一个摩西砂矿场短短几个月时间就让他收入了一笔巨款，怎能不让他欣喜若狂。谈妥之后，他就等着收账，在这方面，宋毅并不含糊，很快就把钱划到丁英的账户上。

钱到账之后，丁英一刻也不愿意在矿场久留，把事情交给下面之后立刻拍屁股走人，对他来说，这只是产金的地方，如果不是这次事关重大，他都不愿意亲自来受罪。

宋毅也不敢疏忽，问丁英要了支部队来，带上周益均、赵飞扬的护矿队，由他自己亲自押队，将整批翡翠毛料安全运送到中缅边境。

望着眼前的海关，宋毅叹气，又要出血了！

得到宋毅将从猴桥口岸回国的消息，林阳迅速做出反应，马上抽调精兵干将协助处理。当然，林阳也自然不会忘记统计进出口交易额，并向宋毅征收关税。宋毅留下五百多万的税款，然后才将所有的翡翠毛料运到国内来。

等宋毅和车队检查完毕入关后，林阳邀请宋毅一起吃饭，宋毅应邀前往，但满载着翡翠毛料的车队却没在腾冲停留，由周益均压着车队径直朝东海而去。

席间，林阳首先恭喜宋毅如愿以偿拿到那块"国宝"级翡翠，还称没亲眼见到有点遗憾。

宋毅只笑笑，称丁英根本没把这"国宝"当回事，他更在乎他自己能拿到多少，什么时候能拿到，用不用承担风险，反倒是让他捡了便宜。

林阳被他逗笑了，接着又问他有没有打听清楚特区的打算，这可关系到未来腾冲的经济局势。腾冲是个边境县，主要依靠的就是对外贸易。

宋毅整理了一下措辞，"特区各有各的打算，军政府给的虚名虽好，但也要给予实际利益才行。我也和丁司令详细谈过，他认为特区自己能控制得住风险。如果军政府做得太过分的话，他就停止向他们供货。不过玉石资源这块，牵扯到各方面的利益太多，将来会如何，还真难说。不过就我看来，至少这一两年还是会维持原状的。而且翡翠毛料这东西，也不是说明面上就能控制得了的，绝大部分还是会通过其他途径流出缅甸。"

"没一个是省油的灯啊！"林阳叹道，可随即又向宋毅敬酒，"说起来还是小宋你厉害，这短短几个月时间贸易额就达到了六千万，今年你一个人贡献的贸易额就过亿了，这一杯我敬你。"

宋毅连忙回礼笑道："怎么能这么说呢，是林大哥给我们创造的环境好，我相信再过两年，腾冲的贸易额肯定会再上一个台阶，这可都是林大哥的功劳。"

宋毅这话说到了点子上，林阳嘴上虽然没说出来，可不管脸上还是心理，都有种如释重负的感觉。

于是，心情大好的两人尽欢而散。

在腾冲没多停留，宋毅又匆忙乘飞机赶回东海，任谁花了几千万的大价钱都想看看究竟值不值得。就拿这块"国宝"级翡翠毛料来说，他虽然只拿出一千三百来万给丁英以及付关税，可翡翠毛料的开采还有非常高的成本算在里面，好在他挑剩下的翡翠毛料能弥补一部分成本的开销。

宋毅下飞机的时候已经是晚上十点多，苏眉下班很晚，正好开车过来接他。

两人互叙长短，听苏眉说了之后，宋毅也知道了现在金玉珠宝生意红火背后面临的压力。

因为公司膨胀得太快，明明手里有很多值钱的东西，可就是没办法变出现金来。他走这一趟还没到半个月，向银行贷款的两千多万就花了出去，虽然银行没打算要他这么快就还款，可在苏眉和宋明杰他们看来，始终是欠着人家的啊。

宋毅倒是不担心，笑着劝苏眉说："苏眉姐，你觉得银行的利息和我们赚的钱，哪个更多？"

"当然是我们赚的钱更多，要不然我们拿什么来还银行的贷款啊。"苏眉随即又说道，"其实应该把珠宝放在手里增值程度和银行利息相比才对。"

宋毅赞叹道："还是苏眉姐聪明，这一来不就结了，我们把翡翠捏在手里，而借银行的钱来发展，总比现在就把所有翡翠都卖掉来发展更好吧。"

"话虽这么说，可是心里总觉得不舒坦……"

苏眉还没说话，宋毅就拍板决定下来，"这不就结了，银行想贷款给我们占我们的便宜，对我们来说占的便宜更多。既然这样，有便宜不占就是王八蛋。我决定了，回去继续贷款。"

"出去一趟学坏了，说得那么粗俗。"苏眉小嘴微翘，横了他一眼。

想要继续贷款，自然得拿出相等价值的东西来，虽然金玉珠宝现在发展壮大起来，可想玩空手套白狼还是不行的。宋毅的第一个念头就是打这块"国宝"级翡翠的主意，只要有东西在，不管是继续贷款还是别的什么都好说。

宋毅回到家里，何玉芬见了他的模样，又少不了一阵心疼的埋怨，说他又晒黑了，缅甸那地方还是少去为好，家里现在又不缺钱用。

宋毅就笑着听她唠叨，一直到晚上家里人都聚齐开饭。

宋明杰和苏雅兰这才有机会听宋毅讲他这次去缅甸的事情，宋毅虽已在电话里讲过，但是讲得太含糊，他们也只知道宋毅把那块大石头弄回来了，当然，最让他们肉疼的是，宋毅这次去将银行贷款的两千多万花得一分不剩。

"那石头就花了你一千多万，你有几成把握赌赢？"宋明杰听得眉头直皱，这小子赚钱是个好手，可和他花钱的本领相比，又算不得什么了。

"你说错了，是四千万买一块石头！小毅你可要知道，我们珠宝店两年的销售额也没这么多。你要是不赌的话，我们至少也能赚个三千万，还不用承担任何风险。"苏雅兰更懂得分析，可这结论更让她惶恐不安。

宋毅却是一副自信满满的样子，"我亲自看过，也详细问过那边的老行家，都说百分之百能赌涨，要不然也不会卖到这样高的价格。但是赌涨的话能涨多少就要等解开再看了。其他的事情你们倒不用担心，据我估计，随着我们国家经济形势的日益发展，珠宝行业将会有一个井喷式的突破，开业的时候你们不是也见到了人们对珠宝的热情吗？"

"别扯得太远了，你现在的任务就是好好琢磨这块石头该怎么处理，等石头一到东海就着手处理，你不担心，我们心里还七上八下呢！"宋明杰打断了他滔滔不绝的演讲，由不得他不担心，四千多万的东西，够他们一家人忙上四五年。要是赌垮的话，可以直接去撞墙了。

宋毅点头回答道："嗯，我打算等石头一到就解开，在缅甸的时候我天天对着它，强忍住心底的冲动没有将它解开，要不然，就不只现在这个价格了。"

苏雅兰只听得心惊肉跳，这数目实在太大，以往几百万的石头也就任宋毅去折腾，可这是四千万的东西啊。她犹豫着说道："要不然就不要解了，就这样卖掉好了，矿场的很多石头不都是这样处理的吗，说不定价格还能往上涨点呢。"

宋毅明白她的担心，但却不赞同她的办法，努力坚持自己的原则，并试图说服她，"我可是有十足的把握才会解开的，你们想一想，一旦赌涨的话，可就不是四千万，非常有可能在四千万后面添上一个零。"

无论对谁来说，都是个艰难的抉择。

"我可经不起你吓，再多几次肯定得神经崩溃。"虽然苏雅兰更倾向于稳重一点将风险转嫁给别人，可看宋明杰似乎也有被诱惑的可能，苏雅兰把求助的目光投向宋世博，征求老爷子的意见。

可宋世博却说："这是小毅自己弄回来的，还是让他自己做决定吧。"

宋毅连忙拍了老爷子一记马屁，他先前实在没想到，家里人也会有不同的意见，怪只怪这块石头外在表现实在太好，价格实在太吓人，没多少人能稳住阵脚。

宋世博看惯起落，石头切涨切垮对他来说也没什么，他可以不在乎，可这段时间一直在忙碌的宋毅的父母就不一样了，他们自然不希望一番心血都付诸流水，有不同的想法也是必然的。

宋毅一旦打定了主意，任天王老子来了也是不会更改的，只对苏雅兰大讲切涨后的光明前景，未来十几年吃喝都不用愁，还可以留给后代一批传家珍宝。

苏雅兰被他说得心痒痒的，虽然知道有风险，可也无力阻止他，只好让他自己去折腾。

统一意见之后，宋毅又提出继续向银行贷款的计划，这计划自然得通过宋明杰和苏雅兰来操办才行。

"等你把这块石头的事情搞定再说吧。"宋明杰对此的反应十分冷淡。

苏雅兰点头表示同意，"这事情一天不了结，我就一天不能安心，但是你也不能太贪心，该收手的时候就要收手。"

在他们看来，要是赌涨了，自然可以用"国宝"级翡翠来做抵押，石头没开就花了四千万的成本，一旦赌涨，放在自己手里也不安全，抵押给银行也可以放心不少。一旦赌垮就更没什么好说的，说到底，两人心底还是担心。

宋毅只得作罢，他本来还想和他们做一下未来的规划的。但现在，还有另外一个问题摆在他面前，那就是如何处理和福祥银楼的竞争关系。

当他把这个问题提出来之后，宋明杰当即就对他表态说："这个你就不用担心了，我们自有分寸，不会伤了彼此的和气。毕竟大家抬头不见低头见的，关系弄得太僵对大家都没什么好处。"

苏雅兰却回答说："要是他们敢出什么损招，我们也会还击的。"

"老妈你还真是巾帼英雄呢。"宋毅笑着说老妈的好话。

苏雅兰却白了他一眼，语重心长地说道："别以为我不知道你心里那点小九九，不就是担心沈家那丫头会怎么看你，那丫头小姐脾气大得很，长得虽然漂亮，但不适合你。依我说，宝卿比她好多了，这丫头落落大方，和你又是青梅竹马，更不会像沈家丫头那样仗着家里有钱颐指气使。你们说是吧？"

何玉芬点头赞同："宝卿那姑娘非常识大体，是个不错的选择。小毅你也该开开窍，主动约下人家，现在上大学也不影响学习，该早点把关系确定下来。"

"就是，真不知道你心里怎么想的。"苏雅兰应声附和道。

何玉芬兴致也上来了，"我看宝卿对我们小毅很有意思的……"

宋毅无语，她们怎么就谈到这事情上去了，他知道林宝卿很好，可是他确实很忙啊。

何玉芬和苏雅兰苦口婆心地劝了好一阵子，直到宋毅受不了，说打算约她明天一起去鬼市淘宝。

婆媳两人相视一笑，又开始向宋毅传授秘籍，说什么女孩子脸皮薄男孩子要主动，鬼市黑灯瞎火的要保护好人家女孩子之类的。两人还把宋世博和宋明杰的案例都给他讲了出来，反正宋明杰和宋世博早就不耐烦地闪人，要不然，被他们听着还真是个麻烦事。

宋毅和林宝卿约好一起去鬼市，也就早早地爬了起来，出乎他预料的是，一贯准时起床的宋世博今天却没什么动静，也不知道是何玉芬说了什么还是怎么。宋毅也没敢去叫他，揣了钱包拿了手电就出了门。

　　宋毅到林家的时候，林宝卿已经起床了，听宋毅敲门立刻开门出来，和他一起往鬼市走去。

　　时值深秋，萧瑟的秋风吹得有些凉意，林宝卿一个哆嗦，随即就迎来了宋毅温暖的目光，他温热的大手也悄悄握住了她滑嫩的小手，让她一下暖到了心底。

　　期盼已久，可这感觉又是如此熟悉，被幸福冲昏头脑的林宝卿一时间不知道说什么好，只满心欢喜地跟随着他的步伐。

　　"我昨天说的话可是当真的。"宋毅忽然开口对她说道，确实，找老婆还是找林宝卿比较实在。

　　林宝卿的脸上满是幸福，轻点了点头，微笑着说道，"我知道，我从你的眼里看得出来。"

　　宋毅就差没扼腕叹息，"我失策了，差点忘了你是这世上最了解我的人了。"

　　"不许你忘记。"林宝卿嫣然一笑，把他的手握得更紧，这样的情话比直接夸她的美貌和智慧更能打动她的心。

　　"遵命，我一辈子都会牢牢记得的。"宋毅此话说得满怀真诚，因为林宝卿当得他的夸奖与赞美，这是一个他不能错过的女孩子。

　　被突如其来的幸福醉倒的林宝卿现在只希望这条路永远没有尽头。

　　可是却仿佛只过了一瞬，两人就到了鬼市，忽闪忽闪的灯光让林宝卿十分恼怒，"这么快就到了。"

　　"今天运气真不错，一出门就捡到宝，我敢肯定，好运一定会一直持续下去的。"宋毅望着林宝卿，言之凿凿地说道。

　　林宝卿心花怒放，欢快地拉着宋毅逛起了鬼市。

　　尽管天气渐渐寒冷下来，但寒冷的天气浇灭不了人们的热情，鬼市一如既往，十分热闹。

　　作为久在鬼市淘宝的老手，林宝卿和宋毅对鬼市的东西都不陌生，基本能一眼判断出大部分的赝品。

　　而几乎每场鬼市必到的林宝卿更是厉害，基本和来鬼市摆摊的人都非常熟悉。每个摊主来这里多久，手里有没有好货源，谁的摊位上全是赝品，她心里都跟明镜似的。

　　可今天，她的兴致明显不在这些上面，她更喜欢静静地看宋毅挑选东西一副随意的样子，和人讨价还价时又立刻换上的认真谨慎的模样。

　　直到看宋毅在一个她熟悉的摊位前停留，林宝卿连忙低声附耳对他说："要不我们去其他地方看看，这家没什么好东西啦。"

　　宋毅却对她说："有你在我身边，会出现惊天大逆转也说不定。"

　　林宝卿嘴上不说话，可她那会说话的眼睛却满是期待，看他能上演怎样的逆转。

　　宋毅在摊位上仔细挑拣，什么古币、军刀、青铜器，甚至是他最拿手的瓷器，连林宝卿都能看得出来是仿品的，宋毅却还是玩来玩去，给她的感觉更像是在消磨时间。

　　宋毅不可能无缘无故在这消磨时间，那他心底的真实想法是什么呢？

　　林宝卿迅速开动脑筋，将目光从宋毅身上挪开，她一眼就看到同在城隍庙开古玩店的老板，五十多岁的陈宇在和摊主谈着什么。而陈宇手里拿着的好像是犀角杯，以林宝卿对这个摊主的了解，他从来就没拿出来过什么好东西，也因此对他产生了偏见。

　　那位五十多岁的古玩店老板陈宇可是经验丰富，也不会轻易出手，难道今天真的有奇迹发生？

　　林宝卿对犀角杯也有所了解，但也只是一知半解。犀角杯是用犀牛角雕刻而成，顾名思义，是用来饮酒用的，据闻很多美酒只有用犀角杯来饮用味道最佳。

　　但更多时候，犀角杯失去了它的实用价值，而成为帝王将相、王公富侯用来炫富的工具。

　　由于现在犀牛已经成了珍稀动物，既美观数量又稀少的犀角杯的收藏价值便跟着日益增长，也逐渐被人们看好。

　　此时此刻，林宝卿只相信一点，宋毅想要买下来，那就一定有他的道理。

她的任务就是尽量配合他把戏演好，帮他把价格讲下来，两人早有默契，但此刻的林宝卿显然更入状态。

于是，林宝卿定下心来，打算看个究竟。内心也在祈祷陈宇把生意谈崩才好，要不然就没他们什么事情了。

这时她才发现，和宋毅交流彼此的心得是件非常愉悦的事情，听他讲些她不知道的典故，或者讲些她爱听的，都是种绝美的享受。

当然，两人这种情况在外人看来，更像是随意找个地方，挑件东西就可以倾诉绵绵柔情的小情侣，专注于生意的陈宇和摊主也没把注意力集中在两人身上。

也许是林宝卿的祈祷产生了作用，但更像是宋毅的等待有了回报。

陈宇和摊主不欢而散，这就给了他们机会。

宋毅虽然一直在和林宝卿说话，可眼角余光一直盯着摊主和陈宇，等到那犀角杯被放下了一会儿之后，他这才装作不经意地拿过那件犀角杯。

在他的印象中，在后世的几次拍卖会上，犀角杯的价格都出奇的高，甚至比很多官窑瓷器的价格更高，更有犀角杯，在拍卖会上拍出了四千多万的天价。

而这个时候的犀角杯价格算不得高，仿品也少，正是入手的大好机会。

其实只要确定了这是真的犀角杯，就算只当药材来买也是不错的，犀牛角的药用价值非常高。犀角是清热、解毒、定惊、止血的重要药品之一，因其性凉，能够通关开窍、退烧、治偏瘫和心脑血管硬化等病症。

在古代，人们对犀角的药性已有充分的研究。正因为人们认识到它具有药用的功能，所以从商周时期起，古人就曾"以角为觚"，将它刻制成饮酒的器皿。企望在饮酒的同时，将药力溶于酒中，达到疗病养身的效果。

古代南北朝石刻壁画中，尤其是饮宴图中，可看到达官贵族手中高举犀角觚杯，祝酒庆贺。宋代文献中也时常有关于犀角做杯的记载，正因为犀角原料珍贵，医用价值高，所以宋代文人将犀角与珠玉、象牙等，比喻为"有悦于人之耳目，而不适于用"的奢侈之品而予以排斥，民间难以见到精美的雕刻制品。

可惜用犀角入药太过珍贵，没几个人用得起，现在中药里一般都用水牛角来代替。

宋毅将犀角杯拿到手里后，凭着他丰富的经验，上手后第一眼就判断这并不是水牛角或者其他仿品伪造的，而是货真价实的犀牛角。

假的犀角杯不管是在在材质、色彩还是雕饰上都和真正的犀角杯有着非常大的区别。对别人来说或许难以分辨，可对宋毅这样的高手来说，分辨真假，只是最基本的功夫。

宋毅接下来开始打量犀角杯的底部，他知道亚洲犀角的底盘为马蹄形，非洲犀角为马鞍形。而宋毅手中这个不足十厘米高的犀角杯底部正是马蹄形的，加上犀角的纹理比较粗，可以大致判断出这是亚洲犀角。

再看犀角杯的造型，是那种简约仿古风格的双螭海棠杯。

一般而言，这样的风格是明朝中后期的，当然，乾隆时期也有很多这种仿古风格的。但宋毅又从犀角杯的纹饰上分析得出，这不是清乾隆时期的，他曾有幸见过明朝犀角杯，对此有深刻的认识。明时风格大气、庄严高贵，那种骨子里的东西，是清朝时期的犀角杯怎么都模仿不来的。

像这件稀有的双螭海棠犀角杯，采用浅浮雕的精湛技艺，虽然只在犀角上雕刻了一毫米左右的深度，但展现的层次却有七八个，比深浮雕、镂雕更有难度。像这样造型风格独特，雕刻又精湛的犀角杯其潜在的艺术价值更是不可估量。

但仅仅这样并不够准确地分辨出犀角杯的年份，要区分它的年代，还有一个最主要的参考因素，便是看犀角杯的包浆。

包浆这东西对很多新入行的人说起来比较神秘，可对宋毅这样经验丰富的人来说，判断古玩的包浆只是最基础的功课。包浆是时代留下的标记，对犀角杯而言，是犀角表皮老化留下的自然痕迹。高手能以包浆的痕迹来判断犀角的年代。

宋毅从包浆判断出这犀角杯应当在清初或者之前的年代，幸运的是犀角杯只有几处地方蚀化得比较严重，但并不影响整体的美观，反而更能说明这犀角杯的年代。

而且整件犀角杯造型生动有趣，宋毅下决心将其拿下来。

宋毅给林宝卿使了个眼色，林宝卿心领神会，两人联手演戏。

饶是两人演戏水平精湛，可对手也不是省油的灯，加上之前陈宇的态度让他有了十足的底气。长久混迹在鬼市的人都有一张厚脸皮和勇敢的心，任宋毅舌灿莲花，也没办法让他将这犀角杯的价格降下来。

　　宋毅足足花了一千五百块人民币才将这犀角杯拿到手，看他掏钱的样子，仿佛心都在滴血。这点那摊主也可以理解，一千五百块，在这鬼市已经不算少了。

　　别看宋毅苦着脸，心底不知道多开心，这犀角杯的价格之低简直超乎他的想象，恨不得马上掏钱买下来。可表面上他还是把戏份做足，也不能让林宝卿浪费表情不是。

　　等付了钱把犀角杯拿到手，宋毅这才如释重负。

　　两人刚买下没多久，陈宇就匆匆赶了回来，但这时候犀角杯已经不见踪影，他气得肠子都悔青了。

　　宋毅此时正轻笑着对林宝卿说："宝卿你还真是我的福星，看来我奶奶说你有旺夫命一点也不假。"

　　林宝卿羞红了脸，本想狠狠瞪他一眼，可却变得温柔起来，还悄声问他，"奶奶真说过这话？"

　　"可能吗？你也不知道害羞。"宋毅笑着逗她。

　　"叫你骗我。"林宝卿立刻拧住他，却舍不得下狠手，只表示了一下而已。

　　"真没骗你，奶奶一直这样说呢。"什么时候她也变得患得患失起来了，看着这样的林宝卿，宋毅反而更加心疼起她来。

　　林宝卿心底的开心自是不用多说，追着宋毅问了很多长辈们对她的看法，宋毅只得笑着对她说道："她们把你夸得天上有地上无呢。"

　　林宝卿不好意思地笑笑，然后说了把宋毅雷得外焦里嫩的话，"其实你也差不多。"

　　都说恋爱中的女人智商会变得很低，但在宋毅看来，这肉麻的话更让旁人崩溃，但他自己却是乐在其中，嘴里的甜言蜜语更是一句比一句肉麻。

　　买了这犀角杯之后，林宝卿的注意力就更不集中了，老望着宋毅发呆，宋毅在鬼市转了一圈，也没发现什么值得收藏的东西，就和她打道回府了。路上还不忘拿出刚买到的犀角杯说事。

"宝卿你猜猜，这犀角杯的犀牛角是亚洲犀牛的还是非洲犀牛的?"

林宝卿此时哪还有心思判断这个，挽着他的手臂说："看你这得意的样子，你早就猜出来了。"

宋毅对她解释道："算你聪明，亚洲犀牛的犀牛角一般都比较短，基本都小于三十厘米，所以，见了超过三十厘米的犀角杯，百分之百可以断定不是亚洲犀牛的犀角杯了。"

"那这犀角杯有没有升值潜力。"林宝卿更关心这个问题，说得再好听，如果没有收藏价值，也是白搭。

"当然有，犀角本来就稀少，现在犀牛成了珍稀动物，限制了它的来源不说，最重要的一点，犀角会随着时间的流逝，而渐渐老化或者腐蚀。

有史料和文字记载的犀角杯使用历史可以追溯到商周时期，可你看保存至今的大都是明清以后的。

物以稀为贵，这犀角杯将来升值是肯定的。"宋毅笑着搂过她纤细的腰肢，触感美妙超乎他的想象，"这都是托你的好运，所以，我决定了把这东西放在你家店铺。"

林宝卿丝毫没有被揩油的觉悟，反而咯咯笑了起来，"就不怕我私吞了?"

宋毅呵呵笑道："我怕什么的，我的就是你的。"

"那我就恭敬不如从命了。"林宝卿自然不会拒绝他的好意。

事实上，宋毅淘到的绝大部分好东西都是交给她保管的，还可以为她们家的店铺带来生意，别人的镇店之宝甚至还比不得林家聚宝斋的精品。

林宝卿随即又问道："对了，这东西你要出售吗?"

宋毅笑道："既然知道要升值，我干吗要现在出售，我又不缺钱用。你回去和林叔叔说下，这东西别人给多少钱也不能卖。"

"给再多的钱也不卖?"林宝卿想要弄个明白。

宋毅点头。

林宝卿心底的好奇心越发浓了，"那你说这犀角杯能值多少?"

"得看放多久，放得越久，价值越高。再过十年，应该能值这个数。"宋毅说着伸出一根手指头来，在空中比划了一下。

"十万? 没意思。"林宝卿大感无趣，她这态度要让刚刚那老板看见，不气个半死才怪。他们买下这犀角杯，也不过花了一千五百块钱。

宋毅摇头笑道："十万只是个零头而已。"

"一百万，那还马马虎虎。"林宝卿这才有了兴致。

"宝卿你的想象力还有待丰富。"

林宝卿的表情这下变得慎重起来，"一千万？"

"这是十年后的，再过十五年，我估计得在这个基础上翻个四五倍。"宋毅一本正经地说道，半点没有开玩笑的意思。

如果他不是重生的，他也不会相信这犀角杯十几年后会涨到这样高的价格。事实上，当初犀角杯被拍出高价，几乎所有人都不敢相信自己的眼睛，可后面连续走高的势态让人们逐步接受了这样的现实。现实就是如此精彩，永远比小说更加离奇。

林宝卿再看手里的犀角杯，顿时觉得有些傻眼。

四千万，这是什么概念，宋毅买这东西才花了一千五百块啊。

这就意味着，将来即便什么都不做，只保存好这犀角杯，就足够一辈子的吃穿了。而宋毅还将这东西交给她保管，怎能不让她觉得感动。

宋毅揽紧了她，笑着对她说道："都说你有旺夫命，这话可是一点都不假。"

林宝卿望着他，羞涩中带着甜蜜。

依林宝卿的习惯，每次从鬼市回去都要再上床睡会儿的，毕竟回去之后时间还早，六点不到。可今天，她却不想睡，就想和宋毅待在一起，哪怕就在外面吹吹风都好。宋毅自然得陪她，平时他忙来忙去的，真正和林宝卿独处的时间其实并不多，也难怪她会舍不得。

寂寂的清晨，萧瑟的晨风中，和喜欢的人紧紧依偎在一起，悄声说些情话，对林宝卿而言，是件浪漫无比的事情。

天渐渐明亮起来，林宝卿虽然舍不得，却还是催促着宋毅回家。

宋毅打趣道："你倒是会替我着想，生怕林叔叔他们说我把你拐走了。"

两人在林家聚宝斋外面你侬我侬又说了好一会儿话，宋毅嘱咐她回去再睡会儿，反正她上午没有课。

林宝卿点头答应下来，还问他中午要不要一起吃饭，宋毅说中午有事情，就不一起吃饭，但却嘱咐她一定要吃饭，他可是知道很多女孩子为了减肥不吃饭。

听他说了很多，林宝卿这才开门进屋。宋毅笑看着她进去，正要转身走人的时候，林宝卿的父亲林方军听到外面的动静，嗖地蹿了出来，把宋毅叫住。

"林叔叔好，有什么事情吗？"宋毅有礼貌地问了声好。

林方军热情地挽留他，"小毅别急着走，先进来坐会儿。宝卿这孩子也真是的，一点礼貌都不懂。"

宋毅有些闹不清楚状况，难道被他看出什么来了？拐骗了人家的女儿，宋毅心底还是一阵发虚，自然得听这未来老丈人的话，跟着他进了屋。宋毅一进屋，就看见林宝卿同样用疑惑的眼神和他对视，显然也不明所以。

林方军眉飞色舞地问他们早上是不是买了东西。宋毅心说林方军去了鬼市？怎么没见到他。不过想想也不奇怪，鬼市那黑灯瞎火的地方，他和林宝卿的心思又都放在对方身上。如果林方军不主动招呼他们的话，还真没办法发现他，宋毅甚至还在想，爷爷宋世博是不是也去鬼市了。

还没等他回答，快嘴的林宝卿就回答了，"我们就挑了一件犀角杯，怎么啦？"

"哈哈！果然是你们！"林方军顿时哈哈笑了起来，"干得好！陈宇那老狐狸今天早上气得半死，还到处找人打听是谁买了那犀角杯，说是他愿意出高价买下。听了他的描述，我就知道是你们拿了下来。"

林宝卿也呵呵笑了起来，"我们确实看见他了，不过他当时和那摊主讨价还价了半天没把这犀角杯拿下。被宋毅看见，等他一走开我们就买了下来。怎么，他后悔了？"

"可不是吗。我当场就劝他，早知如此何必当初，别人肯定也知道这东西的价值，才出手拿下的。"林方军非常开心，看陈宇吃瘪确实是件非常爽的事情。

宋毅笑道："我们也只是恰巧碰上了，他要肯多出几百块就拿下了。"

"所以我经常说吃亏就是占便宜。对了，你买下的犀角杯就是这个吧？我倒要看看，陈宇那老狐狸念念不忘的东西到底有什么特别的地方。"

林方军说着便将目光投向了林宝卿手里的犀角杯。

林宝卿将犀角杯递给他，林方军一边仔细打量，一边问宋毅："小毅，你是怎么看出这犀角杯的好来的？"

宋毅回答说："我第一眼看它就对了眼，加上犀角既是著名的避邪灵物，又兼具珍贵的药用价值，只要确定真是犀角，再花多少钱买下来都是划算的。"

"这倒也是，不过用作药材的话，还真是暴殄天物。"林方军反复摩挲着手里的犀角杯，还能闻到一股淡淡的香味。

林方军仔细看了一阵，又问宋毅："小毅，你看这是亚洲犀还是非洲犀？"

宋毅回答道："应该是亚洲犀，我听说只有亚洲犀角底部呈椭圆形，底部呈圆形的是非洲黑犀，而类似长方形的则是非洲白犀。另外，还可以从犀角底部凹腔处旁边的"裙边"来做出判断，裙边阔的是亚洲犀，裙边窄的是非洲犀。而亚洲犀和非洲犀角杯的杯口沿形状也有不同，还是那个原则，椭圆的是亚洲犀角，圆形的是非洲黑犀，长方的则是非洲白犀。"

宋毅顿了顿，接着又解释道："当然，还可以从犀角杯的风格和造型上来分析，这种风格最接近明代犀角杯的风格，富贵大气，那时候非洲犀基本还没流入中国呢。所以，我大致断定这是亚洲犀角。"

林方军照他说的仔细核查了一遍，轻叹道："小毅果然厉害，老爷子亲自教导出来的果然不一样。"

宋毅连忙谦虚地说道："我这点本事哪敢在林叔叔面前卖弄。"

林方军笑道："别那么谦虚，我也不见得能在那黑灯瞎火的地方将它认出并拿下来。"

"我看林叔叔很喜欢这犀角杯，就送给林叔叔了。"宋毅开口说道。

林方军还没开口，林宝卿就抢着说："这怎么可以？"

她可是听宋毅说起过这犀角杯将来的价值的，林宝卿不缺钱，也不是贪图别人钱财的人。

宋毅却爽朗地挥挥手说："没什么不可以的，拿在我手里，也是明珠暗投。给林叔叔保管最合适不过，这犀角杯需要经常把玩，否则容易被腐蚀。再说了，这也算是我的一点心意。"

见他主意已定，林宝卿也没再说什么，反正送与不送其实没太大的差别，宋毅淘来的绝大部分东西，都是放在聚宝斋的。

林方军接受了宋毅的好意，他还没有真正认识到这犀角杯的价值，但有机会让老狐狸陈宇难堪，林方军是不会错过的。

林方军留宋毅在他家吃早饭，宋毅也就不客气，林宝卿自然乐得开心，因为和宋毅相处的时间又多了一些。只是在家里时，她收敛了很多，加上她平时和宋毅的关系就不错，林方军两口子也没看出什么端倪来。

因为上午有政治课，宋毅就没在林家久留，又给家里打了个电话说他直接去上课，苏雅兰还八卦了一下他早上跑哪吃饭去了，宋毅只笑笑说在外面吃的。

过了几天，宋毅接到周益均的电话，说运翡翠毛料的车已经进了东海，马上就要到玉器厂了。

宋毅和苏眉到玉器厂没一会儿，周益均就带着装载着翡翠毛料的车队到了玉器厂外。宋毅亲热地上前招呼他们，并让他们把车队直接开进玉器厂里。

宋毅先招呼周益均和护矿队的几人，以及一众长途车司机去玉器厂接待处休息。然后才指挥玉器厂的员工卸货，玉器厂设备齐全，叉车都有好几辆，这会儿全部都派上了用场。

苏眉也在旁边帮他，招呼众员工干活，很快，她就见到了那块巨无霸翡翠毛料。

只见一吨多的翡翠毛料，浑身上下绿色玉肉绽出，蟒带遍布，松花点点，在腾冲的时候她就见到过各种各样的翡翠毛料，那时候，只要表面有一条蟒带，或者几颗松花，宋毅就敢赌。更何况这块翡翠毛料浑身上下都表现得那么出彩，宋毅岂有不买下来的道理，当然，花钱也多，四千多万哪。

玉器厂的员工见到这块翡翠毛料的时候都惊呆了。

一时间，都停住了手上的动作，瞪大眼睛看着这块巨石。

他们何时见过表现如此之好的翡翠毛料。

最近玉器厂一直在传言，说宋毅花了几千万的大价钱，从缅甸买了块堪称"国宝"的翡翠毛料回来。传言就是传言，很多人自然不信把它当笑话，想想也知道，宋毅那么精明的人，他难道昏了头，会花几千万赌石？

可现在大家看了这块天价翡翠的真容，顿时觉得宋毅的决定真是英明无比，看见宋毅，就差没竖起大拇指赞他——有魄力！

倒是苏眉很快回过神来，伸手拉了他一下，笑着道："这下你得意了。"

"这有什么好得意的，不就是买一块石头吗。"宋毅虽然嘴里谦虚着，可他的表情怎么看都有着掩饰不住的得意。

"瞧你那臭美样。"苏眉觉得好笑，不过马上又补充说："换了是我，花了四千万买来的东西，也希望能将别人震住。"

宋毅笑道："你知道还说，就不许我炫耀一回。"

苏眉咯咯笑道："你要炫耀我不拦着你。不过我觉得在这儿炫耀，格局还是小了点，要不这样，我们把它用来展览，我觉得收门票都可以收回成本来。"

宋毅却道："我可不敢冒那么大的风险，如果让全天下的人都知道，我们的安稳日子恐怕也到头了。"

"这倒也是。"苏眉点点头，她刚刚也就随便说说罢了。

这时候，玉器厂员工中一个叫黄锦云的六十来岁的老师傅跑到宋毅跟前问他："小宋，这块石头要解开吗？"

"我还没想好呢，黄师傅有什么好的建议没？"黄锦云是宋明杰以宋世博的名义出面请来的，他卖了宋世博的面子才来玉器厂上班的，他从事玉石雕刻工作已经有四十多年，经验丰富，宋毅对这类老师傅一向都比较尊重。

"这样的翡翠说是举世罕见也不为过，真解开的话简直是暴殄天物，如果能够完整地保存，我想会成为翡翠界的旗帜！"黄锦云激动地说道。

宋毅还没说话，苏眉就替他回答道："黄师傅，这不大可能，你也知道买下这块翡翠花了不少钱，如果不解开，公司恐怕会陷入困境。"

黄锦云顿时一愣，"这个我就不大清楚了，花了不少钱吧？"

苏眉望了宋毅一眼，得到他的示意之后，才对他说："这块翡翠毛料前前后后一共花了四千多万。"

黄锦云一听浑身冰凉，也只得叹息着说："表现这么好的翡翠毛料确实值这价。可问题就在于它表现得太好了，所以才难以幸免。不过不管怎么说，能亲眼见到这样的翡翠，我就心满意足了。"

宋毅看黄锦云失神落魄的样子，心底有些触动，忽然对他说道："其实黄师傅说得对，这块翡翠也不是非解开不可。"

苏眉惊讶地望着宋毅，不知道他为什么说这话，他不是不知道金玉珠宝公司面临的压力。还有他想做的那么多事情，那可都需要大笔的资金，在她看来，这块翡翠毛料是非切不可的。

宋毅没对她解释，接着又说道："不过这块石头的外皮是一定要去掉的，就现在这样，恐怕很多人还是无法认可它的价值。要不然，可是一大遗憾呢。"

"小宋有这样的想法，是整个翡翠玉石界的幸运。"

黄锦云感觉从地狱升入了天堂，他年纪大阅历丰富，先前所说的不过是基于对翡翠的喜爱，不指望宋毅他们能听从。换了是他，这块表现如此优异的翡翠毛料也是个烫手的东西，没有谁能将这么大一笔资金压在手里，可以料想到的是，即便这样的"国宝"级的翡翠，最终也难逃四分五裂的命运。

宋毅笑道："黄师傅过奖了，我想将整块翡翠毛料擦皮的工作交给黄师傅来做，不知道黄师傅愿不愿意？"

"当然愿意，这可是我的幸运，我等下就去焚香沐浴。"

简直是天降馅饼，黄锦云激动得浑身打战的同时，忙不迭地答应下来。对很多人来说，这样珍稀的翡翠见上一眼就是幸运，更别提亲自擦皮了。有了这个经历，他黄锦云的名字将会载入翡翠玉石的史册了。

"那就辛苦黄师傅了。"宋毅岂会不了解他的心思，不过给这样的翡翠毛料擦皮可不是件容易的事，要细致耐心。宋毅不担心黄锦云的水平，他会像对待圣物一样对待这块翡翠的。

宋毅没那么伟大，只是他现在手上翡翠资源非常丰富，最起码在未来十年二十年之内，他根本用不着动用这块翡翠。但这翡翠毛料肯定不能就这样干放着，他的打算是将整块翡翠毛料的外皮全部推掉，让外行人也看得清楚其中蕴含的价值。再将这块翡翠拿去抵押贷款，以它的价值，贷个上亿非常简单。

黄锦云从宋毅那得到保证之后，马上就将整块翡翠毛料视为心头肉，可他也不能阻止别的员工围观它。黄锦云索性向宋毅告假回去，说是打算先回去一趟，收拾妥当后再过来处理这块翡翠。

宋毅同意了，但让他不要着急，还关心地让他千万要注意身体，黄锦云虽然满口答应，可哪能听得进去，匆匆赶回家焚香沐浴更衣去了。

没过一会儿，苏雅兰和宋明杰也赶了过来。

这可是价值四千万的东西，即便他们非常信任宋毅，不亲眼看看还是不会真正放心的。

在玉器厂见到这块天价翡翠之后，苏雅兰对宋毅说："我总算明白小毅为什么花这么大价钱，将这翡翠千辛万苦地运回来了。"

"还是得想好该如何处理，现在我们手里的翡翠已经积压了很多，这块翡翠切开用处也不大。"好话都让苏雅兰说了，宋明杰也就说了不同的意见。

而在听了宋毅说了对这块翡翠的处理意见之后，两人都表示理解并给予了支持，宋明杰赞叹地对他说道："小毅这想法非常不错，我们现在存储的翡翠就足够应付接下来十几年的需求了，加上缅甸那边还在源源不断地开采，确实没必要现在就动这块翡翠。"

苏雅兰笑着说道："其实按照黄师傅的说法，将这块翡翠打造成我们金玉珠宝的一面旗帜还真是个不错的主意。将来有分店开张的时候，就运过去展览几天，我敢保证，生意肯定会非常红火。最起码，做广告的时候也有了噱头，到时候慕名前来的都不知有多少呢。"

仔细打量过这块翡翠毛料之后，苏雅兰和宋明杰对这块翡翠毛料能否赌涨已经没什么疑虑，现在他们思考得最多的是如何充分利用这块翡翠的价值，而宋毅的方法，无疑是最妥当的办法。

一众人花了一下午工夫，终于将全部的翡翠毛料收入仓库。

其中还是有非常多的精品的，可惜众人都被那块天价翡翠看花了眼，嘴里讨论的是它，心里想的是它，根本就没人关心其他的翡翠毛料。

晚上，宋毅在东海饭店宴请周益均等人，作为护矿队的核心力量，同时也是宋毅安插在翡翠矿场，乃至整个缅甸的重要棋子，宋毅自然不会怠慢他们。

272

吃饭的时候，也正是谈事情的好时候，宋毅和周益均他们谈天说地的时候，自然不忘探讨缅甸那边的局势，周益均的答复让宋毅松了口气。

宋毅问周益均："周大哥你看，我们还有没有必要在那边追加投资。机械化开采的好处渐渐凸显出来，眼红的人可不少，效仿的人会更多，采用机械化开采已经是大势所趋。"

周益均回答说："非常有必要，我们应该抓住这机会，扩大生产规模，有了前期的经验，后续矿场的开发就会容易很多。如果我们现在不继续追加投资，等其他开采公司发展起来的话，对我们将会很不利。"

宋毅点头说："我其实也一直在思考这个问题，丁司令也在我面前提起过好几回这事情，那老狐狸还拿其他想投资的人来挤对我。假如我们继续扩张的话，周大哥你那边的人手够不够？"

"不够再招就是，这又不是什么难事。"周益均很有信心的样子，"丁英的格局小，在他的地盘尽可以放心发展，就是独立军那边不好搭上线，不过短时间之内，也不用我们去烦恼，说不定到时候他们会主动来找我们呢。如果要继续追加投资的话，花费肯定不会小吧？"

宋毅道："只要周大哥的团队能保证矿场的安全，资金方面倒不是什么问题。"

"这方面小宋放心交给我就行。"周益均拍着胸脯保证下来。

"周大哥你也知道，丁司令特区内的其他几个翡翠矿场，也就是他这次答应和我共同开发的翡翠矿场所处的位置和摩西砂矿场的位置不大一样。帕敢那边的矿场形势更复杂，说是犬牙交错也不为过，有不少势力在，单靠丁司令的民主军，我怕是压不住阵脚。"

周益均豪迈地笑道："小宋没必要担心，你不信问问他们，我们就怕没地方活动手脚。帕敢那地方正合我们兄弟的胃口，只要你敢投资去开采，我们就算拼了命，也会保证矿场安全的。"

"有周大哥这句话就够了，不过我可不希望周大哥你们出什么事情，你们的安全才是第一的。"宋毅便又敬了他一杯，当下宾主尽欢。

日子就这样在忙碌与清闲中交织，宋毅每天上上课，偶尔带林宝卿逛逛珠宝店，逛逛街，顺便增进一下两人之间的感情。

这天中午，宋毅和林宝卿吃饭时，黄锦云通知宋毅，他将这块天价翡翠处理完了。

宋毅接了电话就要过去，林宝卿听明白之后，也要跟着去看热闹，她先前还没机会见识呢，宋毅就把她给带上了。

这不是林宝卿第一次来玉器厂，可每次来她都感觉玉器厂有不同的变化，这次也不例外，从玉器厂员工们欣喜的表情中，她能感觉到整个地方洋溢着的活力。

跟着宋毅过了好几道关卡，这才到了存放那块天价翡翠的房间。

宋毅推门让她先进去，林宝卿一眼就看见了房间里的翡翠。

霎时间，她的目光就再挪不开了。

脑子里转啊转的，都是这块硕大的翡翠。

传说中那块天价翡翠！

太惊人了。

巨大的翡翠被洗得干干净净，整个玉肉已经完全显露了出来，晶莹璀璨，绿得像要滴出水来一样。整块翡翠并不是满绿的，绿色的层次也有变化，但只有极少一部分白色，却也如玻璃般清透，而且通过和白色玉肉的对比，越发凸显出绿色的珍稀与可贵。

林宝卿知道，像这样精品的翡翠，一小块就能卖个上百万，那这一吨半重的巨大翡翠价值又该是多少啊？

一时间，精于计算的林宝卿也算不清楚这块翡翠究竟价值几何了。但她知道，这肯定无法用千万来衡量，如此看来，宋毅投入四千万的巨额成本完全物超所值。

看到宋毅差不多已经人全身扑到那块翡翠上去了，林宝卿不由得笑弯了嘴角，心想原来宋毅也有这么小孩子气的时候。

看完了翡翠，依然沉浸在无限喜悦中的宋毅和林宝卿依然不舍得分开，腻歪了一阵后，两人决定出去转转，顺便平复一下心情。

"我们今天去南京路看看吧。"林宝卿建议道。

"好！"其实去哪宋毅都没意见，反正就是陪林宝卿嘛。

宋毅还以为今天林宝卿想玩点不一样的，可到了那他才发现，林宝卿对普通女孩子趋之若鹜的服装护肤品之类的不感兴趣，她真正感兴趣的还是艺术古玩一类有内涵有价值的东西。

两人逛了一会儿，林宝卿忽然指着前边的福祥银楼对他说道："你有注意到没，光这南京路上就有好几家福祥银楼的分店呢。"

宋毅点头说："嗯，福祥银楼家大业大，光我们东海市就有十几家分店。"

"你们金玉珠宝才一家店，竞争起来很不利。"林宝卿担心地道。

宋毅笑道："什么你们金玉珠宝，你该说我们金玉珠宝才对。"

冬日来临，气温下降得很快，林宝卿握紧了他的手，娇柔的身子也和他贴得更紧，却撇了撇小嘴，"我可不敢高攀。"

宋毅却道："你这说的是什么话，要说高攀，也是我高攀你才对呀，我还怕林叔叔乱棍将我赶出门呢。"

"他才不会呢。"林宝卿咯咯笑了起来，眼珠一转，忽地想到了什么，便又对他说道，"不过我们金玉珠宝对福祥银楼的冲击还是蛮大的，至少打碎了他们自以为天下第一的幻觉。沈映雪有没有对你说什么？"

"她倒是打电话过来质问过我。"

林宝卿神经顿时紧张起来，追着问他："那你怎么回答的？"

"我能怎么说，还不就是你刚刚讲的那样，我们金玉珠宝规模那么小，怎么可能和福祥银楼那样的庞然大物抗衡，不过求生存混温饱罢了。"

林宝卿有些不高兴地说道："以后不许你这样贬低自己，你又不欠她什么，假以时日，我们金玉珠宝肯定能超过福祥银楼。"

"怎么说其实都无所谓，反正她沈大小姐也没把我们金玉珠宝放在眼里。"宋毅耸耸肩，一副无所谓的样子。

可林宝卿却不这么看，"那不就结了，反正不许你贬低自己抬高她。"

宋毅忽然感觉林宝卿现在的样子，有点像护着小鸡的老母鸡，或许是以前沈映雪给她的压力太大的缘故。想到这里，宋毅便搂紧了她，温柔地对她说："不管别人怎么看我们，只要我们自己不自卑丧气，有十足的自信，全心发展自己的实力就好，你说对不对。"

林宝卿用力点了点头，接着又问道："那你有计划开新的分店吗？"

"等银行贷款一落实便要开始着手，贷款这点钱还是不够用啊。"宋毅也在心底寻思着，要不要通过其他途径，比如股票证券什么的搞点钱。

林宝卿却非常看得开，那双会说话的大眼睛里满是欢欣和崇拜，"其实你也不用太过着急，这才短短半年时间，你就取得了这样丰硕的成果。这样火箭一般的速度，其他人拍马都赶不上，又有什么资格敢瞧不起你。"

"那是，谁敢和我比！"宋毅笑着挺直了胸膛，一副踌躇满志，志得意满的样子。

宋毅夸张的样子又逗得林宝卿咯咯娇笑了起来。

两人说话间，走过了福祥银楼的南京路分店，林宝卿一眼就瞥见了东海市友谊商店，便叫宋毅一起进去看看。

宋毅赞同道："好啊，说不定能在里面能淘到一些好东西呢。"

林宝卿却没他那么乐观，"里面是有一些好东西，价格却不便宜。"

"这是当然，明码实价，童叟无欺嘛。"宋毅心说这样的商店其实对普通人来讲是非常不错的，至少不会有花钱买赝品的危险，贵是稍微贵了点，可胜在安全。

当然，对宋毅这样的老油条来说，还是在别的地方淘东西来得便宜，"数来数去，还是鬼市的东西最便宜。"

林宝卿笑道："那以后每次鬼市你都陪我去。"

"我人在东海的话自然可以。"宋毅没敢直接答应她，办不到的话麻烦可就大了。

"就知道你会这么说。"林宝卿小嘴微翘，也没多追究，只拉着他一起进去。

友谊商店是国营的，最初专供给外国人，现在的话倒没那么多限制，普通人拿钱就可以去购买。

这家友谊商店里的东西不少，可林宝卿转了一圈，却没看到什么值得出手的东西，倒是宋毅，在几件瓷器前站住了脚跟。

林宝卿顺着他的目光望去，柜台里摆着一对五彩龙纹碗，看着非常精致，难怪宋毅会驻足观看，可这价格也贵，要两万块。

宋毅问那营业员："可以将这对五彩龙纹碗拿出来看看吗？"

那四十多岁的营业员察言观色的功夫不错，见宋毅气度不凡，不像那种存心来捣乱的。一边帮他将那对五彩龙纹碗拿出来，一边对他解释说："当然可以，这对五彩龙纹碗是刚从文物库拿过来的，绝对是真品。"

这个宋毅倒是相信，友谊商店的很多瓷器都是文物库存，不过他到底还是觉得要亲自上手看看才行，又随口问道："这碗什么年代的？"

"好像是康熙年间的吧，你自己拿去瞧瞧吧。"那营业员回答道，接着便把那对碗拿出来放在了玻璃柜台上。

林宝卿好奇心上来了，跟着过去瞧热闹，宋毅拿了一个碗在手里仔细欣赏，她也拿了一个捧在手心。

这五彩龙纹碗很是精致，不管是花纹色彩，还是瓷器本身都属上等，也没有什么明显的缺陷。她再翻看底部，刻着"大清康熙年制"的几个青花篆款。

林宝卿也在心里琢磨着，如果真是康熙的，两万块也贵不了太多。不过粉彩的清三代瓷器这时候并不被人们所追捧，要真买下来的话，十有八九要搁在手里。

她自己并没有买的意思，便打算看宋毅的态度如何。

宋毅和她换了个碗，仔细看了看这个碗的造型和风格。

他随后，又将两个碗都要了过去，摆放在一起，仔细比较分析。

林宝卿倒是看出来了，这两个碗还真是天造地设的一对，不管是造型、大小还是花纹，风格，都非常神似。

而以她对宋毅的了解，从宋毅此刻的态度来看，这也的确是康熙年间的真品。

这是真品应该是毋庸置疑的，她唯一有疑虑的便是它们的价格。

林宝卿也注意到，有个四十来岁的中年人走了进来，在商店转了下后，径直到了他们跟前，目光也落在了这对五彩龙纹碗上。

那中年人看了一会，用带着京腔的口音提醒他们说："年轻人，这清三代的粉彩瓷器市场反应可不怎么好。"

林宝卿心道他倒是个行家，这其实也是她想对宋毅说的话。

宋毅目光一直落在那对碗上，不为所动，只笑着说道："我打算买来收藏，只要自己喜欢就好，管市场反应干吗。再说了，这清三代官窑粉彩也蛮赏心悦目的。"

"那你可要想清楚了，两万块可不是个小数目。"那中年人一副好意提醒他的样子。

宋毅不理他径直对那营业员说："这一对五彩龙纹碗我要了，麻烦包起来一下，这里可以刷卡吧？"

"可以的。"那营业员马上笑着回答。

既然可以刷卡，宋毅马上刷卡将这对碗买了下来。林宝卿只在一旁静静地看着，并没有劝阻他的打算，她现在对宋毅已经有了一种盲目的信任，他做什么，林宝卿都会无条件地支持他。

"你看还需不需要其他的东西？"那营业员又问宋毅，她倒是看出来了，这个年轻人不但懂行，而且大气，舍得花钱。

"我先看看再说。"

"好的，看上哪件叫我就是了。"

宋毅谢过她的好意，便又在商店起看起其他东西来，林宝卿跟在他身边，小声问他："会不会买贵了啊？"

宋毅却笑道："收藏嘛，稍微贵点无所谓，要去拍卖会买东西的话，价格会更高。"

"你还去拍卖会啊。说真的，你那么多东西，要不要送一些上拍啊？"林宝卿的觉悟倒是蛮高的，可能是因为家里就是做古玩生意的，对古玩的流通倒不排斥。

"到时候看吧。"宋毅仿佛看穿了她的心思，笑着回答道。

在友谊商店转了一圈，宋毅没有发现其他值得出手的东西，也就拿着刚刚买下的五彩龙纹碗出去了。

让林宝卿觉得惊讶的是，两人带着那对五彩龙纹碗出门后，那中年人也跟着出来，快步跑到两人跟前，摆出一副很诚恳的样子对宋毅说道："小兄弟，我很喜欢这对五彩龙纹碗，你能不能割爱转给我啊？"

林宝卿只静静地挽着宋毅的手臂，她同样在等着他的回答。

她不知道的是，如果不是那中年人，宋毅不会这么早就买下来，既然决定买了，宋毅自然不会出手，当下想也不想就说道："不好意思，我刚刚已经说过了，我买这对粉彩的龙纹碗只是因为自己喜欢，想用来收藏，不打算出手。"

"我也真的很喜欢这对碗，要是你肯转让的话，我出三万块你看如何？"

宋毅轻笑了起来，"这就是你说的清三代粉彩瓷器市场反响不好？"

那中年人倒是坦然承认下来，"刚刚是我使了个花招，不过这话也确实没错，我看上这对五彩龙纹碗，是因为自己喜欢，而不是基于市场的因素。"

"既然你也明白，那我们也就不需要多讲了吧。"宋毅平静地回答道，这样的手段他倒是见识得多，也不觉得有什么，换了是他，这只能算是小儿科。

那中年人有些着急了，"那我再多出一万块如何？"

宋毅不为所动，只拉着林宝卿往前走，用行动表明了他的态度。

"八万块如何？"那中年人又追了上来，猛地一咬牙，加了个大价钱。

这下林宝卿都有些怦然心动，换了是她，这一转眼就赚了六万，不得开心死才怪。

"你去看看其他的吧，这对五彩龙纹碗我是真的喜欢，真正喜欢的东西，是再多钱也买不到的。在我有生之年，这对五彩龙纹碗都不会转给别人，它们会永远在一起，就像我和宝卿一样。"宋毅说着搂紧了身边的美人儿，并用深情的目光望着她。

林宝卿听了他的话，顿时感觉全身上下都是暖暖的。

那中年人顿时没什么好说的了，但也没失了风度，只笑着对两人说道："我祝你们幸福。"

"谢谢！"宋毅和林宝卿异口同声地说道。

那中年人笑笑，转身走了。

"这可是我们爱情的见证，我怎么舍得将它转给别人呢。"宋毅笑望着他的背影说道，"即便他再喜欢，肯出再多的钱也不能动摇我的意志。"

"就你这张嘴最会说话。"林宝卿娇声嗔道，宋毅的话明显让她觉得十分受用。

"我说的句句可都是实话。"宋毅意味深长地望着她，"还有，你要记住，我的嘴不光会说话哦。"

"不理你这个大色狼了。"林宝卿忽地嗅到了一丝危险的味道，连忙从他手里逃开了，她怕她自己会忍不住，宋毅这家伙可是敢来真的。但对她来说，在南京路这样人来熙往的地方牵牵手就算最出格的了。

"小姑娘脸皮真薄啊。"宋毅一边摇头叹息，一边跑上前去追她。

林宝卿笑笑，"才没你脸皮那么厚呢。"

"脸皮厚才不会吃亏啊。"宋毅一副循循善诱的模样。

林宝卿干脆不接他这话了，她可是知道宋毅蛊惑人心的能力超强，要被他说动了可就丢脸了。于是，她马上转移话题说："那你这对五彩龙纹碗打算放在哪里？"

宋毅反问她："你觉得呢？"

"我不清楚你真的打什么主意。"先前她被宋毅感动了一阵，这会儿就显得冷静多了，"难道这清三代的粉彩瓷器将来会升值？"

"市场风向一直在变，真有它们出尽风头的一天也说不定。"宋毅嘴上自然要这么说，可真实情况只有他自己知道。

像这样的精品粉彩清三代官窑瓷器，等个十来二十年，价格绝对要翻上几十倍甚至上百倍。像他今天挑选的这对五彩龙纹碗，算是非常精品的，他记得后来行价都在百万左右，一旦上了拍卖会，那价格又会高出好几倍来的。

林宝卿猛地反应过来，询问他："照你这么说，所有精品都值得收藏了？"

宋毅也正色对她讲道："宝卿你好聪明，正是这个道理，只要资金足够充裕，所有的精品都值得收藏。不管是明代清代的官窑还是民窑，粉彩还是青花，只要质量好，都值得收藏。精品的高古瓷器不用我说你也知道吧。兴许有一天，高古瓷器的市场反应还比不过其他瓷器呢。"

"有那可能吗？"

"可以预见啊，宋瓷乃至以前高古瓷器数量稀少，精品更少。虽说物以稀为贵，可数量太少的话，不利于人们炒作。明清瓷器在这方面就占优势啦，完整保存下来的数量虽然有限，但比起高古瓷器来，可是多太多了。这样一来，就给了人们充足的炒作空间。由此，你就可以想象得到将来明清瓷器的升值空间有多广阔。字画的炒作其实和这个也差不多。"

林宝卿狐疑地望着他，"你怎么会知道这么多的？"

宋毅嘿嘿笑着吹嘘道："我爷爷的悉心教导呗。加上我天资聪慧，善于总结规律，发现真理。"

见他没个正形，林宝卿也无可奈何，只得横了他一眼，"你真打算把这对碗交给我保管，就不怕哪天升值的话，我把它们给转给别人？"

宋毅笑道："信不过别人，我还信不过宝卿吗？这可是我们爱情的见证，你真肯狠心处理掉，我也无话可说。"

"别说得那么肉麻好不好。走吧，先拿回去放着再说吧。"林宝卿笑骂着，心底却是暖洋洋的。

两人带着这对五彩龙纹碗回聚宝斋。

聚宝斋内，林方军正在看店，店里没有什么顾客，林方军却也不闲着，古玩古玩，顾名思义，就是用来盘玩的，还真别说，有些东西就需要人盘玩，才能有包浆，也会更添光彩。

宋毅前些日子收购回去的犀角杯也不例外。

林方军嘴里哼着小曲，手里摩挲着犀角杯，淡淡的清香让他精神异常放松，抬眼见宋毅和林宝卿联袂而来，林方军眼尖，还看见宋毅手里提着的东西，连忙站起身来，笑着跟他打招呼。

"你们今天又收获了什么好东西啊？"

林宝卿澄清道："是宋毅买的，拿来放在我们这的。"

宋毅就笑着说："宝卿说是要收我保管费呢。"

"别听这丫头胡说，收什么保管费啊，别人可不会把好东西借给我们当镇店之宝。"

林方军知道他是在开玩笑的，也就不以为意，还得意地对他们说道："小毅你们不知道啊，今天陈宇那老狐狸又来过了，就是想从我手里把这犀角杯抢走。"

林方军一副乐不可支的样子，"我就对他说了，这是别人寄放在我这里的，我也做不了主啊，要不，我回头替你问问他，你明天再过来？"

"林叔叔还真是会捉弄人。"宋毅呵呵笑了起来，心说这林叔叔也有这么可爱的时候。

"这个犀角杯怎么着都不要卖了，犀角越来越少，像这样的精品只会升值的。"

林方军地点点头，又问他："今天又买什么了？"

宋毅便把买来的一对五彩龙纹碗给林方军看了，林方军问他花了多少钱，林宝卿抢着回答说："宋毅财大气粗，花了两万块从友谊商店买回来的呢。"

林方军仔细看了看之后，这才说道："东西确实是真品，康熙年间的五彩龙纹碗，不过以目前市场清三代粉彩瓷器的形势来看，这个价格，稍微贵了那么一点。友谊商店就是这样啦。"

宋毅却道："其实还算好，总比被外国人买去强。"

林宝卿告密说："有个北京来的出价八万，宋毅都不肯转呢。"

"小毅有魄力肯担当。"林方军竖起大拇指赞道："换了是我，肯定立马转给他了。"

"那是，宋毅才不像你呢。"林宝卿撅着小嘴说道。

林方军笑道："小毅你瞧瞧，宝卿胳臂肘往外拐了。"

林宝卿羞红了脸颊，开始撒起娇来，"爸爸！"

"好啦好啦。买了就买了，小毅，这碗你是不打算转的对吧？"林方军对宋毅寄放在店里的东西都要问个清楚，哪些是可以转给别人的，哪些是要永久保存的，免得哪天一个不慎转给别人那就不妙了。

"当然！"林宝卿抢着回答。

"要转的话刚刚就转掉，你也看不到了。还有啊，以后我们也多收点这类瓷器吧。"

"我知道了。"

林方军对两个孩子也是乐见其成，但却没表现出来，宋毅和林宝卿两人青梅竹马，就差没捅破关系而已。

圣诞之后马上便是元旦，有三天的假期，林宝卿琢磨着该做些什么好。当她征求宋毅的意见时，宋毅却说是要出趟远门。

林宝卿有些失望，"又去缅甸吗？你不是刚去过没几天吗？"

"不是去缅甸，这趟准备去和田，珠宝玉器从来都不分家，我们店里现在没多少白玉，我过去看看有没有可能买些上好的白玉回来。"

"和田？那你什么时候去？要待几天，可以带我一起去吗？"

"过两天就出发，可能等不到放假，反正现在学校也没什么课了。"宋毅回答说。

"假期才三天，这点时间在路上就要用光了。"

林宝卿幽怨地望着他，"那你考试什么的都不理了吗？"

"没事，我记忆力不差，到时候抱抱佛脚，突击一下，及格应该没什么问题。"

"你的目标就是六十分啊？"

"你觉得我要是考个九十分一百分的，对那些真正爱学习的人来说，是不是太残忍了些？"

林宝卿噗嗤一声笑了出来，"就你最会逗人开心。我不管，反正你在东海的时候要陪我。"

"这是自然的啦，我们还可以做点少儿不宜的事情呢。"宋毅连忙表衷心道。

林宝卿啐了他一口，"大色狼，就知道欺负人。"

宋毅感觉非常冤枉，他最多也就牵牵她的小手，搂搂她的细腰而已，连亲吻都没捞到呢，怎么就背上大色狼的这样罪名了。可惜林宝卿不理会他这么多，对她来说，精神的享受永远最大。

宋毅白天上课陪林宝卿，晚上来到公司和苏眉谈谈公司的事情，帮她解决一些金玉珠宝在经营过程中遇到的问题。

眼下面对的问题是，不管是圣诞还是元旦，历来都是各大商家搞活动促销的最佳时节，金玉珠宝也不会例外。

搞促销活动，宋毅一点都不陌生，那些行之有效并为广大商家广泛付诸行动的策略被宋毅贯彻了拿来主义，直接给苏眉就是。什么买一赠一，满多少返多少，打折销售，赠送贵宾卡，折扣卡等等，苏眉听得一愣一愣的，她就有些不明白了，宋毅的脑袋瓜里是怎么想出这么多东西的。

宋毅笑着解释说："我们应该站在消费者的立场来看，研究消费者的心理可是一门学问。简单而言，就是得搞清楚，他们最希望得到什么。就其本质来讲，是需求得到满足，但这还不够，是人就想占便宜。当然，想要占到真正是便宜那是不可能的，毕竟，我们得靠这个来盈利，来维持企业的运作，给员工发工资等等。这些活动只要让他们感觉像是占了便宜就行。"

"就拿这个买一赠一来说，我们可以这样做，买一件百万以上的珠宝饰品，可以任选一件价值一万以内的饰品。表面看起来我们好像吃亏了，实际情况却正好相反，这百万以上饰品的利润远不止一万。"

苏眉笑道："你也太精了。"

宋毅道："反正这方面的事情眉姐你去琢磨着办，这些道理其实都很简单，我相信以你的能力，很快就能举一反三并用在公司的活动中的。"

"你怕是太高看我了，再具体讲讲。"

苏眉却不是那么容易就被他忽悠住的，和宋毅相处得越久，她应对起来也就越发的得心应手。反正他就像一个知识的宝库一样，怎么都掏不空，苏眉也就竭尽全力地去学习。

宋毅便又对她详细讲了每种促销活动，从消费者心理到商家该采取的策略，如何精确计算并得出具体的促销数值等等，好学的苏眉不仅用心听着，还拿笔记下来慢慢学。

这些时日，她的进步非常神速，苏雅兰和宋明杰常常没口地夸她聪明，会办事，但真正的原因也只有苏眉自己知道，有什么她自己不能解决的，她就会请教宋毅，并把该怎么做，为什么这么做弄得个一清二楚。

苏眉知道，宋毅想去和田那边收购白玉已久，只是一直都没找到合适的时机，不是时间来不及就是手里资金不够。这次元旦假期，加上刚刚的贷款已经批了下来，雄心勃勃的他自然就想去和田一趟。但凡宋毅要做的事情，几乎没人能劝阻得了，苏眉早就知道这点，只问他："那姑姑他们知道了吗？"

"还没对他们讲呢！不过他们没理由不同意的，我唯一担心的是，我老爸也有去和田的意向，他是玩白玉出身的，对白玉的感情非常深厚，如果有机会去收购白玉的话，他应该是不会错过的。"

"那也不打紧啊，反正公司现在已经上了正轨，即便姑父和你一起去了和田，我和姑姑也能将公司的事情处理妥当。"

宋毅轻叹道："这一来又得辛苦眉姐了。"

第十章　四爱图牙雕组件中西合璧，
　　　　　文物鉴定关键在确定年代

　　这四件牙雕组件是以传统文化里久负盛名的四爱图为题材。四爱，一曰晋陶潜爱菊，二曰宋周敦颐爱莲，三曰宋林和靖爱梅，四曰宋黄庭坚爱兰，合在一起，谓之四爱。这组牙雕的雕工结合了西方写实主义画派的思想，加上中国式的写实，追求外形逼真，雕工繁复。清康熙之后，意大利传教士进入中国，带来了西方雕刻技术。这件牙雕作品应该是清晚期的作品，宋毅心中基本有数。

　　宋毅发现自己真的是小看了林宝卿作为古玩世家出身的大小姐对古玩的热爱程度。按理说两人正是热恋期，怎么也该多去一些公园、电影院等地方约会，讲一些风花雪月的甜言蜜语，却没想到小妮子每次跟他在一起不是想着去鬼市捡漏，就是去古玩街淘宝，今天又是这样。

　　宋毅刮了刮她的小鼻子，笑她是贪心不足。

　　林宝卿却说道："现在好东西遍地都是，就看我们有没有那个眼光将他们发掘出来。"

　　"你说得都对，那我们就去把它们都发掘出来吧。"宋毅呵呵笑了起来。

　　"我们今天去当铺瞧瞧吧，我上次可是在当铺淘到宋官窑的呢。"

　　东海的当铺相当发达，当品也是五花八门。

　　但让两人失望的是，两人一起去过好几家当铺，可无一例外的，在他们死当物品中，却没什么看得上眼的。

宋毅也很无奈，不过最后还是掏出手机，将号码告诉了当铺的伙计，说了自己的要求，并让他们有类似东西就打电话通知他。

宋毅现在东海古玩文物界也算小有名气，当铺的伙计自然不会怠慢，连声答应下来，说有好东西就通知他。

"要不我们再去别的古玩店看看？"林宝卿建议。她倒是看得开，并不是付出就会有收获。反正他们只是来逛逛，有收获是意外的惊喜。

宋毅点头称好，东海市的文物古玩并不局限在城隍庙，好几条街道都有聚在一起的古玩店，就是路边的古玩小店，只要你肯认真去淘，也是可以淘出好东西来的。

林宝卿经常跟着林方军四处淘东西，对东海市的大街小巷非常熟悉，有她领路，宋毅也乐得不动脑。

冬日天寒，大街上人比以往少了不少，可林宝卿心中却很有兴致，拉着宋毅一家又一家往里钻，逛这些路边小店，是林宝卿的乐趣所在。

宋毅也就随着她的性子，林宝卿生性活泼好动，也正是她满身的青春活力，让宋毅为她着迷不已。就宋毅自己而言，他的身体虽然年轻，可精神上，却早过了无忧无虑的年纪。

越是缺失的东西，就越值得珍爱，大方灵动的林宝卿身上仿佛有着用不尽的精力，和她在一起久了，宋毅感觉他自己正慢慢变得年轻起来。这也是他喜欢和林宝卿待在一起的原因，他羡慕她那颗年轻的心，喜欢她天性乐观开朗的个性。

"这家店很有特色呢。"林宝卿脆声嚷道，言语中有掩饰不住的惊喜。

被她拉着进去的宋毅微微笑了起来，她还真是活力四射，几乎每进一家店，都会说类似的话。

可他进去才知道，这次林宝卿是发自内心的欢喜，这家小店确实很有特色。这家店虽然在路边很不起眼，可它主营的东西却让宋毅顿时就来了兴致，这是一家以收藏雕刻品为主的小店。

看店的是个二十来岁的小伙子，抱着一本厚厚的武侠小说看得正起劲，见到宋毅和林宝卿进来，不由得多看了俊男美女几眼。小伙子可能记挂着小说里的情节，只抬头和他们打了声招呼，让他们随意挑选，便又低头看他的小说去了。

宋毅和林宝卿相视一笑，非但不以为怠慢反而打心底喜欢这样的人，他们可以自由观赏喜欢的东西，而不用被人啰唆。

小店虽然不大，但里面的东西可不少，主要以木雕、竹雕、牙雕为主，还有小部分的玉雕和石雕。

宋毅一眼就瞧见了一对让人怦然心动的作品。

其实说是一对有些偏颇，那其实是两对，一共四件人物牙雕组件。

牙雕组件的内容正是传统文化里久负盛名的四爱图。

四爱，元代虞集《四爱题咏序》中有记载。一曰晋陶潜爱菊，二曰宋周敦颐爱莲，三曰宋林和靖爱梅、四曰宋黄庭坚爱兰，合在一起，谓之四爱。

而这四件牙雕组件，正是以四爱为题材雕刻的，一整套放在一起，颇抢人眼球。

好东西放在什么地方都不会被埋没，林宝卿的目光很快也落在这套四爱图上。

她当然也知道，在传统高士图中，对究竟什么算四爱的诠释并不一致，除了眼前出现这虞集的四爱图外，还有诸如王羲之爱鹅、陶渊明爱菊、苏东坡爱砚、米芾爱石的讲法，并大量出现在各种艺术作品之中，瓷器、竹雕、玉雕、木雕等等上面都有相关的创作。

更有八爱之说，分别是俞伯牙爱琴，孟浩然爱梅，王羲之爱鹅，陶渊明爱菊，周敦颐爱莲，嵇康爱竹，米元章爱石，林和靖爱鹤。

宋毅自然熟知这些典故，所谓的四爱、八爱，其实很多名人喜欢的东西都相同。比如黄庭坚爱兰，王羲之爱兰也不见得比他少；爱梅花的就更多了，除了孟浩然、林和靖之外，王安石、陆游都有吟诵梅花的千古绝句。

对他来讲，这些名人轶事、四爱八爱其实并不用真正辨个清楚，更不用去讨论谁才是正统之类的无聊事情，只要用最精湛的艺术将它们创作出来就行。

当然，相比而言，宋毅还是更偏于虞集的四爱说，因为全都是爱花的，宋毅自己，也是个惜花人，这菊莲梅兰，都是他喜欢的。

宋毅先拿了那件陶渊明爱菊的牙雕在手里仔细赏玩。

陶渊明爱菊，在历代文人骚客中，他算是天字第一号。

而这件牙雕的人物雕刻功底极其精湛，陶渊明的面目表情极为传神，自然、宁静、目光悠远，当真是一副高人隐士的气度和风采。将陶渊明那种生性恬淡，不愿为五斗米折腰的高洁品质完美地诠释了出来。

有陶渊明的地方必然有菊，这人物雕件也不例外。

几蔟秋菊在他脚边，栩栩如生，恣意地将美好的容颜灿烂盛开。

这是人物雕组件，虽然没有别的物景，但从人物的神情，艳丽绽放的菊花中，宋毅依然能由此感受到扑面而来的"采菊东篱下，悠然见南山"的田园风光的美好。

"当真是件好作品！"宋毅不由得轻声赞叹出来。

林宝卿一双会说话的眼睛望向他，宋毅解释说："这件陶潜爱菊，可以说将陶渊明的性格完美地表现了出来，若非创作者对陶渊明的理解沁入到骨子里，绝对不能雕刻出这样的精品来，不管是笔力还是雕工，都承载着创作者的思想，并反映出他们的真实水准。要说类似的陶潜爱菊作品我也见过不少，可能达到这种神韵的，不过寥寥几件而已。"

"当得起你如此夸奖的，肯定不是凡品。那依你看，这应该是什么时候的作品？"林宝卿浅笑着说道。

她并没有煞风景地问宋毅这是不是真的象牙雕刻的。对两人而言，鉴别是否是真的象牙作品那可是十多岁的水准，也是最基础的东西，如果连是不是真的象牙都拿不准，那还是不要在这行混好了。

"这个有点难讲，我再仔细看看，不能贸然下结论。"宋毅沉吟了一下说道。

他先前只顾着鉴赏整件作品的艺术性去了，没思考这技术性的问题。这也是宋毅的一贯风格，先欣赏这些作品带给人的美好，再谈其他。

林宝卿凑近他身边，悄悄贴在他耳边，吐气如兰，"反正按照新中国成立后的价格，这种雕工和包浆的成套作品，全部收下来准没错，对吧？"

宋毅轻笑道："宝卿好聪明，确实是这样的。不过我们还是将它们的时代弄清楚最好，这样也好让这些艺术品有个好的归属。"

"你总能讲出那么多的道理来。"林宝卿半嗔半喜地回答道。

"不过，依我看，把几件作品全部看完之后，判断起来更加准确吧。"

"这是当然。要不，宝卿你先来鉴定一下。"

宋毅明白她的意思，这也是一个非常容易就能理解的道理。就像先前他买的那对五彩龙纹碗一样，单独一件鉴定起来难度很大，对鉴别者功底的考验自然更大。两件或者更多件同时代的作品一起鉴定，难度就降低了很多，可以从几件作品的造型、风格、材质、雕工等各个方面找出更多的时代特征。

当然，也不排除几件作品不是同一时代的，那样一来，鉴定起来难度就大了许多，但比起单一的作品，还是要容易一些。但万事没有绝对，如果仿制品的雕工真到了以假乱真的地步，可是连许多鉴定专家都会打眼的，这样的事情还真不少。

因此，对林宝卿而言，这也算得上是一个考验。

林宝卿没有退缩，点头答应了下来。她也不怕在宋毅面前丢脸，一直以来，她学的古玩文物鉴定知识一部分来自父亲林方军，另一部分就是从宋毅那里学到的。宋毅有个经验丰富的爷爷，条件比她好很多，人也不吝惜，只要林宝卿想学的，宋毅都是知无不言言无不尽。偏生宋毅又没有好为人师的派头，这才让林宝卿快速成长起来。

林宝卿记得林方军曾经对她讲过的鉴别牙雕的原则，关键是刀工和题材，包浆并不能作为鉴定牙雕年代的主要因素。

题材明明白白地摆在眼前——四爱图，历来就是传统题材，像这种人物牙雕组件，不管是明清时期，还是民国乃至建国之后，每个时代都有类似的牙雕作品。

"如此看来，得在刀工上下功夫了。"林宝卿暗自思量。

林宝卿并不着急，她得先看过每件牙雕之后再做判断。

看过了陶潜爱菊的牙雕之后，林宝卿又拿起周敦颐爱莲的牙雕来。

周敦颐是宋代理学大师，《爱莲说》脍炙人口，并被选入语文教材之中。其中的佳句更成为千古绝唱，林宝卿更是熟记于心，"出淤泥而不染，濯清涟而不妖，中通外直，不蔓不枝，香远益清，亭亭净植，可远观而不可亵玩焉。"

和陶潜爱菊的牙雕一样，这件周敦颐爱莲的牙雕包浆较少，也没有多少油性和润泽感。换作其他古玩文物鉴定的话，基本可以判定它的死刑。毫不夸张地说，包浆就是一件古玩的时代特征。

但对于牙雕的鉴定来说，包浆只是其中一个因素，并不能作为最终的依据。

因为牙雕材料的部位不同，雕件大小的不同，南北气候的不同，保管方式的不同等等，都会造成同时代的东西却有完全不同的包浆。

林方军曾经给林宝卿看过一个明代牙雕观音，并对她讲过鉴定牙雕的注意事项。

那件观音看外在的包浆皮壳，肯定不是明代的，没有油性和润泽感，但看雕工，却是明代。因为是北方干燥地区的皮壳，加上是观音大士像，平时用来供奉，不会经常把玩，所以有那样的皮壳是非常合理的。

还有因为牙雕用途的不同，造就的皮壳也不一致，文房小件、象牙扇骨、烟嘴、随身挂饰（出土的不在其列），因为平时接触把玩的多，或者是在南方湿润气候条件下保存，包浆皮壳会很漂亮，也就是俗话说的大开门，一眼货。

有的象牙雕件体形硕大，雕工繁复，用途就是观赏和摆设的，平时很少有人接触，所以有了年代也没有明显的包浆皮壳。反之，大件牙雕如果满身油黄，包浆耀眼，那就得好好地管好自己的钱包，慎重再慎重。

还有林宝卿在博物馆看到的牙雕精品，有的是意大利文艺复兴时期的象牙雕刻，并没有熟悉的包浆，但这些东西都是有明文记载的。

宋毅一看林宝卿的动作，就知道她心底想的是什么，笑着对她点了点头，表示了赞同。

这周敦颐爱莲的牙雕，几朵莲花栩栩如生。有着理学大师的气度，带有隐世出尘风采的周敦颐手里还拿着一只莲蓬。

整件牙雕的雕工和陶潜爱菊的牙雕一样，并不像传统的简洁风格那样重神而不重形。这牙雕像是结合了西方写实主义画派的思想，加上中国式的写实，追求外形逼真，雕工繁复，表现细部的、外在的东西多了许多。

这是清朝康熙之后意大利传教士进入中国，带来的艺术变革，清朝晚期的雕刻作品，牙雕、木雕、竹雕，受此影响颇深。

在宋毅看来，这四爱图立意高古，人物开脸舒和、饱额丰颐，特别是眼睑、鼻翼、唇窝、耳际、衣纹、飘带无一不是清中期风格。尤其是座台山石的层层浮雕的刀法，更能显现出时代特征。从整体形态看，造型舒展流畅，神韵和文气远非晚清、民国那般僵板拘泥的匠人物可比的。

晚清民国时期，雕刻技法又有了新的变化，因为国外列强进入中国，对中国的商业贸易的需求大增。为了迎合西方人的口味，雕刻工艺也刻意商品化了许多。生产了大量的匠气作品，精品匮乏。

而这几件四爱图，当属精品中的精品，断然不是那时候的作品。

至于建国后人物的雕刻技法，因为新中国建立初，国力贫乏，为了换外汇的要求，大量出口的传统工业品，牙雕也在其中。那时候技艺分为两种，做外贸出口的普通作品，以及因需要做的精品，那时候的雕刻水准也是相当不错的，宋毅也认识几个做牙雕的大师，水准那是没话说，以假乱真也是轻而易举的事，仿造前代风格的作品换了别人可是难辨真假。

但是，这四爱图绝对不是外贸出口的普通品，这个一眼就能看得出来。

宋毅在心里有了定位，这应该是清晚期的牙雕作品。至于牙雕上包浆很少，倒是可以理解，这样的人物牙雕组件其实并不会经常盘玩，更多的时候，会将它们放在书房摆着。

"宝卿喜欢这莲花不？"宋毅看林宝卿认真的样子，再看她手里的周敦颐爱莲牙雕，心底忽然有些触动，忽然在她耳边问道。

林宝卿点头道："当然喜欢。"

"我觉得你的品性就和周敦颐《爱莲说》里的莲花一样，这牙雕我们一定要拿下来。"

宋毅轻声赞道，他这回倒是说了句心里话，四爱图中，林宝卿给他的感觉，最像高贵圣洁的莲花，不折不挠，坚定刚直。

"谢谢！"

林宝卿微微笑了笑，那双灵动的眼睛也从莲花上转移到宋毅身上，似乎想要看穿他的心思一般，被他夸奖让她很开心。

林宝卿脸红红地转了个身，避开了宋毅灼热的眼神，向下一个牙雕看去。

这件牙雕是林逋爱梅，人物开脸和陶潜爱菊、周敦颐爱莲的牙雕用的是同一技法，都有浓郁的清中期的时代风格，有着西方技法融入东方传统的写实风格，形神并重。

牙雕中的人物超凡脱尘，梅花傲然盛开，仿佛还能嗅到那一缕若有似无的暗香。

放下林逋爱梅，林宝卿仔细鉴赏黄庭坚爱兰的牙雕。同一大师的雕刻水准自不用多言，自古便有兰花誉君子的说法，君子坦荡荡，而这兰花，更多时候被视为人品高洁之象征。

孔子颂兰为"王者香"，李白有"幽兰香飘远，松寒不改容"的诗句。

而黄庭坚这位宋代著名词人、大书法家，除了诗词书法外，栽培兰花也是他的一大爱好。他对兰花的崇拜，对兰花的赞美，对兰花的研究，主要体现在他的散文《书幽芳亭记》中。

黄庭坚在《书幽芳亭记》中说："兰甚似乎君子，生于深山薄丛之中，不为无人而不芳，雪霜凌厉而见杀，来岁不改其性也。"对兰花的那种高贵、忠贞、无私奉献、与世无争、坚忍不拔、顽强不屈的精神以及高风亮节、气贯长虹的美德作出了深刻的描述和热情的讴歌。

《书幽芳亭记》中还有这样几句话："士之才德盖一国，则曰国士；女之色盖一国，则曰国色；兰之香盖一国，则曰国香。"这里，黄庭坚把兰花的清香，与国家士大夫的才德，美女的姿色相提并论，把兰花提高到了至高无上的地位，这是对兰花的最高赞誉。自此以后，人们便以国香来赞美兰花。

除了传统的兰花的隐喻外，到了现代，人们印象中更多的还是空谷幽兰的形象。

单纯就这传统的牙雕四爱图而言，无论是雕工还是立意，都属于一等一的精品，也非常好地体现了古代高士那种洁身自好、卓尔不群的高洁品性。

林宝卿也就不出预料地判断出，这几件作品属于同一时代，而且应当是同一个牙雕大师的创作出来的精品。

林宝卿把她的想法告诉宋毅："从雕工来看，当是清晚期的作品，题材是传统的四爱图，创作者艺术鉴赏水平应该非常高。牙雕上面的包浆并不能说明问题，因为像这样的人物牙雕，大都不会放在手里盘玩，没有那么多的包浆也不足为怪。"

宋毅正色回答说："宝卿的想法和我一样。这样的雕工正是清晚期西方写实技法传入之后才有的，明代牙雕的开脸技法你也是知道的，更重神，像这样面部描绘栩栩如生却又不失神韵的实在太少。说出来不怕你笑话，我更喜欢这时候的作品，那种光追求神韵的，我总感觉没这样看着舒心。"

林宝卿笑着对他说："这个不稀奇，这样形神俱重的作品当然更容易得到人们的认可，因为它们更赏心悦目。可不像有的学艺术的人，就喜欢那种别人都看不懂的作品，仿佛他们才懂得艺术，才能显出他们与众不同一样。"

"你这打击面可就太广了。"宋毅被她给逗笑了。

林宝卿却说道："我这可是实话实说，别说你没这样的想法。"

"我们两人之间说说当然是不要紧的。"宋毅笑道，"不讲这个，就说这四爱图吧，我觉得可以收藏，你觉得呢?"

"我投赞成票。像这样的精品就该及早收藏，不过我不敢百分之百确定是不是真的清晚期作品。"林宝卿虽然有些困扰，可并不能阻止她做出正确的决断。

宋毅却一副无所谓的样子，"退一万步说，即便是建国后大师的作品，单是这份雕工和立意，就值得我们收藏了。"

林宝卿微微点了点头，"要不我们问问那小伙子的价格?"

"嗯嗯，是你出马还是我来?"

"谁来不一样。"林宝卿浅笑道。

"那我就当仁不让了。"宋毅说完之后也没和她客气，当即便和那小伙子攀谈起来。

事实上，看到这四爱图的第一眼，宋毅就有将他们收入囊中的想法。牙雕作品在这时候还不热，甚至在十几年后依旧算不得特别热门，但牙雕和犀角一样，都是珍稀动物身上产出的，从目前的形势来看，将来是会越来越少的。而限于濒危动植物保护法的约束，更让牙雕行业雪上加霜，也许再过个几十年，牙雕从业人员就会消失，因为没有牙雕所需的原料——象牙。

在自己国家内购买牙雕作品还好，从国外进口象牙或者在别的地方买牙雕回来都属于违法的。

"小老板，你们店里的这些雕刻作品都是什么年代的啊?"宋毅故作随意地问了年轻人一句。

那小伙子目光依旧落在小说上，头也不抬地说："从明代到现在都有，你们看上哪件直接对我讲就好。"

"行，我看看再说吧。"宋毅心想这家伙倒不是个傻子，不过他也不着急，先在店里慢慢看着。

除了牙雕作品外，还有竹雕和木雕，宋毅甚至还看见有木制的年画。说起来，这家小店收集的东西真是相当不错，起码非常专业。

宋毅眼光甚高，他对不是特别精品的东西都不怎么感兴趣，林宝卿和他抱着同样的想法。

不过这里的好东西确实不少，尤其是竹刻。

先前两人的目光都落在最为抢眼的四爱图上，倒是忽略了其他作品。此时，宋毅和林宝卿看还有好东西，也就兴趣盎然地鉴赏起来。

很快，宋毅的目光就被一件竹刻给吸引了。

说起这竹刻，宋毅见得可不算少，东海博物馆里就有很多件，加之他以前去过世界各地，台湾的"故宫博物院"也没少去，那也有为数不少的竹刻精品。

林宝卿的经验虽然没宋毅丰富，可多少也知道一些，东海博物馆她更是常去，也见过不少的竹刻图录，对此也有经验。

美好的事物总是会得到大家的青睐，此刻也不例外，和宋毅审美观差不多的林宝卿的目光也落在那款嘉定竹刻上。

这嘉定竹刻的题材是竹林七贤。

竹林七贤，但凡懂得中国传统文化的人都不陌生。

竹林七贤，是指魏正始年间，嵇康、阮籍、山涛、向秀、刘伶、王戎及阮咸七人常聚在当时的山阳县（今河南辉县、修武一带）的竹林之下，喝酒、纵歌肆意酣畅，世谓竹林七贤。

竹林七贤经常被作为传统文化的题材而被人们所熟知，而除了竹林七贤外，嵇康爱竹也是传统八爱图之一。

这个雕刻着竹林七贤笔筒的包浆很古，宋毅一眼就判断出，至少是明末清初的。

再看笔筒的顶部，内部以及底部的磨痕和各种迹象，宋毅更是坚定了他的判断。

当然，最为直接的证据还是这款嘉定竹刻笔筒的制式、用料、构图以及刀功，这样的风格，和旁边的其他竹刻一比，差别就明显地突出出来了。

宋毅特别欣赏它那疏落有致、淡定从容的整体布局和层次感，这样的风格是其他时代所不具有的，也是其他做工粗糙的竹刻所无法比拟的。每个时代有每个时代的精髓，明代嘉定竹刻的大气和从容，是后面其他时代的竹刻所无法超越的。

林宝卿看了也不由得赞叹："这竹刻确实是难得一见的精品，可以看出创作者成竹在胸，下刀流畅无阻，层次分明，深浅自然得法，尽显大家风范。"

"真、精、稀、奇、美。"宋毅也点头道，"它可是都占全了，说是难得一见的精品一点也不夸张。"

林宝卿立刻说："那就拿下吧。我们看得出来它的好，别人也应当看得出来，不过现在竹刻市场尚未成熟，所以大家才对竹刻有些忽视。"

宋毅喟然叹道："我估计再等个十几二十年，恐怕都不见得会热起来。倒是这家店铺的主人，费心收集了这么多的雕刻艺术品，实为不易。雕刻艺术的选材很多，最适合雕刻的如紫檀、黄花梨、黄阳木、玉、石等等，这竹刻只是非常小的一个门类，不为众人所熟知也不奇怪。"

"看得出来他是真心喜欢雕刻艺术的，那就没什么好说的啦。宋毅你说，以后竹刻还有没有升值的空间啊？"林宝卿倒是非常理解这家店主。

"有是肯定有的，就像我刚刚说的，起码得等个二三十年吧。"

宋毅对竹刻的市场其实还是看好的，像他前面提的那些材质中，只有玉质文房器拍卖价上过千万，其他似乎还没有，而恰恰是未被列入贵重材质的竹子制作的笔筒，其拍卖价格和玉一样超越过千万。

林宝卿倒不以为意，将那竹林七贤的嘉定竹刻笔筒看了又看，"那也不打紧，大不了买下来自己多收藏一段时间，其实像这类文房用品，放在书房里可是非常赏心悦目的。"

宋毅望着她嘿嘿笑道："嗯，宝卿说得对，那就买回去放咱们俩的书房里。"

林宝卿没有说话，闪亮灵动的大眼睛却目不转睛地看着他，仿佛要分辨出他这话里到底有几分诚意。

"就我们俩，买个大房子，装修得漂漂亮亮的。书房要古香古色的，雕花的桐木窗，黄花梨的桌椅，紫檀的书架，书桌上摆上这样的嘉定竹刻笔筒，再用最精致的官窑香炉，焚上奇楠香，然后我就看宝卿红袖添香。"

宋毅的声音带着磁性，描绘的场景很是吸引人，至少，林宝卿就被他诱惑了。

这一切都是构想，还得先把东西给拿下再说，这次仍旧是宋毅冲锋在前，他知道这时候的牙雕竹刻价格都不贵，像这样的精品虽然有出售，可店主应该懂得它们的价值。他也就没有和那看小说的小伙子兜圈子，直接问他四爱图和竹林七贤的嘉定竹刻的价格。

那小伙子倒是没想到这对打情骂俏的年轻人有这样的魄力和财力，他小说也不看了，给宋毅报出了价格来。

四爱图一万，竹林七贤两千。

这个价格对宋毅来说还可以接受，可林宝卿不这么看，再说了，也不可能人家叫多少就给多少，按现在的行情，这价格绝对高了。

林宝卿最不怕的就是讨价还价，她从小就跟着父亲林方军历练惯了，这时候怕宋毅吃亏，直接杀将到前面和那看店的小伙子对砍。

林宝卿砍价的时候，宋毅装大款只会惹来她的反感，还会说他不尊重她的劳动。林宝卿从小就被教导，这讨价还价下来的价格，都是纯粹的利润。

那小伙子长期看店，自然也不是省油的灯，最主要的是他底气足啊。

宋毅他们看中的，都是有着历史文化沉淀的精品，价格再低，也不会低到哪里去。即便面对林宝卿这样的美女，他也没有轻易退让。

最终，双方相互妥协，林宝卿以八千块钱的价格，将牙雕的四爱图和嘉定竹刻竹林七贤拿到手。

付了钱，宋毅和林宝卿两人就将几件精品带了回去，路上林宝卿还悄悄问宋毅："你刚刚说的都是真的吗？"

"我刚才说了很多啊。"宋毅逗她道。

林宝卿横了他一眼，秋波乱飞，脸上有些羞涩，却还是勇敢地说了出来："你说我们的书房啊……"

"全部交给你来布置，我偷懒，行吧？"宋毅笑望着她说。

林宝卿当即揪着他手臂不干了，"才不要，我们一起来吧，我想想看还差什么，嗯，字画、砚台、古籍……"

看她充分发挥着想象力，宋毅感觉这冬天也不是那么寒冷了。

晚上八点多，苏雅兰和宋明杰才回家，这时宋毅已经帮着奶奶将晚饭做好并端上餐桌。一家人热热闹闹地围着桌子吃过饭，宋毅这才向父母提起要去和田收购白玉的事情。

苏雅兰当即就问他："就想着到处乱跑，你不用准备考试啦？"

宋毅却不紧不慢地回答说："考试嘛，很简单的，回头看下重点就行，我可不能和别人抢奖学金，那对努力学习的人不公平。"

"你这臭小子！"苏雅兰不由得笑骂了出来。

宋明杰瞥了宋毅一眼，"你懂得收购什么样的白玉吗？"

宋毅笑笑，"老爸以前不是教过我吗？白玉自古就是文人雅士的最爱，也经常被喻做君子。而白玉中最好的当然是籽料，籽料中皮色好，玉质温厚的最佳，如果有羊脂白玉就更好了。就现在而言，收购山料不划算，精品的籽料以后才有升值的空间。"

"说得倒是一套套的，这白玉可不像翡翠那么好辨别……"宋明杰教训他说。

宋明杰还没说完，苏雅兰就抢白说："翡翠怎么啦，翡翠的价格现在高出白玉不知道多少倍呢！我们家现在可是靠着翡翠起来的，再说了，我们小毅可是翡翠专家。我也没看出翡翠比白玉好辨别了，你去赌石不都赌输了。"

宋毅却笑着说道："老妈，术业有专攻嘛！老爸专精于白玉，翡翠的鉴定更多要靠运气，这白玉，基本就看自身的功底了。"

"你这不识好歹的小鬼头。"苏雅兰半带埋怨地盯着宋毅，她这可是帮他说好话呢。

宋明杰的情绪明显高涨起来，在他心底，硬玉中的翡翠是一直不如软玉中的白玉的，白玉的文化内蕴可比翡翠深厚太多。

但他不会去对苏雅兰解释，一则没那必要，女人最喜欢的就是不讲道理，二来她说得也不是完全没道理，至少现在翡翠受人追捧的程度可比白玉高，在很多人看来，也要珍贵得多。

"小毅说得对，鉴定白玉更多的要凭借自己的实力，而且现在的和田玉市场也不像过去那样单纯。在市场上，用俄料和青海玉冒充和田玉的情况屡见不鲜，还有各种染皮的和田玉，也大肆充斥着市场。但这也说明了一个问题，那就是看好和田玉的人越来越多，这也表明，田玉将来一定会升值的。"宋明杰说起白玉就来劲。

"老爸说得对，所以啊，我才想趁着现在和田玉价格还不高的时候大肆收购，等将来升值了，不管是卖还是送人，或者继续放在手里，都很值得啊。"

宋明杰却说道："不是我们拦着你，小毅你鉴定白玉的经验还是差了点，真要大批收购白玉的话，还是我亲自去一趟比较好。小毅你要跟着一起去学习学习也是可以的，所谓学无止境嘛，多学点总是有好处的。"

宋毅笑道："我倒是很想跟着老爸多学学，可东海这边的事情，老爸你能走得开？"

"有什么走不开的，公司已经完全进入轨道，按部就班去做就行。我们这次去和田，就权当旅游了。再说了，公司还有你妈和苏眉在嘛！"

苏雅兰瞥了他几眼，没说什么反驳的话，只笑着说道："那行，你先去旅游吧，等你回来我再和苏眉去旅游。"

没想到宋明杰一口就答应了下来，"行，忙了快半年了，大家也该放松放松，钱是赚不完的。"

"你还当真了啊？"

宋毅却道："我觉得老爸说得有道理，等我们回来，老妈你和眉姐也出去走走散散心吧，我们赚钱的目的就是为了生活得更好嘛。"

苏雅兰笑道："你们两父子现在倒是穿同一条裤子了。"

"这叫英雄所见略同！"宋明杰呵呵笑了起来，"小毅你去订机票吧，明后天我将手里的事情处理一下，然后我们就出发。"

宋毅点头答应下来，心底盘算着这样也好，可以陪着林宝卿过了圣诞节再出发，要不然，不知道她得怎样埋怨自己呢。

至于宋明杰要同去，宋毅早就预料到了，以往公司所需的材料都是宋毅弄回来的，这次的白玉又恰好是宋明杰的专长，他可不会轻易罢手，得证明一下他的能力，提高在家里的地位。

宋明杰显得很激动，近半年来他都是和人打交道，他心底最喜欢的还是和他最爱的白玉打交道，去和田鉴定白玉收购白玉，也是他生平的夙愿之一。

接着，宋明杰就和宋毅商量着该如何行动，得调集多少资金，宋毅狮子大开口："反正现在和田玉便宜，当然收购得越多越好，要是能把整个和田都搬空最好。"

苏雅兰就笑他："你心还真不小，要是将来和田玉价格不升怎么办？"

宋明杰道："怎么可能不升，和田玉可是越开采越少的，尤其是这籽料，千万年来，被流水冲刷到玉龙河中，并吸取了天地精华的和田玉可是有限的。现在到玉龙河挖掘白玉的人就不少，等将来用机械大肆挖掘的话，用不了多久，籽料就会枯竭。到那时，价格想不升都不行。山料价值不高，开采相对也比较困难，就另当别论了。"

"老爸说得对，国人对白玉的喜欢也是显而易见的，这白玉，不管是用来收藏还是送人，都是非常不错的。品质好，雕工好的白玉，价值也能上百万。"宋毅点头表示赞同。

苏雅兰不解地问道："现在价值一万的白玉都可以算是精品了吧。"

"要把目光放长远些，白玉将来升值百倍千倍可是轻而易举的事情。"

这倒不是宋毅吹牛，后世和田玉的疯狂他是经历过的，那涨价叫一个快，基本就是今天一个价，明天一个价。真正意义上的和田籽玉在市场上供不应求，这也让冒充和田玉的俄罗斯白玉和青海玉大肆充斥在市场上。

而这趟去和田，宋毅还想看看有没机会弄到俄罗斯白玉，那东西现在更便宜，将来的用处也不会小，俄罗斯白玉也叫俄料，品质其实并不低，用来冒充和田白玉是过分了一点，但其价值还是有的。而且俄罗斯白玉的产量大，这点倒是值得好好利用。

两父子一心想去和田，苏雅兰是拦不住的，她只希望他们能安全，然后早点回来。等两父子把大致的东西商量得差不多了，苏雅兰又想起了宋毅的个人问题，便笑着问宋毅："小毅，我看你最近和宝卿走得蛮近的啊，有什么进展可不许瞒着你老妈。"

宋毅却道："还不是和以前一样？"

"我从宝卿妈妈那听来的情况可不是这样，怎么，对老妈你还要保密啊？"苏雅兰可不是那么容易被骗的，一脸的笑容，像是要看穿他的心思一样。

宋毅笑道："其实也算不得保密吧，这个，不用说得太明白吧。"

苏雅兰高兴地道："那就是说我猜得不错，要不是我问你，你这臭小子还想隐瞒到什么时候，老实交代，从什么时候开始的？"

"很小的时候吧。"宋毅还没说完，头上就挨了苏雅兰一个板栗，"你这臭小子就是不老实，快说！"

"别打，我说，高考结束后的事情。"宋毅忙回答道。

准确地说，是从他重生之后，他就决定要将林宝卿追到手。

苏雅兰仔细想想也是，自从高考结束之后，宋毅这家伙就显得极度不正常。她没想到，原来是爱情的魔力催熟了他。从目前的情况来看，还没有什么太过负面的影响，苏雅兰也就亲切地着对他说："老妈支持你，早点把宝卿娶回家。"

"老妈你想太多了，万里长征才迈出第一步呢！"宋毅颇有些无语。

"你啊，男孩子就要主动些，多带她出去玩玩啊，反正你现在也没什么事情做。"苏雅兰开始频频给宋毅支招。

正所谓关心则乱，看她的样子，唯恐宋毅脸皮太薄，宋毅也只能在心底苦笑了。

宋明杰很快就将东海的事情处理完了，因为他最爱的便是和田白玉，所以这次拿到的预算也非常充足，其他方面暂时还不需要用钱，就先满足他们收购白玉的想法，初步估计在一千万以上。

这完全可以称得上是巨额的预算了，放在十几年后，也能买上不少和田玉，何况是1994年，此时，和田玉价格一般，人民币购买力非常强。

宋明杰踌躇满志，看那架势，恨不得将整条玉龙河里的和田玉都搬回家。宋毅心比他更大，他还想着将俄罗斯白玉也弄回来些，它们胜在价格低廉，买回来即便近期卖不出价，先用来铺地也好啊。"白玉为堂金做马"的生活，光是想想都觉得富贵逼人。

宋毅大都单独出行，要不然就是和苏眉一起出行的时候比较多，这趟和老爹宋明杰一起，倒是感觉有些奇怪。

宋明杰去过和田几次，都是单位组织考察的时候去的，虽然没有生意来往的熟人在，但却也是轻车熟路。

两人在乌鲁木齐下了飞机后，宋明杰便要领着宋毅直奔和田，宋毅便问宋明杰："老爸，乌鲁木齐不是也有白玉市场吗，要不要先去看看？"

宋明杰却对他摆摆手说："不用看了，这里的白玉市场我都去过好几次了，质量参差不齐，没一回看得我满意的。在这里买，我们还不如在东海或者去北京收购白玉，哪儿都比在这里强。"

"我也只是想当然而已。好在老爸经验丰富，要不然我们又得白跑一趟了。"宋毅笑着拍马屁。

他上一世这时还跟着宋世博到处看古玩呢，没来过乌鲁木齐，不知道情况也不奇怪。倒是后来，乌鲁木齐的玉器市场做得很红火，宋毅就曾在和田玉疯狂涨价百倍到千倍之前到这边来买过和田玉。

"没什么，到这边的市场多转转就知道了。"宋明杰倒是没说什么。

"我们还是尽快赶到和田吧，那里全国各地采购玉石的商人也不少，玉石市场也比其他地方热闹得多。"

"那我们要不要去玉龙河转转？"

"去！怎么能不去，那些乡村的集市也有很多好玉，小孩子身上都能拿出一些好玉来。"宋明杰看来对这边的市场非常熟悉，宋毅也乐得偷懒，跟着宋明杰走就对了，还能体现出他家长的优越地位。

跟着宋明杰一路马不停蹄到了和田，找旅店休息了一晚上之后，两人去白玉市场，宋明杰轻车熟路，很快就到了白玉市场。

和田有专门经营白玉的街道，街道的店铺也不少，有三十来家，宋明杰和宋毅两人甚至没来得及多看四周的风光，就一头扎进了玉店。

宋毅并没有急着开口，他对这时候的白玉市场并不是特别了解，倒是宋明杰厉害非常，进去之后就开始和四十多岁的玉店老板，胖胖的哈尔哈提攀谈起来。

宋明杰问了一下各类品种和田玉的价格，让宋毅觉得庆幸的是，这时候白玉的价格真的不高，基本都是论公斤卖的，材质一般的白玉大都在百元以下。品质好些的白玉，随着品质的提升价格一路上升，最上品的羊脂白玉，一公斤也不过一千块。

在2006年以后，一公斤上好的羊脂白玉，没个百把万是拿不下来的，说是"疯狂的石头"一点也不奇怪，上品和田玉的单价甚至高出黄金上百倍。

宋明杰经过这段时间在东海的洗礼之后，手里流过的资金不下几亿，眼界不知道比当初开阔了多少倍。

上品的羊脂白玉谁都喜欢，更别说爱玉爱得就差没发狂的宋明杰了。可喜欢归喜欢，想他之前来这边的时候，宋明杰却只能看不能买，每个月工资只有那么一点，他又没别的收入，羊脂白玉是好，可买不了两公斤全家就得喝西北风了。

今时不同往日，现在宋明杰财大气粗，不仅有了足够的心理准备，腰包里也有了足够厚度的钞票。见到他最爱的白玉，宋明杰一心只想着将它们收归己有。

而在这方面，宋毅甚至比他还激进，宋毅这个家伙可是荤素不忌的。按照他对宋明杰说话的意思，蚊子再小也是肉，和田玉再小也是玉石啊，既然是玉石，那就有必要统统搬回家。

宋明杰一直有些不理解，因为宋毅似乎有点捡垃圾的陋习，先前就不远千里从缅甸运回大批垃圾毛料，这次来到和田，宋毅自然少不了在他耳边嘀嘀咕咕，恨不得将整个和田都搬回家去。

尽管有些丢脸，可宋明杰还是决定无视他的做法，让他自己折腾去，反正宋明杰只需要把最好的玉石买回家就行，那些垃圾玉石也值不了多少钱，宋毅自己赚来的钱，他想怎么花就怎么花吧。

"你们想要哪种白玉我这里都有，不是我吹牛，我店里的白玉不仅品种多，而且品质还是整条玉石街最好的。"

哈尔哈提将店内的白玉一一介绍给宋明杰两父子之后，这才笑着问他们。从两人的衣着打扮以及气度来看，两人都不像是专门来消遣他的。

宋毅心里很兴奋，就差没喊出：太他妈便宜了。当然，表面还是得装装样子，虽然有钱，可也不能被人当白痴宰啊。而且有宋明杰在旁边，宋毅只管看石头就行，他可不想抢自己老爸的风头。

宋明杰显得很平静，问哈尔哈提："那你们店买得多有没有什么优惠啊？"

哈尔哈提愣了愣，这才回答："这要看你们打算买多少了。"

"其实也不多，你店里每公斤百元以上的和田玉我都要了。"宋明杰淡淡地回答道。

哈尔哈提嘴巴张得老大，似乎不敢相信自己的耳朵，说实话，他还真没见到过如此大气的客人。

"当然，品质不够的白玉价格要另算，老板你是个实诚人，我们一进来就发现了，可不能以次充好。"宋毅接着补充道。

他明白宋明杰的想法，并没有一来就说全部收购，提前留下了可操作的空间。而在宋毅看来，那些现在人们看不起的边角料、小玉石才是升值潜力最大的。

这时候大家都当垃圾扔的，可以说基本不需要什么成本。

哈尔哈提看两人认真的样子不像是说笑，猛地一捏自己的手臂，疼。心底狂喊，发大财了！

狂喜之后，久经沙场的哈尔哈提马上让自己冷静下来，"我是开店做生意的，顾客的需求我自然要满足，你们真想要的话，我可以给你们最优惠的价格。"

宋明杰道："那还能有假，说下你能给多少的优惠吧。"

哈尔哈提想了想这才说道："最多九折。"

"大老板，你也太小瞧自己了吧。我看过，你店里的好玉可不少，这些玉石起码得卖个好几年，马上就要过年了，将资金压在手里可不好，我们这可是帮老板你解决了大麻烦，有了足够的资金，老板又可以去进新货了。"宋毅帮腔说，他玩这招也不是一两天了。

哈尔哈提自然不甘心就这样降价，一番讨价还价之后，哈尔哈提勉强答应给打八折。其实这不过是宋明杰和宋毅的一个小把戏而已，具体到某件白玉的时候，还是要商议价格的。

宋毅对哈尔哈提大声讲道："老板可不要藏着掖着，有什么好玉都拿出来吧，过了这个村可就没这个店了。"

哈尔哈提笑道："那你们要稍等一下了。"

"无妨，我们先看看玉石。"

宋明杰和宋毅自然等得起，事实上，如果哈尔哈提从其他店铺借一批货过来他们也不介意，还省了他们的麻烦呢。

但现在，两人只能先蹲守在他的店里，名气的提升是需要时间的，只要将和哈尔哈提这笔生意做成，名气自然就传播出去了。

说起来，哈尔哈提店里的白玉还真不错，上品的羊脂白玉就不少于一百多公斤，材质中品以上的不下一两吨，多年的积累，让哈尔哈提有了足够的资本。

这也是他听闻宋明杰两人要买下所有品质好的白玉之后会那么高兴的缘故。

宋毅和宋明杰已经行动起来，将品质不同的白玉分类，这方面宋明杰是行家，宋毅手也不慢。哪些染了假皮，哪些品质不够，都被两人挑选了出来，但就总体而言，店里的白玉品质还是非常不错的。

除了这些品质不错的白玉，还有些品质一般甚至质量很差的白玉，本来照宋明杰的看法，那些东西根本就不用，宋毅却不想放弃任何一个发财的机会。

而除了这些之外，还有一类玉石。

赌石！

不管是白玉还是翡翠，都有赌石一说。

严格说来，和田玉的赌石叫赌玉更为贴切一些。

小点的和田玉用不着费太多工夫就可以鉴定明白。

主要是鉴定几个方面，一看它是不是真的和田籽玉，而不是其他诸如俄罗斯白玉、青海玉等等冒充的；二就看这块玉有没有被染皮，是不是用山料或者山流水冒充的，山料和山流水虽然也是和田玉，但却不是和田籽玉，品质相差很大，不法商家也经常用山料和山流水冒充和田籽玉，卖给不懂行的；最后，则要看这块玉本身的品质如何，皮色是否漂亮，色泽是否细润白皙，玉质是否温润细密等等，当然，表现越好的和田籽玉价值越高。

块头大点的和田玉就需要赌上一赌了，因为看不见玉石内部的情况，但却可以通过外在的表现大致判断出大块的玉石里面是怎样的情况。风险是肯定有的，要不然也不能叫赌了。

但凡涉及赌字，都会有风险，赌玉也不例外。

但在宋毅看来，和田玉的赌玉和翡翠的赌石相比，差距还是非常大的。

首先，赌玉的收益其实并不太大，但大块的白玉都需要经过赌玉这个过程。如果不切开直接做出大型的雕件当然另当别论。可大部分情况下，大块的白玉都是会被切开来，雕成小块的雕件，诸如玉牌、手环、观音什么的。

这时候，想不赌都不行，唯一的争议就是谁来切，谁来承担风险而已。

宋明杰和宋毅并没有急着去挑选大块的需要赌的玉石，他们现在挑选那些品质上乘的小块白玉都来不及呢。

小块的白玉可以看得一目了然，经验丰富的宋明杰和宋毅一边看一边摸，基本就可以将每块白玉的品质弄个清楚，并分选出来。品质最上乘的放在一边，品质比这稍微差一点的放在另一个地方，品质一般的就让它留在原地。

这其中不乏俄罗斯白玉，青海玉一类的，但都被两人挑选出来了，他们可不想为这些价格低廉的玉石付高价。而那些明显的山料和山流水，也被两人放到了一边，和田籽玉才是他们最想要的。

两人忙得热火朝天，哈尔哈提回屋拿了一些玉石出来，就被两人的效率给吓住了。

高手啊！

这两父子绝对是一等一的高手。

看起来，这对高手还真有将整个玉店的白玉都买下来的趋势，哈尔哈提没理由不高兴。他就是土生土长的和田人，只要有钱在手，从来就不愁补充不了货源。

"老板你还真藏了不少好东西呢。"宋毅望着哈尔哈提刚刚拿出来的玉石笑着说道。

"让你们见笑了。"哈尔哈提看见那些混迹在和田玉中的俄罗斯白玉和青海玉都被挑了出来，脸上也有点讪讪的。

"哪里，老板肯把这些玉石拿出来，我们高兴还来不及呢。"宋毅说场面话的水准自不用说，和哈尔哈提交流也没什么障碍。

宋明杰只顾得上低头挑选白玉，哈尔哈提刚拿出来的高品质的白玉，又让他忙了起来。任由宋毅在那儿和哈尔哈提胡侃乱吹，他心底也很清楚，这里每类玉石，甚至是每块白玉都是要分别算价的，让牙尖嘴利的宋毅去和他讨价还价再合适不过了。

"说起来，老板这里的白玉品质还真是不错，像这种品质的白玉起码也得要五六百一公斤吧？"宋毅随手拿起一块鸡蛋大小的籽玉对哈尔哈提说道。

他手上的这个籽玉有着金黄色的外皮，像是黄金一样炫目，外皮下面，则是洁白胜雪的白玉。整块白玉的手感非常好，温润细腻，让人一摸上去就舍不得放手。

哈尔哈提没被他忽悠住，笑着对宋毅说道："小兄弟，你拿的这可是顶级的和田籽玉，价格可不是五六百，而是上千块呢。"

宋毅一副很惊讶的样子，"就一般的市场价而言，这样的白玉八九百块甚至近千块，可老板刚刚不是同意给我们打点折的吗？算个五六百也没什么问题吧。何况，我们几乎是全买的呢。"

"那也不只你说的那点啊，这顶级的羊脂白玉可不是什么地方都能买到的，而且每年的产量只有这么一点，价格低了恐怕你们也会觉得说不过去的吧。"

宋毅心想越低越好，我可不会有半点的愧疚感。但和哈尔哈提的交锋还是要的，不管是以德服人还是强词夺理，只要将价格降下来就好。

很快，宋明杰就挥手示意了一下，顶级的那类白玉全部挑选完毕，宋毅也和哈尔哈提将最后的价格确定了下来，他先前尽量压价只是一种手段而已，宋毅并没打算真以特别低的价格将白玉弄到手，谁都不是傻子。

"那就按老板说的，八百块一公斤好了。你看，这样分类没什么意见吧？"

哈尔哈提点点头表示同意，他可不傻，尽管想多加一些其他的在里面，可关键也得宋毅同意才行啊。

"那我们就先称一下，一批一批地算，你看如何？"宋毅说。

"好的。"

店里的白玉实在太多，哈尔哈提可不想每一块石头都和宋毅讨价还价，那会累死人的，八百块钱一公斤这个价格还是让他觉得很满意的。

宋毅便帮着哈尔哈提过称，里面块头大小都有，但最大没大过巴掌，小的也就拇指大小，只要品质过得去，宋毅都乐于接受。

　　哈尔哈提熟练地将这筐白玉弄到秤上，最后称下来是一百二十五公斤。八百一公斤，算下来就是十万块，但这只是最少的一部分，至于最后卖出的价格，还要等下才能确定。

　　宋毅笑着说道："十万块，整数，刚刚好。"

　　"是啊。"

　　哈尔哈提看他花钱都花得这么开心，他这赚钱的自然没理由不开心。哈尔哈提拿笔将这笔账记了下来，随后看宋明杰又点头示意，另一批品质比刚刚的差一等的白玉也都挑选好了。

　　哈尔哈提看了看，没什么可挑剔的，再伸手在筐里抓了一把白玉出来，也觉得可以，如此看起来，这宋明杰也没存着占他便宜的心思，他也就没多说什么。麻利地和宋毅一起往秤上过秤，这回的东西就多了，两人足足搬了十来回，哈尔哈提将每次过秤的数目都一一记载了下来，宋毅也暗自记在了心里。

　　最后这批玉石算下来足有一千一百公斤，倒是和宋毅的估计差不了太多。这类品质的玉石一般情况下可以卖到三百多块一公斤，因为数量众多，宋毅也没让他吃亏，给到了二百七十块每公斤的价格。

　　哈尔哈提爽快地答应了下来。

　　这一来，宋毅付出的整体价格就比刚刚的高出了许多，二十九万七千块，接近三十万，但宋毅认为这笔钱花得值，只要想到将来和田玉的价格会暴涨千倍，他又怎么会嫌现在的价格贵呢。

　　剩下那些品质不怎样的和田籽玉以及其他的诸如山料和山流水，价格就更低了，宋毅给了哈尔哈提四十块钱每公斤的价格。

　　可价格再便宜，也架不住数量多啊，这类的白玉足有两千多公斤，于是，哈尔哈提又在本子上记下了八万块钱的数目。

　　还有就是那些需要赌的大块玉石了，这类玉石一般不和小块的玉石一起算价格，而是单独算，因为风险很难预料，双方也不见得能达成统一。

　　宋毅和哈尔哈提达成协议的时候，宋明杰就在看这类大块的玉石，有品质说得过去的，也有品质非常一般的，但无一例外，都是需要赌才行的。

这时候，也是宋明杰和哈尔哈提正式交锋的时刻，宋毅也就不妨碍宋明杰的表演，这是属于他的时刻。赌和田玉对宋毅来说，已经没什么太大的刺激，而且他也没有多少把握，相比而言，精于和田玉的宋明杰水平就要高得多了。

而赌玉基本都是大玉石，一块五六十公斤，甚至上百公斤都不稀奇，价格也上下起伏不定，主要视玉石表现出来的品质而定。

"老板，你看这些个大点的玉石，是你切了再卖还是怎样？"宋明杰问哈尔哈提说。

哈尔哈提连忙回答说："我就不切了，还是你们来好了。"

"那我们商量一下价格得了。"宋明杰对自己的水平很有信心，但他并不打算将所有的玉石都搬回去，那些明摆着会赌输的玉石他是不会要的。

"对了，你这里有切石头的工具吗？"

"有，要的话我可以免费提供。"哈尔哈提笑着回答说，他心想要是就在店里切的话，他还可以饱饱眼福。

宋毅却插嘴说："多谢老板的美意，我们恐怕没那么多时间切石了。"

宋明杰想想也是，因为两人的假期并不长，没有那么多的时间消耗在切石上。

哈尔哈提却非常热情地说道："不需要多少时间，只要看准了，切起来很快的。"

宋明杰却不接他的话，专心看玉石去了，要说哈尔哈提店里的东西可真不少。

宋毅问闲在一旁的哈尔哈提说："老板，你有没有俄罗斯白玉的渠道？"

哈尔哈提有些不明白他的意思，问他说："你是想……"

"当然是想收购一些俄罗斯白玉啊，我看你这里俄罗斯白玉的数量也不少。"宋毅指着刚刚被选出来的一对俄罗斯白玉，笑着对哈尔哈提说道。

哈尔哈提赔了个笑脸，心底没什么愧疚感，脑子也在迅速思考宋毅说这话的意思，难道他真想大批量收购俄罗斯白玉，在他这样的行家眼里，俄罗斯白玉可上不了档次。

哈尔哈提决定先试探一下，于是他便问宋毅说："你想要多少俄罗斯白玉，说不定我能想到办法。"

"越多越好。"宋毅如是回答道，"从俄罗斯那边弄过来的话，少了也不划算，最起码得来个一百吨吧。"

换做以前，哈尔哈提肯定认为像宋毅这样的年轻小伙子说这话肯定是在吹牛皮，可是现在，他却并不这样认为，因为他看得出来，宋毅确实有这样的魄力和财力。就是不知道他要俄罗斯白玉来干吗。

"这可不是个小数目。"哈尔哈提脑子转得飞快，心想是不是可以转手赚上一笔。

"还好啦，每年流入国内的俄罗斯白玉怕是有几百吨吧。"宋毅听他的回答就知道他没这样的渠道了，不过不要紧，他也只是随便问问而已。

要他自己去俄罗斯弄白玉回来也是可以的，就是麻烦，手续难办，如果别人有这样的渠道，借一下最好，大不了多付点钱，省下了时间和精力，是非常划算的。

哈尔哈提连忙说道："哪有那么多，有个上百吨就了不起了。其实青海玉品质也还不错，和俄罗斯白玉不相上下，和我们这的和田玉也是同一脉的玉石。"

宋毅哪会不知道这些，但在他看来，想搞青海玉可比俄罗斯白玉简单多了。

知道哈尔哈提没什么渠道，宋毅也就不和他多说这方面的事情，只帮着宋明杰和哈尔哈提砍价。

大块需要赌玉的玉石价格也不低，关键是质量在那儿，价钱也就降不下来。

这样一来，宋明杰又花了九万块在赌玉上，不过他都没当场切开，而是打算拿回家再切。当然，宋明杰没有把所有的赌玉都买下来，也给哈尔哈提的店里留了点东西。

哈尔哈提还开玩笑地对他们说，就差将店铺搬空了。

但哈尔哈提非常开心，前后加起来，他这次一共卖了五十七万。

宋明杰也十分诧异，这才走了一家店，就花了五十七万，当真是花钱如流水，要知道光这玉石街，就有二十多家店铺呢。

哈尔哈提把老婆叫过来看店，他自己则和宋毅去银行转账。虽然玉石交易一般都流行现金交易，可宋毅不是傻子，宁愿麻烦一点也不带现金在身上。

好在银行就在玉石街附近，哈尔哈提刚从店里出来，就有隔壁玉石店老板站在自家门口，笑着问他："哈尔哈提，谈成大生意了？"

"是啊，大生意，现在去银行收款呢。"

哈尔哈提点点头，笑得都快合不拢嘴了，这时玉石街的生意有些萧条，隔壁买买提的店里没有客人，他才能如此悠闲。

买买提见状更觉疑惑，待得两人走远后，他便去了哈尔哈提的店里，和哈尔哈提的老婆打了声招呼，也了解了一下刚刚这笔大生意。这消息肯定瞒不住人，哈尔哈提的老婆古丽也知道这点，所以也就没对买买提隐瞒。

起初哈尔哈提告诉她店里的白玉都被人买走的时候，她惊讶的表情和买买提现在的表情一模一样。

宋明杰正在看那几块玉石，因为还没付款，所以暂时还不是他的，他在心里琢磨着要不要就在这里切了。

古丽问宋明杰要不要继续收购白玉，宋明杰这才抬头回答说："当然要，你们店里还有白玉吗？"

古丽笑着说道："我们店里没有了，不过买买提店里还有很多，只怕不比我们店里少。"

"古丽太抬举我了，我们店里的玉石可没这里多，宋先生要不要过去看看？"买买提连忙说。

他倒是留了个心眼，宋明杰在哈尔哈提店里已经买了足够多的白玉，他担心他们不会再要多少白玉了。

可事实证明，他的担心完全是多余的，宋明杰马上就笑着回答他说："等我们把这批玉石处理妥当就去你店里看看，最好你也将店里的玉石像这样分一下类。这样计算的时候也方便。"

买买提这才发现店里的各种玉石都做了细致的分类，是按价格和品质来分的。

"没问题！"买买提当即点头，随后又问他，"宋先生真是大手笔啊，不知道宋先生还打算买多玉石?"

宋明杰傲然道:"这个嘛,就看你们这里的白玉品质如何了。我们这次来和田准备了充足的资金,就是为了收购白玉,只要我们看得上的玉石,你们有多少我们就要多少。"

"我们店玉石的质量绝对没问题!"买买提也很自信,他看宋明杰的样子不像是在说大话,再看古丽开心的表情,就知道他没说谎,不过他也在暗自猜测,到底是哪里冒出来的大老板,肯出这样的大手笔?要知道,他店里一个月的营业额也不过一两万左右。

买买提仔细看了看哈尔哈提店里这些被分成许多类的玉石,有高品质的羊脂白玉,品质一般的和田籽玉,山料、山流水、青海玉、俄罗斯白玉都分了出来,当即倒吸了一口冷气,嘴上没说,心底却在惊叹,这买家是真正的高手啊!

买买提迅速估计了一下哈尔哈提店里的白玉,算起来,价格不会低于五十万,可看宋明杰的样子,却像是吃了道开胃的小菜,没有半点要停手的意思。

"那行,我们等下就过去。"宋明杰笑着说道,"对了,也可以将这个消息告诉玉石街的老板们,像这样一家家店铺逛过去,再每块玉石这样挑选,可是会累死人的。"

买买提点头答应下来,和宋明杰以及古丽说了声之后,便退出哈尔哈提的店铺,打算回去先将自家店铺里的玉石整理一下。

买买提这时候可没了糊弄人的想法,看看哈尔哈提店里分类选出来的玉石就知道了,这两人可不是那么容易被糊弄的。

买买提抬眼看的时候,宋毅和哈尔哈提已经从银行出来了,看两人的表情都很轻松,买买提知道他们这笔交易算是完成了。

这让他不由得加快了回店的速度,想了想,又把自己的老婆叫了过来,一起将各类玉石挑选出来,就等着宋明杰两父子前来收购。

宋毅在银行付款之后,便和哈尔哈提赶到他店里,对宋明杰说道:"老爸,我先去找个仓库。"

"行,你去吧,这里我看着。老板这里有工具我可以切两块石头。"宋明杰点头道。

他可不怀疑宋毅办事的能力，他一个人在外面的时候，比这难更多的事情都办了下来，这点小事根本难不住他。

宋毅向哈尔哈提打听了一下，问清楚之后就出去找仓库了，宋明杰就问哈尔哈提借来工具准备切石，哈尔哈提和古丽两人则兴奋地在旁边搭手。

宋毅出去了花了大约一个小时，就在玉石街附近找到了可以存放玉石的仓库，安全也能保障。宋毅却嫌不够，又去找了两个保安。

宋毅回玉石街的时候，还叫来一辆货车，带着两个保安准备搬运玉石。

而这期间，宋明杰已经将几块需要搏一搏的玉石都切开来了，不用看玉石，光看宋明杰和哈尔哈提老两口那兴奋的表情就知道，切石的效果非常不错。

宋明杰专攻和田玉，买下的赌石也都是表现非常好的，宋毅风尘仆仆地进来后就问他切石的结果如何，宋明杰就笑着对他说："好在只切垮了一块，总算没有亏本。"

"老爸的本领我自然是信得过。"宋毅笑着回答道，"幸好哈尔哈提这个大老板不自己切石。"

"我哪敢和你们比啊。"哈尔哈提笑道，别看人家切得得心应手，换成自己可就不一定了，风险太大的事情他可不干。

一番客套之后，宋明杰问宋毅事情办得怎么样了，宋毅笑着说一切都搞定了，就等着将白玉搬过去。期间他也悄悄问了下宋明杰，这次赌石大概赚了多少。宋明杰轻声告诉他，九万块的赌石，除去成本赚了十二万。

这效率比翡翠赌石差远了，可这也是因为翡翠的赌石和白玉的赌石区别所至，宋毅自然不能说扫兴的话，盛赞了宋明杰的高超水平，一番马屁拍得宋明杰心里舒服得很。

接着，几个人齐心协力，将哈尔哈提店里的玉石都搬上车。

宋明杰还想跟着去仓库，宋毅却说不用了，他自己过去就行，让宋明杰就在玉石街这里等就好。

可宋明杰是闲不住的，宋毅一走，他就去了隔壁买买提的店里。并让哈尔哈提和古丽帮忙宣传一下，两人都点头答应下来。其实不用两人多说，消息就飞快地传了出去，这玉石街也就这么大，哪家发生了什么事情，很快整条街道的人都知道了。

先前宋毅将货车开了进来，又差点将哈尔哈提的店铺给搬空，这么大的事情，众人岂会有不知道的道理。

买买提在自己店里翘首期盼已久，终于等来了宋明杰，寒暄一阵之后，宋明杰便开始验货。

这买买提的效率也相当高，这段时间内，已经将他店里的白玉都分类出来，这让宋明杰十分满意，抽查了一些白玉之后，发现买买提这人还是非常诚实的，至少，宋明杰没发现以次充好的现象。

至于价格，就按照先前和哈尔哈提交易的价格来谈，这点老于世故的宋明杰自然不会有任何问题，这次的交易也异常顺利。

唯一需要费心思的就是那些大块的赌石，需要一块一块地讨价还价，宋明杰却很喜欢甚至享受这个过程，先前赌涨赚了十二万，也让他自信心空前高涨。

宋毅带着货车回到玉石街时，宋明杰已经和买买提谈妥，就等着他付钱了。

买买提店里的玉石比哈尔哈提家的要多，但精品的数量不及，可数量多也是个优势，算起来总体价格和哈尔哈提店的差不多。这一来的状况就是，宋毅账户上的数字很快又少了五十五万。

宋毅付钱爽快，买买提自是开心，心道这下可以过一个好年了，等他和宋毅回到玉石街的时候，买买提忽然发现，哈尔哈提家的店铺关门了。

买买提先前还有些不能理解，哈尔哈提搞什么，难道庆祝去了？等他帮着宋毅将店里的玉石装上车，再望向哈尔哈提家时，这才想明白。

精明的哈尔哈提现在恐怕已经去乡下收购玉石去了。

这老狐狸！

买买提在心底骂道，还真会把握机会，宋明杰父子这个大财主就在这里，他只需要去乡下转上一圈，收购来的玉石便可以转手卖给他们。

买买提可不会落于人后，送宋明杰父子去其他店之后，立马对老婆儿子说了心里的想法，现在店里基本被宋毅搬空，甚至都不需要留人看店。但买买提还是把他老婆留了下来，让她注意宋毅父子在玉石街的情况，并随时通知他。

买买提的老婆阿依丽玛点头答应下来，这类八卦交给她去做正好，她明白买买提的意思的，宋明杰父子在玉石街还得待上一段时间，这一家家店铺走过去至少得花个两三天的时间，这期间万一有什么状况，比如不收购了，或者收购完了就要离开和田，她都要及时通知买买提。

买买提又和阿依丽玛交代了一阵之后，连饭都顾不上吃，就带着儿子奔乡下镇子收购和田玉去了。

第十一章　玉石街一对父子神奇现身，豪掷两千万扫走满街和田玉

宋明杰是海内闻名的和田玉专家，对和田玉情有独钟深有研究。听说儿子宋毅要趁和田玉价格不高进行大量收购，立刻奔赴和田。不久，人们就看到和田玉石街上来了一对神奇父子，他们不仅是一等一的鉴玉高手，一眼能辨出和田籽玉的真假与品质的高低，还在和田玉石街上演了一出"扫街"大戏，二十天不到，竟然豪掷两千万买空了和田玉石街的和田玉。

宋毅并不知道这情况，现在他的任务就是付款，然后搬运和田玉上车，并运回仓库，然后重复这一动作。

相比较而言，宋明杰的日子就过得精彩一些，也受到玉石街众多老板的热烈欢迎，因为前面已经有了先例，需要将玉石分类，方便计算价格。

当然，人一多就容易出状况，有的店家不信这个邪，不愿意将店里的玉石分类，也有的虽然分了好几类，可其中夹杂着许多品质不一的白玉，什么俄料、青海玉都有，还有的染了皮，混在高档的白玉里面。

宋明杰这时候架子虽然大了起来，可处理事情却很理智，至少不能被人刁难。遇到这样的店，宋明杰明智地没有和他们起冲突，只放言出去，说自己很忙，没那么多时间浪费在无关紧要的事情上，然后直接去其他店铺了。

这一来，玉石街的老板们都知道了，这个财大气粗的老板宋明杰，不但有钱，而且水平高——特别高。基本上一眼就能分辨出和田籽玉的真假与品质的高低，也再没有人会自取其辱地将假货混在真货当中，或者在高品质的

白玉中混入一般水准的白玉。

宋明杰的眼光也特别高，可他儿子宋毅就不一样了，就像捡垃圾一样，几乎什么东西都要，当然，他也不是傻子，不会给高价。

宋毅还问他们有没有搞到俄罗斯白玉的渠道，这种廉价的东西，这里的老板手里几乎都有，可谁也没把它真正当回事，也就是用来骗骗新手而已。像宋明杰这样的高手，要俄罗斯白玉、青海玉这样的东西来做什么？

虽然不知道他们这样大肆收购白玉到底是为什么，但宋毅所说的，打算用俄罗斯白玉铺地是没人相信的，谁吃饱了没事撑着了才会那样做，大家估计他们这样搞的最大可能还是想用俄罗斯白玉冒充和田玉出售。但这和他们有什么关系，大家哪里管得了这么多，只要自己有钱赚就行。

而且，这也说明，他们有足够的财力收购白玉，这些老板也就不用担心自己家的白玉没人要。

精明一点的商人卖掉店里的玉石之后，又马上跑去别的地方收购。哈尔哈提和买买提两家就给他们开了一个好头。

一天下来，宋毅和宋明杰两父子跑了不过八家店，但人却累得快不行了。

可两人却很高兴，尤其是宋明杰，晚上两人回旅馆休息的时候，他显得格外开心，还笑着对宋毅说："小毅，今天我们的收获可真不小。"

宋毅算了一下花出去的金额，已经有五百多万了。便笑着对宋明杰说道："我喜欢这种拿钱砸人的感觉，不过这次我们的预算估计是不够的，光今天一天就花了五百多万，玉石街还有二十来家店铺呢。"

宋明杰哈哈笑了起来，大手一挥，豪情万丈的样子。

"这不要紧，超支就超支，只要将品质上乘的和田玉弄到手里，花再多的钱都是值得的，你不也看好和田玉将来的市场吗。现在我们花的每一分钱，将来都会有回报的。"

宋毅心说老爸疯起来也够厉害的，和田玉又是他的最爱，这下估计得花到两千万了。

"老爸你有没有注意到，好像买买提、哈尔哈提他们去别的地方收购玉石了。"

宋明杰倒是有些惊讶，"他们的商业嗅觉非常不错嘛，知道我们要大量收购和田玉，就去抢着收购然后转手给我们。"

"是啊，不过这样也好，我们可以省了很多麻烦，这几天在和田玉石街就可以将大部分的和田玉收购回来。"

宋毅注意到哈尔哈提和买买提两家也不奇怪，他负责运送玉石去仓库，在玉石街和仓库之间来回，从两家的店前经过，看两人都不在家，便想到了这个可能。

"他们是最早吃到甜头的人，所以干起来也格外卖力，不像有的人就是心存侥幸。"

宋毅笑道："不要紧，先晾一晾他们再说。对我们而言，少一两家的玉石其实无所谓，我敢打包票，到时候他们恐怕会等不及自己送上门来的。"

宋明杰呵呵笑了起来，他也深信这点，螳臂当车，终究是不行的。

好好休息了一个晚上，第二天，宋明杰两父子又开始在玉石街奋战，拿钱砸人的感觉很美好，就是有些累。

好在这天几乎所有玉石街的老板都知道了两人的规矩，想瞒过两人动什么手脚很难，而且还会自取其辱，他们便断了这个念头。

这样一来，宋毅两人收购和田玉的效率明显提高了很多，一天之内跑了十二家，但这天花的钱更多，七百多万。

这巨大的数字，让那些有心打听消息的听了都瞠目结舌，而且他们全部付的现款。

宋明杰沉浸在兴奋中，对花钱没太大的感觉，而且不是他来付款的。宋毅却知道和田玉将来升值的巨大前景，一想到这时候花得越多，将来就赚的越多，他就恨不得将市面上所有的和田玉都揽回家去。

而且，这天还有一件值得宋毅开心的事，玉石街的一个老板有弄到俄罗斯白玉的渠道，这对强烈渴望着能拉几火车皮俄罗斯白玉回去的宋毅来说，无疑是个天大的好消息。

这事情不急于一时，可他还是请这个只有三十岁左右的老板特古尔吃了晚饭。席间，宋毅一直问他关于俄罗斯那边的情况，特古尔回答得倒是有板有眼的。宋毅这才相信他有能力搞到俄罗斯白玉。

吃过晚饭回旅店的时候，看到旅店前台贴着"祝各位旅客元旦快乐"的字幅，宋毅这才想起来，过了十二点就是1995年了。

时间过得真快，仿佛弹指一挥间，感觉还没做什么事情，重生后的半年就这样过去了。

这两天宋毅和宋明杰两人忙得昏天暗地，根本顾不得打电话回去，但这时，再不打电话回东海就有些说不过去了。

旅店前台就有电话，宋毅让宋明杰先打，宋明杰也就问候一下家里人，简单说了一下这边的情况，让他们不要担心。

电话那边苏雅兰笑着埋怨他们花钱太多，还说一早就料到会是这样的结果。

宋毅拿了电话就放不下来，亲热地问母亲苏雅兰好，问候爷爷宋世博和奶奶何玉芬，还说要和家里人多聊一会儿，让宋明杰先上去休息。

"那行，你也别说太久了。"宋明杰只得摇摇头先回房，忙碌了一天，宋明杰也累坏了。

宋毅对苏雅兰仔细讲了这边的事情，并向她保证，过不了两天就回东海，苏雅兰这才放下心来。

之后，宋毅又给几天不见的林宝卿打了电话，相互诉说了相思之情，林宝卿很开心，宋毅这时候打电话给她，说明他心里有她，但在这样的日子里，不能一起去听新年的钟声，这让她多少感觉有些遗憾。当然，林宝卿更关心的是宋毅什么时候回东海。

宋毅将这边的情况简单说了一下，林宝卿当下就知道，宋毅这次可是要遭罪了，坐汽车横穿整个中国，光是想想都觉得恐怖，也好生安慰了宋毅一番。

宋毅和她说笑了一阵之后，这才说要回房休息去，林宝卿虽然舍不得，可还是在道过新年快乐之后，挂了电话。

宋毅回房间时，宋明杰半躺在床上看电视看得都快睡着了，见宋毅进房来，也没多说什么，也没问他都给谁打电话了，只让他早点洗漱睡觉。

道了声新年快乐，宋毅洗漱出来之后，宋明杰已经睡着了。

躺在床上的宋毅却睡不着了，新的一年到来了，他也该有新的规划，躺在床上，想着想着，宋毅就迷迷糊糊地睡了过去。

第二天宋毅起得很早，他精力一向旺盛，躺在床上也睡不着，便早早地起来呼吸新鲜空气。

　　宋明杰起来得稍微晚些，可他的精神状态非常不错，一想到可以将那么多上好的和田玉弄到手，宋明杰开心都来不及。

　　这天两人的任务就是跑完剩余的几家店铺，把他们的玉石收购下来，然后就要安排着往东海赶。这天两人的收获也不错，宋明杰已经忙得没时间去切石了，几家没去过的店铺走完之后，宋毅又花出去四百来万。

　　但这一切还没结束，哈尔哈提和买买提，还有几个聪明的老板在宋明杰和宋毅两父子走完最后一家店之后，又找到了他们，这两天工夫，他们又成功从乡下收购了不少玉石。

　　宋明杰自然没有拒绝他们的道理，哈尔哈提他们为了追逐利益，短短两天时间搞到三百多万的货，这效率实在是高。

　　这样一来，他也就用不着跑乡下去收购了，这几天宋明杰的精神高度亢奋，身体也有些累，还真不愿意下乡去收购玉石。

　　宋毅将这些玉石一一付过款，然后拉到仓库放好。

　　这几天下来，宋毅已经花出去将近两千万，仓库里的和田玉石也有一百多吨，而且大都是真正的和田籽玉。这相当于和田玉龙河地区七八年的和田玉产量，收获不小。

　　听前两天找来的两个保安讲，这里有家货运公司是他们的朋友开的，宋毅仔细问了之后，便打算让他们帮着将这批玉石运到东海去。

　　末了，宋毅还和特古尔详谈了好一阵子，让他帮着联系一下，并把他自己在东海的座机和手机号码都告诉了他。

　　和货运公司谈好运费，一共派了十辆车过来，这才将所有的玉石都装上车。

　　宋明杰和宋毅也跟着车队一起，从和田出发，返回东海。

　　一路风尘仆仆自不用多言，等车队到达东海市郊的玉器厂后，累得不行的宋明杰第一个愿望就是找张床，好好睡个觉。

　　倒是宋毅精力充沛得很，前前后后跑来跑去，指挥着别人卸货，搬进仓库。路上也是他最活泼，有他在，也不用宋明杰太操心，事情都安排得妥妥当当的。

饶是如此，宋明杰还是瘦了一圈，他也在心底问自己，真的老了吗？

最开心的人莫过于苏雅兰。

因为这趟出行，宋明杰和宋毅两父子虽然大手大脚，又花了两千万左右出去，但他们都一致认为，这钱花得值得。

按照宋毅的说法，在不久的将来，和田玉最起码得涨个一百倍，那光这批和田玉石的价值就超过了二十亿。这是什么概念，苏雅兰已经幸福得不能多想了。

最让她开心的是，一直嚷着减肥减肥的宋明杰这次终于将体重降了下来，看他疲倦的样子，苏雅兰当面不好表现出高兴，可心底，却乐得跟什么似的。

当然，她最担心的还是宋毅，看他活蹦乱跳的，没一点疲倦的样子，苏雅兰又把这份心思收了起来，他正年轻，有这个资本。

晚上，何玉芬做了一桌好菜，替宋明杰两父子接风洗尘，还把苏眉也叫了过来，她本来想推脱的，可苏雅兰却把她拖了过来。

因为元旦和圣诞这几天，金玉珠宝的生意异常火爆，苏雅兰和苏眉两人忙得脚不沾地，虽然现在还只有一家旗舰店，可除了店铺的生意，其他直接找她们拿货的人也很多。

在长辈们面前，苏眉表现得很谦虚。于是，整个晚上，就听宋毅在那大吹特吹他们这趟收获丰厚的和田之旅。

回东海之后，宋毅还是要去上学，迎接他的是期末考试，苏雅兰也给他下了死命令，如果他考试挂红灯的话，那以后就没这样的机会到处溜达了。

宋毅也乐得名正言顺地离开家，在学校陪林宝卿上自习。

期末考试很顺利。考试结束后，也就意味着寒假到了。

宋毅刚从和田折腾回来，也累得不行，就想在家好好休息几天，却被林宝卿大小姐抓了壮丁。

林宝卿在学校里交了个好朋友叫乔雨柔，乔雨柔刚满十六岁，人如其名，娇娇柔柔的，性子极好，正好和平时有点大大咧咧，但是心思却很单纯的林宝卿很合得来，而乔雨柔也把林宝卿当成了姐姐。一来二去两人就成了无话不谈的好朋友。

说起林宝卿认识乔雨柔还多亏了宋毅。那天，林宝卿去美术学院找宋毅，结果宋毅没找到，却遇上了乔雨柔。乔雨柔虽然和宋毅是同班同学，但是当时还不熟，最后反而是林宝卿让他们也变成了好朋友。

宋毅和乔雨柔熟悉了之后，发现乔雨柔是个难得的设计人才，便生出了招揽她到自家珠宝公司做珠宝设计的想法，这也正合了林宝卿的意。

所以，放寒假后林宝卿硬是留下了乔雨柔，没让她马上回家，同时抓了宋毅当壮丁，带着两个女孩在东海狠狠地玩了个够。

乔雨柔也在东海上了半年的学了，很多地方也都去过了，因此，几天下来，林宝卿发现她兴趣不高的样子，深感自己没尽到地主之谊，没带好朋友玩好的林宝卿使出了杀手锏。

她要带乔雨柔去鬼市转转。

宋毅理所当然地继续当壮丁。

带着期盼和希望，还有几分忐忑，乔雨柔上了车。她和林宝卿坐在后座说话，时不时的，活泼的林宝卿还要和前面的宋毅斗几句嘴，宋毅则直接开车去鬼市。找地方把车停好后，林宝卿和乔雨柔走在前面，宋毅在后，几个人打着手电往鬼市赶去。

远远的，就能看见那缥缈的灯光，不时被熙攘的人群遮住，然后又露出来。乔雨柔拉着林宝卿的手并不觉得害怕，却微笑着问她："前面那就是鬼市吗？"

林宝卿关心地问她："是啊，不会觉得很害怕吧？"

"如果不知道的话可能会有点害怕。"乔雨柔笑着回答道，"现在知道那是做生意的地方，当然不会害怕了。鬼市真的有很多好东西？"

林宝卿点点头说："嗯嗯，好东西不少，但得靠自己的眼光去找。"

宋毅在后面听了她们的对话之后，插嘴说道："今天就由宝卿做主，我和小柔就做你的参谋好了。"

林宝卿嘿嘿笑道："那敢情好，有你们的支持想不弄点好东西都难哪。"

"你太抬举我们了。"宋毅笑道。

他也知道，这时接近年关，很多商人会选择在这时候出货，鬼市的好东西会比平常多出一些来。但能否淘到自己喜欢的宝贝，还得看运气，他希望今天几人运气不错。

　　到了鬼市之后，乔雨柔感觉林宝卿像是变了一个人一样，不再是和善可亲的大姐姐，而像是久经沙场的斗士，有着犀利的目光和敏捷的身手，看上什么东西，不管三七二十一，先抓到手里再说。即便和摊主讨价还价的时候，也不肯放松，就差让宋毅和乔雨柔帮她拿着了。

　　乔雨柔仔细观察了一下其他人，感觉他们和林宝卿都差不多，身手敏捷，双眼放光，她小声问宋毅："他们怎么把手里的东西捏得紧紧的呢？"

　　宋毅轻笑着对她解释道："小柔很聪明，这都能发现。说起来，这还不是因为害怕被别人抢走，这地方眼光不错的人很多，兴许你刚放下来，别人拿到就不肯松手了。那时想后悔都来不及。"

　　"感觉就像要把命运把握在自己手中一样，宋毅你说对不对？"乔雨柔低着小脑袋想了想，这才望向宋毅，脆生生地说道。

　　宋毅哑然失笑，冲她竖起了大拇指，"小柔好厉害，这都能引申出人生的哲理来。不去当哲学家真是可惜了。"

　　乔雨柔顿时露出羞赧的笑容。

　　听到两人对话的林宝卿却回过头来，露出老母鸡护住小鸡的表情，狠狠地瞪了一眼宋毅。

　　"你这大坏蛋，就知道欺负小柔。小柔，别听他胡说八道，来，跟我一起看看有没什么看得上眼的东西。"

　　"可是，我对古玩文物没什么研究的……"

　　乔雨柔今天就是来看热闹的，她对古玩可是一窍不通。

　　林宝卿却不以为意，笑着对她说道："可是你对美的理解有自己的独特之处，我们淘宝贝，也就是要找精、美、稀、古、雅的东西。"

　　宋毅也说："小柔，我们都是当参谋的，真正的决定权在宝卿手里，你就把你觉得好的东西告诉她就成。"

　　乔雨柔这才放心下来，开始打量摊上的东西。

　　但对之前从未接触过古玩文物的她来说，还是太难了，摆在地摊上的东西让她看花了眼，在她看来，里面的好东西可真不少，不管是瓷器还是字画，或者是青铜器。但理智却告诉她，真正的好东西是非常少的，要不然，宋毅他们怎么会不出手呢。

乔雨柔是个爱学习的好孩子，这点毋庸置疑，要她自己去挑，看得眼花缭乱，脑子都忙不过来。想起参谋的职责，乔雨柔这回聪明多了，只看林宝卿挑选出来的东西就好。

这一来，乔雨柔才真正见识到林宝卿的本领，在她看得眼花缭乱的地摊上，林宝卿目光只一扫就过去了，偏偏她还能找出其中最有特色的东西来。她那娴熟的样子可不是做出来的，而是实打实的真本事。

这不，林宝卿又挑出一件字画来让她帮忙参谋参谋，乔雨柔感觉字画的气势浩大，苍劲有力，很有大家风范。

乔雨柔看后，眼冒小星星，轻声赞道："宝卿姐姐好厉害，选出的这幅字画非常不错。"

林宝卿笑笑，接着又冲宋毅撇撇嘴说："真正厉害的在你旁边没出手呢，我只是打前哨的。"

"仿得很不错。欣赏一下可以，收藏就免了。"宋毅却如此评价。

这一来，林宝卿也就将这字画放弃了，这让乔雨柔心底有小小地失落。

但这还只是开始，几个人一路逛过去，林宝卿不断从地摊上发掘出看起来很有潜力的东西来给两人看。

乔雨柔看了之后，都觉得好，因为比起地摊上的其他东西，林宝卿选出来的东西可都是非常漂亮的，至少对乔雨柔来说是这样的。

可最后，这些东西无一例外地都被宋毅无情地否决掉了，他还是那句老话，看看可以，收藏就不必了。

那一刻，乔雨柔连拿块豆腐撞死自己的心都有了。

很快，林宝卿又发现了新大陆，那是个铜鎏金的三件套。

乔雨柔也认出，这三件套是品香用的香具。

林宝卿搞的香学研讨会大部分精力都用在香学香道的资料查寻上，乔雨柔作为其中一员，对品香用的香具，也有一定的了解。加上林宝卿组织过几次品香活动，自然要用到香具，像什么香炉、香案、香勺、香铲之类的。

而且，看得出来，林宝卿很喜欢这套鎏金的三件套，和乔雨柔交流的时候，也不掩饰她对这套香具的喜欢。林宝卿爱香这点她身边的人都知道，乔雨柔自然也不例外，但凡与香有关的东西，她都要看看，闻闻，遇上特别漂亮的，她就要买下来。

　　这三件套分别是铜鎏金的香炉、香瓶、香盒，个头虽然不大，但看起来非常漂亮。

　　这件铜鎏金的香炉是鼎式的，高约有十二三厘米，上面还带着一个漂亮的盖子，算是非常完整。

　　香炉身开光处高浮雕菊花、牡丹、梅花、石榴、水仙四季花卉。香炉周围浅刻出缠枝花卉纹，栩栩如生，美不胜收。

　　香炉炉口沿处嵌回纹，两兽首嵌于两侧，雕刻精细，下部透雕连枝花草纹，说是香炉中的精品一点也不为过。

　　乔雨柔见过一些香炉，林宝卿带去学校让他们品香的大都是瓷香炉，优雅古典；还有铜质的宣德炉，凝重古沉。但这样的鎏金香炉她却是第一次见到，这鎏金香炉显得异常大气，在林宝卿悄悄对她说这可能是乾隆皇帝御用的香炉之后，乔雨柔觉得这种感觉越发明显。

　　古代皇帝的御用香炉，乔雨柔伸手抚摸着鎏金香炉的炉身，感受着那些栩栩如生的花纹，心底忽然有些感慨，因为她仿佛穿越了时空，感受到了那些原本消失在历史长河中的前尘往事。这件香炉可能见证过乾隆皇帝的奢侈生活，焚香肯定是少不了，这一刻，她仿佛能嗅到那缕来自几百年前的御香。

　　再看这鎏金的香瓶，比方才的香炉要高出一些，约有十五六厘米。香瓶为菊瓣口沿，瓶身两处开光高浮雕菊花纹，其旁浅刻牡丹纹。不用林宝卿多说，乔雨柔也知道，这香瓶和那香炉是一对的，风格很统一，纹饰也很一致。

　　最后则是那件铜鎏金的香盒，香盒盖顶开光高浮雕梅花纹，盒身浅刻连枝花草纹。

　　这鎏金香具三件套，果然很不一般。

　　两个女孩子小声交流了一下意见，都觉得这套香具很漂亮，鎏金做得非常精致，画风也很华丽大气。

　　最后，两人一致认为可以将这套鎏金的香具拿下来，当然，一切还得看宋毅的意见。于是，两人一起把目光投向了宋毅。

宋毅其实在她们仔细观察这鎏金三件套的时候，也在仔细打量着它们。不过，他还是要拿上手看看才能确定。

铜鎏金的作品其实很多，但精品数量却很稀少。

仔细看过，宋毅觉得像眼前这三件套的香具算是铜鎏金物品中的上乘品，不仅有欣赏价值，还有收藏价值。不过，价值不会太高。

看林宝卿一副爱煞了的模样，宋毅也就没泼她冷水，只点点头说："清乾隆的铜鎏金炉瓶盒，价格虽然不高，但可以收藏，奢华大气，欣赏欣赏还是不错的。"

乔雨柔就差没欢呼出来，可她见林宝卿没有太大的喜悦，也就忍了下来，她猛地又想到，还要和摊主谈价格这三件套才算到手呢。

这方面乔雨柔帮不上什么忙，就看林宝卿和那摊主砍价了。

这时候林宝卿又化身精明的女商人，和那四十来岁的摊主讨价还价的时候一点不示弱，还一一列举了这三件套是如何俗气，风格如何怪诞之类。

如果不是之前亲口听林宝卿说起它们的好，乔雨柔此刻都有些怀疑自己的眼光和听觉了。可看宋毅却是一副淡然的样子，显然是对这招习以为常，乔雨柔心想宋毅自己用起这招来恐怕会更厉害吧。

乔雨柔把注意力集中到林宝卿和摊主的谈判之上，这时候的香具收藏并不是热门，最热的还是瓷器一类的。可这三件套外表非常不错，价格也不会太低。林宝卿费尽口舌，也取得了颇为辉煌的成绩，将价格从九百块砍到了四百五十块。

宋毅在心底暗自好笑，这价钱简直就是大白菜价。

不过这也怪不得别人没眼光，这些古玩贩子下乡收东西，只要年份够的基本都会收，当然，都是压着价格收的。对他们来说，赚钱固然重要，但最重要的还是不能折本，在对铜鎏金的作品不怎么感冒的现在，市场反应很平淡也是很自然。

林宝卿拿出钱包付了钱，成功将这三件套拿下来。可烦恼也随之而来，这几件东西拿在手里很不方便。宋毅自然是当苦力的份，总不能让两个娇滴滴的女孩子拿吧。

何况，林宝卿还要去挑东西呢，乔雨柔，一阵风就能吹倒。

宋毅马上做出决定，"我先把这几件东西放车上，回头再过来找你们，你们自己注意安全啊。"

"行，快去快回，这里有我呢。"林宝卿对他说道，随后又对乔雨柔说："小柔你跟紧我，别走丢了。"

乔雨柔用力点了点小脑袋，示意她知道了。

宋毅便拿着三件套去他刚刚停车的地方，打开车门，将这鎏金的三件套放在车前座上。

再回鬼市，宋毅碰见了林宝卿的父亲林方军，宋毅礼貌地和他打了声招呼，林方军当即问他林宝卿是不是和他在一起。

宋毅点头说："是的，林叔叔，宝卿刚刚买了铜鎏金的三件套，香炉、香盒和香瓶。我先拿去放车上了，宝卿现在正和同学一起逛呢。昨天晚上她们两个住一起，早上我去接她们的。林叔叔没遇见她们？"

林方军回答说："没看见啊，不过她和你在一起我就放心了。宝卿这孩子现在迷上香具了，你对这方面比较懂，可得多替她把把关。"

宋毅笑道："林叔叔就放心好了，我不会让宝卿吃亏的，回头你可以瞧瞧那个三件套，绝对是精品。"

"我相信小毅的眼光肯定错不了。"如果是以前，林方军可能还会有所怀疑，可现在，宋毅放在他们家的精品都足够他再开几家古玩店了。

"谢谢林叔叔夸奖，她们两个女孩子我有些不放心，我先去找她们了，林叔叔慢慢逛。"

"快去吧。"林方军点点头示意他过去。

宋毅找到林宝卿两人的时候，两个女孩子正在看一个红色的盒子，见宋毅过来，林宝卿就笑着招呼他，还把手里的盒子递给了他。

"宋毅，看看吧，这盒子蛮漂亮的。"

"我还以为你们想选胭脂水粉的盒子呢。"

宋毅笑着将她手里不大的一个圆形盒子接了过来，顿时觉得手里的盒有些眼熟，但他没有多想。这盒子入手感觉并不沉。

林宝卿撇撇嘴道："你送我啊。"

"送，宝卿既然喜欢，我又怎么会吝啬，赶明儿我们就去淮海路，胭脂水粉任你挑选。"宋毅笑着说道。

林宝卿心底高兴，嘴上却说道："少贫嘴了，看看这盒子，你觉得如何？"

"剔红的盒子嘛。"

宋毅不用多看也知道，这是剔红的盒子。

"就你知道。"

林宝卿小嘴又翘了起来，乔雨柔则是一脸的茫然，她只觉得这盒子很漂亮，仅此而已，什么剔红的，她从来就没听说过。

宋毅便解释说："这剔红，是我国古代漆器雕刻中的一个品种，也是雕漆中的一个门类，因这种器物呈朱砂红，故又称'雕红漆'。它以金、银、铜、锡、木、竹、皮，甚至陶为胎胚，髹以朱砂漆，漆层多达数十道，甚至数百道，然后在厚厚的漆层上描以各种图案、纹饰，用刀具施以刺、铲、钩等工艺，将漆层雕刻成浮雕，再经干燥与打磨退光处理，就成了一件古朴凝重的雕漆艺术品。

"这剔红竟然这么复杂，是谁没事发明的这种方法啊？"乔雨柔惊讶的说。

宋毅便又解释说："据历史文献记载，我国的雕漆源于唐代，但我们今天常见的实物都是宋代遗存，现今故宫博物院还藏有一件南宋的'剔红桂花圆盘'。日本的宋代剔红比我们国内的藏品多，我国除了故宫博物院的那件宋代剔红外，最早的就是元代的剔红了。不过宋、元、明初的剔红纹样都比较浅，后面的剔红纹样就比较深。纹样越深，工艺也越发复杂，产出的精品也就比以前多很多，真正值得我们收藏的，还是明永乐年间以及以后的剔红。那之前的，可以送博物馆。"

"为什么明永乐以后的剔红才值得收藏呢？"林宝卿对剔红的了解也不多。毕竟，这在古玩文物收藏中，只能算是很小的一个分支。

人的精力有限，林方军也没那么多的精力涉猎不同的杂项收藏，更别提教林宝卿了。

宋毅又笑着解释说："明代是我国雕漆工艺最辉煌的时期。明代皇帝御用漆器作坊果园厂，汇集了全国各地众多精工巧匠，也有不少优秀的技术型管理人才。果园厂御用漆器作坊的建立，使得当时全国的漆艺中心从南方转到北方，从而将雕漆艺术推向了登峰造极的地步。而明朝永乐年间，国泰民安，社会经济得到迅速发展，同时，手工业也得到空前重视，像瓷器一样，漆器也成了当时皇室重点发展的项目。在果园厂的漆器生产中，尤以剔红数量最多，也最精致。"

"这永乐剔红器主要有盘、盒、碗、凳等器物，其中又以盘与盒最为杰出。盘就不说了，我们单说这盒，盒的形制也有两种，一种是'蔗段形'，它平顶、直壁，平底微微内凹。还有一种叫'蒸饼形'，它的盒盖呈隆起状，形似馒头，斜壁内敛，底部略有内凹。在这两种形制的盒子中，前者为大，后者为小。"

林宝卿听他说得起劲，她眼尖，看看他手里的剔红盒子，马上又问宋毅要了去，还故意刁难地问他："那你说说这两种形制的盒子都有什么特色，一般都有什么样的图案。"

"大都是牡丹。宝卿你问这个做什么？"

"那你猜猜我手里的这个剔红盒子是不是明永乐时候的？"林宝卿凑近他身边，调皮地问。

"听你这么一说，我倒是可以肯定了。"宋毅在她耳边轻声说道。

"如果你的说法没错的话，这件盒子应该就是明代永乐的剔红盒子了。"

林宝卿按照宋毅刚刚的说法，对比了一下手里的剔红盒子，盒子上刻着大朵牡丹，并围以不同姿态的花叶纹，盒外壁遍刻卷枝牡丹及卷草纹，属于"蔗段形"，纹饰也是典型的永乐"蔗段形"剔红盒的款式。

宋毅笑道："踏破铁鞋无觅处，得来全不费工夫。看来，这真是永乐年间京城果园厂的精心之作了，宝卿真是好运气！"

"难怪看着有些眼熟呢。"

宋毅记得这个，是因为香港佳士得曾拍出一件"永乐剔红牡丹花卉圆盒"。

"怎么眼熟了，你之前见过这个？"林宝卿问。

宋毅心道，我总不能说这是我未来在拍卖会上见到过的吧，宋毅的脑子迅速开动，猛地想到关于这永乐剔红盒子的一个典故，便笑着说："我在古籍上见到过它，乾隆皇帝还为它吟过诗呢。"

乔雨柔也来了兴致，带着满脸的期待，对宋毅说道："把诗念来听听。"

"小柔你这不是为难我吗？"宋毅故意苦着脸说道。

"小柔别信他，他肯定记得。"林宝卿却在旁边捣乱。

宋毅仔细想了想，倒是记了起来，便对两人说了起来。

清朝乾隆对明代果园厂的雕漆十分赞赏，他曾在《咏永乐漆盒》一诗中赞道："果园佳制剔朱红，蔗段尤珍人物工。无客开窗晒秋字，携童持杖听松风。细书题识犹堪辨，后代仿为究莫同。三百年来此完璧，文房思古念何穷。"

"宋毅真是好厉害！"乔雨柔轻拍小手，为他鼓掌。

宋毅嘿嘿笑道："认我当哥哥，免费教你几招。"

林宝卿白了宋毅一眼，这厚脸皮的家伙，还真想当人家哥哥啊。

乔雨柔眼睛睁得大大的，脸上两个小酒窝也露了出来，惊声问他说："真的吗？"

宋毅微笑着说："当然可以。我一直想有个小柔这样可爱的妹妹，可惜我爸妈不给我机会。"

乔雨柔又把目光投向林宝卿，林宝卿此刻还能说什么，只得强作笑脸说："是啊，我和宋毅的心思一样，也想有个小柔这样可爱的妹妹。只是我没宋毅这家伙脸皮厚，所以一直没敢提出来。"

宋毅却得寸进尺地说道："没意思，你们女孩子不是一直姐姐妹妹地称呼吗？这次宝卿你就不要和我抢了，以后小柔你可得改口，要叫她宝卿嫂子。"

林宝卿当即啐了他一口，"小柔，别理会这个臭美的家伙，以后你还叫我宝卿姐姐，我还叫你小柔妹妹。"

乔雨柔望望宋毅，又望望林宝卿，一时间反而不知该怎么叫了。

最后还是宋毅大气地挥挥手说："我们也别为难小柔了，这样吧，小柔，以后你还叫宝卿姐姐得了。"

乔雨柔如释重负，冲宋毅甜甜地笑笑，"好的，宋毅哥哥。"

"小柔妹妹真乖！"

宋毅顿时觉得甜到心底去了，乔雨柔那甜美的笑容纯真可人。

"这下你高兴了吧！"

林宝卿看他有些得意忘形，当即伸手掐了他一下。

"宋毅，你看这永乐的剔红牡丹花卉圆盒要不要拿下来？"

宋毅顿时清醒过来，"要，当然要。我刚刚说过了，算我送你的。"

"你说真的？"林宝卿撇撇嘴道，"不是在敷衍我？"

"当然，君子一言驷马难追。"宋毅笑道，"这是你看上的，我只是出点小钱而已，不用太感谢我。"

林宝卿心底欢喜无比，可也被他给逗笑了。

乔雨柔在旁边抿嘴直笑，"宋毅哥哥真好玩。"

"小柔别跟他学坏了！"林宝卿又开始教导起乔雨柔来。

乔雨柔一副乖乖听话的样子，却不时拿眼偷偷瞟向宋毅，看他也不辩解也不生气，一副心气平和的样子，又不由得佩服起他的宽广胸襟来。

既然确定要将这东西买下来，林宝卿就准备杀价，虽然是她看上然后由宋毅送她的，可她也不想花冤枉钱。

剔红也是非常冷的一类收藏，这时候价格普遍不高，可大概是由于这件剔红盒非常精美，又是到代的明永乐年间的精品，价格也不低。

摊主开价要三千，林宝卿心底一咯噔，心想大部分人都是被他的价格吓跑了的吧。看来不只自己有眼光，这卖东西的眼光也不错。

林宝卿虽然明白这道理，可还是想把价格尽量往低处讲，她还价一千，那摊主就笑了。

"小姑娘，你如果真喜欢的话，就给个诚心价，这剔红可是纯正的永乐剔红盒。要不是过年要回笼资金，我还舍不得卖呢。"

"可这价格也实在太高了，一千五怎么样？"

老板摇了摇头，"我说的可都是行价。"

林宝卿软磨硬缠了一会儿，那摊主也不过只少了一两百块钱。

林宝卿有些气馁，回头望向宋毅，问他拿主意。

见了这摊主的态度之后，宋毅也暗自庆幸，要是这摊主开价低些的话，估计这剔红盒子就轮不到他们了。他正要开口拿下的时候，身子忽然被人碰了一下，回头一看，却是林方军，他还是不放心，赶了过来找林宝卿。

"小毅你们在看什么？"

林方军一见到林宝卿，顿时放下心来，见两人正在和摊主砍价，他也来不及看乔雨柔，就想看看他们要买的是什么东西。

还没等宋毅有反应，林宝卿就将手里的剔红盒子递给了林方军，让他给把把关。

林方军看过之后，小声对他们说："这剔红盒子不错，怎么还没拿下来，什么情况？"

"他要价很高，将近三千块钱呢。"林宝卿回答道。

这下林方军也有些犹豫了，照说这时候的剔红盒子行价可没这么高，但像手里这样的精品永乐牡丹花卉圆盒，也的确值这个价。

林方军便问宋毅："小毅，你怎么看？"

"剔红其实是被严重低估了，我觉得像这样的精品剔红盒子，也确实值这个价。"宋毅简洁地回答道。

林方军道："我的意见也是如此。你们带够钱了吗？"

宋毅笑道："够了，我这就给他，免得夜长梦多。"

剔红盒子在林方军手里，也没什么不放心的。

宋毅付了两千八百块给那摊主，那摊主就笑着对他说："还是你们眼光好，这剔红盒子可是精品呢。"

"喜欢就好，这剔红的工艺可谓难得，老板要再有上乘的剔红盒子，可以打这个号码找我们。"宋毅笑着对他说道，将林宝卿的手机号码留给了他。

宋毅经常不在东海，还是让他直接找林宝卿比较好。

把手机号码给他林宝卿没意见，但却有些不解，于是问道："我们还要收藏其他的剔红盒子吗？"

宋毅笑道："不只是剔红盒子，只要是精品的剔红作品，都值得收藏，像剔红盘、剔红碗等等。剔红的价值实际是被大大低估了，我们做收藏的，不应该只局限于现在的热门上，现在这些冷门，放在将来或许就是最热的。"

林方军闻言也点了点头，事情确实是这样，又问宋毅说："这盒子……小毅要带回家？"

宋毅连忙摆了摆手，"这盒子是宝卿看上的，是我送她的。"

"那怎么行。"林方军连忙推脱道,"宝卿这孩子也真是的,什么东西都敢收。"

林宝卿调皮地吐了吐舌头,宋毅忙笑着对林方军说道:"林叔叔,这是我的一点心意,你就当我给的保管费好了。对了,小柔,来,我给你介绍一下,这是你宝卿姐姐的父亲。"

"林叔叔好!"乔雨柔冲林方军甜甜地笑了笑。

林方军笑着点了点头,林宝卿又对他说道:"这是我在学校的好朋友乔雨柔,现在跟着宋毅学珠宝设计,假以时日,一定会成为了不起的设计师呢。"

乔雨柔羞红了小脸。

林方军看得出乔雨柔十分纯真,性子娇柔,便对林宝卿说道:"宝卿,你可别欺负她啊!"

"不会的,宝卿姐姐和宋毅哥哥对我很好的。"乔雨柔急着解释道,还向林宝卿投去温柔的笑容。

"那你们几个慢慢逛,我先去别的地方看看。"

林方军知道难以融入这群年轻的团体之中,也就先走了。

送走林方军,林宝卿伸手挽住宋毅,柔声对他说道:"谢谢你!"

"瞧瞧你,说什么傻话呢。"宋毅嘿嘿笑道。

气得林宝卿狠狠地拧了他一把,把剔红的永乐牡丹花卉圆盒交给宋毅。林宝卿径直去找乔雨柔,两个女孩子又牵着手嘻嘻哈哈地去地摊上淘宝去了。

宋毅摇摇头,这女孩子的心思还真是难以理解。低头看着手里的剔红盒子,很多话他不能说得太明白,但这对林宝卿他们的帮助应该足够大了。

像他手里拿着的精品永乐牡丹花卉圆盒,拍卖会上可以拍出一千多万的天价,这可是现在的人们怎么都想不到的。事实上,那时候的他也很惊讶,但这就是真实发生的。其他类的精品剔红作品,拍卖到百万以上的不在少数,所以,他说剔红的价值被严重低估,这句话绝对不是虚言。

他现在只希望林宝卿能听进去他的话,当然,宋毅也会尽力收藏这类作品,在他手里和在林宝卿手里,其实也没有什么区别。

宋毅很快追上两个女孩,今天的林宝卿兴致特别高,和乔雨柔说说笑笑间,又看到一个粉彩的乾隆鸡缸杯。

林宝卿牢牢记得宋毅说过的话，粉彩的瓷器将来会升值，宋毅还曾经买了个两万的，这个价格更低，不拿下更待何时。

　　这天宋毅也算兑现了他的诺言，他只当参谋，真正的决策者是林宝卿，乔雨柔则只是个看客。

　　鬼市结束的时候才凌晨五点多，离天亮还早得很。林宝卿满载而归，手里捧着刚买的乾隆粉彩鸡缸杯，一张俏脸笑得跟花儿一样，乔雨柔没什么心眼，跟着她一起高兴，这让林宝卿对她的喜爱又多了一些。

　　宋毅先开车送林宝卿回家，看她在家乐得跟什么似的，也就不去打扰她的好兴致。他本把乔雨柔送回酒店让她睡个回笼觉，可林宝卿却把乔雨柔强留了下来。

　　她心里有些舍不得宋毅太累，但嘴上却说不忍让乔雨柔这个娇滴滴的女孩子一个人住酒店。可让她没想到的是，她的话让乔雨柔感动得稀里哗啦的。

　　宋毅也笑着问林宝卿，他可以留下来不？

　　林宝卿当即便笑着说："我去问下我爸妈，或者你自己去？"

　　"还是算了吧。"宋毅连忙摆手，他脑子又没问题，找抽的事情怎么会去做。

　　林宝卿也没客气，当下把他好一顿鄙视，说他心意不诚，乔雨柔则在旁边偷笑不已。

　　宋毅受不了，连忙闪人。

　　"那你们再睡会儿，等下睡醒了打电话叫我，我过来接你们去玉器厂，带你们去享受一番视觉盛宴。"

　　"视觉盛宴？"林宝卿的眼里明显写着疑惑，她不是没去过玉器厂，也看过那块大翡翠，确实很震撼人心，但说是视觉盛宴还是夸张了点吧。

　　"等你们去了就知道了，你们先好好休息，我等下来接你们。"

　　林宝卿嘟着嘴，怪他故作神秘，可宋毅却嘿嘿笑着闪人了。

　　等他一走，乔雨柔也开始问林宝卿："宋毅哥哥说的视觉盛宴是什么啊？"

　　林宝卿也闹不明白，只说："谁知道是不是他故意放出来的烟雾，玉器厂大多都是石头。"

"还有翡翠和其他珠宝，他说的应该是那些……"乔雨柔想了想说道。

林宝卿点点头说："嗯，有这可能，宋毅这家伙手里的好东西多着呢。不过他平时都把它们藏着掖着的，连我都不知道他到底有多少好宝贝。据我估计，就翡翠而言，恐怕整个东海就他手里的翡翠最抢眼。"

"宝卿姐姐，"乔雨柔越听越觉得惊讶，"宋毅哥哥真这么厉害？"

林宝卿笑道："等下我们去看看就知道，对了，小柔，前几天去他的珠宝店里看过他们摆出来的翡翠，你觉得怎么样？"

"旗舰店里那些翡翠都好漂亮，造型风格也非常精美。我以前从未想过世间会有如此漂亮的珠宝。"

乔雨柔对上次去珠宝店参观的事情记忆犹新，那优雅的环境，五彩斑斓的光彩，华丽的风格，是她一辈子都不能忘记的。

"旗舰店摆出来的都是品质一般的珠宝，真正夺人眼球的珠宝据说都藏在保险柜里呢。一般人可见不到，只有金玉珠宝的大客户和高级管理人员才能看到。说起来，这次我也是沾了小柔你的光，要不然，还不一定能见到呢。"

林宝卿说起来的时候心里也有些怪异，她以前不是不知道宋毅有很多宝贝，只是一直没想着去看而已。她相信，如果她要求的话，宋毅肯定会带她去看的，没想到，反倒是借着乔雨柔这个契机，她才第一次看宋毅的珍藏。

乔雨柔忙回答说："宝卿姐姐和他关系这么好，想看随时都可以去看啊。"

林宝卿笑道："小柔倒是会说话，我总觉得有些不大好，现在总算可以名正言顺地大饱眼福了。"

"到我房间去睡会儿吧，我们要养足精神，争取多看一些，可不要便宜了宋毅那家伙。"林宝卿说着就笑了起来，感觉她自己像个小孩子一样爱赌气。

乔雨柔不便说什么，只跟着笑笑，反正她听从林宝卿和宋毅的安排就是了。

睡到十点多，林宝卿两人这才起来，洗漱后便打电话给宋毅让他过来，宋毅没一会儿就赶到了她家，几个人一起吃了点东西后，直奔临海村玉器厂而去。

玉器厂占地面积很大，外面围着高高的围墙，上面还拉着电网，对玉器厂的安保工作，宋毅是不遗余力。这是苏雅兰和苏眉的老家，邻里关系比较融洽，加上提前给临海村的村民们都打过招呼，大家普遍有较强的安全意识。陌生人到村里来，马上就会被人认出来，并及时通知玉器厂的保安人员。

此时，宋毅开着的大奔就是最好的身份标志，玉器厂的保安早就将公司老板这两辆奔驰牢记在心底，眼见宋毅开着奔驰一到，立刻开门让他进去了。还亲热地对宋毅打了声招呼，宋毅经常到玉器厂来，虽然没太大的架子，却没人敢轻慢他，因为大家都知道，这玉器厂的发展，几乎是这年岁不到二十的小伙子凭一人之力完成的。

宋毅带乔雨柔和林宝卿先去看了厂里师傅们加工珠宝的过程。对这些师傅的本领，宋毅那是绝对信得过的，东海历来就不乏工艺精湛的师傅，虽然在珠宝这行，香港的老师傅们技艺要更高一等，但宋毅相信，假以时日，玉器厂的师傅们绝对能超过他们。

而用宋毅的话来说就是："一个好的设计，不仅仅是天马行空的设计理念，还得以现实为基础，如果你设计出来的作品没人能加工出来，那也是徒劳。"

乔雨柔认可这一点，如果想得到，但却做不到，就麻烦了。

但宋毅也说了："如果你们真有什么设计想法的话，我相信，只要你们能设计得出来，玉器厂的师傅们就能替你们办到。我可不希望因此而限制你们的想象力。"

林宝卿撇撇嘴，切，他这说了不是等于没说吗？

宋毅没对她多做解释，可乔雨柔却不这么看，她觉得宋毅说得都有道理，还掏出小本子记下来，她好学的态度，林宝卿还真是佩服得紧。

"让你们看看就是想让你们先有一个初步的了解，了解我们的珠宝设计和镶嵌能做到什么程度。当然，你们没去其他珠宝加工的地方看过，不知道大家的差别在哪里，但这无关紧要，我们可以从珠宝成品来做判断。"

林宝卿只当是看热闹，反正她不是真想做珠宝设计师，只想自己设计几件珠宝自己用。当然，如果她设计的作品被宋毅选作流行品牌的话，她也会很开心地接受。

乔雨柔就不一样了，她就像是最好学的学徒，跟在宋毅身边时不时地问些问题，还问老师傅一些她不懂的事情，这些老师傅人都很好，见乔雨柔又是个礼貌好学的小姑娘，也就不对她隐瞒什么，基本是有问必答，这让乔雨柔感觉受益匪浅。她看了那么多书本知识，今天这堂生动的课让她感觉比她过去看书学到的东西都要多。

林宝卿压着性子陪他们，直到上午老师傅们都下班了，几个人才算结束了在她看来十分无聊的参观，她还期望能见到宋毅所说的视觉盛宴呢。如果就看镶嵌打磨，那就太让人失望了。

宋毅仿佛看穿了她的心思，嘿嘿笑道："宝卿等不及了吧，马上就带你们去看。"

林宝卿当即就欢呼出声，错过这样的机会以后恐怕就很难再找到机会一窥宋毅收藏的好宝贝了。

乔雨柔也是满心的欢喜和期待，她迫不及待想要见到宋毅所谓的视觉盛宴究竟是怎样的，在旗舰店看到的东西，已经让她觉得非常震撼了。

不可否认，宋毅用了比较夸张的手法，但对普通人来讲，他收藏的宝贝绝对算得上是精品，关系不到位的人，想见一眼都很难的。就如同外面那些卖翡翠珠宝的店铺的镇店之宝一样，如果不确定你有购买的潜质，你是根本见不到这些稀世珍宝的。

玉器厂的仓库守卫森严，仓库位于玉器厂的最中间，这让想接近仓库的人都无所遁形。在宋毅这暴发户的指导下，仓库外面全部用混凝土浇灌而成，施工方便，又非常牢固。进门除了钥匙外还需要密码，宋毅本来想安装虹膜识别门禁的，被苏雅兰和宋明杰批了一顿只好作罢。

即便如此，整个玉器厂的安保工作还是一点儿都没松懈，这里存储着金玉珠宝绝大部分的资源，是金玉珠宝最重要的基地。

乔雨柔悄悄对林宝卿吐了吐小舌头，她一点也不紧张，更多的是兴奋和期待，护卫如此森严的地方，里面宝贝的珍贵程度也就不言而喻。林宝卿倒是见惯了宋毅的做派，她也认可宋毅的做法，这样的地方，再怎么加强安保都不过分。

宋毅首先带她们去看的还是那块"国宝"翡翠，它在一个单独的小房间里，房间外部是典型的宋毅风格，厚厚的钢筋混凝土。但里面就不一样了，房间里面灯光明亮，还特意为这块"国宝"翡翠安装了一部小型空调。

林宝卿看了这环境，顿时咋舌不已。

"一块翡翠而已，用不着这么奢侈吧。这环境，比我家里还好。"

宋毅却笑着解释道："没办法，这就是'国宝'翡翠应该享受的特殊待遇啊。小柔你看这翡翠……"

乔雨柔此刻已经完全傻眼了，她在宋毅的旗舰店里见过五彩斑斓的翡翠，当时就让爱美的她惊呼不可思议，称那些漂亮的翡翠是造物主的奇迹。

此时此刻，这重约一吨多的翡翠摆在她面前，给她心底的震撼简直无与伦比。

这块巨大的翡翠被磨光了外皮，显露出来晶莹翠绿的玉肉，让她觉得这块翡翠简直美得浑然天成。在柔和灯光的照耀下，整块翡翠散发出一种独具魅力的光芒，翡翠的绿像是有生命，正在不停地流动一样，流光溢彩、富丽堂皇这样的词已经不足以形容它惊人的美。

乔雨柔被它所吸引，不由得走上前，想要看个仔细，在她看来，能近距离观摩这样的集天地灵气于一身的翡翠，是她一生的幸事。

林宝卿见过这翡翠一次，可那时，它的待遇可比现在差多了。有了彩色灯光的刻意营造，现在这块"国宝"翡翠看起来比当初更加漂亮，也更加吸引人眼球。即便她看过一次，此刻，她的目光也被这翡翠的表现牢牢吸引着。

等她再看的时候，乔雨柔已经按捺不住心底的激动，将她那如葱似玉的小手轻轻放了上去，洁白素手，鲜绿翡翠，形成了一副奇美的画卷。

过了好一阵，林宝卿这才回过神来，问宋毅："你不是说要送去银行做抵押吗？"

"事实上，这块翡翠已经抵押给银行了，可它实在太大，银行的专家们过来看过，认为我们这儿的环境也不错。决定放在我们这里就好，要不然，你们今天还没机会见到它呢。"

宋毅想起来还觉得有些好笑，这翡翠绝对是个异数，一吨多重，得用叉车才能搬得动，怎么弄进银行的保险库也是个问题。

"这样的翡翠可谓是无价之宝，却被你们抵押给了银行，真是明珠暗投啊！"林宝卿调侃着说道。

宋毅才不上当，笑着把皮球推给她，"要不，我把它交给宝卿你来处理？"

"我可没那本事。"林宝卿连忙摆摆手，改口说，"其实你们这样也不错，合理地利用了它的价值，以后说不定还能找到和它相似的翡翠呢。"

林宝卿四处看了看，随即又问宋毅："你不会真打着这样的主意吧，看你这房间布置得这么好，还这么大。"

宋毅笑道："这种事只能交给上天了，要是我想挖到好东西就挖到好东西，那我岂不是天下无敌了。"

"这倒也是，你不是准备在那边追加投资吗？我虽然笨，可也知道，开采得越多，开采到好翡翠的几率就越大。"林宝卿点点头说。

宋毅回答："当然要。事实上，缅甸那边的丁司令也一直在催促我办这事。我这边正在联系购买机械，估计年前就会到，到时候就送过去。承宝卿吉言，说不定真能再开采到几块像这样漂亮的翡翠呢。"

林宝卿嘿嘿笑了起来，乔雨柔也从最初的震惊中回过神来，再望向宋毅的时候，眼里满是小星星。

"宋毅哥哥好厉害！能收藏到这样的绝世翡翠。"

宋毅的脸都快被她夸红了。

"我不过是运气好罢了。"

"可惜的是这样的好翡翠，就这样埋没在这里，不能被大家所了解。"乔雨柔不无遗憾地说道。

"有你们欣赏，这块翡翠也不算被埋没了。"宋毅道。

林宝卿也对她解释道："我知道小柔妹妹珍惜世间美好的东西，可你也要知道，这样的好东西一旦被大众知晓，知名度是有了，可麻烦也随之而来了。惦记它的人肯定不会少，所以，我们要保护它就不得不采取一些方法。

乔雨柔讪讪地说道："是我想得太简单了，宝卿姐姐你们放心好了，我绝对不会说出去的。"

"小柔你还真是单纯得可爱。"

宋毅哈哈笑了起来，只怕她说出去，也不会有多少人相信。

林宝卿瞪了没心没肺的宋毅一眼，随即对乔雨柔说："我刚刚说这话并没有别的意思，也不是信不过小柔你。只是这件事事关重大，由不得我们不小心。"

乔雨柔如小鸡啄米般点了点头。

"我知道，宝卿姐姐也是为我好。"

宋毅也不纠缠这个问题，不过他也想考察一下乔雨柔对翡翠设计的感觉。

"小柔，你觉得像这样一块翡翠，该如何做设计呢？"

乔雨柔望了望宋毅，又看了林宝卿几眼，目光最后落在"国宝"翡翠上面。

"没事，想到什么就说什么。"

林宝卿给她打气，反正最后怎么做还是得看宋毅的。

乔雨柔轻咬嘴唇，最后勇敢地说道："我觉得就保持现在这样的状态最美了。她的美不需要用别的东西来衬托。倘若切开的话，更是一种巨大的损失。"

宋毅替她鼓掌，笑着对她说："小柔能把心底的话勇敢地说出来就好。我其实也不打算将把它切开，如你所言，就像现在这样，她已经是最美的了。"

"真的？"乔雨柔惊讶地问道。

她虽然不是很懂人情世故，可也知道这块巨型翡翠里所蕴含的巨大商业价值。倘若切开来卖的话，带给宋毅的利润是无法用金钱来衡量的。但如果就这样保持原貌的话，那就会少赚很多钱了。

"当然是真的！"林宝卿骄傲地说道，"别看宋毅这家伙平时很没气节，关键的时候还是顶得住的。"

"瞧你说的……"宋毅呵呵笑了起来，林宝卿有时候真像个小孩子。

"我觉得宋毅哥哥一向很大气啊。"

倒是乔雨柔替他说好话，还带着歉意对他说道："我刚刚以小人之心度君子之腹了。"

林宝卿呵呵笑道："小柔你太单纯了，你再这样说，他以后尾巴就翘得更高了。"

几个人又围着这块巨型翡翠看了起来，林宝卿在旁边要宋毅解说这块巨型翡翠的成因，还有灯光对翡翠的影响等等，宋毅也就当起了免费导游来。

这一来，不光让乔雨柔和林宝卿享受了一场视觉盛宴，更让她们学到了不少翡翠相关的知识，至少，以后拿出去忽悠别人足够了。

"宝卿不错，知道站在公司的立场考虑问题。贤惠持家，非常有管家婆的潜质。"

三个人从房间出去的时候，宋毅在林宝卿耳边悄声说道。

"你才管家婆呢，这名字真难听。"林宝卿悄声道，秀美的脸庞也染上了红霞。

她当然是有私心的，即使面对的是可爱的乔雨柔，但是在她心底，宋毅才是最大的，他的利益也是她最先考虑的。

接着宋毅又带两人去了存放成品翡翠饰品的仓库，这些翡翠饰品都放在保险箱里。那一排排保险箱也让林宝卿和乔雨柔打心底感到震撼，这得有多少好宝贝藏在里面啊。

宋毅为了让想学珠宝设计的乔雨柔深刻地认识到珠宝的品质，打开了保险箱，向她们一一展示那些旁人无从见到的珍品。

乔雨柔和林宝卿两人也算大开眼界，享受了一场史无前例的视觉盛宴。相比而言，两人之前见到的那些珠宝可谓小儿科了。

宋毅随手打开一个保险箱，里面的东西拿出去足以羞煞别的珠宝店，即便是福祥银楼那个底蕴丰厚的珠宝世家，也难免相形见绌。

乔雨柔在这里见到那些只有在书里才有的翡翠，有她堪堪叫得出名字的玻璃种、冰种、芙蓉种、豆种，还有很多居然连她都叫不出名字的祖母绿、黄杨绿、苹果绿、豆绿、紫罗兰、玫瑰红、鸡油黄、春带彩、福禄寿喜……

光听这些名字，乔雨柔就快晕了，对于学习艺术并以绘画为职业的她来说，不认识这些色彩简直有些不可思议。但这就是摆在她面前的事实，宋毅能将这些有着细微差别的颜色一一道来，并向她们分析每种颜色之间的不同在哪里。

差之毫厘，谬以千里！

在这里，乔雨柔也深刻认识到这句话的深刻含义。

在翡翠这行里，哪怕看起来只有一点点差别，价值可就千差万别。

比如宋毅拿起两颗戒面，问她们有什么差别，并让她们判断两者价格上的差距，还允许她们两人自由商议。

林宝卿憋足了劲，要给宋毅个好看，可她和乔雨柔忙活了半天，也没瞧出两颗戒面到底有什么差别，不都是祖母绿吗？

宋毅却故作高深地摇了摇头，让她们看个仔细。

不服输的林宝卿和乔雨柔又仔仔细细看了很久，还是一片茫然。

宋毅这才对她们说："两颗戒面虽然都是玻璃种的祖母绿，可差别还是蛮大的，宝卿手里的这颗戒面偏黄，而小柔手里这颗戒面偏蓝。一般来讲，黄味足的翡翠更受人们的喜欢，因为它的色彩看起来会更亮也更青翠，价值也就越高；而带蓝味的翡翠在很多时候都会显得偏暗一些，价值就要大打折扣。"

林宝卿嘟囔道："我怎么没看出来。"

"把戒面对着灯光看，你们再仔细比较一下。"

这回林宝卿和乔雨柔总算是看出点门道来，乔雨柔便又问他："可以通过镶嵌来减少这种影响吗？"

宋毅给了她一个赞赏的眼神，笑着对她说道："当然可以，镶嵌是门技术活，也是艺术性非常强的学问，如何镶嵌、怎样搭配就是你们设计师需要操心的事情了。如何解决带蓝味的戒面看起来会变暗的问题，这个任务就交给你了，算你的寒假作业，小柔你看如何？"

"好的，我一定会找到解决问题的办法。"

乔雨柔毫不犹豫地点头答应下来，她知道这是难得的好机会，换了别人，宋毅可不会告诉他这其中的秘密。

正如宋毅之前说的那样，如果不了解珠宝玉石的物理特性，做起设计来就会无从下手。就像刚刚的两个戒面，如果把带蓝味的翡翠戒面和带黄味的戒面设计成一样的，那这个设计就太失败了。

宋毅很欣慰，乔雨柔有这么积极的态度，将来必定会成为一个成功的珠宝设计师。

"为什么都是戒面和手环居多啊？"

这个问题林宝卿倒是知道的，她望了宋毅一眼，宋毅用眼神鼓励她。

"最好的翡翠一般都用来做戒面和手环，一是消费者最喜欢这两样，商家这么做是为了取得更大的经济利益；二来，戒面和手环更能体现出翡翠独特的美来，就像这戒面，磨出来之后和翡翠原石比起来，简直有天壤之别。"

乔雨柔点头道："宝卿姐姐说得有道理，这翡翠做出来的成品和原石的差距实在太大了。那除了戒面和手环之外，其他翡翠饰品都有哪些？"

林宝卿终于等到了她也擅长的问题，当即侃侃而谈。

"这个就多了，很多翡翠会做成挂件，比如观音、佛像、蝙蝠、貔貅、山水、人物等等，还有一种非常有价值的翡翠饰品，小柔你猜猜是什么？"

乔雨柔轻轻摇了摇头，她感觉林宝卿把能做的都说完了。

林宝卿笑着解释道："还可以做成项链啊。去年佳士得秋季拍卖会上，一串一百零八颗的玻璃种艳绿翡翠项链，竟然拍出了四千多万的天价。这也直接引爆了翡翠市场，掀起了一股翡翠热来。"

"一串翡翠项链价值四千多万？"乔雨柔小嘴张得大大的，她简直不敢相信自己的耳朵。

"可能有人在背后操作，但毋庸置疑的是，翡翠的价值正逐渐被人们所认识并接受，翡翠项链也正在登上历史舞台。"

林宝卿对拍卖会内部的情况并不是特别了解，但行业的大致趋势她还是看得明白的。

"宝卿说得很对，其实我们金玉珠宝能有今天这样的发展，秋拍会上翡翠饰品大出风头可谓功不可没。所以这问题嘛，我们得辩证地看。"

林宝卿点头同意宋毅的看法，就像新闻媒体总喜欢找噱头一样，拍卖会也不例外，天价拍卖品总是非常吸引人眼球。

宋毅接着又对乔雨柔说道："做翡翠设计，有很多方面，手环倒是还好些，做戒面的戒托、耳坠、胸针，以及各类挂件的镶嵌，都需要有深厚的功底，以及超乎常人的审美能力。小柔的天分可以得到充分的发挥，假以时日，一定能成为闻名的珠宝设计大师。"

享受了这场前所未有的视觉盛宴，加上宋毅鼓励的话语，乔雨柔对未来的发展越发有信心，光是可以为这些奇珍异品设计款式风格，她就觉得异常满足。

宋毅白天带着乔雨柔和林宝卿两人在玉器厂和旗舰店间参观，晚上休息的时候，则回酒店给乔雨柔补课，这样过了两天，到了乔雨柔回家的日子。

送乔雨柔上了火车之后，宋毅和林宝卿两人溜溜达达从火车站出来，一时间，林宝卿竟然不知道该去哪，便问宋毅的意见。

"要不去海边玩会儿？"宋毅提议。

"这些天忙着考试，又陪着你妹妹逛了几天，我们也该轻松一下了，也别去淘什么宝贝了，就你和我，好好放松一下心情。"

林宝卿自是举双手同意，她知道宋毅不日又要去缅甸，所以格外珍惜和他单独相处的日子。

东海虽然临海，可海水的质量并不好，不过宋毅和林宝卿都不在乎，两人要的是意境，单纯开车兜兜风也是好的。

宋毅便载着林宝卿去了东海的白沙滩，东海本来是没有沙滩的，这白沙滩是人工铺就的，深受东海年轻人的喜爱。

两人携手漫步在沙滩上，呼吸着有些咸味的海风，林宝卿回忆起从前的往事，问宋毅："你还记得半年前，我们高考之前来海边玩的事情吗？"

宋毅笑道："当然记得，那时候我们玩得很开心……"

林宝卿笑道："是玩得有些过火，你回去就发高烧，把大家都急得不行。如果当时你没有及时退烧，会不会怪我们啊？"

"瞧你，说什么傻话？我怎么会怪你呢。"宋毅搂住了林宝卿。

心疼她责备自己，就算前世他发高烧，过得也不算太坏。遗憾的是，那时候年少轻狂，对待感情也不成熟，最后和身边的人儿越走越远，到后面，虽然交往过的女人不少，可幸福的滋味却没真正体会过。

即便如此，他也没有责怪过当时和他一起玩耍的林宝卿和何建，那不是他们的错。

林宝卿紧紧地依偎在他怀里，"可是当时人家真的很担心，怕你从此不理我了。"

宋毅乐道："我像那么小气的人吗？"

"高考可是影响一生的大事，要是你带病上考场的话，我简直不敢想象……"林宝卿还沉浸在回忆中，那时候她心底非常自责。

"宝卿……"

宋毅理解她的心情，可心下却在想，影响一生的可不只是高考，更重要的是，人活着的态度，重生一世，就他自己而言，改变的是生活的态度。

林宝卿低低地应了一声："嗯？"

"你从那时候就喜欢我了？"

林宝卿羞涩地抬头望着他，却不肯开口说话。

"那是很早以前的事情了。"宋毅很不要脸地说道。

"知道还说？"林宝卿羞红了脸，轻声埋怨道，对他的厚脸皮颇为无语。

"说起来，我还是在发烧时忽然想明白了很多事情，其中宝卿给我的帮助可是最大的。"

林宝卿抬头盯着他，好奇道："可我什么都没做呀。"

"宝卿就是我的精神力量，让我真正明白存在的意义是什么。"宋毅眼睛直视着她说道。

"真的吗？"林宝卿问。

"千真万确。"宋毅斩钉截铁地说。

"我相信你。"

林宝卿笑得很幸福，尽管她知道这和实际情况可能有些偏差，但此刻，她选择相信宋毅。

海风吹来，吹起林宝卿散发着清香的秀发，散落在光洁如玉的额前，又搭在长长的睫毛上，她那双会说话的眼睛眨了眨。

宋毅伸手替她将秀发拂回去，手却没有收回来，而是捧起那张秀美无瑕的脸颊，深情凝视着她那双灵动的眼睛，就像对待他最珍爱的宝贝一样。

林宝卿的眼睛像是会说话一样，聪明的她能看穿宋毅的心思。

宋毅缓缓低下头来，林宝卿的心忽然怦怦跳得厉害，像小鹿一样，蹦蹦跳跳不受她控制。这是她期待已久的一刻，但真正来临时，还是让她觉得紧张，手足无措。宋毅的气息越来越接近，平素大胆的林宝卿羞意更浓。她虽然活泼开朗，可在这方面却青涩无比，在此之前，她最大胆的不过是和宋毅挽挽手，更亲密的接触从来没有。

这一刻，就要来临了吗？

林宝卿眼里那张带着微笑的脸庞越来越近，心慌的她不由得缓缓地闭上了眼睛。

仿佛过了一个世纪，宋毅的唇才轻轻触到她的嘴唇，感觉到她身体在微微颤动。少女的清香让宋毅沉迷，但他只浅浅地尝了一会儿就离开了。

这就是亲吻的感觉吗？

林宝卿缓缓睁开眼，入眼是宋毅那温柔的笑容，很快，他的脸又离她越来越近，林宝卿又缓缓闭上了眼睛。

宋毅没有着急，先是在她嘴唇上轻轻一点，随后缓缓地印上她温软的嘴唇。酝酿了好一阵子，这才缓缓叩开她紧闭的牙关，舌头轻轻地卷进去，试探着和她做更亲密地接触，少女的口气很清新，还带着幽幽的少女清香。

林宝卿很快就喜欢上这种亲密的感觉，香舌和宋毅的舌头缠绵在一起。

这一吻，直到林宝卿有些喘不过气来，宋毅才停下来，可没过一会儿，两人又重新吻在了一起。宋毅本就是接吻的高手，林宝卿虽然没什么经验，但她的学习能力非常惊人，最初她显得很僵硬很被动，很快，她就调节好了自己的身体，更好地适应两人之间的节奏。

对宋毅而言，青春少女的吸引力是非常巨大的，他虽然有着大叔的灵魂，可身体依旧年轻，身边的纯情少女让他倍加珍惜。

两人在海边缠绵很久，海风渐起，林宝卿感觉有些凉意，宋毅便把她带到车上，温暖的环境中，两人又一次亲密接触。对初尝滋味的青涩少女来说，和爱人接吻就是世间最美好的事情，在没有别的发泄感情的途径时，接吻消耗的精力是非常大的，而且她感觉，就这样缠绵上一天也不会觉得厌倦。

宋毅自然乐得奉陪，林宝卿让他沉迷。

第十二章　机缘巧合偶遇执著收藏人，
　　　　慷慨解囊资助民间博物馆

宋毅十分佩服段生旭的胆量，他竟敢去缅甸寻找抗战遗物，虽然因此被抓三次，被送进监狱两次，可段生旭依然没有放弃。这些年他靠着微薄的工资，收藏了上千件滇缅抗战遗物：钢盔、衣服、步枪、日本军刀、家书等等，竟然建立了第一个民间抗战博物馆。宋毅感动于他的执著，慷慨解囊帮助段生旭实现他的梦想，记录下中华民族那段浴血奋战的历史。

两人之间的你侬我侬终于被一通电话打断了。

宋毅接到苏若鸿打给他的电话，说是他要的机械已经运抵东海，问他该怎么处理。

宋毅忙让他帮忙先卸货，说他马上就赶过去。这批机械一到，要先安顿下来，然后把操作机械的人找齐，最后运到缅甸那边去。

林宝卿看他接电话就知道事情来了，果然，宋毅马上就说要去临海村接货，好在两人所在的白沙滩离临海村并不是特别远，半个小时之内就可以赶到。

"那我们马上赶过去吧。"

被人打扰二人时间，林宝卿虽然有些不爽，可她也知道，宋毅的事情很重要，尤其是涉及缅甸那边矿场的，因为那是宋毅的金玉珠宝发家的根本所在。林宝卿本来就是个识大体的人，只会给宋毅支持，而不会拖宋毅的后腿。

宋毅开车，两人很快就赶到了临海村码头，苏若鸿已经派人在卸货。

宋毅上前和他打了声招呼，并问他："不知道现在招聘工人过去还有没有人愿意过去。"

苏若鸿摇了摇头，"难啊！这都快过年了，大家都盼着能过个团团圆圆的新年，你那边的工人也该放假了吧，他们过去也几个月了。"

宋毅显得也很无奈，"是啊，过年就让他们回来吧。估计也不用再过去了，这些机械操作起来其实也不是特别复杂，就是维护起来比较困难。苏叔叔先帮我问问吧，待遇给高一点。"

苏若鸿也只好点头答应，不过他也说了，"成不成我可不敢打包票。"

"这个我知道。"宋毅笑着回答道。

林宝卿对机械不感兴趣，宋毅便让她去玉器厂玩，或者去红木家具厂看看也好，让何建一个人忙着也不好。

"何建跟你一样，就喜欢到处瞎忙，让他闲着他还不干呢。"林宝卿笑着说道。

嘱咐宋毅注意安全，她自己就开着车去了家具厂，其实码头距离红木家具厂和玉器厂也就一两里路。

对林宝卿来说，各类红木沉香木对她的诱惑显然更大些。

林宝卿到红木家具厂时，何建并不在这里，她打电话问了一下，何建说是去收货了，和他说了几句之后，林宝卿便挂了电话。

红木家具厂是在香港注册的，家具厂占地面积比玉器厂还要大得多，因为这里存储的各类红木更占地方。

对宋毅这个财迷来说，只要能赚钱的事情他就不会错过，何建和他抱着同样的心思，林宝卿则希望收藏更多香料，不管是黄花梨还是沉香。因此，地方自然是越大越好。

好在这时土地价格不高，深知未来地皮会暴涨的宋毅又怎么会吝啬，大把地花钱买地皮。

林宝卿在家具厂转了转，忽然又有了新想法，等宋毅卸完货过来找她时，林宝卿便把自己的想法对宋毅讲了。

"你看我们可不可以自己生产香类产品，像盘香、线香等等技术要求其实并不高，要说最高的要求，莫过于要有宽敞的场地，我们家具厂的场地不小，要再征地也可以。现在家具厂基本都没怎么开工，这样很浪费呀。"

宋毅说道："我没什么意见，要说我们这么多沉香，确实也该做一些香出来。对了，你不是查阅了很多资料吗？生产香的话，沉香只是最少的一部分，其他类的香才是生产的重点，配方应该不成问题，生产工艺也不会太复杂，主要的投入还是人工成本。"

林宝卿马上对他说道："这我想过了，人工成本现在很便宜，因为不需要什么技术性的操作，召集临海村的妇女老人来制作盘香、线香就行。其他香的配料都很便宜，所有成本加起来也不高，总体算来，应该有很大利润。这也可以解决我们公司现在只进不出的状况。"

"宝卿你和何建商量一下吧，他可是我们公司的大股东。"宋毅笑道。

"他肯定会同意的。"林宝卿踌躇满志。

"那你们放手去干吧。香用品市场还是非常广阔的，到时候，我们的品香俱乐部所用的香料都从这里进好了，也免得便宜了别人。"

宋毅又提醒她说："还有啊，我们不能仅仅限于生产这样的低技术含量的香，香料市场的前景是非常广阔的，要是有可能的话，我们也可以涉足更大的香料市场。现在国外的香料市场做得很红火，工业香料、食品香料，应用广、用量大，都是非常有市场前景的。宝卿如果有精力的话，可以考虑向这方面发展。"

林宝卿点了点头，宋毅的话仿佛给她打开了一扇新的大门，爱香的她原来也可以大有作为。

当然，制香不能全部用手工来，林宝卿问到宋毅这个问题时，宋毅就笑着对她说："制香机其实很简单，我等下问问苏叔叔，金沙机械厂应该就可以制造出来。"

林宝卿这才放心下来，宋毅和她聊了会儿，便去找苏若鸿。这批机械他得组织人手学习一下，宋毅瞧他的意思，一时半会儿，这批机械只怕是派不上用场的。宋毅也对他说了制香机的事情，听宋毅讲了制香机的基本作用之后，苏若鸿马上就向他保证，以金沙机械厂的实力，制造这样的制香机不在话下。

虽然这批机械一时不能运到缅甸去，可年前，宋毅还是得去一趟缅甸，光电话联系不保险，加上要过年了，得送一批资金过去，工人们该放假过年的也得让他们回去和家人团聚。

348

宋毅收拾妥当后，就带着大笔资金奔赴缅甸去了。

到缅甸的前站自然是腾冲，宋毅有空就去玉石街逛了逛，一方面了解一下行情，另一方面，熟络熟络感情，还可以为矿场产出的翡翠原石找到市场。此时，腾冲玉石街还是国内最主要的赌石场所，也是缅甸翡翠矿场最主要的销售场所。

翡翠毛料店老板黄老板也时常对宋毅感叹，半年前，宋毅还是一个初出茅庐的小伙子，可转眼之间，他就成了身价亿万的翡翠矿老板，这其间的飞跃可是他一辈子都办不到的。

宋毅在玉石街停留了一上午，下午从猴桥口岸进了缅甸，照旧先去叨扰丁英，谈谈现在，以及未来合伙赚钱的事情。

新机械已经运抵东海的事情，宋毅已经通过电话告知他了，这也让丁英兴奋不已。

一旦这批机械运抵缅甸，那就意味着，帕敢那边几个往年只能在非雨季开采的矿场可以一年四季甚至是二十四小时不停地进行开采。

因为在宋毅的规划中，那边几个矿场是要花大成本的，他打算抽干河水开采翡翠毛料。这样一来，就不用担心是不是雨季了。即便雨季挖出来的翡翠毛料没办法运出来，那也不要紧，只要在开采就好，等一段时间再运出来又有什么关系。

在丁英看来，宋毅确实有着干大事的优秀品质，当然，比起他丁司令来还是差了不少，因为宋毅连吃喝嫖赌都没学全，哪里比得上丁司令呢。

宋毅对他这样的论调从来都是左耳进右耳出，他只赌石，不赌博，任丁英怎么拉拢腐蚀也不上当。至于丁英送来的侍女，他也是好好对待，但从不动她们，没意思得很。

在丁英的司令部好吃好喝待了两天之后，宋毅便又启程去摩西砂矿场。

矿场的条件很好，一年四季都可以开采，而机械化的运用，更加快了进展，这也是宋毅最为看重的翡翠矿区，如今廉价的白色玻璃种翡翠在摩西砂矿区遍地都是，他可以捡垃圾般全部运回东海去，在宋毅看来，放在这个矿区依然非常不保险，指不定那边一涨价，丁英就反悔了。

到了矿区之后，宋毅照旧是搞他收买人心的老一套。亲自下矿区检查工作环境，亲切地和技师以及矿工交谈，视察存放翡翠毛料的仓库，仔细检查翡翠矿场的账目，听取各方面矿场人员的汇报，从保安到鉴定翡翠毛料的师傅，宋毅都一一问到，忙得那叫一个脚不沾地。

程大军和周益均等人很尽心，整个翡翠矿场的秩序井井有条，不管是开采工作还是安保工作都异常顺利。

而周益均和赵飞扬的护矿队在击溃了几次土匪的袭击后，名声大噪，小股的土匪根本不敢对矿业公司下手。

当然，也有一些要钱不要命的，好在宋毅的监控系统做得非常成功，这些人都无一例外地被清理了出来。周益均先前还询问宋毅该怎么处理他们，宋毅只让他按规矩办就成，主要是要把公司的财产追回来。

周益均的护矿队就是专门做这事的，处理起来非常迅速，如此清理了几次之后，再没人敢轻易挑战宋毅的权威。周益均他们甚至连丁英手下的账也不买，反正他们就一个原则，维护公司的正当利益。有什么事情，自然有宋毅去和丁英商量，他和护矿队要做的，就要在缅甸的翡翠矿区牢牢扎下根来。

前期随着机械一起来的东海技师差不多都回东海去了，虽然这里工资很高，但很枯燥，也不自由。但来过一次的技师也算是轻车熟路了，宋毅打算将后续的机械操作和维护工作也交给他们，出高价让他们再到缅甸来干个半年，相信他们还是会接受的，不过这得等到年后再办了。

宋毅这次到缅甸来，带来了大笔资金，一方面用于矿业公司的正常营运所需，另一方面，则是他为公司表现突出的人员发奖金。

对公司贡献最大的莫过于周益均的护矿队，以及现任矿场经理程大军了。

周益均的护矿队就不多说了，他们几乎是要什么宋毅就给什么。当然，军火和人员都得他们自己筹备，宋毅给他们一个合法发展的环境，没有宋毅这个矿场大老板顶在前面，想要在缅北这块地方拥有合法的武装，还真不是件容易的事情。这也是宋毅和周益均他们合作的基础。至少，在明面上，周益均和他的护矿队是隶属于宋毅指挥。

程大军，这个被宋毅三番五次从悬崖边拉回来的失败者，这时候是他生命中最辉煌的时刻，用他自己的话来说："得到大家真心的认可和尊敬，总算是活得有个人样了。"

程大军的老婆已经和他离婚，宋毅便张罗着替他重新介绍个女人，可程大军却志不在此，宋毅也只好作罢。但作为他这半年辛苦工作的奖励，宋毅也送了一份礼物给他，就是当初程大军卖给宋毅的腾冲的那间商铺，宋毅将它送还给了程大军。

"程大哥你如果以后不想在矿场干，我绝对不勉强你。现在我把属于你的东西还给你，你以后还可以回腾冲继续做你的老板。翡翠毛料就从矿场拿货好了，放心，我绝对亏待不了你。"

程大军连忙拒绝："别，你的恩情我下辈子都还不清啊。"

"说这些就俗了，这半年来你的功劳我都是看在眼里的，别推脱，就这么定了。你也知道，我这人向来以诚待人，绝对不会让跟着我的人吃亏，相信我，这是你该得的。"

宋毅一挥手，事情就这么定了下来。

程大军也就不再忸怩作态，他在矿场的这些日子，很多事情也算是看透了。

第一就是和宋毅作对绝对没什么好下场，那些联合外人一起偷窃公司翡翠毛料的人无一例外都被查了出来，最后就不见人影了。看看宋毅手下如狼似虎的护矿队，再看看他和丁英的关系，想做对不起他的事情，得掂量着点才行。

在这地方，有上千种方法让你消失，只要宋毅愿意，今天在你面前还笑嘻嘻的脸，可能明天开始就永远都见不到了。

第二，跟着他好处非常多，就像宋毅说的，对他忠诚的人，宋毅也从来不亏待他们。

更何况，宋毅救过他的命，这份恩情他这一辈子做牛做马都还不清，程大军是个重情义的人，忘恩负义的事情，他可做不出来。

程大军是个聪明人，自然不会犯傻，他可不想死无葬身之地。

宋毅这次的缅甸之行很顺利，就是很累，饶是他素来精力充沛，也有些吃不消，可不管怎样，总算是撑了过来。这之后，翡翠矿场也不需要他太操心了，他也可以回去过个团圆年了。

宋毅回到东海的时候已经是腊月二十八，在家好好休息了两天，一家人团聚在一起，高高兴兴地过了个欢乐年。

这个年对宋毅一家人来说，是过得最开心的一个年。

之后照旧又是一堆的电话和祝福，不管是宋毅还是苏雅兰，金玉珠宝的总裁宋明杰，还是东海博物馆馆长宋世博，都有很多打电话过来。

　　宋毅一家人就这样过了一个忙碌却高兴的春节。

　　转眼间，宋毅又得去缅甸了，他这次要将新一批机械运过去，开启新矿场，那边丁英已经等得心急如焚，巴不得马上就开工挖矿赚大钱。

　　为了未来的大计着想，宋毅正月初六就出发了，一路风尘仆仆赶赴缅甸。

　　宋毅这次和丁英之间的谈判也非常顺利。因为有了之前的合作，帕敢那边的矿场沿用前面摩西砂矿场的股份分配方式，丁英占百分之二十五的股份，提供开采矿区和基本的安全保护，宋毅占百分之七十五，支付开采的全部成本。

　　不管怎样，这都是一笔划算的买卖，给丁英的利益太少，丁英可不会干。丁英也看得明白，这些机械的成本不少，还得加上人工工资、维护费、柴油等等，他是一分钱也不想往里面投，坐等收钱是最适合他的合伙方式。

　　宋毅的主要目的是占据翡翠毛料的第一手资源，因此，矿场的开采即便亏本也无所谓。而且前面的矿场开采和丁英合作得很愉快，按照惯例来处理就行，对他来说，一个矿场是开采，两个矿场同样开采，大不了多费点心思罢了。

　　操心更多的其实是周益均他们，随着公司的扩张，他们的护矿队也逐步壮大发展起来。因为和宋毅的利益是一致的，所以，宋毅特别信任他们。

　　宋毅到缅甸几天之后，从东海运过来的机械才陆续到达。宋毅从摩西砂的矿场抽调经验丰富的人员跟着一起往帕敢那边去，而周益均已经和护矿队先开赴帕敢探查情况去了。

　　为了稳妥起见，宋毅还是把程大军留在了原来的摩西砂矿区，并对他说："程大哥，这边的矿场就交给你负责了，一切按照原来的规矩办，这边的任务会比较重，一切就辛苦你了。有什么需要你拿主意的，你尽管放手去做就好。"

　　程大军点头答应下来，这次宋毅抽调了大部分精干员工过去，但又补充了一批新人进来，用原来的老员工带新员工。

　　在这种时候，稳定军心很重要，宋毅对他委以重任，程大军自然也会全力以赴。

也许在一些人看来，这新旧交替之间是很好的专权的机会，可程大军却知道，事情远没有想象中那么简单，宋毅以及护矿队发展的眼线特别多，任何不利于公司的行为都会被揪出来，并及时有效地处理掉。

到新矿区之后，宋毅正式接管了和丁英协议的两个矿区。但他并没有把原本的护矿队解散，而是让周益均把他们打乱改编重新训练，周益均虽然新招了一批人过来，可人手还是不够，这也是充分利用现有的条件。

保安的事情由周益均负责，宋毅自己则身先士卒，冲锋在第一线，亲自安排各种机械的运作。

对宋毅而言，最重要的一个因素是，他前世来过这边，并做过详细的研究，什么样的机械该用在哪些地方，怎样挖掘最安全，什么样的方式最省钱，他都了解得一清二楚。

在宋毅带着技术工人大干特干的时候，周益均和他的护矿队也没闲着。

早在有风声说宋毅要在这边开采翡翠毛料的时候，他就组织人手收集情报，详细了解这边的各方势力，以制定出合理的应对方案。

帕敢不比摩西砂，摩西砂都控制在丁英的势力范围之内。帕敢这边的形势更加复杂，各方势力也是犬牙交错，还有一些地方小势力也是蠢蠢欲动。当然，他们要开采的是原本属于丁英的势力范围的翡翠原矿。

周益均训练护矿队时，首先让他们重新对仓库进行了整修，跟先前摩西砂那边的翡翠仓库一样，弄成易守难攻的阵势，并重新安排了护矿队的工作，明哨暗哨轮换着看护。

对公司而言，仓库是最重要的也是护卫最森严的地方。按宋毅制定的公司规定，只要一发现翡翠毛料，就要及时清点记录，并在当天登记入库，在没有得到宋毅的同意之前，一块翡翠毛料也不能运出仓库。

当然，除了仓库之外，设备和人员的安全也属于护矿队负责的范围，这范围就要广泛得多，要防止伤人、毁坏机械设备。

同时，护矿队还要提防其他势力的入侵，周益均下了死命令。除了本公司的人员之外，其他人想进入矿区一概驱走。

宋毅还在矿区的时候，就有一部分人不老实，想硬闯进矿区来。周益均的护矿队早就有了防备，警告无效之后，真的开了枪，给了那些蠢蠢欲动的人一个下马威，也让这支护矿队一时间名声大振。

事后，宋毅还给了他们奖励，在这个地方，不铁血一点是不行的，最要不得的就是让别人把你当软柿子来捏。

用周益均的话说："保卫公司财产，是我们义不容辞的责任！"

宋毅在矿区待了半个月，将矿区的事情一一搞定，因为有摩西砂矿区的成功先例在，宋毅此番只要依例而为便可。各项监督措施也制定了出来，丁英对这边也不完全放心，也安插了一部分人手在这里，到时候一对账目，就可以看出端倪。

"周大哥，新矿区这边的事情就要麻烦你了。你也要小心，这边的形势比较复杂，你看着处理就行，有事可以打电话找我。"

宋毅临走前对周益均郑重交代，卫星电话他已经牵到了矿上，并要求矿区负责人每星期至少对他汇报一次，好方便他随时掌握矿区的情况。

"小宋你就放心好了，护矿队的职责我会好好完成的。你是不知道，闷在摩西砂那边，兄弟们都快闷死了。"

周益均沉稳中也露出一丝兴奋，对他来说，有挑战的事情做起来更让他兴奋。

"我信得过周大哥，有什么需要尽管打电话找我就是，不过我可没办法帮你变出人手和枪支来，这都得你自己去搞才行。"宋毅笑着说道。

周益均呵呵笑了起来，"这些小事就不用你操心了。"

尽管如此，宋毅还是叮嘱了周益均很多注意事项，虽然他相信以周益均的能力，分得清楚个中的利害关系，哪些是不能得罪的，哪些人又必须给他们下马威，他还是掌握得好尺度的。

宋毅回东海之前，照旧去了趟丁英的老窝，对他说起击退了闯入矿区的人时，丁英鼓掌笑着说："干得好！有的人啊，不给他们点厉害瞧瞧是不行的，这一来，也省了很多麻烦。"

宋毅跟着笑道："丁司令说得是，有的人就是喜欢得寸进尺，我也希望新矿区那边从此安宁下来，大家和和气气赚钱不是挺好的嘛。"

"是啊，仗打多了也腻味，但自己还是得有实力才行，要不然，别人还真把你当软柿子捏。"

宋毅笑道："丁司令的实力可是这片地区最强的，可丁司令宅心仁厚不去为难别人，别人又怎么敢在丁司令的地盘上动手动脚。"

丁英摇头道："我可不这么乐观……"

"丁司令的经济发展最快，这点毋庸置疑吧！"宋毅说道。

丁英肥厚的脸上又露出了笑容。

"前段时间那边的激进派又开始闹腾，气氛那叫一个嚣张。小宋你这回也算是表了一个态，要不然，以后还不知道有多少麻烦呢。"

"有这样的事？"

宋毅故作惊讶，他其实早就知道那边发生了内讧，他也在心底暗骂丁英这个老狐狸，激进派想要求得发展，丁英才是他们的敌人之一。这次，倒是让矿业公司的护矿队当了出头鸟。

不过这也是没办法的事情，想要在这地方获得发展，手里就必须有相应的实力，一支装备精良的队伍那是少不了的，要不然，不等你立足就会被人赶走。

"是啊，我也是这两天才收到消息，本想及时通知你们的，但你们已经提前做了正确的决定。要说人哪，都有老了的一天，我现在是不得不服老了，以后是你们年轻人的天下喽。"

丁英一副很感叹的样子，这也是他内心的一部分真实想法，面对对方的咄咄逼人，丁英很少有挺直腰杆的时候，地盘也丢了很多。

"丁司令正当雄姿英发的年龄，我们后辈还得多仰仗丁司令呢。"

宋毅连忙恭维着说了一通好话，心底却在想，这丁英将两个矿区交给自己其实也没安什么好心。他是想把自己的护矿队推到前面去帮他们挡着，他却藏在后面。

但这对自己来说，也是相当有利的，要不然，也不能得到这样的发展机会。虽然实际上是双赢，但在表面上，还是宋毅吃亏了。

宋毅都是快成精的人了，自然知道这时候要表现出吃亏的样子来。

起码不能被丁英白白算计了，得给他添点堵。要点东西什么的也行，虽然他不一定肯出，但让他感觉欠了一个人情也是值得的。

丁英也是老狐狸，就和宋毅打哈哈，反正让他出钱是打死都不可能的事情，出人出枪倒是可以，但要宋毅给他们发工资。

宋毅拿他这样的无赖也没什么办法。丁英肯给人，宋毅就敢用，只要调教得当，维护两人的共同利益还是可以的。

宋毅和丁英两人都相信，以护矿队的实力，保证两人的经济利益还是可以的。

　　这也是两人敢于放心坐镇后方的缘故，不过宋毅也不敢马虎，借了丁英的电话，给周益均那边打了电话，让他多留意一下对方的情况，做好防备工作。同时，也把他和丁英商议的结果告诉了他，又给了他一批人手，负责外围。

　　办完这些事情之后，宋毅这才启程回国，丁英还一副不舍的样子，对宋毅这个财神爷，丁英也不敢掉以轻心。

　　宋毅从猴桥口岸回国，并没有直接回家，而是去了和顺镇，找陈立军。

　　陈立军就是介绍周益均和宋毅认识的人，和周益均是过命的交情，因为要照顾母亲，所以才没加入护矿队。但宋毅另外委托了重要的任务给他，就是让他帮忙收购普洱茶。宋毅此行去和顺镇，也正是为普洱茶的事情而去的。

　　陈立军还是那副干练精神的样子，这些日子，宋毅经常和他有电话联系，随时掌握普洱茶的收购情况。

　　在陈立军的大院子里，宋毅喝着陈年的普洱茶，享受着难得的宁静与悠闲。

　　"我已经收购了两百吨普洱茶，不过距小宋的目标还有一定的差距，不过我们会继续努力的，不知道小宋你打算什么时候将它们运回去？"

　　陈立军亲热的给宋毅泡上普洱茶。宋毅最初设定的目标是五百吨，收购起来确实很有难度，得进山村挨家挨户收购。

　　"陈大哥辛苦了，我这人做事总是喜欢把目标定得高一点。到现在能收到两百吨普洱茶，我就已经很满足了。至于什么时候运出去，现在还不是时候，得看具体的情况而定。普洱茶的存储没问题吧？"

　　陈立军笑道："小宋你就放心好了，绝对没问题。我们和顺镇可不比那些大城市，找个仓库放普洱茶还是容易的，价格也要便宜得多。"

　　"陈大哥费心了。"宋毅再次对他表示了感谢，这倒让陈立军不好意思起来，好在宋毅随后就不说这样的话了，只和他聊些普洱茶相关的事情。

　　这时，普洱茶收购的价格并不高，上门买的话不过十块钱一公斤，加上人工费，也不会超过二十块一公斤。在普洱茶大热的年代，一公斤普洱茶上万元都不是什么稀罕事。

但宋毅可没打算将这批普洱茶放那么久，他是想趁着台湾普洱茶热时，将这批普洱茶出手，赚个十来倍的利润就差不多了。

宋毅说，到时候自然会派人过来运走普洱茶，让陈立军放心收购就是了。

对陈立军而言，这个钱赚得容易，可以替他母亲治病。内心深处，他对宋毅非常感激。

两人聊天期间，爱好收藏战争的老段也过来了。他上次被抓，从缅甸回来之后，依然没放弃心中的理想，一直在国内收集滇缅抗战的遗物。宋毅上次没能和他见面，这次终于有了机会。

对于老段，宋毅还是很佩服的，他的胆色不小，敢去缅甸找抗战遗物。后来还建立了第一个民间抗战博物馆，精神可嘉。

陈立军介绍老段和宋毅认识之后，宋毅和他聊了起来。

老段这人确实很不错，人很健谈，也有抱负，收集滇缅抗战遗物只是他的业余爱好，但他却付出了很多精力在上面。

宋毅有心帮助他。

"我对滇缅抗战这段历史也比较感兴趣，可惜由于史料记载不多，不能详细了解这段历史的真相，为此深感遗憾。段大哥既然有心收藏这类东西，我和丁司令关系还不错，段大哥想收集的话，我倒是可以帮忙。"

老段自然不会拒绝宋毅的好意，两人越聊越投机，最后竟然开始商量起合作来。

段生旭这些年已经收藏了上千件滇缅抗战的东西，收藏品也是五花八门，钢盔、衣服、步枪、日本军刀、家书等等。

滇缅战争涉及的区域比较大，可以用做收藏品的东西也非常多。段生旭主要还是国内收集这些战争遗物，腾冲周边的几个县市他几乎都跑遍了。

最困扰段生旭的还是资金不足，他只是个普通的银行职员，为收藏这些东西，已经欠了一些外债，家里老婆儿子都有抱怨。

宋毅的出现，就像是及时雨，帮他解决了这个问题。

当然，段生旭心底也有疑惑，他这些年也接触过很多有钱人，可人家对他收藏的东西并不感兴趣，更别说给他赞助，他只能自己掏腰包，可这也撑不了多久。听说宋毅要和自己合作，段生旭起初也有些不信，问他为什么愿意帮助自己。

宋毅就笑着回答他说："陈立军大哥知道的，我也是爱收藏的人。滇缅战争是一场值得后人永世铭记的战争。收藏这些东西是件非常有意义的事，将来建博物馆给大家参观，学习这段历史是非常有必要的。段大哥这些年一直做这方面的收藏，让人很敬佩，其实我也想做这方面的收藏，可惜没那么多精力。而且，我长期不在这边，也不方便做这方面的收藏。段大哥你已经收藏了这么多东西，在这边关系也不错，我只想尽自己的一份力，算是纪念那些为国抗战的英雄们。"

"小宋谬赞了，我也只是业余爱好而已。"段生旭显得很谦虚。

宋毅哈哈笑道："段大哥太谦虚了，有几个业余爱好者能做到你这样的程度？丁司令那边我打电话和他打声招呼，你也可以和林大哥的朋友周益均他们联系一下，他们对缅甸那边比较熟悉，也方便收集这些东西。"

段生旭激动地说道："小宋你可帮了我大忙了。"

"段大哥只要放心去收藏，有什么需要的话只管打电话给我。"宋毅笑着说。

"段大哥收藏花费得也不少吧，如果段大哥不介意的话，我可以出资赞助你收藏。"

"这怎么好？"幸福来得太快，段生旭还有些无法接受。

"我也是想尽一分力，我知道段大哥做这类收藏是只出不进，不能像其他收藏一样做到以藏养藏，长此以往，负担只怕会越来越重。我这些年也赚了一些小钱，出资赞助段大哥做收藏也是弥补自己不能亲自收藏的遗憾。想到以后想看的时候，可以随时来段大哥这边看，我也就心满意足了。"宋毅解释说。

其他收藏品可以进进出出，转手也可以获得利润，有眼光的收藏家们可以做到以藏养藏，收藏的东西也会越来越多。

可做这类战争题材的收藏，首先收藏的人不多，交流不会太多；其次，真要建立一个抗战博物馆的话，东西自然是越多越好，像日本军刀、家书之类的，别人给再多钱也不能卖。

宋毅的一番话简直说到段生旭心里去了，他在心底大呼理解万岁，他的情绪也越发激动。

"我无法代表谁，只代表我自己先谢过小宋。"

建立抗战博物馆是段生旭的梦想，现在有人愿意帮助他实现这个梦想，段生旭十分高兴。

随后，宋毅就和段生旭商谈筹措资金的问题，宋毅问他现在为了收藏，欠了多少外债。

段生旭不好意思地比了两个手指，宋毅问道："二十万？段大哥收藏了一千多件战争收藏品，这二十万花得非常值得。"

"是两万。"

段生旭不由得笑了出来，心说宋毅这家伙还真是财大气粗。他也见过更财大气粗的人，也和他们谈过这方面的意向。可惜他们对此一点兴趣都没有，还拿看白痴的眼神看他，也许这几万块钱对他们来说只是九牛一毛，可他们偏偏舍不得赞助，哪像宋毅这样爽快。

宋毅也有些吃惊，对他来说，二十万只是个小数目。听段生旭说出两万块，他的第一反应是不可能，两万块，只够他买一件清三代的粉彩瓷器。

但对段生旭来说，两万块可不是个小数目，这可是他两年的工资。而且，这还是他欠的外债，实际的花费要更多一些。

宋毅听段生旭详细地对他讲了实际情况。

段生旭收集这些战争藏品花费真不算太多，因为大家信得过他的人品，段生旭为人和善热情，和谁都谈得来；而且，对这类东西，大家的认识也不是很充分，大都用大米，油盐或者几十块钱就换来了。

但是，单件的收藏价格虽然不多，可架不住数量多啊，一千多件收藏品，就算每件人家只要几十块钱，也是好几万的大数目，对普通银行职员段生旭来说，对他的家庭来说，都是非常大的负担。

现在宋毅横空出世，解决了段生旭的难题，怎能不让他感动。

宋毅觉得他重生以来，做过的真正有益的事情并不多，赞助段生旭把抗战博物馆建起来，也算是一件有意义的事情。

和段生旭、陈立军把酒言欢之后，宋毅连夜从腾冲赶往昆明。

宋毅的飞机是上午十点多的，他坐了一晚上的汽车到昆明，然后去机场正合适，对这样的出行线路，宋毅早就安排得妥妥当当。

宋毅和往常一样到了机场，因为定的是头等舱，有专门的候机室，倒不用去候机大厅挤。宋毅坐了一夜汽车，又累又困。

宋毅到东航的候机室时，候机室人很多，这时刚过年不久，出行的人比较多，能坐头等舱的人家里多少都有些资本。宋毅也没刻意去注意谁，这里的人也是良莠不齐，没素质的人也多，比如那四十来岁的胖子，就在候机室内大声嚷嚷着打电话，生怕别人不知道他有大哥大似的。

好在没一会儿就开始登机，宋毅上去后找到自己的位置，是靠窗的，还可以欣赏一下祖国的大好河山。

然而，宋毅的好心情并没有持续太久，让他很无语的是，他旁边的位置就是刚刚在候机室咋咋呼呼、闹闹嚷嚷的胖子。大哥别在大胖子腰间，这时还不能异地漫游，因此宋毅敢肯定，这家伙就是把这大砖头带在身边装的。

更让宋毅无语的是，这胖子手上还带着个老大的翡翠戒指，还很烧包地拿着转来转去。宋毅一看更乐了，戒指样式老土，镶嵌的是颗浅绿色糯种翡翠戒面，就现在的价值，一千块不到，真不知道他得瑟个什么劲儿。

这样的人宋毅不管是前世还是今生，都见得太多了，只要不惹到他，他也不去理会。

这时东航的头等舱服务远比不上往后，条件也可以用寒酸来形容，椅子样式很老土。但比起人满为患的经济舱来说，条件还是好得多，至少活动空间很大，不会像塞沙丁鱼一样。宋毅一路风尘仆仆，从昆明到东海得三四个小时，宋毅自然不愿意去经济舱受罪。

但这次，宋毅明显失算了。

那胖子对宋毅这种没成年的小屁孩兴趣本来不大，可他是个闲不住的人，耐着性子和宋毅说了几句，让他没想到的是，宋毅竟然不爱搭理他。

这让胖子情何以堪，不由得轻声嚷了出来："小伙子还挺傲气的嘛！"

宋毅闭目养神，懒得搭理他，这样的家伙他见得多了，你要真理会他，他会越说越来劲，宋毅可不想好好的旅途被这死胖子给毁了。

那胖子只得另外寻找目标，头等舱的空姐很漂亮，也很热心。于是，空姐就成了他的首要目标，他一会儿要吃的，一会儿要喝的，一会儿还要看报纸，闹腾得不行。

那空姐只得耐心对他解释："不好意思，我们公司就是这样规定的，要不，我给您换别的?"

胖子总是鸡蛋里挑骨头，嘴里嘟嘟囔囔个不停，还时不时烧包地把他的大哥大和手上的翡翠戒指拿出来显摆。

宋毅认得这空姐，叫唐宁，长得非常不错，性格也好。因为他经常坐这趟航班飞东海和昆明，唐宁也认识他。看这猥琐的胖子难为她，宋毅觉得这死胖子闹得太过分了，搞得宋毅想闭上眼睛休息会儿都不行。

宋毅实在忍不下去了。

"我说这位胖大叔，你能不能安静一会儿?"

那胖子正和唐宁纠结报纸的问题，冷不丁被宋毅打断了，这倒让他小小地惊讶了一下，随后，他鼻子重重地哼了声，说："我爱怎样就怎样，你管得着吗?"

宋毅不怒反而笑了起来。

"我看胖大叔你也是有钱人，何必做这种没素质的事情。"

胖子闻言马上就得瑟起来，他只听到了宋毅的好话，刻意忽略了素质的问题。

"切，你小孩子知道啥? 我这是帮助他们改进服务，这年头，航空公司也得与时俱进不是?"

"看不出来啊，胖大叔还有这样伟大的情操。"宋毅讥讽道。

胖子脸皮比他身上的脂肪还要厚，完全不把宋毅的讽刺当回事，反而乐呵呵地说道："我这也是为我们消费者着想，你也不用太感激我。"

宋毅心说难得碰到一个比自己脸皮还厚的人，他眼珠一转，马上又问他说："胖大叔是做什么行业的，手机造型不错。"

那胖子眼睛瞟向宋毅，"你又是干什么的?"

宋毅笑道："我就是一个学艺术的学生。胖大叔手里的翡翠戒指不错啊，很有复古风味，花了不少钱买的吧?"

胖子这下更得意了，他原本就烧包，巴不得别人把目光都集中在他身上，宋毅这一问，立刻得意洋洋地将手伸在空中，带着鄙视的目光望向宋毅。

"就知道你没眼光，光看戒托，不知道最贵的是这翡翠戒面么?"

胖子随后又得意地把目光转向漂亮的空姐唐宁，在他的感觉中，手上的

361

翡翠戒指散发着无与伦比的光芒，肯定能征服美女的心。

"那我倒是要好好请教一番了。"

宋毅一步步给他下套，心想到时候看你怎么收场，白痴！

"现在珠宝首饰中，最火热的便是翡翠了。翡翠历来便是高官显贵最爱的珠宝，不管是慈禧还是官员，都非常喜欢翡翠，宋美龄更是爱煞了这集天地灵气于一身，翠绿诱人的翡翠……"胖子在美女面前，极力显摆他的知识。

可他还没说话，宋毅就打断了他，"我看你这翡翠戒面不像是翠绿的啊。"

那胖子叹了一声，"就知道你不懂，像这样浅绿色玻璃种翡翠可是极其稀罕的。"

宋毅道："哦，多少钱买的？"

"十几万而已。"胖子得意地说道。

"就这么一个戒指就要十几万？你不是骗人的吧？"

宋毅脸上的表情很夸张，一副不敢相信的样子。

那胖子又从鼻孔里重重地哼了声，"不懂就别乱讲，十几万还是看我的面子才拿到的，要别人去拿，起码得二十万。"

"胖大叔又在骗人了。"宋毅笑了起来。

转头把目光投向唐宁，问她："不知道唐宁小姐对翡翠有没有研究，我反正是不相信胖大叔手上的戒指能卖十几万。"

唐宁轻轻摇了摇头，她对翡翠确实没什么研究，而且这东西的价格对她来说也太高了。

不过宋毅有办法启发她。

"你难道没去珠宝店逛过，你没事可以去福祥银楼或者金玉珠宝转转，他们会帮你介绍翡翠的品质和价格的。你觉得他们店里的翡翠比这位胖大叔手里的翡翠戒指如何？我看价格也没这么离谱吧。"

唐宁得到宋毅的提示，又看了看胖子手上的翡翠戒指。

"确实，尤其是金玉珠宝里的翡翠戒指，我看着比这漂亮多了，但价格也不超过十万块。"

那胖子哪里肯示弱，连忙解释说："你们懂什么，别被表面现象给骗了，我又不是不知道金玉珠宝的伎俩，他们店里那是灯光设计得好，所以，里面的珠宝看起来会显得格外漂亮，要真说品质的话，哪里比得上我手里的翡翠戒面。"

宋毅心说这胖子也不完全是草包啊，他也知道金玉珠宝的灯光对翡翠效果的影响，说不定，大家还是同行呢。同行是冤家，这话一点都不假，这家伙竟然把业内的秘密都给透露出来了。

唐宁一时间也不知道该信谁的，看那胖子说得如此笃定，应该也是有一定道理的。

宋毅这时却想不能让这死胖子的大嘴巴再乱讲了，便开始拉网收鱼，笑着说道："胖大叔真是厉害，这都懂。把你的翡翠戒指借我观摩一下如何？"

那胖子心底有鬼，不肯给宋毅瞧，只说："这么贵重的翡翠戒面，摔坏了你赔得起吗？"

宋毅呵呵笑了起来。

"我看你这翡翠戒指再贵也不会贵过我们头等舱的机票，我能坐这头等舱，你觉得我赔不赔得起？"

"小屁孩不懂就不要乱说。"那胖子恼羞成怒。

"我知道了。"宋毅一副恍然大悟的样子。

那胖子和空姐，以及周围看热闹的乘客顿时都把目光集中在宋毅身上，想看他究竟能说什么来。

"胖大叔真是有钱！"宋毅言之凿凿地肯定道。

胖子顿时又抖了起来，手上戴着的翡翠戒指也不停地空中挥舞着。

唐宁差点摔倒，他就得出这样的结论，也太让人失望了吧。

"胖大叔真是大款，心境也特别好，被人骗了还这么开心，胖大叔的阿Q精神还真是让人佩服。"宋毅笑着说道。

噗嗤，旁边的乘客听到宋毅如此说，顿时将刚喝下去的饮料都喷了出来。

唐宁连忙拿纸巾上前帮忙。

"你说什么？"那胖子无比恼怒，脸都涨红了。

宋毅笑道："胖大叔你手上这浅绿色的糯种翡翠戒面，市面上的价格不会超过我们大家乘坐这头等舱的机票的价格，认真计算的话，勉强可以买到一张经济舱的机票。"

唐宁倒是听得清楚，连忙问宋毅："他不是说是玻璃种的翡翠戒面吗？"

宋毅呵呵笑了起来："玻璃种，顾名思义，就是像玻璃一样通透晶莹。大家再看这颗翡翠戒面，哪里像是玻璃，这戒面里面的颗粒可不小，连冰种都算不上，说是糯种都有些勉强，能卖个上千块已经算是万幸了。所以我说胖大叔真是有钱人，竟然花了十几万将它买了下来。"

这时胖子的翡翠戒面还停留在空中没有收回去，不光是唐宁，其他乘客也都把目光投向胖子手上的翡翠戒面，想要看看是不是如宋毅所说的那样。

这绝对是赤裸裸的当众打脸，胖子脸皮再厚也撑不住了，连忙将手收了回去，宋毅还在旁边鼓噪。

"胖大叔，拿出来大家瞧瞧啊。"

"他们懂得怎么品鉴翡翠的好坏吗？"那胖子恼怒道。

宋毅一听就乐开了花，心说这不是把大家都得罪光了嘛。

果然，其他乘客望向胖子的目光变得很不善，很多人嘴里还小声说道："傻子！活该被人骗！"

"土包子！"

"就知道穷显摆，暴发户！"

闹得胖子脸上红一阵青一阵，可让他丢了脸的宋毅却还是那副可恶的、笑嘻嘻的样子。胖子越想越生气，也不理会别人的目光，扭头对宋毅说道："臭小子，说得比唱得还好听，你又懂什么是翡翠？"

宋毅笑道："我是不懂，也只是道听途说罢了。"

"我看你也就知道逞口舌之利，简直胡说八道。"胖子心说栽在你身上真不值得。

"我嘴巴会说，但我不认为这是缺点。"宋毅脸上的笑容越发灿烂起来。

"可要说我胡说八道，那就冤枉了，大家的眼睛是雪亮的，是非好坏大家心里都有数，岂是我胡说八道大家就会相信的。"

"那你拿出证据来啊。"胖子眼珠一转，顿时有了主意。

宋毅奇怪道："证据？什么证据？"

"我看你根本就不知道什么是玻璃种翡翠，你根本就没见过对吧？"胖子脸上也有了笑容，绕了这么久，他终于想通了，这小子不过是嘴巴厉害，懂得利用自己言语中的漏洞罢了。

"胖大叔，不可以貌取人哦，就像我们大家也不能通过你的外貌，想象出你这么有钱，拿十几万块钱买一千块不到的翡翠戒指，还以为捡了大便宜。"

宋毅笑着告诫他，还意味深长地望了望他缩回去的手，那里戴着他的浅绿糯种翡翠戒指。

唐宁和周围的乘客也被宋毅逗笑了，在他们看来，这年轻人实在太有趣了，不停地揭起那讨人厌的胖子的伤疤。

"牙尖嘴利的小子，你要是有能耐，就拿出一块玻璃种的翡翠来给大家看看。"胖子都快被他给气死了。

宋毅却不理会他的挑衅，只笑着说道："何必舍近求远，还是先把你的浅绿糯种翡翠给大家仔细瞧瞧吧，免得大家以后跟你一样上当受骗。这一来，你的钱也就不算白花了，起码买了教训，也帮助了别人，助人为快乐之本嘛，胖大叔，你说对吧？"

"你拿不出来了吧？"胖子不理会他，只坚持他自己问题。

要说胖子的脸皮也不是一般厚，见宋毅顾左右而言他，他下定决心不跟着这年轻人的套路走，免得再吃亏。

宋毅笑道："胖大叔，我怕拿出来会吓坏你。"

胖子越发认为宋毅是心虚，当即抖了起来。

"你要拿不出来就直说吧。"

"你这是何必呢。"宋毅摇了摇头。

"有就拿出来啊，啰啰唆唆的，年轻人，别把自己搞得连女人都不如了。"

宋毅叹道："胖大叔，你这样说，女同胞会有意见的。"

胖子环顾四周，被宋毅这一挑拨，周围的女性望向他的目光越发不善起来。

而胖子也猛地发现，他又被宋毅的话给岔开了。这死小子，要丢脸就大家一起丢脸。胖子在心底暗想。胖子也更笃定，这年轻人只是嘴巴厉害，拿不出什么好东西来。

要知道，一块玻璃种翡翠价值数十万，谁会那么大款随身携带。

我要死你也得陪葬！胖子恶狠狠地想道。

于是，胖子收摄心神，换上了一副人畜无害的模样。

"我说小朋友，你要没见过玻璃种翡翠，就跟大家说一声，道个歉就行，何必硬撑呢。"

宋毅更乐了，这死胖子，还真是不到黄河不死心啊。

但是可不能就这样放过这死胖子，宋毅便笑着说道："胖大叔，我要拿出来呢？"

　　胖子愣了愣，随即便说道："你说怎样便怎样。"

　　"只要你不在我面前就好，你自己选择，是去卫生间还是经济舱。"宋毅一副成竹在胸的模样。

　　胖子听他提出这样的条件，越发觉得宋毅在故弄玄虚，当即便说道："你要真拿出来，我就去卫生间待着。哼，丑话说在前面，你要是拿不出来，也得去卫生间待到下飞机。大家都听到了吧？"

　　宋毅岂会怕他，当即便答应下来，还请大家作证。

　　闹到这份上，唐宁看热闹的心思也淡了几分，忙好言相劝，岂料宋毅和胖子都铁了心，一定要打赌，唐宁也没办法。

　　宋毅忽然又想到什么，便又问那胖子，"万一我拿出来了玻璃种翡翠，你又说不是玻璃种的翡翠怎么办？那我不是很吃亏。"

　　胖子冷笑道："我像那样的人吗？"

　　宋毅笑道："这可很难说，你的眼光很有问题，先前不是把你的糯种翡翠戒面说成是玻璃种的。你把玻璃种认成其他的，我们大家也不奇怪，我看我们之间这赌还是算了。"

　　事情都闹到这一步了，胖子又被他气个半死，岂会容忍宋毅此时退缩，胖子对翡翠其实非常了解，只是欺负别人不认识，所以才拿糯种的冒充玻璃种出来显摆。但这时他已经被宋毅拆穿，丢过一次脸，也就不在乎了，他现在最想的是让宋毅也跟他一样丢脸。

　　胖子便对周围的乘客说道："我和这位小兄弟打个赌，想请大家做个见证，有没有非常了解翡翠的，帮个忙。"

　　"我认识，刚刚你的翡翠戒面确实不是玻璃种的。"乘客中一个看起来非常有钱的五十来岁的女人说道。

　　这时候，懂得鉴别翡翠的优劣，可以说是富贵的象征，寻常人谁知道翡翠的品质啊。所以，贵妇人肯出面也在情理之中。

　　胖子老脸不由得一红，却忍了下来，反正丢脸都丢过了，只说道："那我们就请这位夫人帮忙做个见证，看看我们这位年轻有为的小伙子拿不拿得出玻璃种的翡翠来。"

"胖大叔，你不是这么狠吧。"宋毅苦着脸道。

胖子顿时又得意起来，"你现在道歉还来得及。"

"哎！"宋毅轻叹一声，"何必呢。"

"有就快拿出来吧，别跟个娘们似的。"

装，你就尽情地装吧，胖子在心底狠狠地鄙视他。

连唐宁也在心底暗自为宋毅担心，毕竟，他也是为她出头才闹到现在这样的局面的。

"胖大叔你放心好了，我要有自然把它藏在衣服里。"宋毅又讽刺了一下那胖子。

可胖子现在一心盼着宋毅出丑，见他迟迟不肯拿出来，越发觉得宋毅是在糊弄人。

胖子死死盯着宋毅，看他伸手解外衣的扣子，脸上的笑容越发猥琐。

可下一刻，胖子脸上的笑容就冻结了，眼睛睁得大大的，嘴巴也合不拢了，那神情就像是见了鬼一样。

因为，他一直以为只会空口放炮的小家伙，竟然真的从脖子上拿出一块玻璃种的翡翠来。而且还是极品的艳绿玻璃种翡翠观音，胖子是懂行的人，一看就傻眼了。这样的翡翠观音可不是一般人能有的，就现在的市场价值而言，起码得上百万。

这少年是什么人？这是胖子心底纠结的问题。

既然打了赌，宋毅就将翡翠观音递给那位见证人——五十多岁的贵妇人。

那贵妇人一见宋毅掏出来的翡翠，眼里顿时就有了别样的神采，因为她认得，这就是玻璃种的翡翠观音。

但是，真正吸引她的，还不是他们争论的玻璃种，而是整块翡翠观音的材质，以及它那精美绝伦，堪称鬼斧神工的雕工。这块翡翠观音，可以说是她见过的，最漂亮的也是最生动的翡翠观音。

这时，不只是那贵妇人，明眼人都看得出来，宋毅拿出来的这块翡翠晶莹剔透，不管是色彩、造型，都比那胖子手上戴的戒面不知道强了多少倍。

说是一个天上，一个地下也不为过。看那讨人厌的死胖子那副呆滞的模样，大家也都知道，胖子赌输了！

"确实是上品的艳绿玻璃种翡翠。"那贵妇人一句话，更是判了胖子的死刑。

胖子回过神来，还想赖着不走，宋毅就对他说："愿赌服输。输不起就别打赌，要我输了，我绝对去卫生间待着。胖大叔，大家都看着的，男人一点好不好。"

胖子似乎已经习惯了宋毅的毒舌，再看周围的人，一副巴不得他离开的模样。胖子知道他在这里也是讨人厌的角色，就打算离开头等舱。

"等等。"唐宁和另一个空姐说了几句之后。脸上有了喜色，唐宁过来问宋毅："经济舱那边还有空位，要不，安排这位先生坐经济舱，你看如何？"

"这个……"宋毅没有立即答应，要不然这死胖子说不定还不领情呢。

"你看，影响别人上卫生间也不好啊。"唐宁忙对他解释。

胖子在旁边听得肺都快气炸了，可这时候，他也知道，再闹下去只会更丢人。

"行。"

宋毅说："胖大叔，你可得多谢这位心地善良的唐宁小姐。"

胖子一副感激不尽的模样，心想，经济舱可比蹲卫生间强多了。

唐宁一副受宠若惊的模样，将胖子领着交给另外一位男空乘，让他带胖子去经济舱找位置坐。

打发走了死胖子，宋毅的心情明显好多了，这时，那贵妇人越看那翡翠观音越爱不释手，就过来问宋毅，说她非常喜欢这块翡翠观音，能不能转给她。

"不好意思啊，这块翡翠观音是家传的，我不敢自己做主。"宋毅连忙回答道。

开玩笑，这东西要卖了，老爸老妈得找自己拼命。

那贵妇人恋恋不舍地把玩了翡翠观音一阵，这才交还给宋毅。

宋毅对她说："我听说东海的金玉珠宝有很多精品翡翠，像这样的翡翠观音也有不少，如果你有需要的话，可以去他们家看看。"

这算不算变相为自己做广告，宋毅在心底嘿嘿笑道。

"好的。我也听说过金玉珠宝的翡翠非常不错，改天去看看。"那贵妇人被宋毅的这块翡翠勾起了兴趣，加上平时身边的朋友也向她推荐过金玉珠宝，因此，她决定这次一定要去看看。

赶走讨人厌的胖子之后，头等舱很快又恢复了宁静。

很快，飞机就降落在东海机场，宋毅和唐宁挥手作别，沿着专用通道出了机场，远远的，宋毅就看见了如鹤立鸡群般的林宝卿。

靓丽可人的林宝卿不管在哪里都会成为众人瞩目的焦点。

半个多月不见，宋毅也很想念她，怀念她那迷人的香唇，想念她身上淡淡的清香。

林宝卿也看见了宋毅，远远地朝他挥手，宋毅快行几步，很快就到了她跟前。林宝卿伸手挽住他的胳膊，娇声嗔道："坏人，才回来。有想我没？"

"当然有想。就是为了早点见到宝卿，我才加快速度处理那边的事情，马不停蹄地赶回来的，要不然，那边的事情还得忙上好久呢。"宋毅笑着回答道。

"真的假的啊？"

林宝卿脸皮还是有些薄，至少在大庭广众之下，有些放不开，能挽着宋毅，就是她最大的极限了。

"当然是真的，不信你问问它。"宋毅努努嘴唇说道。

他一手拖着箱子，一手被林宝卿挽着，根本腾不出手来。

林宝卿笑笑，转过脑袋偷偷看了看周围，人很多，就在她回过头来的一瞬间，豁然发现一张脸就在眼前，而她的嘴唇也碰上了宋毅宽厚温暖的嘴唇。

这时林宝卿才反应过来，她被宋毅偷袭了。

但林宝卿刚刚的顾虑和担心都被她抛之脑后，宋毅的嘴唇仿佛对她有着致命的吸引力，这让林宝卿怎么都舍不得将嘴唇挪开。

现在的她只想一心享受宋毅带给她的欢悦，也伸出小香舌和宋毅缠绵在了一起。正如她身体的清香让宋毅沉迷一样，宋毅身上的男人味也让林宝卿沉醉。

两人分开时，林宝卿这才觉得羞涩，偷眼看周围的人都拿奇怪的目光看他们，连忙拉着宋毅往停车的地方走，还娇声抱怨宋毅："都是你，偷袭我，害我出丑！"

宋毅却嘿嘿笑了起来，"我就是要让他们觉得嫉妒。"

"臭美的家伙。"

林宝卿算是见识了宋毅的厚脸皮，不过，她就喜欢这样的宋毅。

　　将行李放在尾箱，两人上了车之后，林宝卿并没有立刻开车，而是拿她那水灵闪亮的眼睛望着宋毅。说来也很可怜，两人平时都没有什么私密的约会空间，想做一点亲密的事情都不方便。

　　宋毅哪会不明白她的心思，打开车内的空调，林宝卿又把窗户关了起来，也许是小别重逢的缘故，林宝卿显得格外有激情，她的吻技不像最初那样青涩，也给了宋毅异常的刺激。

　　年轻人的身上充满激情，正值青春的林宝卿也不例外，除了和宋毅不停地亲吻，双手也搂上了宋毅的身子。

　　宋毅并不满足于此，他也感觉得到，林宝卿的激情通过接吻已经不能完全释放出来了，是时候更深入一步了。

　　亲吻的同时，宋毅那双熟练的手也隔着厚厚的冬衣抚上了她丰挺的胸脯。林宝卿平时喜欢运动，胸脯发育得异常饱满诱人，宋毅不是第一次垂涎，但今天却是第一次得手。

　　胸脯传来的触电感觉让林宝卿身子微微颤了颤，不知道如何是好，潜意识里想往后躲，嘴上的动作也缓了下来。可车内空间有限，宋毅也不会让她逃，一心二用的功夫宋毅早就练得纯熟无比，对付林宝卿这个初出茅庐的清纯少女还是非常容易的。

　　林宝卿试着慢慢接受，看宋毅并没有探入衣内的想法，让她稍稍放下心来，尽管理智告诉她这没什么实质的区别，可在感情上，还是可以接受的。

　　而且，宋毅的抚摸让林宝卿觉得很舒服，有些禁忌的快感，被宋毅的大手揉捏之后，一阵阵酥麻的感觉向她心底涌来。

　　宋毅这家伙也察觉到了，因为他那双可恶的大手现在开始在她胸前顶端打转了，这让她觉得无比羞涩，可宋毅激烈的吻可不给她多少思考的时间。林宝卿索性放开了自己，尽情享受宋毅带给她的幸福感觉，暖人心扉，沁人心脾。

　　如此一来就便宜了宋毅，虽然隔着衣服，他还是能感受林宝卿衣衫内的饱满。对他来说，林宝卿就是他最珍贵的宝贝，他要好好珍藏。

　　说不清楚过了多长时间，一番缠绵下来，林宝卿衣衫凌乱，浑身也没了力气，一张俏脸更是红通通的，望着作恶的宋毅，林宝卿娇声嗔道："都是你，害得人家都没力气了，还怎么开车。"

"宝卿就歇着好了，我来开车。"宋毅看着林宝卿钗横鬓乱的娇俏模样，内心的满足自是不用多说。

林宝卿不想动，只说道："休息一会再说吧。"

"我怕我会忍不住。"宋毅轻轻咂了咂嘴巴。

"你敢！"

林宝卿横了他一眼，神情娇俏秀美，带着浓浓的风情，看得宋毅心痒痒的。

宋毅轻轻握住她的皓腕，送到自己嘴边，含住她如葱似玉的食指，轻轻吮吸起来。

林宝卿哪里经过这样的阵仗，她在电影电视里是见过类似的礼节吻，可轮到她自己亲身体验，还是亲手指，这让素来落落大方的她也娇羞不已。

"你这无赖，快放手！"

宋毅哪会放开她，林宝卿平时哪有机会干粗活，手指保养得极好，她一身的肌肤又是宋毅身边女孩子中最好的，宋毅又怎么舍得松口。

这也给了林宝卿别样的体验，原来两人之间可以玩出这么多的花样来。渐渐的，她也不再羞怯，而是恢复了她一贯的落落大方，还点头微笑，神态像极了电影里的公主。

"还是我来开车吧，我亲爱的公主。"宋毅笑着恭维道。

林宝卿咯咯笑了起来，却还是点了点头。

"外面冷，我们就这样换下位置好不好？"

"流氓！"林宝卿娇声嗔道。

她哪会不明白他的意思，这家伙明显存心不良，她便伸手推他出去，宋毅也没抗拒，开门出去，打算从另一边上车。

可宋毅一下车，却发现一个熟人站在路边等车，是穿了一身蓝色空姐服的唐宁。看见宋毅，唐宁也觉得很惊讶，但还是和宋毅打了声招呼。

"你等车啊，要不我们一起回市里去？"宋毅也笑着和她打招呼。

唐宁拒绝了他的好意。

"你先走吧，接我的人马上就到。"

唐宁早看见宋毅的车里还有一个女孩，便有礼貌地说道："真的不麻烦你了。"

"那行，我们就先走了。"

宋毅也没多说，转身去另外一边开车。

林宝卿见宋毅在外面和人说话，马上警觉起来，好在那空姐没有跟着他上车。刚刚她和宋毅在车里做的事，不会都让人家看到了吧，真是羞死人了。

这时候，她也开始后悔起来，早知道让宋毅从自己身边过去就好了，反正他也不是第一次耍流氓，多一次也无所谓。也许那样，外面的人就不知道里面的是宋毅和她了。

但很快，林宝卿又因为自己的这个想法觉得羞耻。

宋毅倒是非常平静，这让芳心乱如麻的林宝卿觉得有些不平衡，旁敲侧击询问那个空姐是谁，宋毅便对她讲了今天在飞机上发生的趣事。

这让林宝卿忘记了那些烦心事，一路笑个不停。

全国古玩市场地址

北京古玩城：北京市朝阳区东三环南路21号

北京潘家园旧货市场：北京市朝阳区华威里18号

永乐华拍(北京)文物有限公司：东三环中路财富中心31层3106A室

上海国际收藏品市场：上海市江西中路457号

天津古物市场：天津市南开区东马路水阁大街30号

天津古玩城：天津市南开区古文化街

重庆市综合类收藏品市场：重庆市渝中区较场口82号

重庆市民间收藏品市场：重庆市渝中区枇杷山正街72号

广东省深圳市古玩城：广东省深圳市乐园路13号

广东省深圳华之萃古玩世界：广东省深圳市红岭路荔景大厦

广东省珠海市收藏品市场：广东省珠海市迎宾南路

广东省广州带河路古玩市场：广东省广州市荔湾区带河路

江苏省南京夫子庙市场：江苏省南京市夫子庙东市

江苏省南京金陵收藏品市场：江苏省南京市清凉山公园

江苏省苏州市藏品交易市场：江苏省苏州市人民路市文化宫

江苏省常州市表场收藏品市场：江苏省常州市罗汉路

浙江省杭州市民间收藏品交易市场：浙江省杭州市湖墅南路

浙江省绍兴市古玩市场：浙江省绍兴市绍兴府河街41号

福建省白鹭洲古玩城：福建省厦门市湖滨中路

福建省泉州市涂门街古玩市场：福建省泉州市状元街、文化街及钟楼附近

河南省郑州市古玩城：河南省郑州市金海大道49号

河南省洛阳市西工古玩市场：河南省洛阳市洛阳中州路

河南省洛阳市潞泽文物古玩市场：河南省洛阳市九都东路133号

河南省洛阳市古玩城:河南省洛阳市民俗博物馆大门东

河南省平顶山市古玩市场:河南省平顶山市开源路

湖北省武昌市古玩城:湖北省武昌市东湖中南路

湖北武汉市收藏品市场:湖北省武汉市扬子街

四川省成都市文物古玩市场:四川省成都市青华路36号

辽宁省大连市古玩城:辽宁省大连市港湾街1号

辽宁省沈阳市古玩城:辽宁省沈阳市沈阳故宫附近

辽宁省锦州市古文物市场:辽宁省锦州市牡丹北街

黑龙江省哈尔滨市马家街古玩市场:黑龙江省哈尔滨市南岗区马家街西头

吉林省长春市吉发古玩城:吉林省长春市清明街74号

山东省青岛市古玩市场:山东省青岛市昌乐路

河北省石家庄市古玩城:河北省石家庄市西大街1号

河北省霸州市文物市场:河北省霸州市香港街

河北省保定市文物市场:河北省保定市 新北街207号

山西省平遥古物市场:山西省平遥县明清街

山西省太原南宫收藏品市场:山西省太原市迎泽路

陕西省西安市古玩城:陕西省西安市朱雀大街中段2号

安徽省合肥市城隍庙古玩城:安徽省合肥市城隍庙

安徽省蚌埠市古玩城:安徽省蚌埠市南山路

甘肃省兰州古玩城:甘肃省兰州市白塔山公园

云南省昆明市古玩城:云南省昆明市桃园街119号

江西省南昌市滕王阁古玩市场:江西省南昌市滕王阁

贵州省贵阳市花鸟古玩市场:贵州省贵阳市阳明路

湖南省长沙市博物馆古玩一条街:湖南省长沙市清水塘路

湖南省郴州市古玩一条街:湖南省郴州市兴隆步行街